# 白领突击

向勇 著

机械工业出版社
China Machine Press

当生命的三分之二都交付于工作时，没有理想主义和激情燃烧，我们会成功和幸福吗？

一群一文不名的大学毕业生，带到北京的全部家当只有一口皮箱，在坚如铁的现实面前纷纷落败。

他们迷茫，彷徨，四处碰壁，有的人甚至铤而走险。随着对自己的认识渐渐深刻，一些人明白了自己最需要的是什么，然后向着目标前进。

然而，大千世界的纷繁和人性的弱点，不断挑战他们的能力和心智，他们在事业的打拼中渐渐沉淀出成功的真谛。而要想获得幸福的人生，一切又不是那么简单……

**图书在版编目（CIP）数据**

白领突击/向勇著. —北京：机械工业出版社，2009.4

ISBN 978-7-111-26625-9

Ⅰ.白… Ⅱ.向… Ⅲ.长篇小说-中国-当代 Ⅳ.I247.5

中国版本图书馆CIP数据核字（2009）第038481号

机械工业出版社（北京市西城区百万庄大街22号 邮政编码 100037）
责任编辑：张 杨 版式设计：刘永青
北京京北印刷有限公司印刷
2009年4月第1版第1次印刷
170mm×242mm · 20.25印张
标准书号：ISBN 978-7-111-26625-9
定价：29.00元

凡购本书，如有缺页、倒页、脱页，由本社发行部调换
本社购书热线：（010）68326294
投稿热线：（010）88379007

# 推 荐 序

　　工作以后一直很忙，养成了在飞机上读书的习惯，前几日回上海的路上随手翻了一本有关习惯的成功学书籍，大意仍旧是围绕着亚里士多德的千年名言"优秀是一种习惯"展开。里面有几则故事颇有趣味。

　　其中一则故事是这样的：

　　一个出租车司机，在开车之余，为乘客提供各种温馨可人的额外服务，让客人点播音乐、给客人准备报纸等等，赢得了客人的赞誉和回馈。有好事者坐车享受服务还不太平，问他什么时候开始这种服务的。这位司机果然不同凡响，回答了一句挺有哲理的话："从我觉醒的那一刻开始。"

　　司机讲了他过去如何过着浑浑噩噩的生活，直到有一天听到广播里讨论人生态度的问题之后幡然了悟，又如何立即开始行动，改变自己的工作态度和生活方式。

　　我喜欢这个率真的司机，其可贵有二：

　　其一，他相信道理。天下有许多道理，我们自幼习之，但很多时候它们只是在耳边飘来飘去，进不到我们心里。只有某一天，天灾人祸机缘巧合，我们突然间自己意识到了，那才是自己的。而一个能够顿悟的人，一定是对生活还有企图。他相信，一切不应该是糟糕的样子，他相信一切可以被改变，所以他会觉醒。有时候做人做事，我们所缺少的，往往就是这一点点信念。

其二，他行动。心里明不明白和实际行不行动是两回事。有一种人，道理知道一堆，澄澈通透，但不喜事功。这样的人在古代，我们称之为名士，受历朝历代知识分子顶礼膜拜。只是现代社会崇尚行动，崇尚试错。错不可怕，不试才可怕。这位司机同志不仅行动了，而且是立刻行动。他没有坐在自己的驾驶座上等待老天赐他一个良好的机遇，他改变了他的工作方式和生活态度，并因此获得了满足和快乐。这对他就是莫大的成功。

成功并不是推翻过去所有的生活步调，一夜之间万人瞩目。它可以是当下一个念头的转换，或者一个行为的修正。慢慢养成良好的习惯，人生的机运也将慢慢改变。

事实上，我不相信世上真的有完全麻木的人。每个人心底都有梦想，它们早已在那里，只是在等待着被唤醒、被释放。

在娱乐圈我一直有两个偶像，一个是刘德华，一个是周星驰，在两个细节上我对他们有着深深的敬意。

先说刘德华。在2007年另一个歌星的演唱会上他作为客串嘉宾出场，唱了一首《冰雨》，唱《冰雨》时舞台现场制造出一场大雨，而刘德华在雨中唱完这首歌，浑身全部淋湿。身为一个巨星，他有没有必要在别的歌星的演唱会上做出这样的举动，他如果唱一首其他的歌，或就唱《冰雨》，但现场不必造雨，会影响他的江湖地位吗？不会！但他依旧这么去做，因为他是刘德华，他唱不过张学友，演不过周润发，但他一直是一线巨星，为什么？因为他对自己的要求，他每一次出现在他的观众面前必须是完美的，不许有任何的缺陷。正是这种态度，这种对自己的苛求才有他今天歌坛常青树的地位。

另一位比较喜欢的偶像是周星驰。春节期间我又看了一遍他的《喜剧之王》，事实上周星驰的一生就像"喜剧之王"，从不成功的跑龙套开始，屡受挫折，几乎所有的打击和失败都冲着他来，但他靠什么坚持下来？靠对自己的信心，我最喜欢他的一句话就是"我是一个专业的演员"，当他被人呵斥"连龙套都跑不好"的时候，他坚信"我是一个专业的演员"，并坚持每天去看《演员的自我修养》，每天去学习、去改正、去尝试、去表现，当所有的失败都无法挫灭他内心的信心时，失败退却了。人生如戏，只要你够投入，一心一意地想做好一件事，没有什么可以阻挡你，"你是一个专业的演员"，每一分钟你都要求自己有最专业的表现。

最终你相信什么就能成为什么。因为世界上最可怕的两个词，一个叫执著，一个叫认真，认真的人改变自己，执著的人改变命运。

现在大家面临的是一个新问题，分众传媒也好，我也好，大家也好，都面临这个新问题——百年难遇的经济危机。此刻我们的心态怎样？我们的立场是什么？我们原来坚持的价值观和人生观是不是失效了？这个时候我看到有《白领突击》这样一部厚重的职场小说出来，里面不是夸大职场的潜规则或者各种攻心术，而是通过接近真实的人物几经挫折的打拼经历，折射出事业成功的几个要素，跟我创业和选择团队时的感悟很接近，小说中一些人物最终成功了，我觉得这是人间正道。

有的大学生毕业了，很迷茫，有的人工作了很多年，不知道自己的方向，也很迷茫。迷茫是一种常态，迷茫也不可怕，怕的是缺乏接近真实、认清自己的勇气。这个作品做到了。

这是一部幽默、真诚又充满智慧的职场励志作品。在这个喜欢"猎奇"的时代，太需要非诚勿扰的作品，需要温暖阅读。经济危机影响了我们的工作和生活，我们需要智慧看护人生，自信激励人生，幽默和达观来温暖人生。

江南春

分众传媒董事长

# 目　录

推荐序（江南春）

# 一　　你赢了！

我第一次见到成康的时候，他正在一家无星级招待所客房里呼呼大睡。多年以后，当我在三亚豪华的七星级度假酒店，目睹商业领袖成康意气风发地向来自全球的媒体宣布梦想公司进军国际市场时，胸口有点憋闷，我承认一向豁达的我，心里有些酸溜溜的，那一刻我嫉妒他，发布会完后，我上去连爱带恨地给了他胸口一拳。

我还能记得他和我初次见面时的情景，那时候我无论如何都没看出他有多大本领，甚至觉得他有些木木的。

大学毕业后，当我拎着我的全部家当——一口人造革皮箱从火车上下来时，被北京西客站的庞大吓了一跳。

我在一个报摊大妈的指引下，终于找到了地铁的入口，花了很大力气将皮箱连拖带拉搬到地铁站，乘坐破旧但是并不拥挤的地铁，几经周折，到达了石景山区。

幸运的我在学校招聘会上被北京的国有大型企业京钢相中。在到达石景山之前，我一直怀疑京钢一定在北京遥远的郊区，感觉自己有被骗来的嫌疑。后来得知在北京上大学的研究生为了留京几乎要以牺牲人格为代价，我才觉得能够幸运地来到北京，自己没事偷着乐吧，啥也别抱怨了。

我怀揣派遣证，根据报到通知上的说明，一路打听着来到位于金顶街的京钢二招，这里将是我没有分配宿舍前的临时住所，关键是在这里住宿的费用可以到单位报销。

我记得一位双眼皮的胖服务员让我填写了一张粉红色的大住宿单，那张单子上的明细基本上可以作为一个人的家庭档案直接存档。我在家庭出身这一项上不知如何填好，就问服务员能否不填，服务员对我说了不，然后接着跟另一个同样胖的服务员谈论昨天电视剧里的一个女人是否该离开那个不爱她的男人。后来我在大街上发现一本当时很流行的书，书名是《中国可以说不》。一个人的一生或许也像一个国家一样，在"可以说不"和"不可以说不"之间来回。

我父亲做过农民，后来又是工人，再是干部，再后来居然去做了个体户。我不知该怎么填，但填农民应该不会出差错，中国就属农民最多，于是就填了农民。交给服务员时我尽量温和地说如果旅客住宿登记用计算机就快多了，双眼皮服务员用大大的眼睛瞪了我一眼，用很大的声音告诉我到313房间去住，跟监狱里喊313出来很相似。

我一边上楼一边暗暗高兴，因为我在大学的宿舍房间号是318，"升又发"，多吉利！现在又是"升又升"。

服务员帮我开了门，我进去的时候看见成康睡得正香，眼睛留着很细的缝，米色短袖衬衣和咖啡色长裤都穿在身上，我怀疑他进屋后扑到床上就没有再起来。

一天以后，成康居然还是保持这样的睡姿，他睡觉的时间长得让我毛骨悚然。这使我怀疑他在假睡，你可以想象一个与你素不相识的人与你同居一室，而且是假睡，这多么让人提心吊胆。

我联想起在我来北京以前，刚好我的一位远房堂叔在出差途中为了省下单位补贴的住宿费，与一个陌生人同住一屋，半夜遭到陌生人猛烈的袭击，他的脸基本被铁器整平，财物尽失，等他知道这件事的时候，自己已经在医院住了三天。我一直怀着对这件事情的清晰记忆，极其痛苦地假睡了一个晚上。

6点钟我就起床了，走到街上，闻到了附近火力发电厂燃烧煤炭发出香香的好闻的味道，我喜欢这个味道，因为跟小时候爆米花的摇锅的气味非常相似。我还看见凤尾树开出了紫红色的花。我将双手交叉起来，翻过来向外推，听到指骨咯咯作响的声音，看见一群鸽子从灰绿色火柴盒一样的高楼顶上掠过，有一种莫名的新鲜感在心里盘旋：这就是北京，我的未来！

我在离招待所不远的地方挑了一家小饭馆，吃了两个煎饼，还吃了一碗炒肝，然后到我被分配的三分厂晃悠了一圈回来，发现成康还死猪一般睡在招待所的双人客房里。

从我第一次见到成康到现在，如果他一直是睡着的话，他应该是连续睡了24个小时。

由于在火车上热伤风，我一连串打了三个喷嚏，成康就在我的喷嚏中翻了翻身，醒来。

后来我们熟了，聊起这段往事，他解释说他中途醒过一次，发现我在里面，而他又不善于与生人拉话，所以他又睡了过去。我对他的这种解释半信半疑，一个人不可能想睡多久就睡多久，睡觉的快乐是通过白天的清醒换来的。

他的眼神总不能在我的脸上停留5秒钟，好像我的脸像太阳一样灼热。我看他的样子有一点儿腼腆，而且想一直跟我腼腆下去。

同住一隅，我们不能彼此沉默着，沉默有时是一种巨大的压力，我只好主动跟他搭话，问一些陌生人必须问的话。

我说我叫江为民，长江的江，为人民服务的为民。

他说他叫成康，成功的成，健康的康。然后又不说话了。

"又红又专的意思啊！"我为了缓和气氛，故意调侃道。但是成康好像没有幽默细胞，毫无反应。我只好接着问，我问他他就答，他不问我我就主动说，很快我知道了他的资料，我们是老乡，而且同是毕业后分配到北京来的。他是学机械的，当得知我是学计算机专业时，他的行为发生了180度的转变，马上变得不腼腆了，并说他对计算机特别感兴趣。我问他是怎么感兴趣的，他说他在做毕业设计时，有一半时间其实是在玩儿游戏。

我说我天生不善于游戏，虽然学了计算机专业，但是苦于没有好电脑，在386上完成一个图形平移，结果只能移过去不能移过来，幸亏我在理论上准备比较充分，将责任推到硬件问题上，所以毕业答辩还算勉强得优。对计算机我一直不敢遑论，因为我太缺乏实践。

成康得知我是学计算机的，对我的态度亲近许多，好像计算机是我身体的发动机，他相信我会跑得不错。

我坐在床上无聊地打开电视，成康洗漱完毕从公共洗手间回来。我建议他去吃一吃这里的炒肝。他似听非听地走了，一刻钟后回来，躺在床上又要睡的架势。

我说："你真能睡呀，小康，你跟我一样在火车上没法睡？！"

成康慢慢地说："在上火车前的一个晚上我住在一个旅店里，半夜有人用钥匙将门捅开，进来的是一个20多岁的女人，问我睡得怎么样，我迷迷糊糊地说很好，女的见我一脸愚钝，就没问什么，说楼下有一群姐妹要吃夜宵，可否赞助一点。我从衣袋里掏出50块钱给了女的，女的说不打扰了就出去，走到门口时又回头问我要不要一起吃夜宵。我心里发怵，就谢了那女的，然后接着睡，可再也睡不着了，所以之前有36个小时没有睡觉。"

我点着头，觉得这个事情怎么跟小报上的故事似的。

成康停顿了一会儿，抬起头问我："吃夜宵有别的意思吗？"

我带着诡笑说："出门要小心啊，再也不是学生了。"

我看是星期六，无法办理报到手续，刚好可以到外面逛一逛，了解一下周围的环境。成康表示同去，我们就离开二招，来到附近的大街上，这时我发现一个很面熟的人，认出是同班同学吴显，他正在一个小烟铺买烟。

毕业前我们八仙过海，各自忙着找工作，根本不知道谁到哪里了，有的事先早知道，后来也有变卦的；不只是工作，就算是女友也是老太太穿针眼儿——没准儿。在北京的大街上见到吴显，自然让我乐了一个炮嗓，我大声喊："吴显！"他的头猛一转，小分头就炸开了，一双大得调皮的眼睛充满惊喜，嘴乐得跟满开的弓似地说："我靠！"显然，吴显比我更快熟悉这里的语言。

吴显给我和成康递烟，成康拒绝，说真的不会。我和吴显简单交换了别后情形，他居然现在就住在315，我们的隔壁。

三个人乘374到古城大街下，然后一路打听着到四宿舍区看看。火辣辣的太阳烤得我头皮发疼，我建议到楼里面去看看，顺便拜访一下老乡。

吴显跟我往里走，成康说没什么好看的，就在外面等我们。事实上我们也没进去，房管员见我们不像里面已经入住的，就盘问我们，结果我们被问得露了馅儿，也只好往外走。

一天以后我们才能成为这里面的合法居民。

午饭我们在天下一品面馆吃的牛肉面，我请客。大家吃得满头大汗，吴显还一个劲儿往面里加辣椒，并将附近一个桌上的辣椒瓶也拿了过来。

我见大家如此有兴致，叫来了几瓶啤酒助兴，结果将吴显的赌兴给灌上来了。他说："我在学校经常赌吃辣椒来赢一个月不打开水，还有一个月别人帮我买饭，最腐化的一次是别人帮我洗了一个星期的衣服，不过那次是赌悬垂，本人一次在单杠上收臂吊了10分钟，如果严格执行赌场纪律，有人要为我做一年长工。"吴显说完，张着圆月一样的嘴哈哈大笑起来。

我是湖北人，自然是不怕辣，但还不敢如此吃。成康默默无闻地吃完两碗一品面之后，居然要跟吴显赌吃辣椒，他说："我和别人赌过一口气吃完一瓶贵州的'老干妈'。"

吴显说："'老干妈'有什么的？老干妈不辣。"

"人家说四川人不怕辣，湖南人辣不怕，贵州人怕不辣，'老干妈'还是蛮厉害。"我说道。

成康一脸平静，拿起桌上摆的一瓶辣椒酱开始吃。吴显从另外一个桌上拿了一瓶辣椒酱过来也开始吃。

我说："慢点儿，你们还没有说要赌什么就开始吃起来，最好先把赌什么说好。"

成康颇有哲理地说："输赢本身就是赌注！"

吴显也不吱声，两人就这样呼哧呼哧开始吃上了。等吃完手头的辣椒酱，他们开始去其他桌上搜寻辣椒酱，一个女服务员看出问题来，连忙走上来挡住吴显说："辣椒酱不是随便吃的，只是吃面的调料。"

吴显做出一副不跟人一般见识的表情，摆手晃头笑着走回来，成康也止步走回来。

"真他妈小气！"吴显说。

"一碗面才八块钱，一瓶辣椒酱也快八块了，你们这么吃，别人就赔了。"我笑着说。成康喝了口面汤说："辣椒酱真好吃。"

就这样，因为一品面馆拒绝我们这样吃辣椒酱，最后他们没有分出胜负。

睡在招待所半夜有人来敲门，我联想起成康请人吃夜宵的经历，一时有些紧张，起身贴着门问："谁呀？"

"我，吴显，屋里还有水吗？"

成康睡得呼呼的，我打开门，吴显在门口说："我已经把两大瓶水喝完了，还有肝肠寸断的感觉。我靠，这辣椒酱真他妈实在。"

我转身去拿房间里的水壶摇晃，发现有一瓶是满的，另外一瓶有一半左右。我说："这一满瓶你拿去吧。"

吴显拿起水壶，踢着拖鞋往外走。这时候刚才还在打呼噜的成康突然醒了，他坐起来，好像眼睛还没有睁开，囫囵扔出一句话："谁赢了？！"

吴显用不服的语气定定地说："你赢了！"拿着开水瓶晃着头出去了。

## 二　北京像海洋

　　星期天我建议我们每人买一辆二手自行车，以后上班用得着。说是二手，也不知倒过多少手，在北京有一段时间几乎自行车没有真正的主人，我所遇到的人没有不丢自行车的经历。金顶街据说是北京倒卖二手车闻名的几大市场之一。未到北京我就听学长们说，到北京一定不要买新车，买新车是给贼买，到金顶街花几十元钱可以买八成新的车。

　　我将这个小窍门告诉了成康和吴显，成康显得比较兴奋，他说："这可是我第一次自己拥有一辆车。"

　　吴显窝起圆月一样的嘴纠正说："说清楚，是自行车！"

　　成康说："自行车也是车！"

　　我带着一路争执的他俩来到黑车市场。

　　许多老工人模样的人推着车在那里毫无目标地张望，我开始以为他们是已经买到车的买家，结果每经过他们身边时，他们就会低声问我们要不要，我才知道这个市场并不是明目张胆，还是需要一定伪装，在京钢附近伪装成工人倒是很自然的事情。

　　我很快相中一辆26型黑漆飞鸽牌女车，八成新，有铃有锁有本，车主要200元。我决定跟他磨价，陪着看的他俩就分开各自找适合自己的车去了。

　　我出价120，车主说最低160。我跟他软磨硬泡，他仍是坚守160，离我事先了解的车价差太远。我正伪装离去，成康在一个墙根儿叫："江为民，过来帮我看看这车怎么样。"

　　我离开卖车人，到成康看中的小车旁边去帮他挑车的毛病。

　　一辆24型号女车，手刹。

　　"成康，这辆车你骑合适吗？"我看着身高1米75的成康问他。成康没有回答，骑上这辆24型号小车，整个背弯得像一只大山猫，他很女式地在那里兜了一圈。我看他简直是在受刑，忍不住笑了，劝道："成康，换一辆大一点的吧。"

　　成康低头看着车说："我喜欢上这辆车了。"

　　车主出价120，有本。

　　成康埋头看着车说："不要本多少？"

　　车主出了100。我看萝卜白菜各有所爱，就帮他把价搞到不带本60元成交了。吴显也选中了一辆比较旧的26型号永久牌车推过来了。

车市经常遭到警察的偷袭，所以在10点以前就开始收场，我看大家都有了属于自己的车，自己也不能搭谁的车回去，就向先前的车主开价150，带本。成康劝我不要本，我觉得还是要本好，拿着本看了看，见型号对。车主在我的再三"劝导"下决定150卖给我，但顺手将车上的铃和锁拿了下来。

我想，锁一定要装新的，铃很便宜，就此罢了，骑车走人。

我们仨跨上自己的车，飞快地骑向通往招待所的路。

天开始下起了毛毛细雨，空气清新而湿润，车轮在路上发出清脆的沙沙声，我们被这种崭新的生活鼓舞得内心激荡起快乐的涟漪，一路口哨、歌声，并开始追逐起来。骑在最前面的成康在小女式车上像一只巨大的企鹅，剧烈地扭动身躯，但还是很快被我们抛到后面去了。

回到二招我又拿出车本仔细看了一遍，发现颜色那一栏与我的车对不上号。我的车是黑色，颜色那一栏却写着：墨绿。车本显然是假的。"靠！"我将来北京第一天在火车站跟拉黑活儿的司机学的骂人话说了一遍。


星期一我们报完到，都分到了各自的宿舍，我和成康住对面宿舍。吴显分到另一栋楼去，后来与我的联系少了。若干年后，我发现和曾经同班的吴显几乎一年也聚不上一次，北京像个大海洋，我们只在出发的地方相聚，以后就向各自的方向游去，谁也不知道谁能够到达哪里。

在两天之内，我所在宿舍的四个人已来齐，有来自四川的胡勇，沈阳的肖哲，湖南的贾朝阳。我们住的是北京标准的筒子楼，中间是过道，两边都是一样大小的房间，在无数这样的黄金分割式长方形房间中，有一间注定属于我们，这是国企对大学生的待遇。若干年后，这种待遇也取消了，我们和一切都被市场化了。

在属于我们的那间房里，四人一人占据一个角，四张单人床，四个床头柜，四个人在北京被安放在了同一起跑线上。我们各自安排好行李物品，发现每个人拎的行李箱都一样，全是人造革皮箱。

年轻总是快乐的，我们在床头贴上自己喜欢的偶像画，音乐开始在房间里响起。

成康住在对面宿舍，他居然奇迹般地从大行李箱里掏出了一把吉他。他在墙上钉了一颗绝对雄壮的钉子，将吉他挂了上去，他的床头没有任何偶像画。在成康的房间里，有来自吉林的李伦，来自北京顺义的杨杰，还有来自安徽的李为。

在不到两天的时间里，我们热切地交流，两个宿舍已经发展到互通有无。谁有电吹风、谁有鞋油、谁有手电筒、谁有女朋友等等都清清楚楚，而且除了女朋友外，许多东西开始离开主人在宿舍间流动。

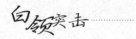

第三天晚上，我们"八大京钢"在宿舍附近的泽雨餐馆好好撮了一顿。大家在桌上按照顺序轮流介绍自己，李伦提议鱼头冲谁谁先说，刚好一盘菜里的鱼头冲着我，所以他们集体决定由我先介绍自己。

我看既然是鱼头选中的我，这也是天意，起身端起酒杯，一时不知道说什么好，将酒杯举着向每位点头致意，然后说："在家靠兄弟，出门靠朋友，我希望我们成为永远的朋友！"说完，我将杯中酒一次性送进喉咙，酒的辣气呛得我咳嗽起来。

下一个是李为。李为长着一张长条脸，说话喜欢重复"这个这个"，他起身说："这个我觉得认识大家是缘分，为了这段不了缘干杯！"

"不了情，不了情！干杯！"胡勇插了一句，大家都笑了，干完了杯中酒。

接下来是肖哲，东北人肖哲瘦高个儿，长着一颗大大的脑袋，戴着一副堪称巨大的眼镜。他站起来给大家双手抱拳示意一下说："说啥呀，都是我哥，在北京见着你们，眼泪哗哗地。"

大家全被逗得哄堂大笑，肖哲就坐下了。这时候李伦提醒说："叫声哥就免酒了？喝酒，喝酒！"

肖哲对李伦说："哥哥，我真不能喝酒。"

李伦："那为了表示你这个做弟弟的诚意，就一杯喝醉得了。"大家就都跟着起哄，肖哲见逃不掉了，非常艰难地将一杯白酒喝下去，呛得泪眼婆娑。

轮到成康，成康自觉站起来，将自己倒得不满的杯子加满，然后一口喝下，同样也呛得泪眼婆娑，双手搓着说："既来之则安之！"说完，成康就坐下了，李伦以为成康还有话，一见成康坐下，李伦起身说："你还没有说完吧？"

成康坐着说："既来之则安之！完了啊。"

李伦看了看大伙，说："我看这样吧，既然来到北京，是来工作，不是旅游，我们肯定对自己还是有份期待，要不我们下面开始，谈谈自己来北京的期望。"

大家齐声说好。下一个是贾朝阳，贾朝阳整理了一下上衣，起身目光坦诚地望着大家，颇有感慨地说："北京，真他妈大，那天看地图崇文门离西单不远，决定步行过去，结果腿都走短了还没有看见西单。"大家都笑了。贾朝阳接着说："来北京，我的目的很明确，得做一番事业，至少过上小康生活。"

李伦接着说："我有同感，北京，他妈真大，大得像海洋。我骑自行车想去趟北海，结果骑到西单屁股给磨破了。"

我连忙接着说："北京，真他大妈。我那天在一个小摊上叫卖东西的大姐，结果人家劈头盖脸数落我：你看我像大姐吗？我能做你大妈！没礼貌，这孩子。我当时嘀咕：叫大姐说明你看上去年轻啊。人家大妈说：年轻能当饭吃？我当时哑炮了。"

李伦说："言归正传，贾朝阳，你说说你的小康生活是什么标准？大家借鉴一下。"

贾朝阳说："我的标准是四小，小车，小别墅，小孩……"贾朝阳说到这里，突然想不起来另外一个小了。

"小老婆！"旁边一直沉默的杨杰递上来一句。大家都笑起来。

贾朝阳说："差不多这个意思，但是是小自己很多岁的老婆，呵呵。"

大家对此哗然。李伦接着说："太腐化了吧，我们国家还有好多人没有过上温饱生活，你就进入小康了。"

贾朝阳接茬儿说："我就是一个挣扎在温饱线上的人，一个月860元工资，在北京不是温饱线还是什么？"

"那我们都是！"我接着说。

"所以说嘛，我们都得为小康生活奋斗！"贾朝阳说。

"好话题，要不下面每个人说说自己的小康生活！"李伦提醒道。

胡勇接着说："我认为小康生活应该是三有：有一份自己想做的工作，有一个自己想爱的人，有一个自己设计的空间。"

贾朝阳马上应道："那可以说你现在已经有了。你想想，肯定有一份你想做的工作，只是人家不需要你；也有你想爱的人，可能你死后5年她才出生；现在你住的地方就是你自己设计的——墙上贴的美人画，你的小康已经实现了！"

"小康不是这样的！"肖哲说。

"那你说说你的小康生活！"

一帮人就小康生活的标准开始争论起来，酒也喝得非常顺利，很快两瓶二锅头都下肚了，已经有几个人舌头开始打卷儿。

成康不善推辞，每怀必干，很快就退居二线。不知道什么时候，一直趴在桌上醒酒的成康在半梦半醒之间抬起头说："我要当一个科学家！"

坐在成康旁边的李伦推了推成康说："科学家，醒醒！我们在说什么是小康的生活。你也来说说。

成康仰坐在位置上慢慢腾腾地说："小康的生活就是我的生活！"

我说："你喝多了，醒醒酒再说吧。我个人理解，小康的生活应该有一条，首先是快乐的生活。"

胡勇举起杯，用明显的四川普通话说："有道理，来，合（喝）酒，合酒，别谈什么小康生活，为快乐的生活干杯。"

肖哲说："什么是快乐的生活？每个人的需求不一样，我快乐的生活就是能够把女朋友分配到北京来。"

李伦将酒杯挪了挪，面带微笑地说："菜过五味，酒过三巡，我们都从祖国的四面八方来到伟大的首都北京，这是一件大事，首先为这一件大事干杯。来，来！"他一边说一边站起来邀酒。大家对这一刻的认识变得历史起来，微笑中不失凝重。谁也没有推托这一杯，因为这是很重要的一杯。成康也摇晃着起来干了这一杯，场面安静下来。

"几千里之遥辗转至此，没有缘是不会碰面的，何况碰杯？"李伦接着说："小康的生活如果是个物质标准，每个人对物质的需求不一样，今天靠我们几个制定一个标准恐怕不可行，这事儿得国务院干，我们别把他们的事儿干了。如果小康的生活是一个幸福的标准，是一个心理感受的标准，那更加难以统一。我就在这里卖个学问，把古人说的小康标准拿出来显摆一下，古人说：今大道既隐，大同不存，天下为家，各亲其亲，各子其子，是为小康。"

李伦扔出一段古文，众人皆木，虽然大家都是大学生，可是在古人文章面前，还是非常心虚，但觉得倍儿有面子。

李伦接着说："我想今天我们无非在谈论一个来北京的追求问题。只不过这个追求比读书时的追求要现实许多，而且方向各异，不是考多少分的问题。大家都有过上幸福生活的愿望，人分九等，马分五色，各有各的愿望，这很正常。像贾朝阳的四小也好，胡勇的三有也好，都何尝不是一种追求的具体体现。就算成康要当科学家，这也不是不可以，玻尔连字都不会写，靠他妈和他妻子通过口述笔录，也成了科学家。不管这个理想在本世纪末还是下世纪中叶实现，不过下世纪中叶长了点，下世纪初实现，我们都应该为来到北京，然后很快找准了目标干杯。"

"干杯。"——大家在桌上将酒杯"过完电"，再一次高举酒杯。

这一晚，我们八个人总共干下去六瓶二锅头，李伦被现场命名为太平洋，因为他酒量惊人。我是印度洋，胡勇是北大西洋，贾朝阳是西湖，李为是瘦西湖，杨杰是昆明湖。大家各自取得了自己的封号。成康和肖哲是沾酒就脸红的人，但是酒风端正，被授予"滴酒睡"和"蛋白酶"。

# 三　倍儿不爽

我们这批来自全国各地的毕业生在总公司进行了半个月的入厂教育，新员工集中安全教育课在设计院大楼顶层进行，这堂课上得非常隆重，总公司负责安全的副总经理和安全专职教员亲自给我们上课。

安全教育是所有入厂教育中最生动、最有趣，也是最严肃的一堂课。学员们最大的收获是知道生产事故中是要经常死人的。右手指头还剩下三只的安全教员告诉我们，人在巨大的机器设备面前是渺小的，对比起来就相当于人和耗子之间的差距，人不小心踩住一只耗子或者摔个屁股墩儿都可以给一只耗子带来生命危险。而京钢公司的生产线有数十道生产流程，每个流程都有死亡威胁。生产事故造成死亡的方式千奇百怪，绝不比奥斯维辛集中营好：有的被热水煮死、有的被头顶的吊车砸死、有的被离心设备离心而死……安全教员热衷于对细节的描述，使我们一个个听得心惊肉跳。

15天中，我们与许多人建立了友谊，对我们来说，友谊往往是短暂的。15天后，我们都回到了各自的生产分厂，很多人以后就再也没有见过了。在北京这个大海洋里，我们可能在某个闸口相遇，然后又会游向未知的水域。

我骑着新买来的车到三分厂去上班，对全新的生活充满畏惧和喜悦，我有在新生活面前不知所措的毛病。

厂办公室安置在一片灰蒙蒙的车间旁，三层高的办公楼表面也蒙上了一层厚厚的褐色灰尘。迎厂房的一面墙爬满了爬山虎，露出来的窗户像办公楼的眼睛。我踏着轻飘飘的步子沿着昏暗的楼梯上了二楼，心里惴惴不安：国家安排我在远离家乡千里的地方上班，这里面多么玄妙和充满偶然性呀！

根据人事部门事先的提示，我将安全学习合格证交给了厂里的安全科科长，我发现五大三粗面色黝黑的安全科长居然也是右手剩下了三只指头，这实在让我心惊。看样子厂里让人当安全科长必须得有招牌相。

然后我到人事科王科长那里去报到。王科长长了一脸青春痘，脸上没有一丝皱纹，头发却已经地方支援中央，让我摸不清他到底有多大年龄。他眼神缥渺地望着我，好像是在望窗外，也像在用下垂的目光看着我。

我很认真地介绍着自己来自江南名校，能够吃苦耐劳，关键是学习能力强。据以前毕业的师兄说，第一印象是非常重要的。为了在王科长这里建立起良好印象，我的表达有些表演性质，像念话剧台词。后来我回到宿舍检讨自己第一天的工作时，觉得自己比实际幼稚程度可能还幼稚。

我在自我介绍中没有忘记强调自己是学计算机的。

王科长用蜡黄的右手指夹着烟，另一只指甲修剪得很完美的左手按在一叠办公材料上，拉高嗓门很高兴地说："啊哈，你来得正是时候，我们这里缺学计算机的人，以前有过，那是中专生，他们只懂得操作，我们需要像你这样更高层次的技术人才。"

我听出来王科长是一个懂技术的人，至少他很看重技术，心里踏实起来，我只希望能够有一个专业对口的工作。

王科长收回右手，深深吸了一口烟，眼睛先下垂，然后抬起来，目光又缥缈地似看非看地望着我说："经厂里领导研究决定，我们先安排你在生产科工作，你等一会儿。"

王科长说完起身就出门，把我一个人留在那里。我正不知道如何是好，他很快又折回来说："生产科长现在正在开早调会，等一会儿我带你去见他。"

我呆坐在旁边等着，不知道该怎么跟王科长搭话，恰好王科长接到一个电话，估计是一个聊友，两人没完没了打着电话。一刻钟后他们停止谈话，能够判断出跟工作有关的只有最后一句，让对方送一张什么表格过来。

放下电话后王科长表情突然生动起来，用一只很漂亮的老板杯沏了杯茶，才连忙自责地说："哎呀，忘了给你倒茶。来来！"说着起身要给我倒水。

我很诚恳地撒谎说："我不渴，刚刚喝了来的。"我发现屋里并没有多余的茶杯，而且我不应该这样麻烦领导。

王科长抬起头望着我，他眼神里带着疲倦说："从湖北来的？"

"是的，湖北武汉。"档案上都写着，我想他只是由此切入吧。

"父亲做什么的？"

"个体户。"

"在北京有亲戚吗？"

"没有！"

"远房亲戚也没有？"

"没有！"我很肯定，因为从家谱看，我们家族从清朝初年一直在南方混，明朝最多在山东混过。

王科长换了个姿势吸了一口烟，好像叹了口气一样，这时候桌面上的电话响了。王科长接起来，连说两个好，把烟在烟灰缸里掐灭，然后站起来说："走，小江，去见你们科长去！"

我跟在王科长后面，心里忐忑不安，下面要见的科长才是我以后的直接领导，这个第一印象比刚才那个更加重要。

王科长进去给生产科长说了句人给你带来了，拍了一下我的肩就走了。

我的腿刚进生产科长的办公室，生产科长就从座位走过来，用那双肥大的布满粗黑皱纹的手紧紧握住我的双手，黑而光亮的脸上绽开灿烂的微笑，弯月形的眼睛星光点点。

我一时被这种热情冲晕了头脑，因为这种热情我只在黑白电影里见过。我不知说什么好，只好始终保持灿烂的笑容，同时感到古道热肠还在工人阶级中存在。

生产科长长着一颗圆圆的头，圆圆的脸，黝黑的脸上居然还有两颗圆酒窝。后来我发现，三分厂的人面色都接近煤灰色，因为整天在矿粉堆里工作的缘故。

生产科长姓张，他一手握我的手，一手拍着我的肩，用老熟人一样的口吻说："早就听说要来一个大学生，你来得真是时候！我们这里缺学计算机的人才，以前有过，不过那是中专生，他们只懂得操作，我们需要像你这样懂开发的技术人才（他的话与王科长的几乎雷同）。"科长一边说一边指着他里外两间办公室外面一间摆的一台电脑说："你来得正是时候，我这台电脑现在还有毛病，还死着机。"

我发现在一张铝合金电脑桌上用一块灰旧的蓝布蒙着一台电脑，心就开始摇晃起来，我对它的熟悉超过了对人的熟悉。

正在我的眼神粘在蓝布上的时候，有人来找张科长，张科长指了指蓝色窗帘布蒙着的电脑对我说："小江，你帮忙看看。"然后披一件土褐色工作服，戴上黄色安全帽出去了。

我如同接到考试试题一样紧张，可以说这是我第一次理论和实践相结合，心里没底。我像揭开新娘的盖头一般，轻轻将电脑上的蓝布移开，检查了一下电源线，然后缓慢地将电源开关按进去，电脑内部一阵吱吱嘎嘎地乱响，我的心也随之起伏跌宕。一分钟后，显示屏像翻白眼儿一样翻出两行字：NO SYSTEM DISK OR DISK ERROR, REPLACE AND PRESS ANY KEY WHEN READY. 我知道这可能是不带引导系统的软盘插在软驱里没有拔出来。一看三寸软驱，果然里面插着一张软盘，我用了一股力气才将软盘拔出来，自己差点儿一屁股坐地上。还好，计算机上的红色启动指示灯闪了两下，直接进入Windows界面了。

"Shit!"

就这么轻松搞掂，我像过电一样快乐。再仔细检视了一下眼前这台机器，乖乖，486，就这么在这里躺着睡觉。

大学毕业设计我用的386，现在自己有了一台486，还是Windows操作系统，一阵狂喜掠过我的心头，我以飞快的速度将整个计算机扫描一遍，看有没有令人惊喜的内容。

计算机技术在工厂的缺乏程度超出了我的意料，毛主席号召学生到工厂去，这很正确。这样简单的毛病，他们竟然不知如何是好。我开始觉得有些自信，同时也觉得这个企业太需要我，我可以在这里发挥一技之长了。

成康去烧结厂上班，那里据说是整个京钢最"黑"的地方，因为所谓"烧结"就是矿粉在炼铁前的一道烧炼工序，将大量矿粉烧成块状供炼铁使用，整天在矿粉里工作。

两星期后成康给我一个惊人的消息：他要参与烧结厂的计算机系统规划设计。

"这是不可能的，你一个学机械的，谁要你去设计计算机系统。"我忘不了打击他，心里还是很羡慕。

"这没有什么稀奇，我们厂来了一个食品专业的大学生，几经周折，一年后到食堂蒸馒头去了，你能说专业对口？别忘了我的专业上写着'机械自动化'，自动化应该与计算机有些关系。"成康振振有词。

虽然嘴上打击他，我还是相信成康在计算机上会有很好的发展，因为他具备搞计算机的最好素质：专注。

成康为此请我去街边游戏室玩游戏以示庆贺。

我说："我对游戏没有兴趣。"

成康笑着说："我对你有兴趣。"拿他没辙，我就跟着他去游戏机厅。

在玩游戏时，成康边玩儿边问我许多计算机网络问题。我老老实实将我学过的网络知识尽所能告诉他。事实上我在大学根本没有接触过网络，大学里一来没有计算机联网，二来就算联了网，那也只是机房管理员才知道一切。网络到底是什么我只能靠想象去弥补，毕竟我没有见过。

成康以为我会对他保留什么，总会拿同一个问题用不同方式问，我想了一个办法，列了一个书单，让他去看几本我推荐的书。成康说我成了教授，于是江教授的绰号被他们传开了。

一台486电脑让我很长时间都处于兴奋状态。

我将张科长办公室的那台电脑认真查看了一遍，里面有许多不能再玩儿的游戏死程序。我问坐在里间的科长："这台机器谁使过？"

科长皱着眉头在里屋一边翻看着油印的文件一边说："一直扔在那里没人使，你好好看看，我这还真有许多事要用电脑。我对电脑一抹儿黑，赶明儿我得跟你学习。"

"没问题，"我一边清除文件碎片一边说，"科长，这个机器可以重新装一下吗？

这里面的问题太乱，跑得太慢了。"

科长打趣说："专业人员就是不一样，以前从没有人说要将这个机器弄快点，那帮孙子只能将机器越弄越慢。你怎么合适怎么整吧！"

我一边给机器格式化，一边告诉科长："将机器整好以后再配一台打印机，就不必油印文件了，而且写文件也不用笔写了。"

科长说，"你需要什么就尽管说！"说着就拿着几张油印纸一副哭脸出去了。四十出头的科长喜欢苦着一副脸，总给人一种忙得焦头烂额的印象。

每天中午，科长的饭总有人早早从食堂打到了桌上放着。后来才发现，给科长打饭的是生产科调度室机房的一个四十多岁的白脸阿姨，刚好姓白，人称白阿姨。他们经常在科长室里吃午饭，一副领导群众亲密无间的样子，有时候白阿姨还给科长缝缝补补袖口或者袖套。

在调度室玻璃房里有一台王安终端机，由几名女职工轮四班三倒，每天记录从高炉传递来的生产数据，通过这些数据来控制生产进度和配料供给。

我花了一个下午的时间，拟了一份报告：《生产科电脑业务改造设想》。为了使我的设想让科长更容易看清楚，这个报告有点记叙文的特色，里面既包括对硬件和软件的需求，也包括进一步对生产科各种业务进行计算机管理的系统方案。

方案写完后，正赶上科长出差，我买来了一堆书，继续自学计算机技术，为了调节疲劳的神经，就到调度室去向几位调度师傅学习，按照科长的话是"了解生产情况"。

# 四　别擦了，再也不可能那么亮了

调度室实行三班倒，每班有两位调度值班，很快我和几位调度师傅开始称兄道弟。虽然他们比我大许多，但他们坚持要和我称兄道弟，我也不能坚辞不受。他们经常坚持要往我的饭碗里搁王致和臭豆腐，或者一定要推荐我用王致和臭豆腐抹馒头，我虽然做了顽强的抵抗，但最后还是向他们妥协了，而且觉得这种吃法非常有新意。他们是我曾经在电影里见过的那种工人阶级，大声说话，破口骂人，加班不断，精神饱满。

有时我觉得这也是一种痛快淋漓，但是我始终不是他们一分子，他们那些调度活儿我根本干不了。有时候他们拿起步话机在那里狂叫，如果下边不听就急眼大骂。有时会温和得跟女人一样在步话机上缠绵起来，样子非常滑稽。

如果经过多次咆哮，下面还是没能将生产故障排除，就会有调度亲自到生产一线去了。任调度就是一位非常喜欢下车间的调度。我刚刚见到他时，他正站在调度桌前打电话，一边打一边不忘从桌上一包都宝牌烟盒里掏出一根烟来扔给我。我连跑带抢还是没有接住那根烟。后来我发现规律，能够通过烟的牌子判断抽烟人是什么学历。一般没有读大学的都抽都宝或者大前门，上过大学的抽中南海，如果一直坚持抽希尔顿的，怎么也是个副厂长。

出于礼貌，我一般会问人贵姓，这是我一段时间在工厂里用得最多的一句话。

任调度非常客气地回答："免贵姓任，任先启！"

"什么，您叫任贤齐？"我顿时笑出声来。因为任调度的形象跟当时走红的歌星任贤齐整个两个方向生长。任调度是一个40多岁的胖子，不到一米六的个，浓眉大眼，总是一副笑脸，经常穿一件被煤灰熏黑的工作服，映衬得他的白皮肤更白。

"嗯，任先启！"任调度指了一下旁边调度黑板上的名字，我才发现是我听岔了。任调度从我学什么专业开始问起，我们很快就熟悉了。后来任调度多次要带我到下面生产线去看看，但是因为我没有安保装备一直没有下去。

任调度喜欢到生产前线去走动，穿上深筒胶鞋，戴上安全帽，拿上四节电池的大手电，颇有一副德国兵的威武。最要命的是，任调度是那种天生有语言天赋和歌唱天赋的人，能够嬉笑怒骂皆文章，关键是跟不同风格的人说不同的话，在生产科做到八面玲珑，而且喜欢在调度室里放喉高歌《我的太阳》，就这一曲，让我对北京工人阶级的娱乐观发生了180度的逆转。

与任调度搭班的杨调度则是一个火枪手，脸被霰弹洗过一样，充满月球表面的质感，开口就是骂人，话里充满各种生殖器称谓，如果将他话中的脏字过滤一下，一句话要缩水80%。

据说杨调度的专业活儿特别硬，调度工作最为出色，每年获最佳调度奖。杨调度有一手绝活儿是做脸谱，据说他弟弟是搞壁画的，他们家有这种天分。杨调度倒休没事就在家做脸谱，用布、石膏、篾皮、油彩，喜欢做什么就做什么，做得最多的是京剧脸谱，有时候心血来潮还做帆船，很有专业水准，有人拿钱要买，他很少卖，买的多是熟人，他说这样出去串门还能见到自己做的脸谱，倍儿爽。

很快转秋。北京的秋天美得让人伤感，尤其是对寂寞的人来说，如果没有女孩一起出游，站在漫山红叶中，当秋风席卷层林而过，望着北京瓦蓝瓦蓝的天，心里就拔凉拔凉的。

那时候满大街流行一首歌曲，一开头的歌词是："穿上大头皮鞋，想起我的爷爷！"这句歌词很快被贾朝阳改为："穿上大头皮鞋，我是你的爷爷！"我们非常欣赏这个二次创作，很快就都唱起这句歪词。

一天，成康爬到床底下去瞎掏弄什么，嘴里还嘟噜着说："我穿军勾怎么样？"

"惨点儿。"我说，"你在床底下干嘛呢？"

"我找我的军勾。"成康在床底下喘着气说。

"你军勾不是昨天送去补了吗？你说经常去车间需要穿劳保鞋，一双不够换。"我说。

"哦，是啊。"成康从床底下爬出来，拍拍手上的灰出去了。

我一下子想起我的军勾鞋来，心里一阵激动，那是我在大学时最得意的一双鞋，穿起来总觉得在女生面前的回头率仿佛也高了。

回到房间，我从床底下翻出我的军勾来，上面居然长了白霉。

"回想大学当年，女朋友初谈了，白牛仔裤，黑军勾，气吞红塔山如虎。"我对斜躺在床上看《孙子兵法》的肖哲说："嘿，别老装孙子了，看看我这鞋酷不酷？"

肖哲头像蛇一样往上抬了抬说："比我的差远了。"

"别吹牛，你的是鳄鱼皮不成？"

"鳄鱼皮谈不上，但是是真军勾，我哥从部队带回的。"肖哲从被子上扭起身，到床底下拖出一口牛皮纸质的盒子，小心翼翼打开盒子，一双非常普通的中腰军勾躺在里面。

"难怪用牛皮盒装，一双非常中庸的皮鞋嘛。"

"但是非常中用。不信你看看我这鞋底，军勾的功夫在鞋底。你那鞋穿了几年？"

肖哲问我。

"一年。"

"瞎，一年鞋底就成了中国地势，西高东低，我的鞋就不一样，三年还是坚如冰。"

我仔细看了看，也很有道理，果真是三年鞋龄而鞋底完好无损，真军勾和假军勾还是有区别的。看肖哲的鞋面，确实被狠狠地穿过，鞋帮居然有撕裂后缝过的痕迹。

我从鞋盒里拿出鞋油，开始擦鞋。

成康很快取回了鞋，补鞋的人将成康的鞋整个改造得面目全非，鞋帮上补了一块黑得比成康鞋原色还黑的皮子，鞋底上跟钉马掌似的钉了很厚的车胎底。

我和肖哲不禁哑然失笑。

"你这跟钉马掌似的，谁让他这么干的？"我说。

"我，想结实点，老坏。"成康坐在床边一边往脚上套一边说。

"毛病。"我说道。

大家见我非常认真地给鞋打油，纷纷效法，屋里呈现一副手工作坊的模样。

这时候贾朝阳从外面回来了，满脸疑惑地看着我们三只脚踩在一个四方凳的三面给军勾打油，会心一笑，大声嚷着说："我和你们这帮俗人最大的共同点是我也有一双军勾。"

"擦自己的皮鞋，让别人说去吧！"肖哲应道。

我没有理贾朝阳，继续擦自己的皮鞋。他从床下拖出人造革箱，从里面翻出一双已经压得变形的军勾，费力地往脚上一蹬，踩在板凳的另一方，四只脚在一张凳的四方摆着，好像卖猪手的。

我最初用的一块布条被撕成了四块，每个人都在鞋上呼呼打磨起来。

一撮阳光正好照在凳子中间，我们拼命地在鞋上涂抹着打磨着，但是四双鞋怎么也不像在大学时那么亮。我看着大家一个个显得有些傻气的样子说："别那么费力了，无论如何也没有大学时亮了。"

打完皮鞋油，我们全部穿上军勾，齐整整地走到大街上，秋天的落叶刚好落在我们的脚边。一名本地少年骑着一辆轻快的山地车呼啸而过，在空中扔出一句公共用语：傻×！我们权当是扔给满大街人的，没有去搭理已经远去的背影。

科长回来之后没有到厂里来，而是直接去了医院。

据说科长在外地的酒桌上遭别人暗算，以一块王致和就一斤二锅头的酒量拜倒在别人桌下。经过几天的点滴，科长终于从酒神眼皮底下回到我们中间。

等科长出现在办公室时，我没再迟疑，将《生产科电脑业务改造设想》郑重地交给了他。三天后，科长让我打一份发给各生产车间的材料，同时抚着我的肩，语气平和关切地对我说："厂里的计算机由技术科的林平管，如果咱在办公中缺啥，可以向她去申领，有些情况你不熟，开发办公系统，只能由技术科向厂办公会提方案，如果方案通过了，才有钱批下来，由技术科统一实施，厂里有些办事程序你慢慢了解，别着急。"

说完，科长喝了一大口水，带上安全帽，苦着脸出去了。

我突然觉得这事不是个简单事，坐在那里闷想半天，决定先找技术科林平摸摸情况。

在技术科我见到了已经在厂里工作了6年的电算中专毕业生林平。林平长方脸，单眼皮，皮肤白净，梳着光板头，给人做事干练且讲原则的感觉。我几乎是喜欢这种类型的女孩的。

"我是楼下生产科的江为民！"我刚刚自我介绍一下，林平就非常热情地上来握我的手说："哦，早听说了，我们厂里来了个大学生，学计算机的，真是太好了，我有什么不懂的还得多向你请教的。"说完，林平给我倒了一杯热水，里面还放了茶叶，这是我在厂里收到的第一杯带茶叶的热水。

林平的声音细而温和，我被这种北方女孩的热情弄得不知所措，坐在林平对面的椅子上只是微笑。

"听你是外地口音，来北京，你习惯吗？"林平笑盈盈地问。

"还好！"我也笑答。

"北方就是干，你得多喝水！"林平一边握着茶杯喝水一边说。

我也跟着喝了一口水，欲言又止。

林平看出我好像有什么事情，主动说："你有什么事吗？"

我很犹豫地说："我想在生产科里搞计算机改造，听说你管厂里的技术改造，想听听你的意见。"

"嗨，我也是管不好瞎管，不过厂里确实在统一安排计算机系统的建设，包括重新布线联网，现在正在系统选型阶段。"

"哦，那生产科的系统也包括在里面吗？"我试探着问。

"当然啦，你没有来以前就论证过了，方案上报领导批了，只是还没有批下来。"林平笑盈盈地说，露出白白的牙齿。

我一时语塞，只是说了一个"哦"字。

从林平宽大、电脑设备齐全的办公室出来，我心里颇觉愤懑，我来到厂里这么久，居然从来没有听说过厂里对计算机系统建设的任何情况。现在突然知道厂里正在对计算机系统进行全面部署，作为厂里唯一一名计算机专业人才的我却全然不知。

# 五　暗号买白菜

回到宿舍，我闷闷不乐，换了工作服，拿了饭盒到水房冲洗，然后准备去食堂吃饭，在水房里遇到了李伦，他也准备去食堂吃饭。

我们俩打好饭，找了一处僻静的桌椅坐下。李伦一向对工厂政治比较在行，我想听听他的建议。

"你说我怎样才能够获得厂里重用？"我问道。

"看你想要什么。"李伦反问。

"当然是技术，边干边学，自己本身缺乏实践。"

"这不是你想要的吧？"

"那我想要什么？"我很奇怪李伦这么问我。

"技术本身会是你的追求吗？"

"现在来说，技术就是我的追求，有了一技之长，我就到哪里都不怕了。"我说道。

"你看，说出了技术后面的想法吧。本质上你要的是安全感。因为你在厂里得不到重视，没有机会掌握技术，你就觉得自己没有安全感。"李伦一块块掰着馒头说。

"也可以这么说。"

"那你想想问题在哪里啊。你们厂里计算机技术改造，在你来之前，人家林平就已经主持规划了，人家在规划时，你还没有出现在历史里，你不能怪厂里没有通知你，那会儿你还在大学里泡妞呢。"

"陪人泡妞，自己还初恋未果。"我笑道，"那你说我应该怎么办，我就想参与到整个厂里的计算机建设中去，我并不一定要负责这件事情。"

"这事也好办，你可以取得林平的欢心，然后通过人事科，把你从生产科调到技术科。"

"我一大学生，干嘛讨一中专生的欢心！"我很不快地说。

"没有肚量，注定没有出息，我闪了，你自己看着办吧。"李伦说完起身走了。

我回到宿舍左思右想，还是理不出个思路，这时候肖哲闯进门来，兴冲冲的。我问道："捡钱包了？"

"没有啊！"肖哲很莫名其妙地看着我。

"那你干嘛那么高兴？"

"我老婆过来了！"肖哲一边脱工作装，一边说。

"在哪儿呢？"我问。

　　"在火车站，我去接她。"肖哲说话间，已经将最好的一身衣服换上，揣上钱包出去了。走到楼下，听见他在窗外喊，我从窗口探出头来，看见肖哲已经叫好了一辆出租车，这厮真肯为女朋友花钱，那一趟来回相当于一个月工资的20%啊。

　　"干嘛？"我问道。

　　"晚上宿舍我用了。"肖哲说。

　　"那我们去哪儿呆着去？"我问道。

　　"靠，老规矩，你们去买白菜。"肖哲咧着嘴笑着说。记得第一次肖哲借用宿舍时跟我们约定，如果我们不在宿舍，他就会在门上贴一条：公司食堂来了大批价优质良的白菜，欲购从速。

　　"白菜都吃腻了。"我也故意调侃。

　　"你爱买什么买什么，通知其他哥几个啊！"肖哲让我告诉其他几个没有回来的，说完钻进了出租车。

　　胡勇和贾朝阳还没有回来，我只好在对面成康的宿舍里等他们，然后告诉他们该买白菜了。成康正蹲在地上用电炉子煮白菜豆腐粉丝。出于对食堂饭菜不合营养标准的抗议，我们偶尔会在宿舍里偷偷用电炉子煮一些可口饭菜打牙祭。

　　不一会儿，胡勇到了宿舍门口，哼着曲子掏钥匙开门，我连忙喊他过来，告诉他："今天晚上肖哲让我们买白菜。"

　　胡勇一跺脚说："这厮，又让我们买白菜。"

　　成康蒙头蒙脑地站起来问："哪有白菜卖，我的白菜刚吃完。"

　　我说："你丫别起哄。"有一段时间，我们特别喜欢把从北京街头学来的俚语相互使用，以此为亲密表现。

　　"什么起哄，我真的要买白菜！"成康还一本正经。

　　"行，行，你先吃你的白菜吧，你！"胡勇推着成康说。

　　这时候贾朝阳也进来了，满面春风的样子。

　　"今晚买白菜！"我说。

　　"谁又要二院点灯呀？"贾朝阳笑嘻嘻地说。

　　"还有谁，肖哲！"胡勇说。

　　"什么二院点灯啊？"成康端着铝饭盒一边吃一边问。

　　"你大爷，白痴啊！二院点灯都不知道，看过《大红灯笼高高挂》吗？"贾朝阳说。

　　"没有看！"成康自觉没趣，转一边吃饭去了。

　　"不能便宜肖哲这小子，一顿饭就打发我们啊，要不给他来个现场直播，呵呵！"贾朝阳坏笑着说。

"没设备啊！"我附和着。

"哎，对了，我的walkman可以录音啊。"胡勇说。

"那怎么录？又不能遥控！"我问道。那时候我们最先进的娱乐工具是walkman，一盘磁带的录音时间顶多45分钟。

"那还不容易！"成康冷不丁来了一句。

"你说怎么录吧？说对有奖！"贾朝阳收住表情，煞有介事地说。

"太简单了！"成康看着我们，有些不可理喻地说。

"别卖关子了，不说死啦死啦的！"我假装上去掐成康的脖子。

"为民，为民，别，有奖，有奖！"贾朝阳拉开我。

"奖什么？"成康往床上一坐，身板挺直，等着进贡了。

我掏出都宝牌香烟，成康摇摇头。胡勇掏出大前门，成康还是摇摇头。贾朝阳从口袋里掏出一包三五，很心疼地说："我都舍不得抽，这是给我师傅的。"

成康大模大样地从三五烟盒里抽出三根来，左右耳朵各夹一根，嘴上叼上一根。贾朝阳愤慨地将烟盒收回来，在空中示意抽了成康两个耳光说："你丫蛇吞象，撑破肚皮责任自负。"

胡勇给成康点上烟，成康才突然笑出来说："很简单，派一个人躲在床底下录音不就行了。"

"这也是主意，打丫的！"三个人都冲上去将成康压成肉饼。

一阵不痛不痒的胖揍后，成康的烟全成了八瓣，心疼得贾朝阳一节节收起来，捧在手里，郑重地递给成康说："君子一言，驷马难追！这奖品还是您的，就有劳您这一趟了！"

成康翻着眼睛看着贾朝阳说："什么意思？"

"有劳您一趟，录音去啊！"贾朝阳假装严肃地说。

"我说只出主意，不带执行的！"成康辩解道。

"你就别推了，把最好的差事交给你！"我说道。

"不行，不行，我怎么能干这种事情呢！"成康笑着。

"你想想，肖哲已经托付我了，我们哥几个都通知到了，要出去买白菜，无论如何不能躲在房间里录音，这有违承诺。不过你不知者不为过，所以才能够完成这个伟大的使命！"我说道。

"成康，看这个！"贾朝阳举起剩下的三五烟说，"这个全是你的了！"胡勇已经把walkman装好了录音带，而且还拿了两个备用带，一起塞给了成康。

就这样，连推带搡，我们把成康送进了我们的宿舍。

过了很久，我们打了一轮"拖拉机"，肖哲才从火车站回来了，旁边站着一个如花似玉的女孩，长发披肩，身材高挑，五官标致。在经过成康宿舍门的时候，我们只是看到她匆匆经过时投进了一瞥，肖哲则假装什么也没有看见。到目前为止，我们只知道肖哲的女朋友是他大学的同学，低他一个年级，明年6月毕业。

成康已经在肖哲的床底下整理出空间来，着实地躺下了，手里拿好了录音机，随时准备录音。左等右等，一直没有任何动静，暖暖的暖气让成康昏昏欲睡，不一会儿成康就睡着了。

肖哲开门的动静将成康惊醒了，成康一动不动躺着，这时候只听见肖哲说："累了吧，我给你弄点热水洗一洗。"

肖哲女朋友说："嗯！快去快回啊！"

于是肖哲出去了，推开对门的房间，见我们都在打扑克，一边低身拿开水壶，一边说："哥几个在这买白菜呢！成康呢？"

"加班！"胡勇不动声色地说。

肖哲转身出去，把门带上，我们在里面哄堂大笑。

"成康加班搞直播呢！"我补充道。

肖哲进了自己宿舍，拿来一个脸盆搁在床头柜上，倒上水，给女朋友拿来毛巾。女朋友开始洗脸。

不一会儿，肖哲把脸盆放到地上，给女朋友放好拖鞋。这时候听女朋友说："别，我自己脱！"

成康在床底下憋得脸红。话音刚落，一只带着香汗的臭丝袜扔到了成康的脸上，成康轻轻用手去拿，另外一只袜子又扔到成康脸上。成康轻轻去掉一双丝袜，一个喷嚏涌上来，成康用手紧紧捏住鼻子，将喷嚏给闷住，把自己的眼泪都闷出来了。

肖哲给女朋友洗着脚，说："这环境是差点，不过以后单位结婚会给单间。"

女朋友笑着说："大学生毕业都这样，没什么，跟读大学时一样，也习惯了。"

肖哲说："那可不行，我可不愿委屈你。"

"北京真大！"女朋友说。

"是啊，北京像个大海，比咱沈阳可是大多了，沈阳顶多算是个长白山天池。"肖哲说。

"分配来北京可不容易。"女朋友说。

"那可不，都是尖子生，你看咱对门这两个宿舍吧，八个来京的七个都是学生会的，品学兼优。"肖哲笑着说。

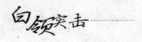

洗完脚，肖哲把洗脚水挪到一边，坐到床上，没人说话了，只听见咂嘴的声音。过了一会儿，肖哲才说："你哭啥呢？别哭！别哭！"

过了半晌，只听女朋友说："我要是不能分到北京来咋办呢？"

"那不可能，我往届的师兄在总公司人事部的，我早给他打招呼了。再说，学校的领导我前段时间回去也打点了，没别的，只要你是班级总评分数第一就行。"肖哲肯定地说。

"那，万一要是分不过来呢？"女朋友说。

"那不可能！"肖哲有些急躁地说。

两个人沉默起来。不一会儿，又听见咂嘴的声音，而且两双垂在床沿的腿开始纠缠在一起，钢丝床也发出嘎吱的声音。成康这时候反倒特别紧张，在下面屏声静气。

就在这时候，只听见咔嚓一声，床架子一头塌下去，着实压在成康的身上，成康用手顶着床的另一端，在床底下喊："快起来，床底下有人！"

肖哲和女朋友起身，女朋友捂着脸就跑出去了。肖哲把床扶正，成康浑身是灰，从床底下爬出来。肖哲张大嘴看着成康，莫名其妙地问："没看过毛片啊，你趴床底下干吗呢？"

成康满脸通红，支支吾吾，一瘸一拐地往外走，手里还拿着录音机。肖哲跑上去，一把抢下录音机说："我靠，没你们这么干的啊！"

# 六　　暗算

根据李伦的建议，我想争取能够调到技术科工作，这样就能够实现我的技术梦想了。

我设想的第一步是找人事科长谈谈，希望他将我换到技术科工作。为此我甚至躺在宿舍的木床上制定了一个周密的工作调动计划，并拟好了跟什么领导该怎么谈的腹稿，没事就在大脑中预演。我渐渐发现干自己喜欢干的工作的权利是靠争取换来的，领导们要发现你这块地下黄金闪光需要时日，等待只能使黄金升值而我贬值。

在一个秋日艳丽的下午，我敲开了王科长的门。

王科长还是眼神缥缈地看着我。

我尽量客观谦虚地将我最近一段时间的工作向人事科长汇报了，并提出我如果去从事专业工作，参与到厂里的计算机系统建设中去，会更好地为厂里做贡献。人事科长对此表示理解，他吐了一个美丽的烟圈之后说："跨部门调度我做不了主，其实管人事的只是管管档案，对你的要求我会向分管人事的赵厂长反映的。"

原来管人事的并不一定做人事工作。我在生产科整天打印生产报表，等待王科长的消息。自从要求配来打印机之后，我成了生产科专业的打字员了，而且打字做报表的专业名声远扬，跨科室有人遇到报表制作的难题也会来找我，我渐渐陷入琐事之中。

两个星期过去了，王科长依然毫无反馈给我，为了自己的技术前途着想，我必须亲自找人事厂长谈谈了。

赵厂长看样子提前知道了我的来意，控制了交谈的主动权，他用宽厚的嘴唇首先肯定我在生产科的出色工作："小江啊，现在各科室送上来的材料，生产科是最工整的。"

我谦虚地笑了笑，非常诚恳地说："赵厂长，现在生产科基本上也没怎么用计算机，我的专业是计算机，现在厂里正有建计算机系统的打算，我在技术科更能发挥我的专业特长，能否将我调动到技术科工作？"

赵厂长深深看了我一眼，比我还诚恳地说："你的想法我理解。但是你应该知道，生产科是全厂最重要的科，将你这个懂计算机技术的大学生分配到这个科，是对你的重视，也是让你先熟悉生产科的情况，为将来生产过程计算机化做准备。你说呢？"

赵厂长说完用坚定的目光看着我，我不敢正视这种目光，在身材魁梧的赵厂长面前无话可说，但又不想离开，像一只不服输的蟋蟀。

事后我觉得领导的想法是针对全局的，而我的要求只是个人的，如果个人的要求与领导对全局的考虑挂不上，个人要求只能靠边站。我的认识提高了，但情绪低落。

一天，我在下班的路上遇到林平，她刚好也骑车下班，我们俩一起骑着。不得不承认，林平是一个很有气质的女孩。

"你们回宿舍一般干什么呢？"林平笑着问我。

"睡觉啊！"我笑着答道。

"当然指吃饭睡觉之外！"林平说。

"看书，学习！"我说。

"看些什么书？"林平侧脸问。

"计算机专业！"我答道。

"我有个问题不了解，明天问问你不介意吧！"林平说。

"乐意效劳！"我说道。

第二天上班，林平就来向我请教了一些网络方面的问题，我无私地奉献完我的所知后，到任调度那里去聊聊天。

任调度远远扔给我一根烟，我已经能够准确无误地接起来。

"小江，这来厂里快半年了，有何感想？"任调度说。

"感想个屁！"杨调度说。

"别打岔，说正经的。"任调度说。

我笑着，什么也没有说。任调度接着说："有女朋友吗？"

"没有！"

"小林找你啦？"任调度笑呵呵地说。

"交流技术问题。"我答道。

"需要给你介绍女朋友吗？"任调度继续说。

"还早，还早，我想先把工作干好！"我说道。

"好样的。你跟林平以前熟吗？"任调度问道。

"不熟。"我答道。

说话间，科长从外面急匆匆回来了。任调度连忙跟上去，非常恭敬地递上烟，科长张嘴接上，任调度给点上火，两人消失在楼道里。

我下午在办公室里琢磨了许多遍任调度的话，从直觉上好像任调度提醒我和林平之间的交往。

晚上下班的时候，经常给科长打饭的白阿姨问我："小江，你英语好吗？我女儿读初三了，要考高中，你能不能给我女儿看看她英语怎么样？"

我和计控室的几个阿姨都熟，白阿姨也在这之列，但是对于突如其来的家教请求，我不知道如何回答，只好说："我没有做过家教，不知道行不行？"

白阿姨说："没事周六去家里看看吧，顺便在家里吃饭啊。"我没有令人信服的理由推脱，只好答应了。

下班的时候，刚好和任调度一起出厂门。任调度在厂里澡堂将自己洗得浑身通红，如同一只刚脱毛的大白猪，样子非常可爱。在工厂的热水池里搓澡是工人的一大享受，我却一次也没有去过。

"为民，为民，为人民服务！"任调度念叨着。我们一起往外骑车。

"小江，咱们技术科的林平，你了解吗？"任调度依然不紧不慢地说。

"不了解。"我纳闷，他为什么还接着问这个问题，这不像他哪说哪了的风格。

"在你之前，公司走了两个学计算机的大学生了。"任调度说。

"为什么啊？"我问道。

"林平是中专生，你是大学生，你说为什么？"

"这有什么啊？"

"你还是纯真啊，呵呵！"任调度接着说，"赵厂长你找过吧？"

"嗯！"

"你知道赵厂长是谁吗？"

"不知道。"

"林平的姐夫！"

我虽然没有觉得自己做错了什么，但是突然觉得自己像浑身没有穿衣服一样窘迫，想不到我的那点事情居然大家都知道了。

"你的事情在公司办公会上讨论了，咱科长参加了，听说你要去技术科，科长很没面子呢。"任调度说，"你知道你不可能调到技术科的关键因素是什么吗？"

"不知道！"我的脸比任调度还红。

"林平在会上不同意。"任调度嘴咂吧了一下。我听着任调度的话，眼前一块撒落的渣土没有躲开，自行车龙头一扭摔倒在地。

任调度连忙下来，扶我起来说："你没事吧。"

我拍了拍身上的尘土说："没事，没事！"

和任调度在一个路口分开，我感到一片茫然，在街上随意骑了一圈，才回到宿舍。

在宿舍里，见肖哲躺在床上看《孙子兵法》，我说："别孙子兵法了，当孙子是没有办法的。"

肖哲说："怎么啦，又郁闷了？"

"何止郁闷，简直遭人暗算！"我说道。

"没那么严重吧，我看你还好好活着！"

"复杂，复杂，厂里斗争复杂！"我叹道。说着，我去食堂买了一瓶啤酒和一些肉食上来，准备在电炉上加工一下。

肖哲见我要到床底下去掏电炉，告诉我一个不幸的消息："电炉被房管没收了。"

"什么时候？"我愤懑地问。

"就刚才，你前脚出去，他们后脚就进来！"肖哲一副无动于衷的样子。

"你丫挺的不能不让他们收走啊？"我嚷道。

"我制止得了吗？"肖哲抬起头说。

我干脆仰面倒在床上，连吃饭的意思也没有了。

肖哲扔给我一支烟，给我点上，然后也倒在床上。

肖哲瘦高的个子，戴一副黑框眼镜，说话略慢，不失风趣，会些诗文，喜欢写日记，不太像东北人。刚来的时候他就将一幅美人像贴在床头，让我们猜是谁。我说是港台名星，胡勇甚至认为一定是台湾的，只有贾朝阳慢慢用带尾音的湖南普通话说是肖哲的老婆。肖哲则默不作声，我和胡勇一起惊叹肖哲有如此艳福，有如此漂亮的老婆（我们称别人的女朋友为老婆），肖哲谦虚地说一般一般。

肖哲在床上大口地吞云吐雾，我问："君有何忧？"

肖哲说："老婆来信了。"

"这不是喜事吗，忧从何来？"我颇觉他多虑。

肖哲自言自语地说："自从上次来宿舍以后，她的信心受到动摇。"

"那不关我的事，那是成康自导自演的。"我说道。

"跟那个无关，人无远虑，必有近忧。如果不能将老婆分过来，这种感情将何以为继？"肖哲将一股烟吹得老高。

这时候，贾朝阳穿着一身脏兮兮的工作服从外面一颠一颠回来了，见我们如此沉默，打趣说："怎么，又多愁善感起来了，还像不像男人？"

我将肖哲的情况复述了一遍，贾朝阳潇洒地说："大丈夫何患无妻！"

我纠正说："不是患无妻，而是患无爱情！"

贾朝阳一边脱工作服，一边眨巴着拿掉眼镜的近视眼说："什么狗屁爱情，是真爱情就算分不到一起也过来了。"

我从床上坐起身来说："太俗！"

贾朝阳换完衣服，突然精气很足地说："兄弟们，我从厂工会弄了几张蒙娜克的蹦迪票，不如今天去蹦迪？"

这个主意不坏，我一下子坐起来，肖哲也坐起来，我们被激活了。我到对面宿舍叫上成康和李为，李伦还没有回宿舍，只好舍他而去。

杨杰是北京郊县顺义的，来了不到一个星期就不愿意呆了，强烈要求重新分配回顺义老家，最后他如愿以偿，所以现在成康的宿舍只住三个人。

成康一边跟着走一边很认真地说："我不会蹦迪！"

我不屑地说："你会不会蹦？"

成康说："会！"

我说："那就跟着走！"

一帮人闹闹哄哄出了宿舍，叫了一辆出租车，向五棵松蒙娜克迪厅前进。

在车上我问成康："你们厂里的计算机系统建得怎么样了？"

成康一脸麻木说："不知道。"

"你已经参加了厂里计算机网络的建设，怎么会不知道呢？"

"我帮计算机室一起调查了全厂的系统需求，现在等着领导批示。据说全公司的计算机系统由电子公司来做，我们只是辅助一起开发，将来接手管理。"

"你现在干什么呢？"

"我现在在机修科跟班，经常和机修主任到车间去逛，蛮好玩！"

"怎么个好玩？"

"车间的人全是三点式的。"成康说完自个儿笑了。

"你说他们穿着三点式上班？"

"别想歪了，脸是三点式：两只眼睛和一张嘴是白的，其他地方都是黑的。"成康依然还在自顾自地笑。

贾朝阳说："太小儿科，我跟你们讲个好玩的。"

"不是你半夜给你们办公室老处女抽屉里放玫瑰，第二天把人家给激动得心脏骤停的事儿吧。"肖哲奚落道。

"别瞎扯，"贾朝阳说，"说正经事儿。"

"哎，贾朝阳献花这事儿可是正经事儿，怎么没有听说啊。"我起哄道。

"没什么，出了一次洋相而已。给你们讲一个班中干私活的事情吧。"贾朝阳说。

"什么班中干私活，讲讲！"大家兴趣盎然。

"今天我们厂早调会公开批评了一个副科长。"

"他犯什么错误？"

"晚上他值班，厂长来查岗，一看这哥们不在岗位上，拿手电在车间几个房间里乱照，结果发现这哥们跟一个女工正在干事呢，呵呵。厂长暴怒，扣他一个月奖金，报到劳资部，要写一个理由，也不能照实写啊，费老劲才想出一个理由：班中干私活！"

"哈哈……"

载着一车欢笑，出租车在夜幕降临的时候到达蒙娜克。远远我们就见到巨大的探照灯在四处扫射，颇像农田里诱引飞蛾的黑管灯，蹦迪的人像飞蛾一样从四面八方飞来。从不同方向打上去的激光灯将整个舞厅照得晶莹剔透，宛如用翡翠玛瑙钻石混雕的工艺品。

我们在门口交了门票，每人花15元买了一瓶饮料。

贾朝阳骂道："舞厅太他妈黑心了。"

成康说："你是越来越爱骂人了。"

贾朝阳说："是从工人师傅那里学的。"

成康说："你能不能从工人师傅那里学点好的？"

"班中干私活？"李为冷不丁来一句，大家又都笑翻了。

说话间进得舞厅，全场叽叽喳喳，人头攒动。

蹦迪九点开始，我们找了一个接近舞池的地方坐下，有些不自在，听许多人在点唱卡拉OK。

肖哲把服务生叫过来，问有什么酒，服务生说了一些很花哨的名字，看了酒单，我和成康直摇头。贾朝阳将酒单往旁边一推说："挣得太少了，一个月工资不够喝瓶酒。"

我们都说不用喝酒，肖哲退走了服务生。

在我们对面的舞台上方，播放着一些中国本土摇滚乐队的现场录像。

我看见张楚坐在一个高凳上面对空旷的前方高歌，一名穿黑衣的乐手拉着一把鲜红的小提琴，旋律华丽：这是一个恋爱的季节，大家应该相互微笑，这是一个恋爱的季节，大家应该相互交好，孤独的人是可耻的……生命像鲜花一样绽开，我们不能让自己枯萎，没有选择，我们必须恋爱……

我被场面的空旷和孤寂深深吸引，不能自拔，勾起了对往事的回忆，几欲落泪。

肖哲在一旁猛抽烟，见我在发呆，用肘碰了一下我。成康似乎对这个场合感到有些拘谨，他不知所措地四处看着。贾朝阳和着卡拉OK的节奏轻哼着。

我对肖哲说："我以前特别喜欢音乐，高中时还写过歌，现在觉得那个时候真好！"

肖哲明白我的意思，说："不要追忆逝水年华，也不要为工作的事情太在意，谋事在人，成事在天。"

　　我戏谑他道："你也不必为老婆的事太操心，缘聚缘散，这也是天意。"我想说出一些人生的真相，尽管我也不知道什么是人生的真相，希望能够让肖哲有心理准备。

　　这时正面巨大的人头雕像开始喷烟，警报声大响，场灯乱闪，场面有些恐怖。低沉的音乐预示着大战前的平静。

　　强大的人造烟雾很快充满舞池，舞台正方的巨大人头眼睛里开始电光四射，周围三层跳台的舞者开始躁动不安，仿佛一群失去控制的斗兽，开始从牢笼中苏醒。

　　音乐一波一波渐强，突然灯光尽失，双眼失明；鼓乐顿止，双耳失聪。随即一声炸雷，强大的声光冲击波直抵人群被压抑的脆弱和疯狂，舞者如洪水决堤，澎湃而出。DJ老外穿着一件黑色T-shirt，套一件红色带背带的牛仔裤，也不失时机在那里大嚷大叫。

　　在渐失的雾气中，我看见肖哲像一道黑色的闪电，四肢从身体中脱透出来，向四周伸展，我从未发现在他瘦弱的身体中潜藏着这样的力量。他见我一直在旁边静坐，顺势将我拉入舞池。我感觉进入舞池等于进入了快乐，许多恼人的事一扫而空。

　　"没人能阻止快乐，忘掉烦恼吧。"肖哲嚷出这么一句，我听得模模糊糊。

　　成康等人已经离开了座位，消失在舞池的迷雾中。音乐突然大变，身后一片哗然，我们转身过来，发现有三个穿着三点式比基尼的领舞小姐在高高的领舞台上尽情蹦跳，干净细挑，没有一丝赘肉的腰身如同雕塑一样完美，扭动的胴体让我感到忧伤。

　　那身材和活力如同向水面扔下的巨石，激起了千重波浪，她们越向观众靠近，台下的舞者就越疯狂。她们举起双手在左右晃动，慢慢转圈。舞者也自动用一致的手势在台下晃动，转圈，如此反复，人人陶醉在忘我的气氛中。

　　两个小时的汗水和噪音，我们疲惫不堪，这时轻曼的音乐响起，情侣们开始在这一段时间里搂抱着慢慢摇摆。

# 七　别引导了，我对您不感兴趣

肖哲从蒙娜克蹦迪回来后，决定要搬出去租房住，理由是要考研究生，找个僻静的地方好好学习一下。因为考了研究生，根据北京的政策，老婆的户口是可以进来的。

这么正当的理由，我们没法阻挡。星期六我们帮他收拾行李——基本上还是那口刚来时的皮箱。我们打一辆车，把他送到苹果园地铁一片平房区，那个地方的房租便宜，一间平房每月租金200元。

没有人像我这么敏感，我预感到肖哲从此将离我们远去，消失在我们的视线里，因为北京太像浩瀚的大海，让两条曾经碰面的鱼再次碰面的几率比中子撞击原子产生链式反应的几率还低。

星期六晚上我第一次到北京本地人的家里做客。白阿姨和丈夫女儿都在，家里做了很多好吃的，包括红烧肉、油炸带鱼、蘑菇炖小鸡这些北京人常吃的菜。我在白阿姨一家人的热情款待下，吃了个肚儿圆。

该轮到我效力了，我在白阿姨女儿的带领下来到她的房间。白阿姨的女儿是个地道的北京中学生，个子跟我差不多高，嘟着嘴，嘴上有轻轻的绒毛，非常有礼貌，开口闭口就是叔叔。

"叔叔，我觉得吧，学英语挺没意思。"白阿姨女儿嘴一撇说道。

"那你觉得哪一科有意思？"我正襟危坐，拿起她的教科书，像个长者。

"体育。叔叔，我就觉得我游泳有前途，在区里还得过第一名呢。可我妈不认可，说搞体育是吃青春饭。"女孩一边活动着腰身一边说。

"那你能不能先考上一个好高中再说？"我中肯地建议。

"但是，我觉得英语没什么用，您觉得呢，叔叔！您在单位用英语吗？"女孩一只手扶着椅背，另一只手往后拉伸自己翘起来的一条腿。

"虽然我现在不用，但是指不定哪天用上。"我笑着说，但是心里很虚。

"叔叔，您上大学时想到会跟我妈做同事吗？"女孩突然来了这么一句，我顿时有些发窘，但还是依然谆谆教导："人生有时候是无法预料的，但我是学习成绩好才来北京的。"

"叔叔，您觉得北京有意思吗？我觉得一点意思都没有。去年暑假我妈带我去了趟杭州，湖光山色，那里多有意思啊。"女孩终于坐下来，将头和胳膊搁在椅背上，面对着我。

"这个，仁者见仁智者见智。"我言不由衷地说。

"叔叔，我觉得您太屈才了，我妈是小学毕业，您跟她在一起工作，没意思。"女孩好心地看着我。

我被一个小女孩弄得如坐针毡。本来以为能够教教她英语，没想到她净聊一些乱七八糟的话题。但我还是正了正身子，深呼吸了一下，说："我们试着学习，我看看能不能引导你。"

"别引导了，我对您不感兴趣，一点意思都没有，反正今天我也没有心情学习，要不先这样吧。"女孩心不在焉地晃着头说。

我坐立难安，脸红到脖子根，心想真是倒霉透了，被一个小女孩羞辱。尽管她不是故意的，只是说话非常坦诚，可是这种没心没肺的交谈谁也受不了。但是我起身走吧，显得不是很礼貌，对不住那么好的红烧肉。

正在这时，女中学生好像看透了我的心思，一针见血地说："叔叔，我妈让您来教我，您一定不好意思不来，不过没关系啦，我会跟我妈说是我看不上您，这样她就不会再叫您来了，您走吧。"

我简直要气疯了，起身往外走。女孩在后面说："您已经是第五个了。"

在客厅里白阿姨和丈夫正在看电视，我非常客气地说："叔叔，阿姨，今天的辅导就到这里，情况回头我跟阿姨您交流。"

说完，我就往客厅门口走，白阿姨做一番挽留，目送我下了楼。

晚上刮起了大风，我简直气得要发疯了，逆着风疯狂地骑着自行车。


如果回头看一段没有目标的生活，情景往往让人触目惊心。就像时间让人衰老一样，虽然一天天很难觉察，可是将相隔10年的照片放在一起，那绝对是触目惊心。人在环境中的变化也是这样，不知不觉过了很久，突然有一天我蓦然回首，发现自己不知不觉成为厂办公室的电脑维修员——这是我对自己的称谓。除了给生产科制各种报表，或者将以前由他们用纸写的东西变为用电脑写，我还慢慢开始担当起草一些通知文稿的任务。

我开始学会串门，以此消磨时光和心中的不快。事情有1%的巧合，就有100%蓬勃发展的可能。第一次到财务科串门，我就遇到他们的电脑故障，打印机在接受打印命令后，打印针头急促振动一下，然后一动不动。虽然他们对我不甚了，但还知道我是电脑科班，一脸久仰的神情请我来查看。我毫不客气坐上正位，重新填写了一张工资单，点上打印按钮，打印机就听话地吱吱叫个不停。

我在他们的赞美声中，让他们亲自操作一次，电脑也吱吱打出漂亮整齐的工资单。

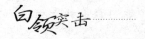

在一片赞美声中我完成了首次串门，回到科长办公室，甚感无聊。

我心里很清楚，这只是雕虫小技，根本不能唬弄日本人——我的意思是靠这两手没法养家糊口。我多么想参与到一个大项目中，宏观的、工程的高度学习和运用计算机。电脑本来是一个很个人的职业，可是脱离集体又没法成长，除非像求伯君一样，一个人能编一个好用的软件。

我跑到里屋，躺到科长中午午睡的床上，拿出他的都宝牌香烟，大大咧咧抽起来。看着午后灿烂的阳光照在窗外一蓬野兰花草上，我胡思乱想将要入睡，有人在外面敲门。我起身去开门，财务科的黄毛丫头小吴找我，说："打印机又不打了。"

我问："是怎么不打的？"

她说："你一走就不打。"

我再次到财务室，刚才的一幕重演了，我根本没有动任何地方，电脑老老实实打得倍儿好。

我玩笑着说："没别的毛病，电脑认人。"

财务室的人都知道这不是原因，但他们确实看见我在旁边电脑就好。

我继续笑道："要想让电脑好好工作，我必须调到财务室来工作。"

财务室的同志举双手赞成。我正色道："先退出系统吧。"然后我将电脑系统整个清理一遍，并将打印机与电脑连接的并行线接口用小刀稍刮一二，接通，用杀毒盘杀了一下毒，启动计算机，打印机稳定了。

解决财务科打印问题只是我为整个办公楼维护电脑的开始。我的电脑才能在三层楼里像烟雾一样传播开来，而且慢慢具备了传奇色彩。

安全科的显示器、技术科的软驱、行政科的硬盘、人事科的鼠标相继成为我的朋友，通过给他们治好失明、拉肚子、小脑病变和副交感神经失常，我认识了他们的主人，也和他们成为好朋友。

他们在对待一些问题上的意见惊人地一致，那就是无论这些玩意儿坏成什么样子，他们都不愿意换。后来我通过申请给生产科的电脑配一个鼠标，才明白个中滋味。为了配一个鼠标，我到财务科去借了一个鼠标，并将用鼠标和没有鼠标的情况做了一个比较，满以为科长会觉察出有鼠标的好处，谁知科长看后木然道：没什么区别呀？用鼠标也可以完成，没有鼠标也可以完成。

"在赞美声中体会痛苦！"我通过电话这样告诉成康。

*远离本土作战*

*敌人离我们那么遥远*

我在遥远的北方被连根拔起

我的家乡在遥远的南方

……

我将自己刚写的一首长短句念给成康听，希望博取成康的理解。成康在我将诗念了两遍之后还一言不发。

我气愤地说："成康，你是听还是没听？"

成康慢慢吞吞地说："我在想我该说什么好。我觉得你是不是太脱离生活，否则不会有那么多遥远。"

"你不了解我的生活！你在干什么？是不是在打游戏？"

"你怎么知道的？有话快说，我快超过3万分记录了！" 成康一定玩着他的手掌机。

"不打扰了！"我生气地挂了电话。两分钟后我拨响了另一个分厂技术科肖哲的电话，将那首颇为言志的诗念给肖哲听。

"我几乎有同感！"肖哲在那一端欲言又止的语气，仿佛是寻词索句，想准确表达对这首诗的看法。

"那你离同感有多远？"我略带调侃地说。

"从你们厂到我们厂这么远。"肖哲说完笑起来。

"太精辟了！"我也顺水推舟。

我不知不觉跟人事科王科长一样，依靠这种无聊而有趣的电话打发时光。

人不可预料，往往不知自己会变成什么，有时候突然自省，惭意侵心，便苦练电脑水平。软件没有机会练，我就苦练硬件维修。买了许多维修大全，先看维修图例，再看维修原理。拆电脑，打印机，甚至是复印机，拆到不用电烙铁就不能拆为止。然后再装，细心认真就没有装不上的。最后我遇上装不上的东西了，这件事给我的打击不小：我将打印针拆下来之后，再也装不上去了。

成康已经具备了和我大侃特侃电脑的水平，他像温室里的小豆芽一样成长得很快。豆芽是我见过的长得最快的植物。我在宿舍里掏出满口袋打印针的时候，成康惊讶得张大了嘴，说："你，你能修打印针，佩服佩服！"

我淡淡应一句："只会拆。"

成康在一旁狂笑不止，说："你是不是患了大脑炎，没事拆打印针当牙签使！"

我拍了一下他的肩说："别闹腾，说正经的，你能找到人帮我把打印针装上吗？明儿我还要打报表。你不知道，那帮不懂电脑的，你排除了一个很简单的故障，他们会很神奇地看着你，你解决不了一个你根本无条件解决的故障，他们也很神奇地看着你，这种眼光很难受。人有时候就是这么虚伪，谁愿意自己在他们心目中建立的万能形象毁于一旦？如果真不会修，至少你会解释也行。有时候能解释出了什么问题比排除了问题还管用。现在我怎么解释？我要是一解释，我们那有一个会修手表的师傅拿过去就给修好了，我脸还往哪儿搁？"

成康又是一阵狂笑，笑岔了气。

我是一丝笑容也没有，拍着成康的背说："你是不在苦中不知苦。"

成康止住笑，一脸潮红还没褪去，卖着关子说："我几个月以前倒是认识一个电脑天才。"

"你认识修表的也行，只要今天晚上能修好！"我苦着脸说。

"不是修表的，是电脑天才。"成康说完瞪着我，我明白他的意思，从兜里掏出金桥牌香烟，恭敬地递到他嘴里，再给他点上，说道："你小子不能当官，办这点小事都要收受贿赂。你是怎么认识他的？"

成康吐了一大口烟，双手按在双膝上说："孩子没娘，说来话长啊！"成康故意将尾音拖得很长。

我急了，搡了他一把说："你是不是又要给我来从前有个山，山里有个庙，庙里有个和尚啊。少拿我开涮，我是真着急，要是没什么狗屁电脑天才，我赶紧想别的招去，别浪费我的宝贵时间，就一个晚上了。"

成康站起来说："走吧，见电脑天才！"

大晚上，我们到另一栋楼去找电脑天才。在路上成康告诉我电脑天才是他在游戏厅认识的。有一次他在游戏厅对新到的一个游戏产生了兴趣，一天扔了20个coin（游戏币）还是过不了关。按正常情况，成康每次去游戏厅老板是不欢迎的，因为他能用一个coin从头打到尾，最后不想玩了就将奖励的coin让给他看着顺眼的小孩玩，这样老板根本没法赚钱。

那次成康遭遇了滑铁卢，成康的脾气是玩不穿不下火线，所以星期六被套在那个游戏机上套了一整天，中途是李伦给他送的饭。

就在关键时刻，电脑天才去了。成康的脾气是自己玩游戏不让别人插嘴，电脑天才只是在他旁边的一台机器上玩同样的游戏。成康在扔掉第21枚coin之后决定上一次厕所，他想换换脑子，他真有点心灰意冷，他说他在这种时候的心情与绝望相差无几。

上完厕所回来，他无意识地站在电脑天才旁边观战。成康说他一见电脑天才就知道此人不俗。很快电脑天才的游戏进度也到了成康过不去的地方，电脑天才只是三下五除二就过关了。

　　成康看得目瞪口呆，他主动搭话说："你是第一次玩儿这个游戏？"这其实是在暗中较劲，如果多次玩才玩穿也没什么佩服的。

　　电脑天才说是第一次。

　　成康知道游戏迷不会撒谎，他们就这样认识了。一聊，俩人都是一个总厂的，电脑天才在总厂电子公司工作，搞软件开发。后来才知道，电脑天才简直是个电脑奇才，他软硬件什么都会，成康没事就去找他玩。

　　我们进到电脑天才的宿舍时，电脑天才正在和其他仨人修长城。因为抽烟，屋里乌烟瘴气的。

　　"侯哥！"成康叫了一下其中奇瘦的一个高个。我发现那个瘦高个确实很"猴"，我冲他点头堆笑，也给其他三位点头堆笑。成康和我就在一旁看他们打麻将。一会儿，"猴哥"对面的人给"猴哥"点了"一条龙"。"猴哥"从麻将场下来，问成康："有什么事？"

　　成康指指我说："帮装装打印针。"

　　"猴哥"面无表情地对成康说："你先替我打。"然后领着我出了宿舍。

　　我走在"猴哥"后面，觉得从"猴哥"身上散发出一股股凉气。从后面看，他的腿细长得厉害，像两根上下一般粗的竹竿。两肩如鹤一样高耸，微驼的背顶着一颗小脑袋，细长的脖子随着步履不停地晃动，两只胳膊插在裤袋里，我立刻相信他是电脑天才。我感觉他身上有奇异的东西，虽然瘦，但是丝毫没有让人觉得他很虚弱。我相信这样的人三天三夜不睡觉编程序也没事。

　　"猴哥"将我带到楼道的厕所里。厕所分里外两间，外间是水房，里间是便室，和我住的宿舍里的厕所一样。我心中无比纳闷，以为他要上厕所，就站在外面等。

　　"猴哥"却转过脸来说："进来，这是我的工作室。"工作室在厕所里？我纳闷着，也只好跟着"猴哥"往里走，心想电脑天才就是与常人不同。

　　厕所里有一个供人冲淋浴的单间。一般我们都在外间水房用盆装水冲澡，没人到里间淋浴间冲，除非有什么病。

　　"猴哥"将废弃的淋浴间当作了工作室。这个主意虽然臭了点，但也算上上乘想法。这里面确实很安静，适合电脑天才搞创造。

　　"猴哥"的工作室里有一台拆得面目全非的电脑，整个一开膛破肚的电脑，但从显示器知道电脑完好地运行着。各种电脑书堆满了地上和桌面剩余的空间，大小各种钳子和烙铁散乱堆在一个皮鞋盒里。一对音箱却整齐锃亮地架置在墙角，很低但很有质感的曼托瓦尼音乐在里面流动。

　　"猴哥"三下两下，还没等我看清，很快给我装好了打印针，带着我出了他的工作室。我心里出来一句诗：斯是臭室，唯吾德馨！"猴哥"就是"猴哥"！

我们回到"猴哥"的宿舍，成康正好给对面点了"一条龙"。

成康略带歉意地看着"猴哥"，"猴哥"露出了少有的笑，说："没事，没事！"遂将成康替下来。

我们谢了"猴哥"出来，我问成康"猴哥"姓什么，成康一脸木然反问我："侯哥不姓侯姓什么？"

哦！我暗笑起来。

# 八　又一个富翁诞生了

肖哲搬出去住了一个礼拜就又回来了，原因有二，一是隔壁住的是一个炸油条的外地人，每天凌晨5点就起床生炉子，和面，房子也不隔音，吵得肖哲每天睡眠严重不足。另外一个主要原因是：北京市政府又提升了进京门槛，必须是博士才能够带家属进京落户。

肖哲说："等我考上博士，北京市政府说取消户口限制，我不跟范进中举一样了。"

我们热烈欢迎肖哲重回宿舍，尽管我们迫不及待地把他那四分之一的空间给瓜分了。

为了庆祝自己离开高干单间，又回到了人民群众中间，肖哲将女朋友从外地寄来的一袋咖啡豆拿出来煮咖啡。正在打开，贾朝阳说："是相思豆吧？"

我也走上去，拿了几粒在手上闻了闻说："是煮熟了然后晒干的相思豆。"

"相思豆煮水喝，稀奇！"胡勇说。

"你可损人不利己哦。"肖哲对我说。

为了品尝煮咖啡豆的感觉，肖哲居然专门买了一只咖啡壶，从床底下盒子里拖出电炉来，这已经是我们即将被没收的第七个电炉，我们怀疑房管是不是把没收的电炉又交给卖电炉的继续卖。

"好久没听到你老婆的消息了，她分配有戏吗？"

"有戏剧性变化。今年公司的进京名额减少了一半，我那位分配在总公司劳动人事部的同学居然辞职了，这小子也太性急，至少得帮我里应外合将我老婆分过来再辞职啊。"

"既然连劳动人事部的人都辞职，我看你也没有必要一定要将老婆分来，在一起就行，户口不户口再说。"

"可人家女同志不这么认为。"肖哲说。

很快肖哲将咖啡豆煮好了，香气直钻鼻孔，我们四位像狼一样都操起了家伙，准备喝咖啡。

"还是相思豆煮的咖啡香。"贾朝阳说。

大家将各自的茶杯往桌上一放。

我是喝完"粒粒橙"留下的一只玻璃杯，肖哲用的是一只不锈钢茶杯，成康用的是一只敦厚的陶瓷杯，街边摆的3块钱一个的那种，上面有米老鼠，唯独贾朝阳拿来他吃饭的大口径搪瓷碗。我们不约而同地大笑，说："你太俗了吧，用饭碗喝咖啡。"

贾朝阳红着脸支吾着说："讲究什么，谁规定了饭碗不能喝咖啡？"

"去，去，去，跟你喝咖啡掉价，不找杯子来不给你喝。"肖哲嚷着。

贾朝阳笑着从床头柜里谨慎地掏出一只细瓷花茶杯，而且还有杯托，俨然奢侈品的感觉。我们都目瞪口呆，觉得贾朝阳太过于郑重了。

"还藏着这么好的杯子，一定有故事了，是第几任情人送的纪念品？"我先开玩笑。

"不是，不是，来路不正。"贾朝阳将细瓷茶杯往桌上一搁。

"那是你偷的情人的？"

"可不可以不谈情人，这是我在展会上拿的。"贾朝阳嘻嘻地说。

"这不是拿，是偷。"成康说。

"那就偷吧。"贾朝阳还是一脸笑意。

我们仔细看还能看到茶杯上有"香格里拉"的字样，看样子是从香格里拉饭店"拿"的。

"说来惭愧，"贾朝阳平端茶杯托，对着茶杯说，"一次偶然的机会，本人接到一张什么宽带技术展览的门票，不知道他们怎么知道我的地址。我闲着没事，给师傅一包烟，就溜号去看展览了。那气派，在香格里拉大饭店，大家都是清一色西装革履，跟我们炼钢的不一样。我穿着个破夹克，他妈在那里不好受，只是围着别人转，不敢问问题，心里自卑。宽带我也看不太懂啊，后来发现可以随便喝茶吃点心，得，没事到一边吃吧喝吧。我就跟着别人，鸡跟鸭子进笼，排队取免费咖啡和点心。等我吃到第三块饼干时，我发现手上端的一只杯子精美无比。我看这只杯子足足看了10分钟，我越看越生气，他妈搞电脑的喝水都用这么讲究的杯子。我瞅没人看我，转手将杯子揣袖子里了，这可不是偷，我再次声明，这只杯子有关我的命运。我觉得我应该珍藏这只杯子，我一看见这杯子就知道我自己该干什么。所以我把这杯子拿回来一个多星期了，大家看我使过没有？这不是普通的日用品。今天如果不是喝这相思豆咖啡，我绝不会拿出来，就冲这杯子，我也得混出个模样。"

听着贾朝阳的话，我们几个看着他手里的杯子发呆，没想到贾朝阳会有如此多的感慨。

贾朝阳用带托的细瓷茶杯喝完咖啡后的第二天就失踪了。对我们这些光棍来说，谁一两天不归宿，我们不会特别惊奇，最多说两句俏皮话："谁夜不归宿谁有本事。"

四个人住在一个屋里够拥挤的，谁有几天不在，反而觉得好一点，空间资源稀缺一直是我们最大的问题，这个问题延伸的尽头是我们都买了房。北京已经有商品房出售了，每平方米3000来元，这房价以我们每个月几百块的收入想都不敢想。

可是贾朝阳一个星期了还是没有回来。成康有些沉不住气，问我知不知道他的去向，我说我不知道。

第八天，贾朝阳回了，穿着一身闪闪发亮的灰色西服，打着一条更灰的领带，手里拎着一只硕大的打着三层褶的黑色经理包，标准的真皮经理包。大气！连发型都变了，贾朝阳将以前一直垂在眉前的一撮头发"唰"给剪了，很工整的板寸，硬汉形象。

"哎，谁呀！"我故意板着脸远远冲贾朝阳喊。

贾朝阳笑容有度地冲我点点头，还是一本正经地向我走过来，我真想上去给他一记耳光。

"又一个富翁诞生了？"我继续调侃到。

贾朝阳上来轻轻拍打了我一下，说，"刺激，回宿舍再说。"

回到宿舍，贾朝阳卸下行头，坐在床上，左右各晃了一下脑袋说："就你一个人在屋？"

"嗯，肖哲加班去了，胡勇估计晚上能回。"

贾朝阳从兜里非常缓慢地掏出柔和七星烟，我迟疑地接住，对于一个男人来说，换烟的品牌如同换老婆一样，那一定是身份发生了微妙而坚定的变化。

我总觉得贾朝阳变得神经兮兮。

从外形上看，贾朝阳确实变了，说西装革履就西装革履，头发短了，拎经理包，不小心还将手机从裤带上露出来，以前抽都宝，现在抽七星，还是柔和的。这派头不说，他说话变得不紧不慢，拿烟点火都好像受过什么特务组织训练过的，在我给他点烟时居然在我手上点了两下表示谢谢。他娘的，我真想搋他，只是找不到借口。

"就你一人在屋？"贾朝阳又问了一遍，目光还很软，好像是在思谋什么。

"你小子有毛病，不是已经说了吗，胡勇和肖哲都在加班。这几天你干嘛去了？"

"是一件大事情。"贾朝阳面带微笑抽着烟。

"什么大事？"我基本不把贾朝阳的任何事当大事。

贾朝阳从床上拿过来他的真皮经理包，正欲打开，手机在腰间响了。贾朝阳摘下手机，翻开盖子说："嗯，到了，嗯，就这么着，随时打电话。"合上了手机，继续打开老板包，从里面取出一个精致的包装盒子，一看像一盒药。

"我回了一趟老家湖南。"贾朝阳一边开盒子一边说。

我见贾朝阳从盒子里拿出一瓶药，上面全是英文。贾朝阳将药瓶递给我，说："就是这个东西。"

"什么药哇，不是毒品吧？"我谨慎地接过药瓶说。

"违法乱纪之事不干，损人利己之事不干，损己利人之事不干。这不是药，也不是毒品，是一种保健品。"贾朝阳吐字清晰，不紧不慢。

"治什么呢？"我问。

"什么都治，什么都不治。在美国，人们将保健品当饭吃，在中国人们将药当保健品吃，整个一颠倒，药和保健品的区别是，药都有副作用，保健品没有副作用，你说是吃药治病好还是吃保健品防病于未然好？"贾朝阳用询问的眼光看着我。

"当然是吃保健品。这是什么保健品？"我好奇地问贾朝阳。

"卵磷脂。"

"能治什么病？"我问道。

"我刚才说过，什么病都不能治，你还是观念转不过来。"贾朝阳非常耐心地说。

"那它总得管点什么用吧？白开水还解渴呢！"

"当然你说的是对的，管用。你知道人体生病是什么原因？"贾朝阳进一步设问。

"是免疫系统出问题吧。"

"看来你也不是医盲。没错，一切病痛的根源在于免疫系统出了问题，人体自身对病毒是有强大的抵抗能力的。但是机器也有个老化的时候，免疫系统也不例外，免疫力下降是人生病的源泉。"贾朝阳松了一下扎得严严实实的领带，鼓着腮帮子煞有介事地说。他的眼神总是带着雄辩的光，含义是：你认为不是这样又是什么？

"对，对，免疫力是个大问题，据说艾滋病就是什么什么免疫力丧失综合症，说得了那种病连只苍蝇都不如，特别怕病毒。这个卵什么子能够治艾滋病吗？"我故意挑衅，我知道现在根本还没有治艾滋病的药。

"我再次强调一遍，这个不是药，不能治病。"贾朝阳用带着质问的眼光看着我，意思是我能不能够长点记性。

"对了，不能治什么病，但是可以卖钱，是吧。多少钱一瓶这玩意儿。"我故意挤对他。

贾朝阳将一瓶绿色包装的卵磷脂举得高高的对着日光灯说："你猜猜？"

"10块钱一瓶。"我说。

"不要一瓶一瓶猜，一个疗程是一盒8瓶，只有吃8瓶才有效果。8瓶多少钱吧？"贾朝阳还举着卵磷脂。

"8瓶当然是80块了。"我笑道。

"你对这个行情太不了解了。"贾朝阳笑了笑，显得若无其事地说："这一盒8瓶是840元。"

"840块？这么贵，到底是什么制的，不是兴奋剂吧？"我有些惊诧。

"在美国吃卵磷脂这是家常便饭。"贾朝阳不屑地将卵磷脂装进包里，显然觉得跟我讲这个是对牛弹琴。

"那你吃过没有，有什么感觉，有没有副作用？"我开始有点关心这个东西来，既然840一个疗程，肯定有点效果，或者说吃药的人有点感觉，至少会心疼。

"当然吃了，你看我现在，"贾朝阳伸了伸腰说，"一点也不疲劳，工作很少疲劳，饭量也增加了。卵磷脂不是直接给你作用，通过改善细胞循环，增加你的呼吸、消化、吸收功能，还是靠你的身体获取营养，达到提高身体素质的功能，这是最现代的自我疗法。"贾朝阳一边做着大学人人都学过的五步拳一边说，"你想，身体好了，学习工作都能够进行，可以在最短的时间内让你达到一个事业的顶峰。人的自卑也好，情绪波动也好，都跟身体关系密切。一个人对事业、爱情的欲望都是建立在他身体健康的限度上的，如果身体不好，他必将降低自己的工作量，减掉学习任务，形成恶性循环。所以身体是革命的本钱，一点也不错。"

贾朝阳的一席话说得我非常心动，他的话很有现实依据，就拿我来说吧，许多事情都建立在对健康的担忧上，一旦伤及到健康的限度，我就往后退。

"你可不可以给一瓶我试吃一下。"我对贾朝阳说。

贾朝阳看了我一眼，掏出两支烟来扔给我一支说："这样吧，你看我给你开一个服用计划，你先服4瓶，有感觉你再接着吃。"贾朝阳说。

"那你吃吗，别骗我，吃出问题来怎么办？"我笑着道。

"不可能，我至少对你的身体负责吧。"贾朝阳又从包里拿出了一瓶卵磷脂递给我。我接过来仔细看包装上的英文。

这时门开了，肖哲从外面进来，见我正在看一瓶药，抢过去说："什么玩意儿，这么认真看？"

"卵磷脂。"我说道。贾朝阳在一旁没说话。

"哦，卵什么子，听说过，据说这东西对身体挺管用的。现在许多搞传销的都做这个东西。"肖哲说。

"我就是做这个东西的。"贾朝阳很从容地说。

"你小子几天不见搞传销去了？"肖哲瞪着眼睛说。

我在一旁笑道："难怪见你神叨叨呢，传销真是神威，能够将你改造成这样。"

"哎，现在传销在北京正在整顿，好像只剩下几家正规的公司允许做。"肖哲一边换鞋一边说。

"是的，我这个公司就是在允许之列。"贾朝阳从怀里掏出一个红皮本。我们接过来看了看，也没看出所以然来。

"哎，贾朝阳，跟我讲讲传销到底是怎么回事，以前老听人说。"我非常诚恳

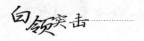

地说。

"传销是一种商务模式，只是低素质的人做进来把传销给做乱了。在欧美传销一直是商品进入市场的第一步。"贾朝阳有板有眼地说。

"为什么传销的产品总是很贵呢？"我问道。

"因为这个产品是新产品，没有大量进入市场，许多人不知道，所以成本很高，当然就贵了。"

"有点意思，你是怎么看上这一行呢？"我问道。

"不是我看上，我觉得像我们这样高智商的人都可以试一试，这里面很有趣，而且也有很好的回报。像我们这些家在外地的，完全可以靠自己的聪明才智一年两年就致富。"贾朝阳说完停顿一下看着我们说，"真的，一年有车有房这不是神话，而且做传销有一种成就感。市面上许多产品以前都是做传销打开的市场，像深海鱼油、二锅头……"

"二锅头不是吧？"肖哲问道。

"很多很多，特别是现在大家常用的许多保健品，都是通过传销打开市场的，等市场打开了，传销就可以退出舞台了。而且如果你对谁说某某产品就是自己当初做传销打开市场的，有一种成就感，年轻人还是要有点追求，而且传销可以业余时间做，整天呆在工厂里有什么意思？"

"传销，老听说，没见过，你给我详细说说传销的操作方式。"我颇有好奇。

"这么讲吧，传销具有科学严密的组织，传销是靠组织赚钱。"

"什么样的组织？"

"一个树状结构。例如说我现在是传销的第二层，叫dd，那么我上面一层的人叫d。我下面发展的人叫ddd，传销公司都有记录的。如果你发展一个人，这个人就是ddd，这个人再去发展的人，业绩也记在你下面。你可以从每个你发展的人的业绩中提取15%的利润。这样打个比喻，如果你发展了10个人，这10个人每个人都发展了2个人，这样你就可以从30个人那里拿到业绩提成。往下发展得越多，你不用工作就能够拿很高的收入，以后你的主要精力是去维护和组织这个树状结构的发展。"贾朝阳非常细致地给我们讲传销心得。

"这不就是金字塔吗？靠剥削挣钱。"肖哲说。

我不置可否，笑着说："如果我买了你的药，我就成了你的'弟弟'了，如果肖哲买了我的药，就成了我的'小弟弟'，成了你的'小弟弟'的'小弟弟'。"

"当然，这个是愿打愿挨，你可以去发展'弟弟'，很快你手下就有很多'弟弟'。"贾朝阳歪歪头说。

"那我们发展的'弟弟'都是你的'弟弟'，白干一场。"肖哲说。

"怎么叫白干，你也可以从你的'弟弟'那里拿业绩提成，而且比我从他那里拿的提成百分比高，我们对各级的提成都有非常严格的规定。当然，所以说，传销进来得越早处的位置越高，当然越能挣钱，现在我们这个传销组还没有多少层，我现在是d，是这个传销的首创者之一，你们进来一点也不晚。"贾朝阳说道，"这个药你们除了拿去传销，自己一定要买一个疗程，因为自己对自己的药没有信心没有感觉，就无法去说服别人，首先自己要对这个药深信不疑。"

我和肖哲都沉默了一会儿。

贾朝阳见我们都不说话，从座上起来说："这样吧，你们可以先不急着付钱，先从我这里一人拿半个疗程试着用，有感觉再给我付钱。"贾朝阳说着，将一盒8瓶给我和肖哲各4瓶。我和肖哲都拿起盒中的说明书认真看起来。

贾朝阳说："要是不想要你们可以还给我。"我们俩还是都不出声。贾朝阳开始脱掉他的西服，到水房洗漱去了。

我认真考虑了一下，觉得风险倒是没有什么，发财的机会有，看自己努不努力，唯一我的缺点是不善于说服别人，所以这个发财之道或许对我不管用。

等贾朝阳从水房出来，我对贾朝阳说："我感觉这个东西还真不错，唯一我怕我不能说服别人，这方面我还不如肖哲。"我说完看了一眼肖哲，肖哲还埋头在看说明书，并时不时翻英汉词典。

"有时候你自己都不知道你的潜能，在这方面你没有试怎么知道，做传销能够开发你的潜能。我们组几个非常杰出的传销高手，有一个以前还说话结巴，现在那种气质，演说的水平，像马丁·路德·金，我没法跟他比。"贾朝阳说道。

"连你都没法跟他比？"我盯着贾朝阳。

"别说我，克林顿估计跟他差不多。克林顿是玩儿虚的，人家是实战。"贾朝阳说完将洗脸毛巾往房间中央的铁丝上一搭说："过几天让你们去见识见识，过几天有一个传销成员的聚会，你们看我说的是不是虚的。"

# 九　对于男人来说，这不应该是件坏事啊

　　爱情的话题从理论到实践我们不知谈过多少遍。每个人都有发言权，但每个人都注定成不了权威，因为爱情里面没有权威。成康在这个时候遇到了我们从未遇到的新问题。

　　据成康第一次给我们交代，他被调到厂里的电脑室值班。电脑室里有四个女工倒三班，最近有一个女工因为产假回家休息，厂里决定让成康去顶一段时间。事情就是在这个时候发生的。

　　故事的发生总有一些偶然性！李伦在一旁补充道。

　　我们这些闲极无聊的人很快形成了一个爱情顾问团，像审问犯人一样将成康围在宿舍的床角。

　　据成康交代，他到电脑室后，就开始跟班倒休。单位里为了照顾他，只让他倒下午四点到晚上十二点的班。在参加倒班前，他跟班学习了一段时间。别的没有难度，主要是电脑室用的是王安机，汉字输入是三角码，所以他要学习三角码汉字输入，就是这个女工教成康三角码。

　　"难怪要出事，汉字输入都用三角码。"贾朝阳在一旁插嘴，我们哄笑起来。

　　"别插嘴！"我制止了贾朝阳。

　　成康继续交代："教我的一个女工对我特别好！"

　　贾朝阳猴急地问："怎么个好法？"

　　成康沉默了片刻说："其实没什么，就是经常带好菜给我吃，还给我洗工作服。"

　　李伦在一旁正色道："小同志你太不纯洁，这有什么，同志间的关怀，还有人天天给我洗饭盆呢！"说完李伦自己笑了。

　　成康一急说："我不是指这，是那眼神让人受不了。"

　　李伦将一条眉毛往上一扬，眼睛微眯，说："是这个眼神吗？"

　　成康顿时脸绯红，对李伦说："你好色啊！"

　　贾朝阳急忙问："多大了？"

　　成康说："不知道，可能30左右吧。"

　　"长得怎么样呢？"

　　"还可以！"

　　"这就是你的不对了。"肖哲在一旁半开玩笑地说，"人家革命同志帮你洗个衣做个饭什么的，很正常！"肖哲故意显得很严肃。

　　成康说："我不跟你们说了，净笑话我。"

我们的兴趣也不减，继续添油加醋，成康无话可说，我们却自得其乐。

李伦总结陈词说："这是一个新问题，叫新时期的伙伴关系。这里面你不能说没有感情的因素，但是怎么发展，是没有人能预料的，所以我劝成康同志要继续与你的三角码师傅保持紧密的联系，以观后效。"

从那以后，我们在宿舍见到成康时，他总是低着头，若有所思。对于成康来说，这样的问题或许过于复杂。他说自己感到无所适从。

一天晚上，成康和我到外边的烤串摊小坐，我也想开导开导他。

"对于男人来说，这不应该是件坏事啊。"我说道。

"我觉得她的关心有些过头。"成康对我说，"你觉得我该怎么办？"

"男子汉拿得起放得下，何况人家只是关心你。"我突然想起白阿姨请我当家教的事情，现在想想，可能人家并不指望我当家教，而是觉得我们这些外地大学生生活太苦，出于同情，好心想了个不伤我自尊的方法，请我去家里吃顿饭。看白阿姨女儿那个表现，我就觉得家教是假，请我吃饭是真。

"成康，你心里要没有，就不会有。"我说，"如果你心里没有，又何必害怕呢？"

成康依然低头不语。我继续补充："如果你心里有，你也同样不必害怕啊？难道你不是成年人，难道没有到谈婚论嫁的年龄？"

"人家已经结婚了！"成康叹口气说。

"啊……"我略停顿一会儿，接着说，"情况是有些特殊啊。有孩子吗？"

"应该没有吧！"成康说。

"那还是抱定一个态度，你喜欢她吗？"我问道。

"喜欢谈不上，我都没有往那方面想。"成康闷了一口啤酒说。

"你现在想也不迟！"我笑道。

"别逗了！"成康道。

这时候，贾朝阳不知道从哪里来了，见我们俩，说道："你们俩在这里逍遥呢。"说完，贾朝阳坐在一张凳子上，煞有介事地说："来10串腰子！"

"你不怕流鼻血啊！"我笑道。

"出来吹吹风，醒醒脑！"贾朝阳说。

"你是该醒醒脑。你那卵磷脂越吃肾越虚吧。"我戏道。

"今天去丰台同学那一趟，当场就发展两个dd！"贾朝阳一脸油光，豪气十足。"对啦，为民，你这发展得如何？"

"我就别指望啦，我这一个死结，不往下发展了。你给我那四盒一直忘吃，有一顿没一顿的。"我说。

"成康，你要不也试试。像你现在这个状态，最需要补补。"贾朝阳依然很正经的样子说，"哦，对了，我今天看到一篇报道，说现代职业女性遭受性骚扰，我幡然悟到，你是不是受到了性骚扰？"贾朝阳边说边掏出一张被揉成腌菜一样的报纸。

"我看你就像个性骚扰了！"我对贾朝阳说。

"同性也骚扰啊？"成康故意吃惊地问。

"他，跨动物纲目还骚扰呢！"我笑道。

"别开玩笑，我是认真的，成康，你有什么需要就找我啊。"

"你能帮我摆平吗？"成康说。

"幸亏是你成康，要是贾朝阳，早就把人家吓跑了。"我插话。

"说话注意方式啊，我有那么威风吗？"贾朝阳急道。

"10串腰子下去肯定威风！"我笑道。

这是最惬意的时候，三人在烤串摊前很晚才回宿舍。

一场大风刮了两天，将北京街头的树都理成了板寸头，温度直接降到最高气温零下5度。在冬日的一个下午，大雪沸沸扬扬开始覆盖这个千年古都。肖哲穿上翻毛领的黑色羽绒服，夹着一个黑色公文包，搭乘了回沈阳的火车。为了他前途未卜的爱情，他已经如此反复跑了四次。他在单位经常心不在焉的样子，直接影响到他岗位的分配，目前在技术科做普通科员，基本上没有他负责做的事情，练就一手倒开水、送报纸、拖地的好功夫。

一切平安无事，歇产假的女工3个月后回来了，成康离开了电脑室，一块石头总算落地。当一切恢复正常时，成康总觉得自己有些歉疚于人。

照顾成康的女同事叫黄馨华，她身材壮实，凹凸有致，长着一张瓷娃娃一样的脸，白里透红，一头黄褐色的齐耳短发，脸上总是带着笑，在工厂里的人缘很好，跟谁都能逗两句嘴。

等到下班时，黄馨华和成康都被这场大雪堵在办公楼里，骑自行车回家已经有一定难度。看见黄馨华在门口一边跺脚一边左顾右盼的样子，成康突然有一种想答谢她的照顾的想法，于是决定打车送她回去。

成康拦了一辆出租车，打开门，黄馨华嘻嘻哈哈地进去了，没有一丝拘谨。

成康坐在前面的位置上。

"你们那儿下雪吗？"黄馨华问。

"下！"成康答道。

"下得大吗？"

"有大有小。"

"北京下雪可漂亮了，要不周六我带你去颐和园看雪？"黄馨华欢快地邀请。

"我周六可能有点事！"成康迟疑地回答。

"周六能有什么事？"

"看吧。"成康也没有马上想出一个理由来。

很快，车到了黄馨华住的楼下，是北京新建的那种商品楼，外墙刷着粉色涂料。

成康和黄馨华都下了车。成康说："我就不送了。"说完就准备让出租车司机往回返。

黄馨华用责备的眼神看着成康说："到都到了，还不到家里喝口水？"

成康看了黄馨华一眼，感到盛情难却，说："好吧！"

跟着黄馨华进了楼道。楼道里都是大理石铺成的地面，空旷而安静。

两人进了电梯。黄馨华大大方方望着成康笑了一下。成康拘谨地回以一笑，很快抬头望电梯天花板的灯。

出了电梯，黄馨华说这边，成康跟着走，到一扇不锈钢大铁门前，黄馨华开始掏钥匙。成康听见自己心咚咚跳的声音。

黄馨华推开门，一股奇异的香气扑面而来。那种香气既不是香水的味道，也不是任何食物香的味道，而是一股使人宁静的味道。

鞋帽架是一个古色古香的木架，上面雕刻着牡丹花。黄馨华让成康把外衣给她，挂在衣架上，又找了一双红色的拖鞋给了成康，笑着说："你就将就吧，家里没有男士拖鞋。"

进了屋，黄馨华让成康坐在一张纯牛皮的米色大沙发上，沙发上一张洁白的绵羊皮让成康不忍坐上去。

"坐吧，坐吧！"黄馨华几乎将成康按在沙发上，然后说："你等着，我给你倒水喝。"说着，黄馨华起身去厨房，里面传来叮叮当当的声音。

成康陷在柔软的沙发里，一动不动，好像幼儿园的小朋友在上课。他没有转动头，而是用眼光打量了客厅。一台巨大的电视在沙发对面，电视屏幕里映出自己唐突的苍白的脸。客厅的墙上有一幅巨大的油画，油画上一个小女孩站在水边，望着一艘篷船，那种篷船很像小时候在家乡的汉江里见过的篷船。

房顶一个巨大的水晶吊灯使屋里显得很暗。一个做工考究的落地大摆钟有一人多高，正在一个墙脚不紧不慢地摆动，当成康正视它时，它却当当响了起来，让成康毫无准备，心中一惊。

大摆钟敲了六下。黄馨华从屋里出来，一手拿了一个高脚杯，杯里是牛奶色的饮料。成康接到手里，喝了一口，发现里面有微小颗粒感。黄馨华说："给你做了个牛奶猕猴桃汁。"成康又机械地喝了一口。

黄馨华起身说："走，我带你看看我家。"说着，黄馨华起身，成康跟在后面。看过了两间房屋，一间是书房，另外一间客房，黄馨华说："带你看看我的卧室。"

黄馨华开了卧室的壁灯，黄色昏暗的光从吊顶的隔板后面照出来，让人昏昏欲睡。成康进到卧室里，发现卧室非常大，但是里面并没有床，而是席地铺着厚厚的床铺，床铺上盖的是黑色的毛毯，毛毯的毛非常长，几乎像一头大黑熊趴在床上的感觉。四壁上挂满了各种各样的玩具。一面墙边摆着一个很矮的梳妆台，上面摆满了各种护肤品。梳妆台前有一个厚厚的墩式坐垫，其柔软程度让人想一试。

黄馨华一屁股坐在厚厚的床铺上，然后拍了拍床铺说："坐会儿吧。"

成康有些不知所措，也只好随着坐下，目光不知道停留在哪里。

"这么大个房子，就我一人住！"黄馨华说。

成康什么也没有说，只是听着。黄馨华说："对了，给你看看我的照片吧。"说着，转身爬到墙边一个矮柜里，拿出几本相册来。

黄馨华将小学到初中，直到现在的照片都给成康一一讲来。成康发现黄馨华小时候的脸没有现在这么圆。

"这是我老公！"黄馨华指着一张两人合影的照片，照片上黄馨华坐在一个栏杆上，胳膊肘支在一个男人肩上，男人浓眉大眼，一头自来卷的长发，留着率性的大络腮胡。一个标准的美男子。奇怪的是，整个相册里只有一张两人合影的照片。

"你老公呢？"成康下意识问道。

"不知道在哪。"黄馨华若无其事地说。

"为什么？"成康感到很纳闷。

"离了，谁知道他在哪。"黄馨华还是若无其事的样子。

成康不知道说什么了，只是盯着照片看。

黄馨华合上照片说："对了，晚上吃点什么？"

成康站起来，晃动了一下腰身，说："晚上我还有事情，就不吃了吧。"

"真有事？"黄馨华笑着说。

"真有事！"成康坚定地说。这时候黄馨华起身，转身拉开以前关着的纱帘。外面茫茫的雪景进入眼帘。

黄馨华欣喜地说："看看雪景！"说着走到跟卧室相连的阳台上。

成康也跟了过去。

黄馨华家在16层，周围的楼房都没有这么高。俯瞰中，只见白茫茫一片银装，万家灯火点缀其中。远方出现起伏延绵的暗灰色山脊，那是西山盖雪后的景象。

黄馨华上前把窗户打开了一道缝，几粒浮雪飘进来。

成康昂着头看得入神。

"这要是天晴的傍晚看就更加好看了。"黄馨华说。

成康还是不语，继续远眺夜色中的万家灯火，无边的苍茫阵阵涌向心里，每一个窗户透出的亮光都那么温暖，他感觉自己好像飞身在雪夜的高空，在寻找自己的家。自己像卖火柴的小女孩看着那些万家灯火，却没有一片灯光是自己的。

黄馨华把头靠在成康的肩上，成康没有丝毫觉察。不知道什么时候，一阵风将窗户吹得一阵响动，成康才醒悟过来，黄馨华也及时把头抬起来。

成康脸红着，没有敢看黄馨华，只是说："我得走了。"

黄馨华平静地说："好吧！大忙人。"

穿过卧室，成康走到门口换鞋。黄馨华站在旁边看着。成康换完鞋，望了黄馨华一眼说："走啦！"

黄馨华依然没有说话。成康扭动门锁，打开了内门，正欲打开防盗门，黄馨华从后面抱住成康。成康好像被冰冻住一样，但是只有两秒，成康就说："抱歉！"

黄馨华的手如同被针刺一样，很快收回。成康开了防盗门，迈步出门，转身望着黄馨华说："再见！"

黄馨华没有说话，只是勉强地笑着，点了点头。

成康转身走向电梯间，身后响起防盗门关闭的声音缓慢而无奈。电梯似乎坏了，迟迟没有上来，成康有些焦躁。

这时候，成康听见防盗门又开了，脚步的声音慢慢传过来。成康循声望去，黄馨华手里拿着一把雨伞过来，莞尔一笑说："外面雪还在下，你打把伞吧。"

成康故意夸张地笑了笑，接着说："谢谢！"

电梯缓慢升了上来，成康迈步进去。黄馨华站在外面说再见，成康也说再见，两人都举起了手，显得很不自然。


那个大雪之夜发生的事情，像一颗深埋积雪下的冬青树，成康没有告诉任何人，也尽量不去想起。

我经常看见成康带着一副爱与哀愁的面孔，拿着饭盆走在食堂到宿舍的路上，吃饭的时候用饭勺机械地往嘴里喂着饭。消瘦使他不算高的颧骨突兀出来，他略带羞涩的眼神已不再羞涩，而是坚定迷茫地看着前方，目中空落，仿佛陷入哲学的迷思中。

# 十　　我一个一个吻过去

经过一段时间的"影响"，我和肖哲、成康都没有受贾朝阳影响，贾朝阳的口才在我们这里成了相声，只供逗乐，每次被我们教育得眼珠子直瞪。

一天，贾朝阳又煞有介事地说："兄弟们，可以错过美国总统竞选，但是绝不能错过今天的一场聚会。"

肖哲说："什么聚会那么神奇啊，有脱衣舞吗？"

"俗！大男人，眼光要往上看，看远大前程，别总往下看。"

"膝下也有黄金啊！"我笑道。

"别卖关子，什么聚会啊？"肖哲问道。

"中国直销精英高峰会。"贾朝阳竖起大拇指说。

"你怎么又改直销了？"我问道。

"一样，以后不要用传销啊，直销，更加形象，就是厂家的产品直接卖给你，不需要中间环节。"贾朝阳说，"哥儿几个，有事没事，今天跟我走吧。"

我们几个周末正无事，跟贾朝阳前往参加"中国直销精英高峰会"，感觉事情挺大啊。

聚会是在一个工会礼堂里，能够容纳300人左右的礼堂里坐满了人，有老头、老太太、小伙子、大姑娘，总之什么年龄的人都有。

"这里面好像大学生少！"我说道。

"这里头什么人都有，这也是直销的精神，不拒绝任何有能力的人，不管他是什么文凭，大家才干面前人人平等。话再说回来，大学生少，这正是我们的机会，以我们的素质一定可以做到很高的位置。"

刚进去就听到一阵雷动的响声，原来是一个女演讲者刚结束演讲，大家对她报以热烈掌声。

我们进去根本没有座位，只能站在旁边的走道上，以免挡了别人的视线。

这时候一个年轻小伙子拿着一个卷成筒的文件上去了，他头发非常苍劲地立着，说着一口南方普通话，倒是很容易听懂。小伙子高举手臂，开口第一句就是："大家有没有信心？"

"有！"下面群情激昂。

我一下子蒙了。"什么玩意儿呀？怎么一上去就问有没有信心？我没信心！"我对贾朝阳说。

"这是直销的规矩，一个人的力量有限，大家聚在一起可以相互激励。"

"就这样军训似的喊口号？"

"你听，你听！"贾朝阳让我别心急。听吧，我心想。成康和肖哲坐在那里听得非常认真。

小伙子在上面大谈超越极限，创造辉煌。

他用非常生硬尖利的江浙普通话说："我未做直销以前性格内向，口才极差，自从遇到直销之后，顿悟许多道理，认为人要具有影响力，要去影响别人，改变别人的看法，积极争取，任何事情不是100%不可能。"

"那也不是100%可能吧！"我接下话茬说。

"别吵吵，注意听！"贾朝阳严肃地说。

下面又是一片掌声。然后小伙子接着说："我遇到一个老太太，许多年身体一直不好，吃了不少药，还是不见好。我告诉她说，奶奶，您没事别吃药了，药有三分毒。人体自身是有免疫力的，何不让人体的免疫力自动战胜病毒呢？老太太说什么是免疫力，我说免疫力就是身体自身的力，就像我们吞唾沫能够解渴，那是人体生津。老太太说她就是唾沫多，我说你吃卵磷脂吧，它能够调理身体平衡，提高免疫力。老太太试吃了一个疗程，精神焕发。我说老太太，您自己把身体治好不行，您要把这种爱心传递给别人，于是老太太也向其他人推销产品，她不但战胜了病魔，还赚钱将以前欠的药债全部还清，这就是利人利己的大好事。"

小伙子将故事演绎得非常动情，讲完后下面的掌声比上一个人的还大。

小伙子演讲完，下面开始给他提问了。

"你是怎么说服第一个传友的？"他们称传销的朋友为传友。

"嗯，贵在坚持，我花了十个下午说服一位女士加入直销队伍的，如今，这位女士已经成了我的老婆。"

"我总是被人拒绝，老受打击，如何克服被拒绝的痛苦？"又有人问道。

"被拒绝是正常的，人对新生事物总有疑问，其实生活中被拒绝的事情特别多，只是没有在一件事情上被人重复拒绝。如果你把每次拒绝都看做离成功少了一次拒绝，你的干劲不就大了吗？"小伙子晓之以理动之以情地说。

"说得好！"台下一阵热烈的掌声。台下面一位没有三围的妇女站起来非常自豪地举手摇动，仿佛她是张曼玉在影迷见面会上。

"请问你在传销的过程中被人打过吗？如果有你该怎么办？"

"我被人打过3次，一次比一次重，你只要认为挨打是一种偶然事件，而且责任在别人就可以获得心理平衡，而且当别人打你左脸的时候你给他右脸，他就不会再打了。"

"请问你到现在为止挣了多少钱？你觉得靠传销真能发财致富吗？"

"这，我夫人比我清楚，钱都在她那里。传销致富是肯定的，但是不只是致富，传销可以使人升华。"

像答记者问一样，小伙子在讲台上来回跑动，迎接着来自四面八方的问题，表现得非常有活力。

下面又是掌声雷动。小伙子拿着那卷文件自豪地下来了，自始至终，小伙子都没有将那卷文件打开。

小伙子下去后，上来一位戴黑框眼镜的中年妇女，上下一般粗，她手里也拿了一卷文件，步履工整地走上讲台，她更像一名终生未婚的妇女主任，充满对婚育的经验和向往。

"如果有人问我女人的天职是什么？我会骄傲地告诉她，在事业中获得自己的自信。因为人生除了生活中的高潮，事业上也要有高潮。"眼镜女士开始了激情演讲。

下面一片欢呼声。

肖哲在下面笑，说："这都是什么呀？"

我也在旁边笑得岔气，觉得这群人是在一起自娱自乐，都有些自大狂或狂想症。

"请问您做传销和不做传销，前后发生了什么变化？"一个中年模样男人问。

"你看我，以前总待在家里，那身材比现在差多了，自从我从事了这项工作，整天往外跑，那身体看着就瘦了，以前的衣服全穿不了啦。"

"我看他们是自娱自乐。"我很不屑地对贾朝阳说。

"那你说什么不是自娱自乐？读书是不是自娱自乐？吃饭是不是自娱自乐？结婚是不是自娱自乐？生孩子是不是自娱自乐？你说什么不是自娱自乐？卡拉OK是专门供人自娱自乐的，你唱，大家围着听，完了，别人唱，你围着听。人嘛，得乐起来。"贾朝阳终于有些沉不住气，第一次语气很重地回击了我一次。

"为什么每个人都要拿一卷文件？"我问贾朝阳。

"干什么的都有行头，搞直销的都这样，没有什么特别意义。"

下面的观众始终热情饱满，掌声如雷。每个人演讲完后都要搞一个"答记者问"，最后结束的时候，许多人与演讲者紧紧握手，希望能够获得他们的真传，此情此景让我觉得非常熟悉，有点像古希腊的苏格拉底演讲，下面围着众多追求真知的学生，而且真理随时在辩论中发生变化，每个人眼中闪烁着热切的光芒，希望能够和真理的把握者对话，也希望自己用行动获得的一点理解能够被真理的最高统领者认可。

我们看到热闹的直销高峰会结束，也没见贾朝阳在上面发表演讲。

"朝阳，以你奔流到海的口才，怎么没有上去演讲啊？"

贾朝阳说："昨天我就上台演讲过了，每个人都能够成为演讲者，只要他业绩的'弟弟'排行榜有升级。"

看完一场寓教于乐的高峰会，回到宿舍，大家都躺下来，熄了灯，贾朝阳开始吸烟。我也来了一支。

"为什么想到要做传销呢？"我问贾朝阳。

"这里面有让人兴奋的东西。"

"我看不出来什么兴奋。"

"你还没有发现你的潜能。"

"潜能？"

"潜能成为一个安慰人的词了。"肖哲说。

"潜能跟灵感是一个东西，不知道什么时候来。"贾朝阳说。

大家慢慢接不上话，迷迷糊糊渐渐入睡。

晚上做了不少梦，梦里我还真走上了一个五光十色的舞台，在上面跟"传友"一样热烈地发表演讲，然后有鲜花和女孩上来，我一个一个吻过去，一望无际的女孩等着我吻，她们没完没了地纠缠我，全变成一只只肥硕的绵羊。

第二天早上怎么也睡不醒，差不多十点钟起床，浑身没劲，房间空空，他们都出去了。我爬起来，第一意识就是翻出了贾朝阳给我的卵磷脂，从瓶子里拿出一颗褐色椭圆型胶囊，在太阳底下细看，没有发现它和一粒鱼肝油丸有什么区别。

当然我无法在太阳底下就看出药的疗效，但是它或许对我的失眠和精力不济有所帮助。我仰起脖子，将药举在嘴的上方，嘴张得大大的，闭着眼，我敢保证，只要一松手，保健品卵磷脂会准确无误地落入我的嘴中。

我举了两分钟，咽了一口空气，说："爱谁谁吧。"一松手，药在重力作用下，准确无误地落入了我的嘴里——对生活的这一点把握是有的。

但不幸的是，这颗药丸直接落入了我的喉管，呛了我一个巨大的咳嗽，在高速气流的冲击下，药像一粒炮弹，从喉管飞速喷出，撞在贾朝阳的床头，落到了贾朝阳的单放机旁。我张着嘴看着那粒无辜的卵磷脂自言自语道："看来我们无缘，你不愿意变成我的大便，那就哪里来哪里去吧。"我将卵磷脂拾起来，放进了塑料瓶，将瓶子盖紧了，又自言自语道："我不是做传销的料，虽然我极希望开发潜能。"

为了加快事业的发展速度，贾朝阳在厂里请了"神经性胃炎"的病假——一种随时都能肚子痛的病，他开始整天西装革履拎经理包到处搞"直销"。

从那以后，我们宿舍里变得异常热闹，经常会有不同年龄和性别的人来找贾朝阳，

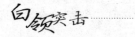

他们多来跟贾朝阳请教传销知识，贾朝阳告诉他们如何去观察别人，看对方需要什么，有什么渴望，只要将对方的欲望找出来，就可以长驱直入。贾朝阳说传销能够满足任何人的任何欲望：大学生喜欢潜能，你告诉他传销向人的潜能和极限发出挑战；小伙子喜欢致富娶漂亮媳妇，你告诉他传销能够挣钱；老太太希望健康，你告诉她传销能够提高免疫力，积极活动，使身体获得康复……

贾朝阳能够针对各种人的欲望说出他们想听的理由，只要他们想搞传销，大家一般都满意而归；有时候还得意地在贾朝阳面前大谈特谈他们一次成功的传销经验。

"这些人都是你的传友？"我问贾朝阳。

"都是我发展的dd，现在我不必自己发展dd了，让我的dd去发展，我只要研究更高的传销技巧就行。"

"我怎么觉得你像搞封建迷信的神汉呀。"

"我辈非神，人要神，我辈充之。"贾朝阳笑着说："哎，给你的药吃了没有，有什么感觉？"

"我还没吃，看样子我是成不了传友了，药在这，给你。"我从书架上将药还给贾朝阳。贾朝阳很无所谓地摇了摇头从我手里接过药。

# 十一　你在这里没有前途

在办公室的走廊上，成康经常会遇见黄馨华。

黄馨华还是原来的黄馨华，依然跟许多人拌嘴开玩笑，她带着微笑，嘴角微翘，仿佛是在嘲笑成康。

成康只是在很远的地方非常短暂地正视她一下，然后匆匆从她身边走过，像胆小的人走过最黑暗的地方时的感受，头脑一片空白。

黄馨华却是一副平静、自信的神态，在走过他身边的时候认真地瞟成康一眼。

一天之中，成康会多次在走廊里遇见她，每一次成康都如临深渊一样紧张，他慢慢体会到了度日如年的感觉，总是盼望着下班或黄馨华上夜班，这样可以减少不期而遇的次数。他无法说清楚这种感受，仿佛有一个巨大的黑洞将他往里吸，而他拼命想逃出这个黑洞。

他坐在宿舍的床上，抱着吉他弹着重复的旋律，心里却在努力挑出黄馨华的毛病，不知道为什么，他总觉得黄馨华让他感到不安全。那种不安全到底是什么？他有时候觉得黄馨华的热烈是多么好，有时候他觉得她对谁都热烈，这对他好像是一种伤害。

有一天下班后，成康换了工作服匆匆骑车回宿舍，在厂门外的路上偏偏偶遇到黄馨华。成康马上觉得这绝不是一次偶遇，因为黄馨华看上去是经过精心打扮的，文过的眼线又重重画过，显得那双眼大而迷离，括弧眉也经过修饰，和白皙的皮肤形成很强烈的对比，使她的神气脱现出来，厚而微翘的双唇夸张地红着。

一见成康，黄馨华的脸上漾出迷人的微笑，推着车慢慢迎上去，好像他们好了很久一样的亲密。成康的心成了空中的羽毛，一时不知飘向何方。

黄馨华问成康："回宿舍后怎么吃晚饭？"

成康说："到食堂吃饭。"

黄馨华看了成康一眼说："食堂的饭菜很差，你能吃得惯吗？"

成康礼貌地看着她说："还行！"

黄馨华用关心的眼神看着成康说："多谢你那天送我回家，我请你吃晚饭吧！"

成康停下来看着黄馨华说："小事一桩，不用了吧！"

黄馨华用疑问的眼神看着成康，叹口气说："你是不是在躲着我？"

成康立即感到自己非常狭隘，脸也红了，非常抱歉地望了黄馨华一眼说："不是不是，我晚上有点事！"

"有约会？"黄馨华带着调侃的口吻说。

成康忙解释说："没有，没有，这样吧，为了解除你的怀疑，我就蹭你一顿饭吧。"说完，成康望着黄馨华笑了，黄馨华也咯咯地笑出了声。

晚餐是在一家很小的酒吧中进行的，他们在一间单格里吃了一些炒饭和沙拉、烤肉之类的东西，黄馨华还点了3年的法国红酒。

成康和黄馨华边吃边聊。

黄馨华问道："你大学有女朋友吗？"

成康脸红红地说："没有。"

"我相信！"黄馨华笑着说。"你知道你的优点吗？"

"什么优点？"成康有些莫名其妙。

"不知道为什么，我第一次见到你就对你有一种特别的信任。"黄馨华说。

"夸奖吧！"成康笑着说，而且好像轻松了一些，觉得面对黄馨华也自然了，看来越是害怕的事情越是要面对才能解决。

"不是夸奖。"黄馨华说，"真的，相由心生。我觉得跟你交往比较踏实，要不我怎么会让你进我家门呢？我也不是你想的那种女人。"

"抱歉，抱歉，你多想了。"成康觉得自己有些惭愧，连忙解释道："千万不要多想，我只是比较简单。"

黄馨华看着成康，用揶揄的口气说："能坐怀不乱，你已经不简单了。"

成康腼腆地笑了笑。

"你有什么打算？"黄馨华问。

"什么什么打算？"成康有些茫然。

"知道我在厂里怎么看你的吗？鹤立鸡群，格格不入。你不属于这个地方，真的。"黄馨华表情严肃地说。

"我还从来没有想过这个问题，我觉得师傅们对我挺好的。"成康说。

"师傅们对你好和你自己的前途是两码事。在这个工厂里，什么样的人有前途你知道吗？"黄馨华一脸平静，少有的平静。

"不知道。"成康一脸迷雾，看着黄馨华。

"你看看厂里历届厂长的经历就知道了，没有一个不是从烧结一线上来的。"黄馨华说，"在这里，学历不重要，关键是真懂得生产线上的事情。现在的三个车间主任，未来的厂长接班人，你看看，哪个是大学生？"

"看不出来。"成康迷惑地说。

"那个最不拿腔拿调，穿得最埋汰的小张是。其他两个也不错，是燕山技校毕业的矿山专业的中专生。"黄馨华笑着说。

"我真的很少注意这些。"成康说。

"在这个厂里的规矩是，你既要活儿干得好，还要人缘好，而且能够和工人同吃同住，大家才真佩服你，真给你玩命。现在的安全副厂长、生产副厂长、技术科长、厂长，哪个不是这样上来的？所以他们挑接班人，就是挑这样的。"黄馨华点着头说。

"这里面挺有学问。"成康笑着说。

"看多了就知道了。"黄馨华说，"那你想想看，你一个机械专业的大学毕业生，整天在生产科抄抄写写，你在厂里有前途吗？"

成康沉默着。

"不过，你人好，大家还是很喜欢你的。"黄馨华笑着说。

"呵呵，我真的什么都没有想过。"成康慢慢吞吞地说。

"你爸爸妈妈身体好吗？"黄馨华给成康倒满一杯红酒，转了一个话题。

"我妈身体还好，我爸在我10岁的时候工伤去世了。"成康低着头说。

"哦！"黄馨华平静地点了点头，说，"一样，我是没妈，跟我爸长大的。所以你觉得我像个假小子吧。"

"没有啊！"成康说。

"来，别提这些了，喝酒吧。"黄馨华举起大半杯红酒，和成康的酒杯碰了一下，喝了下去。成康也跟着喝了下去。

"家里还有谁？"黄馨华问。

"一个姐姐！"成康答道。

"大你多少？"

"五岁！"

"跟我一年的。"黄馨华笑道。

"你为什么离婚的？"成康嗫嚅地问。

"捉奸在床！"黄馨华说着，又斟满一杯。

成康有些尴尬，不知道说什么好。

"就是这样，优秀的男人可爱，可爱的男人总会有许多女人缠着。可我受不了这一套，不能忍。"说完，黄馨华猛喝下去一杯。

成康说："你能喝吗？"

"没事，今儿高兴。"黄馨华说着又倒了一杯。

"那你父亲呢？"成康问道。

"画家，看见没有，我客厅里那幅画是他画的。"黄馨华说，"他有他的生活，跟我妈离婚15年后，也就是我18岁时，又结婚了，找了个他自己的学生。"

"那你为什么没有跟你妈生活？"成康问道。

"我去哪儿找她？我都不知道她在哪儿。总之听人说我妈还是个什么官，文革时跟我爸离的婚。"黄馨华说完，将一杯酒饮了一半。成康也陪着饮了一半。

成康沉默不语。

黄馨华抬起头，微笑着说："我觉得你有点可惜。"

"为什么？"

"你知道北京的天地有多大吗？"

"没感觉！"

"北京像海洋一样大，你信不信，你我今天从这个门出去，然后各自把电话删掉，谁也不联系谁了，我们都生活在这个城市里，可能永远都不再遇到对方，就好像我们不在一个星球一样，北京太大了。"黄馨华显然有些激动，用手指着窗外说，"我们离婚两年，彼此毫无音讯，谁也不知道谁了，就像两条在一起交配过的鱼，彼此分开后，谁还认得谁？"

成康感觉一丝凉意，他不知道黄馨华为什么给自己说这么多话，这些哲理让成康很不自在，他天生抵制残酷的景象，希望事情朦朦胧胧。而且他真听不明白北京很大自己为什么就可惜了。

不知道什么时候，两人从酒吧里出来，在出门槛时，黄馨华差点绊倒，成康赶紧抓了一把她的胳膊，才不致摔倒。

两人打了一辆出租车，行驶在宽阔的长安街上。黄馨华靠在后座上，闭着眼睛。

成康看了看黄馨华，然后看着窗外快速移动的路灯。

北京像海洋，北京像海洋！成康在心里反复咀嚼这句话。他突然觉得浓重的夜色如同深深的海底，那些发光物都是海底发光的鱼类或者珊瑚。既然是大海，那么海里应该有鲨鱼、章鱼、鲸鱼，当然这么做比的话，自己应该是虾米吧。一种渺小感袭击了成康，他向被灯光照得辉煌的望不到尽头的长安街望去，仿佛望到了遥远的未来，一种莫名宏伟却让人畏惧的未来。成康不自觉浑身抖动了一下，他从未觉得如此孤独。

车到了黄馨华楼下，成康打开车门，伸手将黄馨华搀出出租车。黄馨华说："我没事！"说着自己在前面走。

进了楼道，黄馨华摇摇晃晃走到电梯处，按了上行键。成康紧紧跟在身后。

进了电梯里，黄馨华重重地靠在电梯不锈钢厢体上，成康伸手扶着她的胳膊。到了房间门口，黄馨华在包里找了半天钥匙，才掏出钥匙来，半抬手举着。

成康连忙接过钥匙，把门打开，搀着黄馨华进了客厅。黄馨华突然做呕吐状，成康连忙横抱起她，冲进了洗手间，黄馨华准确地吐到了洗手盆里。成康打开水龙头，用一个玻璃杯接了水，让黄馨华漱口，然后拿毛巾给黄馨华。

黄馨华擦完后，将双手挂在成康脖子上。成康把她抱进房间，放到地铺上，要起身，黄馨华的双手却紧紧抱着成康的脖子。成康跪着，说："你喝多了，休息吧！"

"你是哪种鱼！"黄馨华含混地问。

成康被问得莫名其妙，不置可否。

"北京是海洋，我是海洋里的一只章鱼！你看，我的爪子缠着你呢。你是哪种鱼？"黄馨华眯缝着眼睛微笑着说。

成康想了一会儿，始终想不起海鱼的名字来，因为自己生活在长江之滨，知道的都是淡水鱼。最后，终于想出来一种鱼名，说："我是比目鱼！"

"那你是对眼啊，哈哈！"黄馨华笑出来了，双手也松开了。

成康也跟着笑了，说："我给你冲一杯茶吧，你们家茶叶在哪里？"

黄馨华躺着含糊地说："我们家没有茶叶，你给我冲杯红糖水吧，在厨房里。"

成康去厨房里给冲了一杯红糖水端过来，说："喝一点吧。"

黄馨华挣扎着要起来，成康将她扶起来，给她喂着喝。

黄馨华喝完说："你呀，要是比翼鸟就好了。"

成康无话可说，慢慢将黄馨华放下。黄馨华说："我要睡觉了，你在这睡吗？"

成康脑袋嗡了一下，停了一会儿，缓慢地说："我还是回去吧。"

"嗯，回去吧，尽管深夜一点钟了，你还是会有事的。"黄馨华说。

成康强笑了一下。

黄馨华说："帮我把外面的衣服脱了，被子盖好，你就走吧。"

成康坐着不动。

黄馨华有些生气了，声音提高了说："快点啊！"

成康俯下身，帮她拉开拉链，脱掉羽绒服。又慢吞吞地拉开一件黑色低腰裤的拉链，手指触到裸露的腰部，成康不自在地移开手指。走到床头，用双手捏着她的裤口，用力一拉，结果连毛裤和衬裤一起拉下来，只露出一条黑色蕾丝内裤紧紧扣着她白色的身体。

黄馨华没有任何反应，只是低着声音说："你摸摸它吧！"

成康一动不动，整个人跟雕塑一样。

"太监鱼，你摸摸吧！"

成康浑身发热，两耳轰鸣，一辆火车从他身上碾压过去。

生产科、技术科、安全科、机修部的人马以各种神态坐在厂房会议室里。大家神情各异，不亚于武汉归元寺的十八罗汉：有的双目微闭，似醉非醉，似睡非睡，呼吸平稳；有的仿佛长在他们脸上的不是鼻子，而是年久未修的下水道，用小指或食指不停地清理两眼鼻孔，不紧不慢，堪称津津有味。有的怀抱双腿，搓弄脚丫，左查右看，仿佛那双脚不是自己的脚，而是刚从集市上买回的一辆旧车，看不完的毛病。

成康替出差的科长参加了厂里的早调会。

十几个人的会议，有二十几种姿势，因为大家都在不断随着发言人的变化变换着不同的姿势，唯独没有变化姿势的是在会上练气功的，坐在那里一动不动，你不知道他是睡着了还是正意守丹田，怕万一气从后腔漏走了。

生产厂长回顾了上个星期的生产问题，机修班有一个工人违反操作规程，被皮带绞断了胳膊，需要安排一个人顶替。

"我来顶替吧！"成康举起手来说。

当场所有参会人都停止了手头的活儿，目光齐刷刷聚焦到成康身上。成康平静地举着手。

生产厂长意味深长地看着成康，然后轻轻点了点头说："好小伙，我非常欣赏你这种不怕吃苦的精神，原则上同意你的请求，但是这事情我还得和你的科长商量商量，等他出差回来之后再说吧，啊。"

厂长话音刚落，单调沉闷的早调会上爆发出雷鸣般的掌声。

掌声落处成康奋起。他多次希望到车间锻炼的要求一直没有得到批准，这一次机会使成康终于能穿上厚厚的劳保服、大大的劳保皮鞋和钢盔一样的黄色安全帽子到车间去了。

成康喜欢和机器打交道，因为他喜欢简单。

大功率马达和抽风机发出的轰鸣声将黄馨华的身影赶得无影无踪，只有每星期交一次报表时成康才回到办公楼，而且碰到黄馨华的机会相当少，一段时间，他几乎不记得黄馨华长相的细节了。

在成康看守的皮带线上，黑黑的烧结矿总是源源不断地流向高高的烧结车间，成康望着那些闪着亮光的烧结矿，抽着烟，跟工人们在一起吹牛，甩扑克，心里觉得倍儿踏实。

现在的成康也是三点式的面容：眼睛、鼻子和嘴是白的，其他地方全是黑的。他也参与到工人师傅们乐此不疲的甩扑克运动中，跟人急了也骂上一句"你大爷"，最爱吃的是蒜瓣、炒饼和卤煮火烧，上衣扣子永远没有扣对眼，裤口上的拉链总是忘了拉。

很少有女人到车间里来，工人同胞们一见到女职工总要油腔滑调地来两句荤话，女职工总是默不作声，总是笑。如果有哪个女职工搭腔，引来的只能是更多工人更露骨的玩笑。

成康刚开始并不能全明白这些黑话的含义，后来也慢慢明白了，所以只要工人在开玩笑时，成康总是在一旁笑得肠胃发疼。

可惜好景不长，成康很快就结束了工厂生涯。

成康每次洗干净后放在换衣间的工作服第二天总有人给他换了。一开始他还没有注意到这个细微的变化，因为工作服全一样，只到他洗工作服洗得非常勤，也不见自己的工作服能保持两天干净，才注意到他这样帮别人洗工作服有一段时间了。

成康不是一个爱干净的人，但他不喜欢干损人利己的事，也不喜欢干损人利己之事的人，所以他一定要将这个自作聪明的人抓住。

一天，成康很早就来到车间，将挂在自己换衣柜里的干净工作服做了个红色记号，故意穿一件很脏的工作服在换衣间外面的一间小房里磨蹭，眼睛却注意着换衣间。

不久，一个黑面工人哼着小曲来了，成康并不清楚此人到底是哪个车间的。很快那个黑脸工人换完工作服出来，显然身上穿的是成康的工作服。

成康上去拍了那人的肩说："喂！这工作服是你的吗？"

黑脸非常横地竖着眉毛说："是我的又怎么着？不是我的又怎么着？你管得着吗？"

成康翻起黑脸的衣领，发现了自己做的记号，很客气地说："对不起，这工作服是我的，你穿错了，请脱下来。"

黑脸气势汹汹地翘着嘴不屑地说："你有完没完？我穿了就是我的。"

说完黑脸转身要走，成康抓住他的袖子。

黑脸反手一抢，拳击中了成康的左脸颊，成康顿时头嗡嗡作响，但他忘不了奋起反击，拿起走道上的一个垃圾桶扔过去，黑脸躲开，然后冲上来，抓住成康的胳膊，又抓住成康的衣领，两人扭打成一团。

# 十二　尊严受到威胁

斗殴的结果是成康住进了职工医院，头上像缝皮球一样缝了十七针。受伤后他没有向任何人透露自己的情况，几天内他从我们眼前消失了。刚开始我们以为他出差在外，后来他单位的人到宿舍取洗漱品我们才知道他挂彩了。

他一直不愿向我们完全袒露打架的原因，我们想办法从厂里派来看护他的同事那里才知道事件的前因后果。

成康所受的苦难使我们感同身受，决定要好好教训教训那个给成康挂彩的黑脸。这件事处理得也不公平，成康和那个黑脸都填了表，每人都扣除当月一半的奖金，黑脸附带赔偿成康住院期间的营养费。但是几天已经过去了，那小子根本没有在医院露过脸。

在一个傍晚我们见到了曾经在成康的世界里风起云涌的那个黄馨华，她拎着沉甸甸的水果和各种罐装的营养品，发髻高盘，步履端雅，仪态大方，我们都非常认真地看了这个让成康决意离开厂部到生产第一线去的黄馨华。是的，一切或许因她而起，但一切并不会因她而结束，我们几个一致认为要给黑脸一点颜色看看。

这次报复行动的总策划人是东北人肖哲。他在这件事中活学活用了《孙子兵法》中的若干篇章，并摸清了对方的情况，尽量做到知己知彼。

通过各种关系，我们掌握了黑脸的第一手资料：刘富贵，男，现年28岁，未婚，北京房山人，曾在生产中右腿受伤，有脚气，现住五一剧场宿舍。

我们像科学家了解小白鼠一样了解刘富贵，对黑脸刘富贵的生活习性掌握得一清二楚，甚至知道他一晚上出来上几次厕所。

肖哲还制定了详细的作战方案，大家一致认为要体现大学生的斗殴水平。这次报复行动巧妙地设计为一件再普通不过的交通事故纠纷，情景设计为：在一个月光昏花的夜晚，路上人烟稀少，工人我骑的自行车不小心撞到刘富贵左侧，刘富贵往右倾倒，不可避免地撞到骑车带人的工人肖哲身上。（肖哲车上带的是贾朝阳，我和肖哲等人素不相识）

在简单的争执或者没有争执过后，贾朝阳和肖哲一起群殴刘富贵，并将破坏部位锁定在右腿，这样出现伤残还有推卸责任的余地。我在一旁胆怯地观战，如若肖哲、贾朝阳两人还制服不了刘富贵，我再见机行事。

正在我们准备行动的时候，我们制定完备的报复计划不知怎么走漏了风声，风声悄悄走到成康那里去了。

我们在办这件事之前去看过成康，但并不想将这个计划告诉他，一是怕影响他养伤，二是我们会将这件事办得神不知鬼不觉，没有必要现在告诉他。他在我们行动前的夜晚知道了这件事，派人把我们叫到病房。

在病房里成康表情非常严肃，没有一丝笑容，也没有和我们之间的默契，好像完全不认识我们了。

成康硬硬地说："我的事情不用你们管，每个人都有自己的工作，你们的好意我清楚就行了。"

靠在房门上的肖哲换了个站姿动之以情地说："这个我们清楚，你尽管放心，我们决不会给你带来任何麻烦。"

成康垂着眼说："我不是怕麻烦，我觉得这样没有意思，他是个文盲，跟他叫劲我们和他还有什么区别？"

贾朝阳在一旁很生气，骂骂咧咧地说："本来就没有区别，工厂将大学生当小学生对待。不能便宜了这小子，要让他知道大学生也能文能武。"

"不是这样武。"成康说。

李伦在一旁不出声，事后他在从医院回来的路上说还是尊重当事人的意见比较好。

虽然大家热烈地争执了一阵，该骂的统统骂了一遍，最后我们决定听成康的，行动取消。

回到宿舍后，关了门，肖哲拖住了我，他将贾朝阳和我带到走廊里，先问贾朝阳："你没问题吧？"

贾朝阳挺着不小的肚子说："我没问题。"

肖哲又问我，我望了望天花板说："要不要再征求一下成康的意见？"

贾朝阳说："刚才已经征求了，这件事与他无关了。"

我只好默认。一场战争往往也是这样，与参战的一方无关，甚至参战的双方都忘掉了为什么开战，但是打赢战争成为最重要的事情。为了打赢这场大学生和小学生之间的仗，我们花费了许多心机。

第二天我们按原计划行动。在昏昏的月光下，我们骑车轻快地往厂门口赶，我们设定的出事地点是离厂东门300米处的一片树丛旁。

到了那里我们下车小便后各就各位，等刘富贵12点下夜班。

北方冬夜的寒气非常刺鼻，我们都穿了厚厚的棉衣蹲在树丛下边，望着远处闪着冷冷的光晕的寂静马路，偶尔有人像醉鬼一样从马路上晃过去。几颗稀疏的星星在薄薄的云层中隐现，快要昏死过去的样子，远处工厂的机车发出粗重的叹息。

我们每人手中夹着一支烟，见远处有人影过来就将烟掐掉，但多半是虚惊。很快一包烟完了，我们没有见到骑山地车的刘富贵。大家开始忍受不了寒冷的侵袭，鼻孔里刺得咝咝作响。

大晚上蹲在异乡的马路上，干着一件并非有趣的事，我突然觉得自己无足轻重，远方父母的音容像利箭一样穿入心中，我想这样的夜晚我除了思乡真的什么也干不了。

我理解了古代戍边的士兵为什么缺乏战斗力，这样的月光对人心的消磨胜过了女人的柔情，她牵动了人内心未知的一种渴望，使我相信人还有一种归附安宁的本能。我站起来说："肖哲，我们回宿舍吧，今天估计他不会来了。"

贾朝阳和肖哲看着我一言不发，正在我说话的时候，远处一个酷似刘富贵的身影过来了。大家马上进入角色。

肖哲让我骑车迎上去，他和贾朝阳骑一辆车在马路另一边等候，对刘富贵形成夹击之势。

离刘富贵越来越近，我的心咚咚跳个不停，我不具备伏击别人的心理素质，一直怀疑自己骑车到刘富贵面前能不能制造交通事故。

说话间刘富贵已经就在对面，我想等到他车身旁边猛一拐龙头，将他别一下，但是手已经不听使唤，龙头别过了头，砰咚一声，我自己重重地摔在马路左侧，这时候刘富贵居然下车来扶我，我立刻意识到此人一定不是刘富贵。

这时肖哲和贾朝阳已经像两只饿狼一样扑上来了。

我赶紧喊："他不是刘富贵！"

肖哲和贾朝阳并不听我的话，一边说撞人了想跑，一边就向那人身上拳脚相加。我从地上爬起来扯住肖哲，贾朝阳也就推推搡搡，没有对那人再施以拳脚。

那人显然被突然袭击弄蒙了，半天没有反应过来，就站在马路边既不走也不说话，肖哲大声斥道："还不滚？"

那人才扶起车，一拐一瘸慢慢走了几步，骑上自行车走了。

我和肖哲等人整理好一切，正准备骑车回宿舍，一辆出租车停在我们面前，里面出来了满头裹着白纱布的成康。

我们在寒风里为这次伏击付出了血的代价，我的左手在地上擦破了皮，血流不止。肖哲一脸不悦地问成康："你来干什么？这事与你无关。"

成康脸上毫无表情地说："这可能吗？赶紧上车吧！"

成康的突然出现超出我们的意料，我们四人不再说话，默默钻进面的。车在夜色中哐哐地走着，四人面面相觑，又各自埋头。过了许久，成康突然叹了一口气说：

"时间过得真快，半年已经过去了。"

无人接成康的话，车内又复归宁静。

夜色变得浓重起来，窗外刮起了呼呼北风。肖哲看见我捂着手，问："没事吧？"

我点点头。车一直沿长安街往东开着，到了回宿舍的路口忘了提醒师傅拐弯。

出租车司机问我们到哪下，肖哲却还是气势汹汹地说："开你的！不差钱！"

司机就继续沿长安街往前开。

"明天几号？"我突然问道。

"不知道！"贾朝阳答道。

成康和肖哲不说话。

"是元旦！"出租车司机搭了一句腔。

车继续往东开。成康掏出烟来，给每人一根。吸了口烟，成康说："来北京这么久，我一直想去看升旗，要不你们陪我去看升旗！"

"好主意！"我连忙赞成成康的提议，又看了看肖哲和贾朝阳说，"到北京这么久还没看过升旗！"

肖哲和贾朝阳都没有吱声，成康对司机说："师傅，您奔天安门去吧！"

夜晚马路很干净，车很快就到天安门，我们下了车就直奔广场。深夜的天安门广场显得更加宽广，风也更加凛冽了。我们都把衣领竖起来。

脚步在水泥地上摩擦发出令人厌烦的声音，整个广场寂静得如同月球表面。高大的人民英雄纪念碑孤零零地耸立在风中，显示出一种神秘的威严来。

我们从前门往北走，经过毛主席纪念堂侧边时被两个警察截住了。一个身材魁梧的警察拿着警棍，什么也不说。另外一个矮胖警察吼道："干什么的？"

"看升旗！"我们都很无辜地站住，望着警察齐声说。

"还有理了，"胖警察说，"刚到凌晨一点升什么旗，身份证！"

我们四人开始在身上摸来摸去，结果谁也没带身份证，而且成康还满脑包着纱布，跟爱搞破坏活动的敌人似的。

"没有身份证，跟我们走吧。"胖警察挥手指向不远处一辆警车。

"警察叔叔，您看我们像坏人吗？我们就是晚上没事干想早点来看升旗。"我一脸诚恳地求着胖警察。

胖警察说："叫警察叔叔也没用，按规定办事，少废话，我一看见你们就像没事干的，没事干你们呆在家里啊，冬天大晚上不在家呆着，你说你们干什么？"

我要再辩，胖警察说："少废话，你怎么回事儿，头捆得跟冬瓜似的？"警察对着成康问。

成康迟钝地说："我……"

"工伤！被机器的皮带扫了！"肖哲连忙说。

"少废话，你说谁信！"拿警棍的警察忍无可忍说话了。

我们都觉得说什么也是废话了，听他发落吧，什么坏事也没干，看他们拿我们怎么样，难道他们神通到知道我们刚刚打了人家一顿。

一听"里边"我心里发慌，我有一个堂哥晚上在我家玩到12点钟回家，在家乡的大街上被警察抓进去关了一个晚上。第二天他们家打电话找我家要人，我说他早就回去了，他妈急得嚷开了，这时他带着满脸蚊子咬的疙瘩回去了。

我们面临失去一个晚上的人身自由，可是现在是冬天，如果里面没有暖气，我们的下场比蚊子疙瘩还要严重，万一落个冻伤，保不准让我一生都记得这一次午夜流浪的经历。

四人乖乖地跟在胖警察后面，我心里忐忑不安，一边走一边在口袋里乱摸，希望能找到能证明我们身份的证据，结果在棉衣口袋的里层差不多跑到后背的地方摸出了我的工作证。

我对警察说："我有证件了。"

警察停住说："有证件也明儿早上再说，我们宁可冤枉一个好人也绝不放过一个坏人，这是对人民负责。"

如果他要对人民负责我们就没有办法，大家谁也不再说话或想辙。

我们被带上一辆值勤的警车，胖警察也随警车一起走。警车开到半路时发出警报声，肖哲在车上突然笑起来了，并悄声说："估计他半年连一只鸡都没抓到过，否则不会这么兴奋。"我们也接着笑起来。

胖警察从车前的副驾座上扭过头来说："严肃点，不许说笑话。"我们马上绷紧了脸。

车很快到了一个派出所，我们严肃地走下了车。马上从屋里出来几个值班的警察，若无其事地问胖警察："逮住四个？"

胖警察说："四个精神病，先关起来，等天亮再说。"

我们被带到一间安了铁栅栏的临时监管室外面，在一张表格上依次填好各自的姓名、年龄、工作单位、婚否。恐怕这就是以后作为前科的证据。

我填完后一脸诚恳和严肃地说："警察同志，我有证件，我们绝对是非常守法的人。"声音中还有不满的成分。

胖警察望了我一眼，伸出手说："给我看看！"

我将工作证从口袋里掏出来递给他。他接过我的工作证，看一眼我的工作证，又看一眼我，往复几次，像老母鸡吃食似的，最后确认那是我的工作证。

胖警察将工作证扔给我，大声嚷着说："好好的工作不干，晚上出来干什么？"

我支吾着说喝多了点。

"我看你们像喝多了，先呆这里醒醒酒。"胖警察说，"这也是为了你们安全。"

我赶紧非常轻声地说："要不，先让我回去，给他们取身份证？"

胖警察想了几秒钟说："他们留下，你先去取身份证，有多远？"

"一个小时，不过，回来还得一个小时。"

"少废话，你快去吧！"胖警察对我摆摆手。

其他几个人都关进了铁栅栏，我在外边给他们做了一个鬼脸抱抱拳说："兄弟们，多保重，我很快就回来。"

贾朝阳骂道："你这个叛徒！快滚吧！"

我打车取了身份证回来将他们领出来，胖警察在放我们之前语重心长地教育我们年轻人要学好，看着成康还说了一句好打架的狗落不了一张好狗皮。我们都默不作声，等他说我们可以走了就匆匆跑了出来。

已经是凌晨4点，街上开始有人活动，寒气呼吸起来使人胸疼，我们开始在街上慢跑。等我们到达天安门广场的时候，已经有很多看升旗的人围聚在旗杆周围。我们占据了一个认为比较好的位置，翘首看了看空空的旗杆。

等了很久还不见国旗班的战士出来，我们的脚已经冻疼了，别人的脚也冻疼了，于是大家开始跺脚，广场上响起劈里啪啦的声音，像在跳踢踏舞。

大家明知还没有到升旗的时间，还是时而抬头看一看旗杆顶端，好像旗杆顶突然像变魔术一样出现一面五星红旗。许多人是外地来的，他们为这次看升国旗准备得非常充分，捂着脸，穿着厚实，还带着摄像机和照相机。

突然跺脚的声音没有了，我们赶紧往天安门城楼方向望去，在晨曦中一个整齐的方阵出现在我们面前。走在前面的是一名身材高大的执旗手，旁边紧跟两个护旗手，离三人不远的后面有一个方阵紧随其后。

他们每迈一步，都发出整齐划一的踏步声，声音厚重坚定、干脆果断，仿佛鼓点敲击在人们心上。

在一次次越发强烈的敲击下，我仿佛一面旗帜越升越高，忘记了周围的人，也不知道自己的存在。在高处我仿佛看见一个伟大的时代来临，我投入到忘我的伟大的事业中，在这个庄严的时刻，想象太阳在东方的海平面升起，万丈光芒驱散万丈氤氲，心中顿觉豁亮，一些微小的愿望和自卑心情随云雾蒸发，心中只剩下蔚蓝一片。

成康站在我侧面，他那颗包扎着白色纱布的头在人群中格外引人注目，它倔强地高昂着，一丝不动地注视着国旗冉冉升起，连眼睫毛都没有眨动，深深的呼吸使胸膛起伏不止，他的嘴唇慢慢翕动，好像在默默念颂一首赞美诗，喉结像一座高高的山峰挺立在那里。我看见他的脸上有湿润的光泽，一行清泪慢慢流向他的嘴角。

看完升国旗，人群已经开始四散到天安门广场，各自寻找着自己的风景点。

这是一个充满辩证法的地方。我第一次来到这里的时候，被它博大的气势震撼，站在广场中央伫立良久，无法用言语描述心中的感动。

有一段多愁的日子我每天来一次，直到我身处其间和身处别处没有两样为止。很长一段时间，我已经将她遗忘，直到今天我又发现，她的感召力从没有变过，变化的只是我自己。

每天有肤色各异的人从世界各地来看的不是风景，而是感受一种力量。这种力量非常含混，不论你是人生得意还是失意，都能从这个广场感受到你需要的力量。

我们沿着回家的路漫步着，谁也没有说话。天空开始飘一些细小的雪霰。走到六部口时，成康若有所思地说："我应该离开了。"

他吐字很慢，仿佛在一边想一边说，说出来的话更有不容置疑的味道。

"你说什么？"我追问道。

"我想安静一段时间，然后离开这个地方。"成康话语的意思很模糊，似乎自己也没有想清自己要说什么。

"你是指离开北京？"我心中暗惊。

"不，我不会离开北京，这个地方我还没有了解，怎么会轻易离开？！"成康辩解的样子，脸上表现出不屈的神情。

"那你指离开是什么意思？"

"离开工厂！"

"为什么？"

"尊严受到威胁！"成康心中正在跟一个人较劲，语气重重的，夸张得厉害。我将他看升国旗时的神情联系起来，感觉他想离开工厂不是一时冲动做出的决定。

漫天飞舞着鹅毛大雪，肖哲和贾朝阳在前面低头沉默地走着，留下两个白茫茫的背影。成康微耸着肩，每一步走得都很认真，以免滑倒。

我望着漫天飞舞的大雪，开始思索尊严受到威胁指的是什么？什么是尊严受到威胁？一行行清晰的足印仿佛是写满字的答卷，让我怀想大学书生意气的时代，那是我最风光的时候。

尊严受到威胁？我很少有如此深刻的反问，只有一些具体的牢骚，成康将这句话扔到雪中，碎成千万个雪花，漫天飞舞，我无法看清他们具体的形状，但能感到这样一种心境。

尊严受到威胁应该不是一个具体的事件，而是一种感觉，这种感觉压迫着人，使你感到呼吸艰难，行动迟缓，无法表达自己，自己只能是别人表达的一个状语，而且在适当的时候会被删掉。

我加快步伐赶上成康，问道："你是指自己很少有主动权吗？"

"不是。"成康继续在雪中迈着大步。"自尊被威胁了，非常不安全，随时都有遭到践踏的可能，这个趋势非常明显，但是我无法阻止，也无法预料，所以尊严受到了威胁。这种压力比什么都大。"

"你是指没有安全感？"

"没有尊严安全感！"

# 十三　我的未来不是梦

或许成康对尊严有一种异样的认识，我只是模糊感知尊严是很少浮出生活表面的。总不能说我连续丢了三辆自行车是尊严受到威胁吧，尽管丢车丢得我彻底失去了骑自行车的信心，决定每天步行和坐公共汽车上班。

大家的日子都这样一天天翻过，肖哲唯一的变化就是不能吃辣椒了，他不知道什么时候变成了一个"有痔青年"，经常拿一个脸盆到水房里洗腚上药。在去水房的路上，他一边晃一边唱："我只有两天，我没有希望。"

我期待着工厂里的计算机系统改造最终将我纳入法眼，人生需要等待。

成康已经不去单位上班，在宿舍里一直养病，似乎在为离开做准备。

贾朝阳的"事业"却在我们的眼皮底下一天天壮大起来，关键是一个"富豪"在我们眼皮底下悄悄诞生，这太欺负人了。我还真是有些着急，他发财也不能发到无视我们的心理健康。

一天深夜，我正在思谋着如何克服贾朝阳致富导致我的红眼病犯病的问题，有人剧烈地敲门，我以为是贾朝阳回了，起来开门，一个满脸恍惚的中年男子在门口问贾朝阳在不在，我说不在。胡勇、肖哲也都起来了。

中年男子问完，就往里闯。

我用胳膊挡住他，指着贾朝阳的空床说："你看，他不在。"

"那他躲到床底下了？"中年男子一用力，闯进了屋子，就往贾朝阳的床底下看，我觉得这个人不正常。

"我说不在就不在，你干嘛呀？"我一看闹钟，已经凌晨2点了，非常生气，大家都被他给吵醒了。我揪住那人的脖领往外拖。"你给我出去！"

胡勇和肖哲也都过来了。

"我在这等他。"中年男子眼歪脖斜，一副落魄样，往贾朝阳的床上坐。

"你到底出不出去？"我放了手，指着他的鼻子。

"这事没完。"中年男子似乎没有听见我的最后通牒。

"这间房不是贾朝阳一个人的，你没有权力在这里胡闹。"胡勇一本正经地说。

"少跟他废话，滚出去。"肖哲说着上去扭胳膊。

"先听他说说，为什么找贾朝阳。"我说。

"没什么可听的，一个神经病。"肖哲说着。

"他骗我的钱，我花了1000多块钱，该阳痿还阳痿。"中年男子满脸沮丧。

"这小子，什么时候卵磷脂可以治阳痿了？"我和肖哲笑起来。

"你还是走吧，贾朝阳没回来。"成康说。

"别跟他说，30秒如果他不出去，我让他好受的。你这是私闯民宅，懂不懂？"肖哲说。

中年男子根本听不进我们的话，继续赖在贾朝阳的床上坐着，说一定要等他回来。肖哲扬起拳头说："再不走就揍你了。"

中年男子说："我找贾朝阳，不关你的事。"肖哲抓起他的衣领说："你给我出去说。"说着往外拖。俩人在那里争执不下。

胡勇对我说："你去叫保安来，我和肖哲对付他。"我赶紧穿了外衣往楼下去。

保安让我从睡梦中拉出来，拿着电棍迷迷糊糊就来了。我们跑到宿舍，肖哲仍在和那中年男子叫嚷，好在胡勇一直在一旁他们才没有打起来。

保安上去用电棍的火花将那人吓得跟一张相片似的紧紧贴着墙。在保安的呵斥下，那人才乖乖走了。

可是这样的事情才刚刚开始，后来经常有人到宿舍里来找贾朝阳，看那架势贾朝阳欠他们80吊大钱。而且经常有人在我们毫无准备的情况下破门而入，用脚猛踢我们的门，那张可怜的门在一星期之内受伤过重土崩瓦解了。好在是夏天，没有门还能凑合。

已经有人开始拿贾朝阳的东西了，为了保护贾朝阳的财产——他留在宿舍的所有东西我们都暂时瓜分殆尽，据为己有，使他的床铺空空如也，只剩下一张木板。但是有人居然想连那张木板也要搬走，我们进行了床架保卫战，将那张床拆开保管，贾朝阳的位置只剩下一块空地。在这样的情况下，还是经常有人来瞻仰那块空地。

我们已经被闹得鸡犬不宁，无法正常工作和休息。半夜里我经常惊醒，难以入眠，胡勇和肖哲也经常坐起来抽烟，聊天，睡意全无。但是贾朝阳一直也没有露面。我们真是恨透了这小子，他要是回来我们一定要扁他一顿。最后我们和宿舍管理员交涉了半天，赔偿了100元修理费，才换了一间房，我们统统从那里搬走，恢复平静的生活。

若干天后，贾朝阳不用我们扁他，他被别人扁得鼻青脸肿，穿着一身脏衣烂衫回来了，他那身高级灰西服也不见了。回来时他还带回两个彪形大汉，显然他们是押送贾朝阳回来的。

贾朝阳带着彪形大汉回到自己的宿舍，发现里面已经空空如也，他怀疑自己走错了房间。

通过一阵打听，才知道我们搬到新宿舍里了。

贾朝阳敲门时，我上去开的门，他脸上没有丝毫表情，径直走到房间里，坐在一张椅子上。刚好我们三人全在宿舍里。贾朝阳坐在椅子上软得像一块牛皮糖，眼睛低垂着，往上扬的时候目光碰上谁就赶紧移开，又故意装着镇定对着大家伙说："我遇到倒霉事了，外面还有两个人等我呢。我想看大家能不能够凑5000元钱，我要还给别人。"

"你小子骗了别人还不算，回头还骗我们。"肖哲嚷着道，"这几天你去哪里了，你知道不知道我们受的什么罪？鸡犬不宁是什么感觉你知不知道？轮番轰炸是什么滋味你知不知道？"

贾朝阳坐在那里哑口无言。

"你干什么都瞒着我们，说说这一阵你都干什么了？"胡勇语气缓一点问他。我对贾朝阳毫无兴趣，所以连问都懒得问了。

"传销。"贾朝阳说。

"那怎么传成坑蒙拐骗了呢？"肖哲说。

"……先不说这个，先借我5000块，我将事了了，回头还你们几个。外面还有人等我呢。"贾朝阳非常干巴巴地说着，没有一点"潜能"了。

我们走到外面，才看见两个彪形大汉蹲在门边吸烟。肖哲连忙打招呼："两位大哥，到屋里坐会儿，喝口水吧。"

两人轮眼看了看我们，面无表情到屋里来。我们给他俩让了座。

贾朝阳脸上还挤出笑说："欠他们俩……"我挡住贾朝阳的话，给他们俩递烟。俩人身高估计都有1.8米，一个巨胖，脸像西瓜；一个中等身材，脸像狐狸。胖子留小平头，狐狸长头发到肩，扎小辫。我见这架势就想起黑社会。唯独肖哲特别能够应酬这种人。

"两位哪里人呀？"肖哲还笑着跟人家拉家常，毕竟曾经是学生会主席。

"问这个干什么？"狐狸脸将这句话挡开，"我们还有事，你们凑够了钱，我们好走人。"

"别急，钱是小事，认识认识嘛。喝水吗？"肖哲还是满脸堆笑，用杯子给他们倒水。

"别客气，该办的事办了吧。"狐狸脸说。

"钱一分不少，我们就踏实交个朋友吧。正好是吃中饭的时候，要不这样，我们到外面去找个地方，喝点小啤酒，凉快凉快，钱我们凑齐就给大哥，好吧。"肖哲一边大口吞吐着烟，一边笑呵呵地说。

俩人起身，肖哲上去在中间拢着俩人的肩说："5000元钱不是个小数，我们派人凑钱，等酒喝得差不多了，钱就齐了。"肖哲依然笑容灿烂地说。

俩人不再说话，大家拥着往外走。

走到水房旁边，肖哲让贾朝阳和成康带着他们往外走，叫着我说去厕所一趟。

进了厕所，肖哲和我一边撒尿一边说："这事让哥几个摊上了，所以想挪也没法挪开。你去保安部将小吴叫上，别带家伙，穿制服就行。我的意思是喝顿酒，2000元钱这事给了了，如果他们太硬，我们就硬。你去再叫几个大个子来，我们一起在泽雨饭馆喝酒。"

我听从肖哲的吩咐带着几个人去的时候，他们已经点满了一桌子菜，将小餐馆最好的菜（甲鱼和基围虾）都点上了，肖哲和两位大哥面前已各空出两个啤酒酒瓶子。狐狸脸脸上油光水亮，但是脸色仍是苍白。胖子已经满脸通红。

我们几个纷纷落座。肖哲给每位斟满啤酒，然后高举酒杯说："两位大哥，各位，今天机会难得，有这么多朋友开怀畅饮。"说着仰脖子将酒喝完。两位也不推辞，将酒饮尽。

肖哲指着我带来的一个大个子，又指指胖子说："东子，你们俩都是山东的，老乡见老乡，两瓶喝光光，来一个吧？"东子站起来说："俺山东喝酒哪有这么自觉，先要猜一个拳。"说着东子就五魁手、八匹马，和胖子猜拳了。胖子看样子非常高兴，和东子的猜拳将整个桌面的气氛弄得非常欢快。

大家都非常高兴，唯独两个人比较冷静，一个是贾朝阳，一个是狐狸脸。贾朝阳其实也是满脸笑容，大家吃他就吃，大家喝他就喝，只是一言不发。狐狸脸喝得比较多，但是脸上始终阴沉着。肖哲过去换了个位置，坐在贾朝阳和狐狸脸中间，给三个人都满上酒说："来，大哥，不打不相识，干！"肖哲说了一个嘹亮的"干"字，将酒一饮而尽，然后转向贾朝阳，贾朝阳马上有所意会，端起酒杯说："给大哥敬酒。"狐狸脸也端起酒杯，还是面无表情。肖哲将贾朝阳和狐狸脸拢到一起，让俩人头碰了头说："从现在起大家都是朋友了，有什么事吱一声就行，来俩人感情深一口闷。"狐狸脸和贾朝阳两人将酒喝尽。

肖哲让服务员去外面烤50串羊腰子，然后回过来对狐狸脸说："今天人逢喜事精神爽。"狐狸嘴角动一动笑了一下，马上又恢复了麻木的表情说："亲兄弟明算账，贾朝阳欠我们的钱，这事你看怎么办？"

肖哲说："没问题。但是哥几个实话实说，都在外面混，不容易，你刚才也去了我们宿舍，看到了，有什么钱？唯一的财产是睡觉的床，床上还没有女人。"

"那你是什么意思？"狐狸脸抽着烟，脸侧对着肖哲。

"钱要给。但是我看大家都是痛快人，赏个脸给兄弟，2000块钱，给两位大哥喝酒，就这么定了，怎么样？"肖哲说着开了三个啤酒，而且开的时候故意不用开瓶起子，而是用手掌按在瓶盖上，用手指抠瓶盖，咔咔咔将三个酒瓶盖抠开。这小子手指头真还有力气。说着羊腰子来了，肖哲拿起两串烤得倍儿香的羊腰子，一串给狐狸脸，另一串给胖子，贾朝阳也连忙拿起酒瓶给狐狸脸倒酒。

"吃腰子，趁热吃，没觉得自己的腰子不好使吧？"肖哲故意很猥琐地说了一句。狐狸脸被肖哲这么一句话给逗乐了，脸上第一次有非常完整的笑容，眼睛、鼻子、脸、牙、皮都笑起来了。"我跟胖子商量一下，这事我做不了主。"狐狸脸说。

"别蒙哥们了，谁做主我清楚，以后要是没饭吃，还得找你去。"肖哲说。

"你是个人种，我就冲你的面子，今天就算是认识了朋友吧，今天的饭我请大家了，最少得3000元。"狐狸脸拿起烟来递给肖哲。

肖哲连忙将烟夺过来，说："哪敢，大哥，我来我来。"

"别客气，就凭你这股劲，你干我这行一定比我强。"狐狸脸一定要给肖哲递烟。肖哲接过烟，贾朝阳给狐狸脸和肖哲点上烟。

肖哲说："既然大哥盛情请大家吃饭，兄弟就不推辞了，那好，就这么办，3000。"

肖哲一边招呼狐狸脸吃腰子，一边叫成康。俩人离开桌子合计了一下，成康走了。肖哲回桌子继续和狐狸脸喝酒。胖子已经在那一拨喝得有些高了，酒令里夹杂着含糊不清的声音。不一会儿，成康拿来一支鼓鼓的信封来给肖哲，肖哲接过信封，然后转向贾朝阳说："贾朝阳，给两位大哥赔不是。"贾朝阳接过钱给狐狸脸。

狐狸脸拿上钱往桌上一摍，给贾朝阳和自己倒满一杯，然后两人都拿起酒来一碰，说："这事就这么了了，以后祝兄弟好运。"说完将酒喝完，贾朝阳也将酒喝完。桌面安静下来，大家都将注意力转到狐狸脸、肖哲和贾朝阳这里。

"大哥，你点个数吧。"肖哲说。狐狸挥了挥手，对胖子说："胖子，咱时间不早了，该走了吧。"胖子应了声也站起来。狐狸脸从信封里抽出300元说："这顿饭就算我的，大家继续，我们还有事。"说完起身就走。

肖哲赔着笑将俩人送出门。大家等两位大哥一走，吃得更加凶猛，桌上气氛热烈起来，当然少不了骂骂咧咧，一边问贾朝阳怎么回事一边豪饮暴食。

贾朝阳说是从他们那里拿的保健品，为了升到高一点的dd，贾朝阳一次拿了20个疗程的，每个疗程250元，共5000元。其实他将20套差不多都卖出去了，钱用在置行头和各种排场的花费上，有些款还没有回。欠钱是正常的，遇到这帮人就没有办法了。

当初贾朝阳840元一套卖给我和肖哲，看样子这小子挺黑。

正说着，肖哲回来了，进来就大声叫："贾朝阳过来。"

贾朝阳从座位上起来，有些心有余悸，问道："怎么？他们走了吧。"

"我看你小子不想在北京混了。"肖哲飞起身给贾朝阳一记重重的耳光，这耳光到底有多重不得而知，但是贾朝阳被这记耳光搧得一米开外，几乎摔倒，脸上出现斑斑血迹。我赶紧上去拉住肖哲，成康去扶贾朝阳，并用餐巾纸擦贾朝阳脸上的血，但是贾朝阳脸上只是有个红红的巴掌印，根本没有破皮。

成康抓过肖哲的左手，发现肖哲的手指有两只的指甲盖都翻开了，想必是刚才用手开啤酒盖翻的，难怪肖哲一直藏着他的左手。

成康拉出肖哲来，说："手怎么了？没事吧？"

"没事。"肖哲说着脸转到一边。

贾朝阳在旁边痛哭起来，声音纯净得像个小孩，我们被他的声音牵得眼睛酸涩。

肖哲也眼圈发红，他仍旧非常生气："给别人赔不是，是我他妈中学干的事。没深没浅做的什么事？靠这个就能够混出个人样？我肖哲看事情不比你清楚？住在一个宿舍，你想没想过哥儿几个？遇到事情跟我们商量不商量？最后擦屁股的事还是哥们给你办。你有没有把哥几个当哥们？咱们有的是头脑，大街上有的是正道，你连哥们都骗，你还混不混了？"

肖哲真的非常生气，一连几个星期的冤气狂泄不止，有几句骂得我心里特痛快，这几天我被贾朝阳的一些事搅和得睡觉都成问题，那时候我就想如果再见到他就揍他一顿。成康拍了拍肖哲的肩膀说："去给手上点药水吧，回头我们再和贾朝阳好好谈谈。"

成康陪肖哲去上药水，我就带着贾朝阳回宿舍，喝酒的一伙人大家各回各的宿舍，事情很快平息了。

回到宿舍，我陪贾朝阳到水房里洗了洗，躺在床上，一直没有说话。

不一会儿肖哲和成康回了，肖哲的两只指尖包了创可贴。大家都不再说话，各自洗漱完毕上床。

窗外夜色浓重，从外面传来歌声："你是不是像我在太阳下低头，流着汗水默默辛苦的工作，你是不是像我曾经受了冷落，寻找一种意想不到的温柔。"这是一首早就过时的张雨生的老歌《我的未来不是梦》，因为他死去的缘故，人们又开始听他的歌，而且将音响的声音开得这么大……

贾朝阳后来从工厂里辞职，搬出了宿舍，在北方工业大学里租了一间房子，开始专攻英语。贾朝阳走后我们宿舍安静了许久。没过多久，胡勇申请到北京延庆山区去当小学教师。几年后，他竟然和我们完全失去了联系，谁也没有他的手机，也不知道他在哪里了。北京像海洋这个比喻已经卷起了滔滔大浪，开始淹没一些我们已经熟悉的东西。

宿舍只剩下了我和肖哲，成康这时搬到了我们宿舍来住。肖哲从人造革皮箱里翻出一盒校园民谣的磁带来听，反复播放那首《睡在上铺的兄弟》。我知道，贾朝阳并没有睡在肖哲的上铺，而是对面。

# 十四　简历不是这么写的

那次天安门看升旗成了成康阶段性生活的一个标志。从医院回来后，他在宿舍里没完没了地养伤，经常抱着但丁的《神曲》在那里冥想。

我从他手里接过《神曲》认真地看过，觉得自己没有欣赏这种高档文学作品的天赋，《神曲》将所有的矛盾集中在一起展现给人看是一种非常糟糕的做法，而且这样的诗歌实在不是给缺乏高级牢骚的老百姓看的，成康却在那里看得津津有味。

我问成康：“看《神曲》对尊严有什么好处？”

成康说：“看《神曲》可以坚定人的信念，我也不喜欢看《神曲》，但是我要坚持把《神曲》看完，这对我也是一种磨炼。”

“磨炼什么呢？”

“对不确定事情的忍耐力！”

我开始不敢轻易和成康谈一些抽象的话题，他活在非常抽象的概念之中，我和他讨论尊严之类的话题会感到很自卑，常常有尊严受到威胁的感觉。

等到春暖花开的时候，成康的伤也早好了，而且身体明显发了福。这时候成康已经准备了离开工厂的工作。他买了几本书，仔细研究了中英文简历的写法后，起草了三份简历，让我们评价哪一篇会更好。

“简历哪有好坏？不能无中生有，如实说来就行！”我一边翻成康的简历一边说。

“有讲究，有讲究，”肖哲插嘴道，“中国古代人找工作，一般都是托人写一封保荐信，这就是求职信。据说蒋介石见孙中山就是陈其美写保荐信保荐的。”肖哲捧着一本《蒋介石传》说。

“这跟找工作有什么关系？”

“我把我的研究成果跟你们分享一下吧。”成康坐直身子说：“我的心得体会是三点，首先是把读简历的人当买家。既然人家是买家，你就要给人提供周到的服务，所以要让人读起来很便利，不要耽误人家太多时间，上来就把自己的硬件介绍一下。”

“什么是硬件？”我问道。

“体貌特征，学历等。”成康说。

“然后呢？”

“然后是把自己当商品，就是自己有什么功用说清楚。”成康煞有介事地说，“人家请你去干活的，不是当大爷的，所以自己能干什么，说得清楚，而且要详细。例如，你说你会种花，没用，太简单，要告诉别人你会种茶花还是茉莉，曾经种过什么。”

"还有呢？"

"会干什么是最关键的。"成康说，"像我们这种大学毕业已经工作过的，是二婚了，不是应届毕业，别人一般不给你现学现用的机会。"

"那我看你这些有点悬。"我叹道，"你这毕业后也没有干什么啊！"

"请注重另外一点：我的学习能力超强！"成康得意地说。

我认真拜读了成康的简历，暗中学习了简历的写法，也知道英文简历叫resume。成康将中英文简历和自己的毕业证、学位证及许多获奖证书复印了许多份分装在一种中号的牛皮纸信封里，然后翻开《北京青年报》的招聘启事。

在一段时间内他买了许多《北京青年报》，只看上面的人才招聘启事。在他的逻辑看来，《北京青年报》广告费贵，能在上面打招聘广告的必然是大公司或实力雄厚的公司，他要去的正是这样的公司。

他在宿舍颇有办函授大学或文学大奖赛的味道，桌子上摆满了拆开和未拆开的信封，他会对来的每一封信认真甄别，以期从中读出更多宝贵的信息，作为他判断能否投身这家公司的依据。他的理想是一家大公司，具有现代企业的管理方法，能够有松散的人际关系。所以他更相信合资或外企。

很快，成康看中了一家做互联网接入服务的公司，他们称自己为ISP（互联网接入服务提供商）。虽然成康还没有上过网，但对互联网还是有耳闻，而且对这样一个新兴的行业充满期待。最重要的是这家公司的来函使成康有尊严受到尊重的感觉，因为这是成康第一次在很正式的文本中被人称为"先生"。来函照登如下：

成康先生：

　　您好！我们已经认真阅读了您的来函，通过您的自我介绍，我们了解了您的一些基本情况，深深觉得您正是我们非常需要的事业同路人。为了使您对我们的事业有更详细的了解，也为了使我们双方有更深入的沟通，我们敬请您3月8日拨冗到敝公司一叙。

　　　　　　　　　　　　　　　　　　　　　IHW公司人力资源部

3月8日是一个艳阳高照的日子，成康对自己做了一个非常认真而显得滑稽的包装来迎接妇女节的到来，不过他不是和妇女同志约会，而是到一家称自己为ISP的公司应聘。

当时称自己是ISP是一件很时髦的事儿，可是几年后谁也不敢说自己是100%的纯种ISP了，因为ISP没法赚钱。

成康那天打了一条红地黄色郁金香花纹的金利来领带，这条领带是他花10块钱从一个到宿舍来推销领带的大学生那里买来的。

他对领带的认识是越硬越好，对面料却一窍不通。他最初认为男人不需要领带，只需要一条好皮带，打领带只是给别人看，别人看着你笔挺了就行，绝不会上来摸一摸领带的面料，如果有人上来摸面料，说明彼此关系非同一般，面料好不好已经不重要了。如果是女人上来摸你领带的面料，她的本意决不在这条领带上，你尽管放心让她摸好了；如果是男人上来摸你的领带，一场打斗在所难免，最好是纸质领带，这样才好金蝉脱壳，否则就麻烦了。

皮带虽然藏在衣服下面，但是一条好的皮带会给男人安全感，在喝酒之时绝不会有皮带断了曝光的危险，而且好皮带往往让男人腰板挺直。

成康就是按这种逻辑花100多元大本钱买了一条真皮皮带。皮鞋是借的我的三节头，西服是肖哲花180元在大甩卖中精心挑选的米黄色双排扣样式，非常正式。

成康的身材是西服架子：宽肩、直背、长腿。头发用肖哲养花的喷壶喷了自来水后经过简单的梳理，成康已经非常偶傥了。几年后，成康养成了领带收藏癖，他的领带观做了180度大转变。

我们目送成康走出宿舍，祝他好运，或许一个富翁的开始就是这样的！

成康在离应聘时间还有一个小时就已经到达中关村南大街的IHW公司，公司的门面上写着"1＋NET"的标语，虽然成康并不明白1＋NET是什么意思，但他已经知道NET非常厉害，它将全世界连成一个天罗地网，能够到网上去瞅一瞅会非常长见识，根本不用出国就已经知道非洲或美洲的人在想什么，甚至可以用英语和他们聊两句。

成康被这个事业激动了，因为ISP就是帮老百姓上网的，这就像火箭发射基地，它代表了科学和神秘，你跟老百姓说什么他们就相信什么，和街上卖盗版光盘绝不相同，这可以算一项事业。

来应聘的人很多，挤满了50来平方米的一个厅。这个厅只是IHW公司在中关村的一个门面，里面摆满了许多HP的电脑，电脑上写着"IHW时空"，有上网服务、IHW生活信息等许多栏目，网上提供了有关工作生活的各种有用无用的信息。

最重要的是这些电脑联了网，它是通往世界各地的一个神奇按钮，这是非常了不起的按钮：有了它你就拥有了大英博物馆，你也可以到联邦调查局溜达一圈，然后到梵蒂冈教皇的站点上聆听新年的钟声，再给斯皮尔伯格发一个email（邮件），说你有一个好剧本可以拍出比《拯救大兵瑞恩》还真实和残酷的死尸电影。如果你有能耐，还可以按这个神奇鼠标将大把大把的钞票拖过来，总而言之，你握住鼠标就握住了这个世界。

展厅里众多调制解调器发出叽叽鼠叫，整个空间成了一个大老鼠窝。成康像老鼠一样伏在一张桌子上答写笔试题。

笔试题的大意是：总经理秘书为总经理合理安排一天的活动时间表。这其中包括总经理要和分公司经理开一个有关地方业务发展的重要会议，并在会议上要作重要讲话；总经理的老母亲将从香港乘飞机到达北京国际机场；总经理中午要请一个大客户在京城饭店的顶层吃一顿饭；有两名重要员工提出涨工资要总经理批，否则他们要跳槽；晚上要请老母亲在仿膳酒楼吃饭……

成康被十几个活动弄晕了，心想当这个总经理实在太累了。成康看这个题目跟自己没有任何关系，他肯定自己不会成为总经理的秘书，但是为了后面的面试，他必须过总经理秘书这一关，所以他还是非常认真地完成了这道非智力游戏题。

完成题目后一直等到晚上7点还没轮到成康面试，他已经饥肠辘辘，为了不至于面试时底气不足，成康到旁边的一个粉色饼屋花20多元钱买了一个外国饼充饥，不是成康喜欢吃外国饼，是因为饼屋里实在找不到中国饼。20块钱落个半饱，成康实在难受极了。

将嘴上的饼屑擦干净回到老鼠窝，他们正面试排在成康后面的一位留短穗头的女孩，成康只好耐着性子等。

面试成康的有三位，两男一女。其中以一个30出头的男士为主，这位男士深蓝西服，蓝底小白花领带，五官很俊，大背头，谈笑风生，问了成康许多技术问题：

Uuix会吗？

会！

会多少？

可以做系统管理员，也可以在Unix环境下用C开发程序。

Windows呢？

会用！

黑客是什么？

这个问题不用回答吧，不懂电脑也听说过黑客！

……

成康觉得他问的每一个问题自己都回答得很好，考官望着成康似笑非笑地问了另一个问题："你平时也穿得这么整齐吗？"

成康的血压一下上升到脸上，他的脸非常红，一股无法压制的尊严受到威胁的反抗意识上来了，他觉得自己比眼前的考官要高贵许多，表情反而显得非常自信了，在三秒钟内他已经决定不到这个公司来，于是面带适度的微笑清晰缓慢地说："我平时

穿三点式上班，浑身除了嘴和两个眼睛三点是白的，其他地方都是煤灰，今天穿这么整齐是因为我看重这个公司，现在我不这么认为了，您可以告诉我您的名字吗，我们后会有期。"

考官显然有多次羞辱别人的经历，对成康不露声色的批驳没有任何难堪，很从容地告诉了成康他的名字："张府。"

成康起身出来，走在黑夜笼罩的中关村，虽然表情平静，内心却巨浪滔天，他对自己说了一遍：中关村是属于我的。

# 十五　一定是简历被人出卖了

初次面试回来，我们问成康感觉如何，成康一言不发，脱了衣服和袜子，仰倒在床铺上。

为了"普遍撒网"，成康一段时间在各种招聘会上散发简历。

国际展览中心每星期一大招，民族文化宫两天一小招，北京各区人才中心天天招，赶招聘潮成为北京一大景观，成康成为这道风景中一片飘忽不定的树叶。

一个星期天，我约成康去卢沟桥看看，离宿舍也近。卢沟桥到底有多少狮子这个问题打小学就困扰着我，我说要亲自去数数。

成康说要到国展参加人才招聘会。我奚落着说："你去多少次了，看门的人都认识你了吧？"

成康一边往床底下钻一边说："差不多，他说要是没人要我，我可以给他们当保安。"

"你这身材，还真是个当保安的料！干不了一年，能够升任保安队长！"肖哲说。

"敬礼！"成康故意配合我做了个敬礼，然后夹一叠简历出了门，像收物业费的。

投递简历和面试机会之间有一个延迟时间，结果一下子来了许多个面试机会。有某酒店公关部招聘公关协理、有某育种公司招聘良种培育员、有某白酒公司招聘品酒师、有某苗寨酒楼招聘歌舞部经理、有某墓地招聘区域开发经理。

我们看着这些机会，嘲笑成康："阿成，这是你投递简历的公司吗？"

成康红着脸嘟噜着："一定是简历被人出卖了。"

"简历还有人出卖？"我问道。

"当然，这些小公司没有钱打招聘广告，就托自己认识的干事工作的朋友把收到的简历转给他们。"

"真他妈不干人事。"肖哲笑道。

成康终于挑了一家生产洗发香波的公司。该公司说为了提高企业的科技含量，招成康去建设全公司的信息系统，包括公司进销存一全套的计算机管理。

成康顺利地挂上他的"日"字小包上班去了，公司在清华大学，他每天骑自行车来回50公里却丝毫热情不减。

两星期后，成康却打道回府了。香波公司几天内发生了人事更替，换了一个老总，姓阚。他认为现在最重要的是市场份额，于是临时改派成康去推销洗发香波，成康想试试自己的"潜能"。

与成康结成一个推销小组的另一名同事是一个有丰富发廊经验的温州姑娘。如果少读一年书以少喝一瓶墨水计，她比成康少喝10瓶墨水。但是温州姑娘的销售业绩让成康无地自容，每天的业绩报告会上，成康总像一个穷人在一群富人的晚宴上一样感到不安和压抑。

一天，大背头停不住苍蝇的阚总把成康叫进办公室。成康也西服笔挺进去。阚总温和地把一个报表扔到成康面前说："成康，你看看，你自己看看。"

成康缓慢地伸出一只手，翻了两页报表，又合上。

阚总依然温和地说："看了啊？知道差距啊？"

成康低头不语。

阚总将两条腿放到桌面上，刚好压住报表说："你说说，你一个高材生，人家一个小学生，你这样多对不住你这个学历！"

成康吞咽了一口口水，微微抬了一下头说："我不太适合做这个工作。发廊都是温州人开的，人家温州姑娘一过去，用方言一说，订单全有了。"

"那你说你适合做什么吧？"阚总更加温柔地说着，将腿放下，站起来，走到成康旁边，一手扶成康的肩，另一手指着自己坐的老板椅，用最后的温柔说道："你适合这个工作，那你来吧！"

成康的头低成了追悼会鞠躬。

就这样，成康羞于第二次见到阚总残酷的温柔，半个月的工资没要就从洗发香波公司拂袖而去。

"有痔青年"肖哲的痔疮越来越严重，已经无法坐稍硬的椅子工作了。同办公室里的小曹主动把自己的坐垫给了肖哲。

小曹是技校来的北京女孩，高挑个，鹅蛋脸，面容清秀，是个美人胚子。她喜欢笑，笑声像银铃。办公室里总是充满了她的笑声。除了爱笑，她还爱学习。肖哲在大学学的是炼钢专业，理论知识非常扎实，小曹经常向他请教，他不厌其烦给她讲解。

肖哲的两件事情在办公室里是公开的秘密，一是有个女朋友，马上大学毕业，肖哲正在运作把她分配来北京的事情，他们是决定天长日久过日子的。另外一个是肖哲的痔疮，已经折磨他近一个月了，他经常不是在职工医院就是在去职工医院的路上。科长拿他没有办法，只好让他别忘开请假条。

成康和肖哲两人常常在宿舍里，只有我一个人去上班，让我觉得这个世界太不公平了，欺负我老实人。

成康正在经历着好事多磨的时候，侯哥意外出现在成康的宿舍，这使成康受宠若惊。好久没有见到侯哥了，侯哥风范仍在，话不多，没有一丝笑容，重大决定前的表情。

侯哥问成康："你在干吗？"

成康说："没干吗。"

侯哥说："去搓两圈麻将。"成康见侯哥的样，知道有比搓麻更重要的事要说。

在侯哥的宿舍里，早已有两人坐在摆满麻将的桌旁。

一个不矮因为粗壮而显得个儿不高的戴眼镜的白面长仁丹胡的25岁左右的人，像看商品一样看了看成康然后点了点头，成康知道要说话的不是侯哥而是这位老兄。

刚坐上麻将桌，老兄开口说话："我姓甘，就叫我阿甘。"

成康友好地微笑了一下报上了自己的姓名："成康，成功的成，健康的康！"

阿甘撒了骰子笑着说："很好，很好，健康的成功！"

成康也笑了笑。

侯哥一直在一旁默不出声地打牌。麻将一圈未搓完，阿甘一边埋头摆麻将一边问成康："在哪个分厂。"

成康说："辞了。"

正埋头看牌的阿甘抬头盯着成康看了一会儿，笑容灿烂地说："现在你在干什么呢？"

成康说："在宿舍看《神曲》。"

阿甘拍了一下刚抓起来的一张牌说："宁缺毋滥，有气魄。"

成康说："被逼无奈。"

"英雄都是被逼出来的，"阿甘停下牌，身体略往后靠了靠说，"我两年前就不属于哪个单位了。"

"那你干什么呢？"

"观察中关村！"

成康去过几次中关村，至今没有搞懂哪片儿真的属于中关村。记得在IHW公司面试时，看见很长的一段马路旁长着高大的白杨树，树两边还有农业文明时代的露天排水沟。一开始他始终不相信隐藏在树丛后面的各种小门脸就是中国高科技的生力军，直到后来到IHW公司应聘才知道高科技还真不可貌相。不过满大街拉货的三轮和抱着小孩卖光盘和文凭的农村妇女让他又困惑了。

"中关村经你观察，有什么发现？"成康怀着好奇心想听听阿甘的高见，毕竟自己只是在中关村走了走，看了一些表面现象。

阿甘沉吟了一下说："我给你讲一个中关村妇孺皆知的故事吧，我给这个故事起了个名字叫中关村启示录。中关村是一本实现个人价值的活教科书，中关村不仅指夹在两排树中间的那条拥挤不堪的街，它有许多值得挖掘的价值……"阿甘说起中关村有些踌躇满志，差点把故事给忘了，好像中关村是一块非常滑溜的西瓜皮，这块西瓜皮成了他的冲浪板，他的思想一旦落到这块西瓜皮上就乘风破浪，滔滔不绝。

"快讲中关村启示录吧！"在侯哥的提示下，阿甘回到了中关村启示录上。

"这样的，一个有志青年因为在家不想干农活，想在中关村他姐夫那里找份事做。他姐夫说你一个农民在中关村能干什么呢？他无言以对，只是说那你不能见死不救。在姐弟俩的轮番游说下，他姐夫同意他到中关村来帮忙给他看库房。有一次他姐夫到深圳去看货，由于个人生活问题被深圳警察关了15天。就在这15天时间里，中关村市场里严重缺15寸显示器，他将姐夫库房里所有的50台15寸显示器抵押给一个电脑整机商，然后拿来20套586的机器，然后卖给家乡在教委的同学，套得50万人民币，在3天时间内找一个专门为注册公司跑手续的公司注册了一个贸易公司，进了200台15寸的显示器，拿出50台还给他姐夫。等他姐夫从深圳回来时，他递给姐夫印着刚成立的贸易公司总经理头衔的名片，说他辞职当总经理了。然后他的贸易越做越大，大得全球500强的计算机公司要和他签中国区总代理协议……"

"这是一个典型空手套白狼的故事。"成康瞅着牌说。

阿甘说："如果这个农民是你呢？你有了这笔钱，你会干什么？"

成康皱了皱眉头说："可惜我不是那个农民！"结果这句话使在场的包括侯哥在内的人都大笑，只有成康不笑。

阿甘接着说："他继续做贸易，但他不是高科技，这就是他的局限。只有高科技才是最有价值的，你听过比尔·盖茨一分钟挣多少钱的故事吗？"

"没有！"成康看着麻将说。

"高科技的最大价值是你没法知道它有多大价值。正是这种未知的价值才可以蛊惑人心，这跟追女孩还没有追到手是同一种感觉。"阿甘谈起高科技来非常兴奋，显然他对中关村的了解不是停留在攒机器卖钱的层次。

成康在一旁听得云雾缭绕。

阿甘见大家都沉默了，开始自问自答：

"现在最有价值的高科技领域是什么？是电脑业。

美国现在真正能挣钱的是哪儿？是硅谷！老美称硅谷的人挣的钱是新钱。

电脑业中最挣钱的是什么？是软件！

软件最精华的东西是什么？是它的思想！

你想想，一个图形界面思想多大价值？Windows有什么？比Windows更好的软件多的是，但是人们喜欢Windows是因为它的界面最好，用户喜欢越简单越好，所以Windows搞了一个所见即所得的思想，再来一个即插即用的思想，绝了，别人再怎么做操作系统都做不过比尔·盖茨。比尔·盖茨去年挣了600亿美金，600亿美金是什么概念。假设比尔·盖茨1年365天天天工作，每天工作10小时，1小时3600秒，1年工作13140000秒，他每秒钟要挣4560美元。就算他比银行点钞员还快，让他数面值100元的绿票，1秒钟数45张也会让他数成肺气肿。谁的手指能这样振动？除了弹簧片。所以比尔·盖茨见钱落到地上他是不会弯腰去拾的，因为他花5秒钟弯一次腰拾的钱不如他打开笔记本电脑工作挣的钱。这就是知识经济，好汉不挣有数的钱。"

阿甘的一通天花乱坠的演讲让成康和侯哥听得呆若木鸡，并不是成康对比尔·盖茨心驰神往，而是觉得比尔·盖茨一秒钟手指能弹多少次跟自己毫不相干。人只在意眼前的事，谁会对远方的故事坐立不安？这种感觉仿佛是电影明星再漂亮也不抵邻人之女。

阿甘见大家反应平平，停下来抽了一支烟说："年轻人得做点事。我们又年轻又有电脑知识，就不相信干不过中关村的农民。我有个想法，咱们联合起来到中关村去发展，用知识去创造价值，靠体力赚钱的时代已经过去了，中关村有些人靠搬箱子赚钱，但真正赚大钱还是要用脑的。侯哥和我想了一些时候，决定到中关村开一个科技开发公司。科技开发公司注册资金10万就够了，我已经找了我初中的一个同学，他在国营粮店靠贩卖大米小发了一笔，同意借一笔钱先存在我的户头上，这样可以注册一家公司，这个公司每个人都有股份，你们现在能出资更好，如果不能出资，就以技术股份加入。公司现在有两个可以发展的业务，一个是侯哥开发的网络软件，另一个是中关村朋友接到一个项目，我们拿过来开发，没有任何投资，全是知识经济。"

成康听得出来是个值得做的事情，初次见面，虽然对阿甘的为人不是非常了解，但自己基本没有什么风险，到中关村锻炼一下没坏处。成康在一旁认真地听着，脸上有些笑容。

侯哥开始断断续续介绍他开发的互联网加速下载软件，感觉像让一个五音不全的人唱歌："这个软件可以加速互联网的访问速度，而且可以使访问不中途掉线，对那些用'猫'访问网络的人来说是一个非常省钱实用的软件。"

成康对侯哥投去了钦佩的目光。侯哥不善言谈，但侯哥干的活儿和说的话是绝对可信的，就凭侯哥的信誉，成康暗暗决定加入阿甘的科技发展公司。

一星期后，阿甘弄到了一个印有自己名字的10万元存折摆在成康和侯哥面前，这着实让成康觉得沉甸甸的。成康现在所有家当就是床底下装满半箱书半箱衣服的一口人造革皮箱，他只能出力。

# 十六　怎么不问我宝马哪儿来的

　　30天后，成康、侯哥和阿甘的永泰科技开发公司在知春里一个小学闲置的空屋里挂牌了。他们用白灰将30见方的房间刷上大白，从学校借来不用的办公桌，拉上一部电话，固定资产投资不到5000元，随时可以拔了电话搬家。

　　"知识经济，只要肩上长着几颗聪明的脑袋就行。"阿甘一边试拨电话一边说着。

　　成康和侯哥吭哧吭哧在清扫屋子，公司开张的第一天他们是以集体大扫除的方式度过的。

　　第二天，阿甘出门联系业务，侯哥将自己支离破碎的电脑从宿舍的厕所工作间搬到了永泰科技公司。

　　成康对互联网非常感兴趣，他觉得这是一个新时代的标志。为了使侯哥开发的软件有一个非常好的名字，他从学校老师那里借来一本《现代汉语词典》。侯哥在给软件起名时缺乏商品意识和现代意识，取名为《阿侯成网络访问加速保险软件》。

　　成康说："就你这个名，别人听前面一部分以为是治气管炎的，听后面一部分以为是搞保险推销的。我来给软件取一个名字吧。"

　　侯哥笑着说："那你取吧，我觉得无所谓。"

　　经过成康的多番推敲，并遵循简单、易记、吉祥、特征鲜明、朗朗上口、不抄袭、有中国特色、可持续发展的原则，最后给侯哥的软件取名为"网迅一号"。从此中关村有一个名为《网迅一号》的软件，目前只有三个人知道这个软件的价值，他们是：侯哥、成康和阿甘。

　　公司的第一笔业务可以称得上是科技开发，通过阿甘的同学，公司弄到一个医院门诊信息管理系统，这个系统包括医院门诊部的电脑挂号、划价、取药，三者连成一体，每一项手续都要打出一个小单，这是这个医院实现电算化的第一步，他们不喜欢叫信息化而是叫电算化。

　　在谈项目时是阿甘接的活儿，由于是关系，而且金额不大，双方没有写正式的合同。医院那边拉过来两台电脑做开发机，等系统完成后再还回去。

　　"两台电脑也值好几万，不怕！"阿甘说。

　　项目交给成康和侯哥来完成。

　　为了和医院门诊部的人打成一片，消除大家的内外意识，阿甘的同学还给成康和侯哥每人准备了一件白大褂，使他们在白衣天使之间滥竽充数。

　　成康对医院工作的向往表现在那件白大褂上，有一次将白大褂穿回了宿舍，这使我们大跌眼镜。

"成康，你这是去哪里工作了？当厨师啦！"李伦首先看见成康回来，玩笑道。

成康不言语。肖哲抱着脸盆进屋，上下打量着成康，表情吃惊却一本正经地说："妈呀，你去应聘理发师啊！"

我见机不忘恶搞一下成康，说："成康，刚走出去不几天，你真的变成白领啦？"

成康沉得住气，脱了白大褂说："在医院开发项目呢。"

说着，成康腰上的BB机响了。看完号码，成康出了门。

一走出宿舍，一辆红色宝马汽车就停在了成康的身边，差点把成康撞着。成康正欲和开车的理论，车窗户缓慢放下来，一个戴眼镜剃着板寸的俏女郎冲成康笑。

成康惊讶地打量着女郎，女郎取了眼镜说："这么快把我忘了。"

原来是黄馨华。成康确实很久没有想起她来了。

"怎么变成这样啦？"成康惊讶地说。黄馨华甩了一下头说："上车再说！"

成康转到另外一边，打开车门进了车。宝马猛加油门，驶向夜色街头。

黄馨华带成康到了北京最高的饭店——京城俱乐部顶层的旋转餐厅，找了一个僻静的地方坐下。

成康坐在黄馨华对面，神情木讷。黄馨华冲成康摆了摆手说："小弟，干嘛那么深沉？"

成康努力笑了一下。黄馨华歪着头带责备的口吻说："没有看见像你这样没心没肺的。辞职了，去哪儿了也不告诉我一下。"

成康微笑着说："我还住宿舍，变化不大。"

"哎，出去感觉如何？觉得外面的世界很精彩吧！"黄馨华边脱掉外套边说。

"出师不利！"成康微低着头说。

"为什么这么说？"

"我突然觉得自己好像没有什么突出的本领。"成康喝了口茶说。

"是吗？"黄馨华边看菜单边应着。成康穿过黄馨华的肩，看着餐厅下的万家灯火，仿佛在俯瞰辽阔的海面，那些星星点点的灯光是渔船。

黄馨华点了龙虾和鱼翅，这是成康首次从听说到真正品尝，他吃得非常不自在。每当面对黄馨华时，他总有两种复杂的感觉。黄馨华像一个强大的漩涡，当成康这条小比目鱼游到这个地带，尽管略有抵抗，仍然会不由自主地被这个强大的漩涡吸进去，而且那种旋转下落的方式非常炫目，让人眩晕。另外一种感觉就是他本能上排斥辉煌的、热烈的、直白的东西，对于黄馨华超乎现实的疯狂和坦率无法共鸣。成康直觉上不喜欢"假小子"一样的女孩。

"准备躲着我了？"黄馨华撅着嘴问。

"我这不来了吗！"成康说。

"你怎么不问我？"黄馨华说。

"问你什么？"成康木木地说。

"嗨，你真没劲。"黄馨华撇了撇嘴，夹起一块龙虾给成康。

"对了，你现在干什么呢？"黄馨华表情平和了，平视成康，眼睛慢慢眨了一下，这一瞥又让成康非常欣赏。

"跟人开公司！"成康没精打采地说。

"多少人？"

"3个人！"

"3个人，哈哈哈……"黄馨华笑起来，肩和胸部剧烈耸动。

成康落落寡欢，自顾喝了一杯红酒。

"对不起，我不是笑你，我只是觉得很好玩儿。"黄馨华怕伤了成康，连忙解释。

"没什么。"成康应道。

"你是股东了？"黄馨华说。

"应该是吧！"

"什么叫应该是？是就是，不是就不是。"黄馨华语气重重地说。

"都是朋友，反正就这么一起干了。"成康说。

"签了什么合同没有？"黄馨华问。

"没有。"成康说。

"那你还是签一个，不管什么关系吧，该签也得签。"黄馨华说。

"如果人起了歹意，签也是白签。"成康说。

"那倒也是！"黄馨华说，"婚姻不都是签了合同的，但是该怎么样也怎么样，所以我现在不喜欢签合同的事。"

成康接不上话。两人之间出现了几秒钟的停顿。

黄馨华微低头，眼神上翘望着成康，露出少有的温和说："你有没有一两秒钟喜欢过我？"

成康微笑着说："你觉得呢？"

"好了，我不问了，怕伤心。"黄馨华自嘲地笑了笑说，"你真是个白痴，我开宝马了你也不问哪儿来的，要是我做了黑社会，岂不是做了你！"

"呵呵。"成康笑起来，说，"黑社会就没有朋友？"

"好一个朋友，朋友就朋友吧。"黄馨华往椅子后靠了靠说，"我找到我妈了，或者说我妈来找我了，这车是她给的。"

"那太值得祝贺了！"成康举起杯子来，黄馨华也举起杯子来，两人重重碰了一下。

"我的人生就像电影，比电影还精彩，这谁唱的来着？"黄馨华问。

"许巍吧。"成康回答。

"我妈弃官从商了，做了房地产，一直在上海做，现在来北京了。"

"那你们算是母女团聚了！"

"她太忙了。"黄馨华说，"她居然还是单身，我们母女的命运很像，性格都很强。"

"强有强的好处！"成康说。

"跟没说一样。"黄馨华叹道，"嘿，你生意上有什么需要帮忙的吗？反正如果是我妈那顺带要做的事情，你也可以来接标啊。"

"没有关联吧，我又不做房地产。"成康说。

"嗯。"黄馨华点点头。

很晚了，两人才离开京城俱乐部。黄馨华开车送成康到十字路口，嘴角往下耷拉着，很温和地说："去我那儿吗？"

成康深深吸了一口气，说："明天很早就要去医院汇报项目。"

黄馨华气愤地说，"你是不是觉得我像白骨精一样，每天晚上拉一个男人回家享用啊？"

成康坐着一言不发。

"滚，滚！"黄馨华怒吼道。

成康缓慢地打开汽车门，起身出门。黄馨华等成康站稳，猛地带上车门，轰大油门，冲向渺茫的夜色里。

成康站在那里，久久没有移动。


春天装点了北京城，杨絮慷慨地洒向每一寸土地，肖哲的痔疮也随着季节升温而勃发，他住进了职工医院住院部。

成康经常通宵加班，宿舍里经常只有我一个人。有时候躺在床上，我真的有一种躺在海面的神奇感觉，好像在随波起伏，不知方向。我抱起了成康的《神曲》，一页一页欣赏西方人精神世界的十八层地狱的景象。炼狱不是可怕的地方，可怕的是佛教里的无间狱，那里没有开始也没有结束，从无始来到无终去。望着天花板，我不知道自己的未来是什么。

一天晚上，我去医院看望肖哲，在那里遇到了肖哲的同事小曹。

小曹名叫曹慧。她真是很刻苦，肖哲在住院她还带着课本过来请教。我刚进去的时候，曹慧却在给肖哲朗读一首徐志摩的《再别康桥》。

见我去了，曹慧起身说："叔叔好！"

"我有那么老吗？"我摸着头发稀疏的脑袋说。

肖哲笑着说："叫江大哥就行！"

"江大哥好！"曹慧恭敬地说，态度像个餐馆的服务员。看着清新动人的曹慧，仿佛看见一朵清晨含露的茉莉花，清新芬芳，令人倾慕。

见我们来了，曹慧拿着一个开水壶出去了。

我笑着对肖哲说："你小子艳福不浅啊。"

"纯洁的友谊！"肖哲一本正经地说。

"还纯洁呢，你那屁股的药谁给换的？"我笑道。

"护士，护士！"肖哲连忙说，"绝对是这样。"

"你说你还坚持什么啊，把那边的黄了，跟这边的好上，彼此都好，多完美啊。"我说道。

"你还年轻，你不懂！"肖哲笑道。

"那你那边有没有把握过来？"我问道。

"有的，等我这稍好一点就回去一趟。"肖哲说，"你觉得这个妹妹怎么样？"

"挺好啊！"我说道。

"挺好，那要不给你俩介绍介绍！"肖哲笑着说。

"我？"我瞪大眼睛，"朋友妻不可欺！"

"说正经的，她跟我绝对纯洁的，不浪费资源。你看她像小孩吧。"肖哲说。

"确实小。"

"也不小了，21。"肖哲说。

"看上去还真小。"我说道。

"这样吧，晚上你送人家回去。"肖哲挑了一下眼神说。

我正要推托，曹慧拎着水壶进来了。肖哲望着曹慧说："小曹，这么晚了，你回去吧，我都给你讲了，后天考试应该没问题。"

曹慧甜甜地答道："好呀！"

"让这位大哥送你。"肖哲说。

"好呀！那就麻烦大哥了。"曹慧很礼貌地向我点头。

我们跟肖哲告辞，各自推着自己的自行车出来，骑上后往曹慧家方向走。

"你考什么试？"我问曹慧。

"成人大专考试。"曹慧响亮地说。

"哦。"我说完，又想下面的问题，但是也实在没有什么词，就明知故问："你多大了？"

"今年21！"

"好年华！"我说道。

"你也不大啊！"曹慧笑着说。

"那你还喊我叔叔！"我笑着说。曹慧格格笑起来。

又没词了，我问道："你知道肖哲有女朋友了吗？"

"知道！"曹慧语气平静。

不一会儿，到了曹慧家楼下，曹慧把车停在楼道里，我站在楼道口，曹慧挥挥手说："叔叔再见！"

我当场差点晕倒，灰溜溜地骑上自行车，回到了寂静的宿舍。我这个伟大的叔叔，看样子铁定找个有恋父情结的女孩。

# 十七　Game Over

侯哥的《网迅一号》商品包装和市场推广工作全由阿甘来做，阿甘绝大多数时间不在公司，他夹着一个黑色人造革的公文包，里面有《网迅一号》软件的软盘和一些宣传材料，在中关村见软件商店就往里跑，希望这些商店能够代销这些软件，但没有一家商店愿意和他签提成合同。有的商店说可以放在柜台里试卖，如果一星期卖出10个拷贝，可以考虑和他签代销协议，否则这个软件占了他们的柜台面积。阿甘扭头就走了。

在连邦软件专卖店，阿甘还长了更大的见识。里面一个戴眼镜的小伙子说卖软件可以，但是整个软件的软包装要重新设计，要有规范的中英文说明书，而且也是要有一定的销量才开始付每一个拷贝的版费。

中关村大街正在改造，高大的白杨树一棵棵轰然倒下，激起阵阵尘土。阿甘夹着《网迅一号》，站在中关村灰尘扑扑的大街上感到一筹莫展。

成康和侯哥经常以半包榨菜作为赌注，来验证一种算法行不行得通。

侯哥是天生的职业程序员，他那种细瘦的身材发挥了能耗小，大脑供氧足的优势，经常可以连续作战，而且没有哪种算法行不通，所以榨菜袋总是由他清理干净。他其实没有算法问题，只有代码简单或代码复杂的问题，还有就是对整个问题理解的根本性错误，所以他在下手写一段程序前，总要挖半小时地雷，其实他不是在挖地雷而是在地雷阵面前构思程序的架构，可贵的是侯哥的地雷也挖得非常好！

正当他们的系统接近尾声，处于测试阶段时，成康接到医院的通知：因为正在推广一个由卫生部某科技单位开发的全国医院系统统一使用软件，医院将停止现有的系统开发。

成康说这是计划经济对市场经济的巨大打击。

遇到这样的事，成康心中自然很难受，他没法跟总经理阿甘解释这件事。侯哥一言不发，他仿佛还没有接到通知似的，不停地在往计算机里输数测试，他的心中对编写程序系统更感兴趣，对赚钱没有考虑太多。

阿甘听了这样的消息，脸一下子拉得非常长，他果断地说："系统继续开发，完成后交医院，钱一分不少，否则对簿公堂。"

成康说："当初我们应该跟他们签合同。"

阿甘说："我这不是急于有项目吗！"

成康无话可说。侯哥还在挖地雷。

阿甘说:"你们不搭理他们,继续把程序开发完。"

"他们已经不用了,这不是明摆着浪费精力吗?"成康辩道。

"我是总经理,听我的!"阿甘拍着桌子说。

成康欲言又止,将凳子拖得嘎嘎响,然后坐到电脑前。

公司在一个雷雨交加的下午召开了第一次全体会议,三个人围坐在两张油漆斑驳的书桌拼成的办公桌旁总结了前一段时间的工作。会议由阿甘主持,阿甘说:"公司成立近两个月来,大家都同甘共苦,工作第一,不讲报酬,使业务得到了长足的发展。虽然遇到一些挫折,还是能够战胜,这说明……"

成康说:"怎么跟政府工作报告似的。"话半途被成康和侯哥的笑打断。

阿甘喝了一口水,转换了一下语调接着说:"现在我们必须明确一个事实:就是怎么能挣到足够的发展资金,公司必须很快壮大。在中关村开一个公司很容易,关掉一个公司更容易。未来的发展方向一定是网络经济,到网上去赚钱,但是没有资金实力,干什么都是做苦力,高科技也有做苦力的,中关村搬箱子的也不少。当然我们现在也是搬箱子阶段,无论用脑还是用胳膊,都是干苦力挣钱。这一点我们要明确。"

"谈了半天,你怎么还是谈虚的?"成康插话道,"我认为公司的下一个焦点是如何推广侯哥的《网迅一号》,这个产品是公司立足的根本。我觉得《网迅一号》要好好想想办法推广,先夺名,再夺利,让网民先用起来,知道有一个《网迅一号》,下一步才能挣钱。"

"接着说。"阿甘点点头。

"我看过一些书,说软件的生命周期应该是一条梯形线,现在还是启动阶段,上网的人不多,需求会非常有限,离梯形的平台线还有一段时间。如果让'一号'先在大城市流行,等城市网络线路状况开始好转,通信费用下降,中小城市和农村也用'猫'上网,这个软件的市场前景就非常好。但有一点,用这个软件和不用这个软件必须在效果上相差很明显,用不用差别不大,就没什么人会感兴趣,还有这个软件要便宜得跟两斤排骨的价钱一样才行。打开市场有两种比较好的渠道,一个是和制造软件的人搞联合,集成在一组网络工具软件里;还有一种就是和ISP合作,将软件放在他们的站点上或者随同他们提供给用户的软件包中。首先我们想的不是赚钱,只要有人与我们合作,都可以免费,这是零成本市场宣传。别人也愿意与我们合作,因为我们是免费。这个软件赚不赚钱并不重要,我们可以靠这个软件打出自己公司的知名度,也可以在这个软件的升级版中挣钱。这个软件的功能必须不断完善,形成一个网络访问套件,解决网络访问中的一切问题,包括网上翻译、网上传真等等。我们这个软件的宗旨是小、便宜、方便获得。"

成康一口气说了很多设想，阿甘听了成康的话，眼睛低垂看着桌面说："这些我都想过，但是搞软件还是需要投入，公司要发展现在就可以营利的业务。软件可以做，但不会是主营业务。现在盗版非常猖獗，国外软件在网上是免费散发，不具备做软件的环境，除非做有文化障碍的软件，比如财务、排版等，别人进不来，靠网络工具软件挣钱不太可能。但通过软件寻求新合作倒是一个好办法，我们其实不具备做市场的条件，只能以脑力来赚钱，有时候甚至是准脑力。你说攒电脑是脑力还是体力劳动？谁也说不清，但现在我们不排除干这种活儿。"

"我认为这不冲突！"成康继续辩道。

"我们总共6个巴掌3双手，3颗脑袋，你认为我们能做什么？"

阿甘的一席话让成康沉默了。

夜在细雨中降临知春里，隐隐约约有汽车发动机轰鸣的声音传来。成康点燃了一枝烟，接着是阿甘点燃，公司的会议没有任何决议。

　

一天，侯哥和成康正在办公室里，一个戴小黄帽的小学生把头伸进了门缝。

成康招手示意小黄帽进来。小黄帽蹑手蹑脚进来，笑呵呵看着成康。侯哥依然故我地在那里挖地雷。

成康邀请小黄帽大胆地走到电脑面前，让他随便摸键盘，小黄帽神奇地摸着键盘，看着桌面上发生的一丝丝变化，突然蹦出一个美女图来，成康连忙捂住小黄帽的眼睛。侯哥看见了，在那里坏笑。

小黄帽说："叔叔，叔叔，刚才是什么啊，不让我看。"

"少儿不宜，少儿不宜！"成康说，"我给你好玩儿的。"说着，成康从电脑里调出扑克牌来，教小黄帽玩。就这样，这个小黄帽男孩儿几乎每天放学后的第一件事是跑到永泰公司来观摩学习。

阿甘为此告诉成康：公司重地不许入内。还专门打了一条告示贴在办公室的门上。但是小黄帽好像不识字一样，进来就找成康玩儿电脑。

有一天，小黄帽不但自己来了，还将他爸爸带来，跟爸爸说："这个就是我说的那个电脑高手成叔叔。"

小黄帽的爸爸腆着大大的肚皮，说话就结巴，"我我吧，没文文化，所以非非常想给儿子买一台电电脑，但是对电电脑一窍不通，所以迟迟没有做做采购决定……"

胖爸爸说得面红耳赤，才把事情说清楚。大意是：市面上联想1+1炒得非常红火，价格却高达一万五左右，小黄帽爸爸认为小孩子用这样贵的电脑有一些浪费，听儿子说学校里有电脑公司，于是在儿子的怂恿下来到了这里看看能不能买电脑。

成康弄明白了意思，但是永泰公司不卖电脑，只好如实相告："抱歉，我们公司不卖电脑，我们是搞软件开发的。"

正说的时候阿甘从外面进来，连忙说："谁说我们不卖电脑，卖卖卖！"

阿甘连说三个卖字，胖爸爸以为阿甘也结巴，乐呵呵地说："原来这这有一一知音啊。如果卖我就买，不过得得教我儿子编编程序，听说比比尔·盖茨8岁就会会编程序。"

"没问题！"阿甘爽快地说，"您要什么价位的？"

"就八八八千，多了没没没有。"胖爸爸说。

"您您您写在纸上吧，我听听不清。"阿甘也顺拐结巴了。

小黄帽敏捷地拿来一张纸，胖爸爸写上8000。

阿甘非常干脆地说："8000元可以帮你装一台兼容机，用中关村最好的配件，而且多媒体带低音炮，看在小黄帽热爱电脑的份上，帮忙！"

胖爸爸说着就掏钱了，阿甘有些受宠若惊，眼睛盯着钱说，"要要不，我给您写一收收条，明天您您来取电脑！"

"不不不要紧！"胖爸爸说。

这三个不字，让阿甘头上出了汗。

送走小黄帽和胖爸爸，成康笑着说："阿甘，你是见钱就结巴了啊！"

没想到永泰公司的攒机生涯在无意中开始了。生意首先来自学校，许多小学生开始回家给家长要电脑，为了不失时机向小学生展开宣传，阿甘专门为小学生上了一堂煽动性极强的课，说中国的比尔·盖茨就产生在你们这些小黄帽中。

许多学生开始向父母展开攻势，两个星期内，居然有10名家长要给孩子装电脑，永泰公司开始出现红红火火的局面。

为了保证质量，成康专门负责零配件采购，侯哥专门负责攒机器、装软件、测试机器，阿甘负责跟人谈价，三个人忙得不亦乐乎。

公司雇了一个三轮车专门送货，管午饭，一天给人40元钱。

永泰科技终于有公司的样了，阿甘给成康和侯哥一人配了一部手机。成康有了手机之后，首先给我和肖哲的BB机一人呼了一下，让我们给他回电话，我们都及时回了他的电话，满足了他的虚荣心。

下班的时候，成康正收拾电脑，准备正点下班，已经一个多月没有准点下班了，他的手机再次响起。成康接起来一听，愣在那里半天没有反应过来。

手机里是一个女人的声音，不过很快就想起来了，他只把电话号码给过唯一一个在北京熟悉的女人——黄馨华。

"成康，你连我的声音都听不出来了？瞧你势利眼，刚刚鸟枪换炮，就忘事了。"黄馨华调侃道。

黄馨华的腔调总是让成康感到压抑，这种感觉如同成康刚刚游出水面时，一张早已等候多时的大网向成康罩过来，根本不给成康看清水面的机会。成康觉得跟黄馨华快速的燃烧，让他有点应接不暇，以致他无法准确判断男人和女人之间真正的感情是什么样的。

成康不知道说什么好，憨憨地笑了笑。

"晚上有空吗？"黄馨华故意将"空"在嘴里拖长了一下。

"有啥事？"

"我能有啥事，还不那事呗。"黄馨华说完嘎嘎笑。

成康听见笑声感到紧张，不知道什么原因，他总觉得自己和黄馨华在一起，就失去了制空权，完全被她狂轰滥炸一番，最后可能留下一片焦土，两人空空如也，什么也得不到，甚至弄不好连友情都会失去。这种直觉牢牢占据成康的心里。

"别逗了！快说，啥事？"成康问。

"好了，好了，我以后不吓唬你了。好像这世界没有你成康，我黄馨华就没有朋友似的。"黄馨华不笑了，正言道，"做公司最重要的是人脉，上次给你讲的你一点都没有记住啊？"

"也不见得吧。"成康说，"也有找上门的生意，最近我们的攒机业务就是这样发展起来的。"

"嗯，找上门的生意，我也是找上门的生意，成康你就有这个命啊。"黄馨华自嘲地说，"说正经的吧，我妈要一批电脑，一个商务楼项目要配备50台电脑，做不？"

"什么电脑？"

"联想品牌机！"

"那个，我得看看，我们现在不是联想的代理啊！"成康犹犹豫豫的。

"你是猪脑！"黄馨华说，"这还不容易吗？"

成康对黄馨华说话毫无顾忌也甚为反感，情绪一下被打击下去，低沉地说："以前真没有碰到这样的事情。"

"要我教你吗？"黄馨华说。

"说说看。"

"你报个价，我妈把钱打你账户，你拿钱去联想买一批电脑给送过来，你赚差价不就行了吗？"

"那你妈干吗不去联想买电脑呢？"

"那你管得着吗？"黄馨华快恼怒了。

"让我再想想。"成康慢慢说。

"遇到你这样的主，我都快疯了。"黄馨华大声说。

"要不我合计一下再给你电话？"成康说。

"成康，你听着，"黄馨华生气了，"你不撒泡尿照照自己，我黄馨华是那种人吗，我离婚后那床上就你呆过，你还以为得来太容易吧，以为我黄馨华是个随便的人？我干嘛帮你？帮你是贿赂你感情？我需要这个吗？我黄馨华是那种需要拿交易做感情，拿感情做交易的人吗？你丫太不识趣了，我黄馨华为谁流过一滴泪？我离婚都没掉一滴泪，都没失眠过，那样的男人爱找谁找谁。我失眠，我喝酒，我瘦好几斤肉，我那么不害臊勾引你，不都是喜欢上你了，我黄馨华从小到大还没有做过剃头挑子一头热的买卖，你去死吧你。"说完，黄馨华哭哭啼啼把电话给挂了。

成康顿时好像掉进了黑黑的深渊，整个被黄馨华数落得无地自容，感觉自己是一个虚伪的小人。坐在那里，成康看着电脑屏幕一直愣了十分钟，侯哥见了问："成康，怎么了？"

成康醒悟过来，说："没事，想一个程序。"

"想啥程序？"

"男人和女人的！"成康自言自语。

想了很久，成康决定好好跟黄馨华谈一谈，无非是两种出路，一是两人不合适，好说好散，做朋友，彼此心平气和；二是两人试图往一起走，但是绝对不能像现在这样，彼此还需要了解，而且最重要的是不能够将自己的意志强加于人，彼此需要尊重。

出了办公室，成康给黄馨华打电话，黄馨华关了手机。

成康只好独自在学校食堂里简单吃了些东西，然后打车去黄馨华的住处。

一路上成康拨了许多次，黄馨华都没有开机。成康想可能黄馨华非常生气，关了机呆在家里生闷气。

到了楼下，成康按了电梯，径直奔黄馨华的家。到了门口，成康轻轻敲了几下门，里面没有任何动静。成康又敲了几下，还是没有动静。成康开始用力敲门，隔壁一家的门开了，探出一个头，又缩了回去。

房间里一直没有动静，成康站了两分钟，下楼，到距离楼远一点的位置往上看，发现黄馨华家没有亮灯。

或许她还没有回吧。成康这样想着，决定找个地方消磨一下再回来。

　　小区不远处有一个游戏厅，成康走了进去，他感到熟悉的气息扑面而来，这里曾经是他王者风范十足的地方，在这里没有人际关系，没有寂寞，没有烦恼。成康喜欢这种简单，甚至喜欢这种身处热闹但是谁也不认识谁的环境。这或许跟自己小时候的经历有关，当父亲离开这个世界时，他就开始沉默寡言了。他喜欢独处，喜欢跑到小河边钓鱼，喜欢一个人爬山，喜欢跟母亲坐很远的公共汽车，到一个裁缝家里做自己穿的衣服。

　　可是随着自己慢慢长大，他发现自己的许多事情都是母亲做主，甚至在十三岁的时候母亲还给自己洗澡，当那个不听话的东西起来时，他几乎要钻进地里面去。他从高中开始就一直渴望摆脱母亲的关怀，他不喜欢那些当班干部的女生，也不喜欢那些说什么都不脸红的女生，他喜欢矜持的女生。他选择了远离母亲的大学，甚至毕业后选择了离母亲更远的北京，他终于自由了，不管吃喝如何，只要自由就好。

　　成康找了一个游戏机站定，开始不紧不慢地打起来。他发现自己的好胜心没有原来强了，只是心不在焉地在那里耗时间。这时旁边一个还带着婴儿肥的漂亮女中学生说："大哥，你能帮我过关么，我好不容易打到这里了，这里需要两个人配合。"

　　成康望了一眼女孩，长得跟日本卡通画一样。他说好吧，就走过去协助女孩过关。两个遥控柄成康和女孩一人一个，很快进入搏杀中。

　　打了大约10分钟，成康打得不错，但是那个女孩打得一塌糊涂，最终过关没有成功，机器宣布Game Over。成康抱歉地笑了笑，女孩说："是我打得不好。"

　　这时候两个中学生模样的男生过来，他俩脑袋后面的头发剃得紧贴后脑勺上，前面的头发像瀑布一样挡眼睛。见游戏Game Over了，一个跟成康差不多高的男生上来搡了成康一把说："你以为你长得帅啊？这么好的一把被你给浪费了，刚刚上个厕所。"

　　女中学生连忙上来阻拦说："不怪这大哥，是我自己打得不好。"

　　但是两个男生根本不听女生的，上来一个人拽住成康的领口，一个拽成康的胳膊。成康往后退，说："你们想干嘛？"

　　"你说干嘛？你知道我们打到这一关花多少钱不？"其中一个中学生说。那个女生还是在毫无效果地解围。

　　"那你们想怎么样？"成康大致知道他们的目的了，反而很镇定。

　　"我们打到这一关花了200块。"高个中学生说。

　　"你们这不是勒索吗？"成康说。

　　"如果我这是一筐鸡蛋给你撞了，你说你赔不赔钱？"矮个中学生说。

　　"好吧，你们松手。"成康无心跟他们理论，掏出200元，说，"算我倒霉！"

两个中学生松了手，成康气愤地走出了游戏厅。

站在大街上，望了望夜空，还有一轮下弦月，成康突然觉得自己是被人设了圈套，因为刚才争执的时候并没有什么人围观，那些人玩儿游戏的继续玩儿，说明他们欺诈是惯犯了。

成康有些不服气，回头慢慢走到游戏室门口，站在一个不显眼的位置往里看，只见那个婴儿肥的漂亮女中学生还在那里玩儿那个游戏，另外两个中学生不在旁边。成康决定等到下一个跟自己一样的倒霉蛋出现。大约站了10分钟，过来一个跟自己差不多的男子，看见漂亮中学生有些迈不动腿，站在女中学生后面看。成康笑了笑，心想还有愿者上钩的。

果然女中学生说了两句，男子就和女中学生开始打起来。成康还是忍不住，走进游戏室，对着男子说："你小心上当！"

女中学生看见了成康，脸红了一下，低头接着打。男子看着成康，倒是有些不耐烦了，说："谁认识你啊？"

成康觉得自己挺没劲，说："走着瞧。"自己转身出了游戏厅，不一会儿里面传来了争吵声。

回到黄馨华的楼下，成康上楼敲门，依然没有人应。成康走到安全步行梯间，坐在楼梯水泥台阶上，拿出烟来开始抽。不知道过了多久，传来电梯停靠的声音，成康起身，能够从缝隙看见电梯门打开，里面出来两个人，一名男子正搀着跟跟跄跄的黄馨华往她家门口去。

接下来的一切应该是大同小异吧，成康想。

一刹那的伤心穿透了成康的胸膛。

# 十八  性格决定命运

没过一个月，永泰公司的攒机生涯在中关村清除"四无机"的活动中受到重创，首先是一家大的兼容机厂商被停业整顿，所有的四无产品：无标准生产、无检验手段、无中文标识、无生产许可证的产品，都被勒令就地停止销售，关门封库。

同时还有几家做得好的兼容厂家有了四有产品，就像自己是四有新人一样，跟工商和技术监督部门一起起哄，业界领袖媒体《计算机世界》专门撰文报道此事，并赞扬了一些合格的兼容厂商，这场运动像"四清运动"，一下子使中关村多出了一些像永泰公司这样的四无公司：无门脸、无固定资产、无生意、无聊。

在这场大震动中，永泰公司核心层"脾胃不和"，成康和阿甘之间在许多问题上的分歧越来越大。

成康说要继续做软件。

阿甘说搞软件小米加步枪根本不是微软的对手。

成康说要与大公司合作，做正规代理商。

阿甘说实力不够被别人牵着很被动。

成康说公司必须在一个领域里深入做下去才会有成果。

阿甘说没有钱允许我们搞理想主义。

成康说我们的优势在技术而不是资金，做贸易更加没有出路。

阿甘说我们的优势在低成本运作，实打实赚。

……

两个人在公司最不景气的时候展开了大辩论运动，理越辩越不明，事越吵越糟糕。

还有一个让成康不满意的问题是公司的财务一直由阿甘在管，但是阿甘在财务上一直没有公开过。虽然说公司也没有多少业务，有多少进账大家心里估计得八九不离十，但作为一个三人合股的公司，这样做不免有点让成康觉得自己是打工仔的感觉，而且这种股份关系一直没有用白纸黑字明确下来，当初成立公司时是阿甘找同学拆借的钱，公司法人代表就写了阿甘，后来据阿甘说他的同学很快就将钱从账上转走了，而且还要了一万元的高利。公司的账让成康觉得是一本糊涂账。

侯哥对公司的经营状况不太关心，如果成康不和阿甘明确这种关系，势必为将来更大的隔阂留下隐患。

成康一直将这件事压在心里，认为彼此如果没有信任是无法一起创业的，问题是信任和自觉性应该是相辅相成的，现在阿甘在这些重大问题上缺乏自觉性，使成康无法安心发展。

公司成立近一年，三人同甘共苦，基本没有拿什么工资，有饭吃就行，因为公司就是自己的，发工资发给谁呢？苦是可以继续吃的，但是如果公司核心层出现问题，永泰公司只有一个结局：散伙。

就在这个关键时刻，最不善于言谈的侯哥在外面捞到一笔大业务。对永泰科技开发公司来说，六位数的业务绝对是大业务。在新的机会面前，三个人又放弃了计较，一鼓作气想办法将这笔业务吃掉。缘分没尽，想散也散不了。

这笔业务是侯哥在执行售后服务的过程中接到的。

侯哥精进的技术和顽强的工作作风加上仆人般的态度感动了上帝，在某国有大企业住房改革办公室工作的郝仁对侯哥产生了兴趣，两厢一聊，原来侯哥不光只懂维修，他的强项是编程序，两人聊得非常投机。

郝同志请侯哥在饭馆小咂三杯，聊到正事上了，原来郝同志现在是房改办的主任，刚刚就任，响应国家的政策，要在厂里进行住房改革，将住房租售给职工，时间紧任务重，全厂有3万多户住房需要在3个月内完成全部数据录入和首期房款的缴纳，后续的工作全要依赖前面的数据，只有计算机才能完成这项工作，这个任务让郝仁心急如焚。

郝仁按着侯哥的肩膀说："兄弟，要么下岗，要么接摊干，这不是给我升职，而是要涮我一个两面熟。可是没有退路，唯有一搏。"

侯哥跟成康和阿甘汇报了情况，阿甘说："他可真是个好人啊。"

房改办的办公楼坐落在一个小山坡上，是一座废弃的五层小楼，据说这栋楼曾经辉煌地做过职工商场，这个厂内部商场，当初实行共产主义模式的供应制时，里面的物价便宜得让外厂的人眼红，为了到这个商场买东西，他们只好搞假冒职工证。如今该厂像一个突然衰老的将军，很快成为经济大潮中的一名看客，所有的体制都落后了，跟开放的市场格格不入。房改工作在这时候显得有点像猪八戒分行李的味道。

阿甘一行来到郝仁的办公室，郝仁让三人坐了。

阿甘先开门见山问："这个系统有一些什么需求？"

郝仁不是学计算机的，面露难色说："我也说不清楚。"

成康说："没关系，领导不管技术，您这有没有懂这个业务的？"

郝仁犹豫了一下说："有倒是有，我叫她过来。"说完拨通了电话。

不一会儿，外面进来一个眉目爽朗的中年妇女。

郝仁介绍说："这是我们房改办的刘副主任。"

刘副主任很爽快地点了点头，说："大家辛苦了。"

"你给他们介绍一下需求吧！"郝仁说。

于是刘副主任给大家讲了一通。

成康在一旁点头听着，侯哥拿出笔来记录，经过一番问答，大家基本清楚了系统需求。阿甘说："你们提出的要求我们都能满足，但你们最好有个统一的方案。"

郝仁说："没问题没问题，不过我们要求3天内系统就能开始录入数据，时间非常紧。"

阿甘一咬牙说行。

一出门，侯哥就迟疑地对阿甘说："阿甘，3天是不是有些紧？"

"合同都签了，3天完不成，一分钱没有。"阿甘说，"挑战潜能吧。"

为了赶进度，三个人当天晚上就扛着方便面上山了。

三个人一人选一台好一点的机器进行开发，主流程序由侯哥来编，成康编租房模块，阿甘编打印报表模块，计算模块基本是侯哥完成。在第二个拂晓时分，房改信息系统就基本完成了最迫切的需要，并分装在每一台机器上，逐一测试了机器的运行情况，将机器调到最佳状态，连上LQ-1600K打印机，吱吱吱房款缴纳合同书从打印机里流出来了，一箱方便面也吃完了。

大家挪着疲惫的身体到山下吃了一顿白米饭，颇有土匪下山的感觉，个个撑得不行。最后阿甘决定让熬夜本领强的侯哥去机房值班，成康和他回去休息去了。

等侯哥回到山上时，刘副主任叫住了他："小侯，有个计算公式给错了，北京市又改动了这个公式。"

侯哥一听这句话，眼前一黑，差点摔倒。几十台机器要改公式，重新调试。侯哥马上给阿甘和成康打了电话，两人乖乖打车回来继续干。

时间只有不到两天了，三个人跟时间赛跑起来，为了不至于睡着，一人旁边放一瓶清凉油。

在第三天中午，刘副主任给阿甘打了一个电话。阿甘战战兢兢地进了刘副主任的办公室，刘副主任扔给阿甘一个文件说："北京市又调了银行利息，所有计算参数需要改动。"

阿甘摇晃着身体，回到机房，断断续续地告诉侯哥和成康这个不幸的消息，两个人同时举起手说："还让不让人活了！"

经过半天的最终奋斗，所有程序终于按照要求运行，成康和侯哥同时在电脑桌上发出了鼾声，只有阿甘迈着微弱的步子走向郝仁的办公室，嘴里念着："好人不做好事啊。"阿甘忘不了把钱要回来。

程序开始工作的那天场面煞是壮阔，30多个录入工将数据录入进去，然后敲击打印命令，30多台打印机发出海浪冲击沙滩一样壮观的声音。这样的声音没有持续一个小时，首先是一天机器里跑出一个小人跳舞，跳着跳着机器就死机了，接着另外一台机器也死机，最后30多台机器全部死机了。

刘副主任几乎用手将成康和侯哥的眼皮掰开告诉他们死机的消息。当听到这个消息时，成康发出一声叹息说："你们别拦我，别拦我，我要跳楼！"

就这样，三个人轮流看着机房，解决随时发生的任何问题。尽管如此，项目纠纷在一帮程序游击队员的参与下发生了。

郝仁对阿甘等人3个月的工作作了一个总结性评价：各系统离房改办的需求相差甚远。房改办大型数据库系统没有建起来，也不能实行统一查询，系统备份采用手工操作，大量垃圾数据出没于数据库中，经常会出现查询张三蹦出李四的情况。

房改项目使三个人丧失了信心。小公司、低成本和不规范的运作使他们吃尽了苦头，半年来三个人不知加了多少班，熬过多少夜，换来的是被郝仁一脚踢开，请了一帮费用更加低的程序游击队员给他维护系统。

永泰公司在这次漫长的体力脑力消耗战中，消耗了每个人的热情，公司的命运走到了尽头。

侯哥又回到了他的厕所工作室，开始踏踏实实编写他的一个具备超级野心的程序。

在这个项目中，成康留下了严重的后遗症，一看见方便面他就会猝不及防地呕吐。

经过一番奋斗，成康最终又躺到了宿舍的床上。近一年的创业，唯一的收获是一部诺基亚手机。好在宿舍管理不严，对于这些已经离职的人并没有清理出户，因为这些游击住户很不好清理，只要哪个宿舍有一张空床，他们就可以安家落户。宿舍里经常有人加班不回来，所以空出来的床位非常多，人缘好的人长期可以在宿舍里蹭床住。

时间是只无形的大手，把人拿来做实验品。到如今，两个宿舍八个人，常住人口只有我、肖哲、成康、李伦。李为被调到京钢技校当老师，在学校里分了单间宿舍。一年后，他又考了公务员，也慢慢从我们这个圈子里消失了。

八个人中，我们认为唯一混得有了方向的是李伦。他是党员，具备良好的马列主义修养，而且中国古典哲学功底很深，能够活学活用孔子、庄子和韩非子。外修孔孟，积极入世；内修老庄，韧劲十足；法家精神，恪守原则，予人信赖，所以李伦已经调到总公司秘书处当秘书了。

为了庆祝李伦的高升，我们四个人聚到一起好好喝了一顿。肖哲现在养成一个习惯，到哪里都要带一个垫子，为了不至于太难看，就把垫子放在包里拎着。

"北京真的是一片汪洋大海啊！"李伦感慨道。

"偌大一片海洋，没有下锚的地方！"我跟着说。

成康显得异常沉默，一言不发。

"你看吧，我们八个人一起到北京，现在剩下四个还在一起，你们发现没有，其实一开始就注定了这种分别。"李伦说。

"看不太出来吧。"我说道。

"性格决定命运，这谁说的？还是很有道理。你看贾朝阳吧，他这个人就很有闯劲，热情，不按常理出牌，所以他就净招呼一些大买卖！"李伦说。

"呵呵，大买卖差点把自己给卖了。这小子在哪呢？"我问道。

"我呼他一下。"肖哲说着，伸手拿过成康的手机来，给呼台留了言："哥儿几个在喝酒的时候想起了你，方便请回电话，肖哲！"

"这小子谁知道在国内还是国外！"我说道。

"还在北工大宿舍，寄居在他一个老乡那里。托福已经考完了，再考GRE。"肖哲说。

"你们俩是打出的交情啊，以前我记得你们俩最爱斗嘴了。"我说道。

李伦接着说："你看，我试着根据性格决定命运这条线来分析啊，来北京时我们外部环境是一样的，物质基础是一样的，你看，成康和我的人造革皮箱都是一个厂出的。但是内在的东西不一样，性格不一样。所以每个人对外部条件的反应不一样，所以就出现了不同的命运走向。每个人面前都不是死海一片的。"

李伦说完，我倒是有些认同感，接着说："那你能不能提前给我们预测一下，就根据我们目前的性格特征。"

李伦喝了一口酒，笑着说："你把我当黄大仙了！"

"随便说说呗，不需要严谨！"肖哲说。

李伦见成康还在那里若有所思说："小样儿，你，好像受多大挫折似的，从物质条件来说，就你最好，还混一手机别裤腰带上呢。"

"是啊，我在北京上班，还亏损了9000元，都家里贴的。"肖哲说。

"那你泡妞花掉了。"我笑道。肖哲脸上难看起来。

这时候成康的手机响了，成康接了一听，是贾朝阳。

"又在哪儿开发潜能呢？"成康说着，肖哲接过了手机。

"学习呢！"贾朝阳说。

"还学，都学傻了。"肖哲说，"别陪小MM读书了，过来吧，好久不见了，唠唠嗑。"

"好吧，我马上过来。"贾朝阳说完，挂了。

"那你给成康说说吧，他这性格应该做什么？"我问李伦。

李伦换了个坐姿，收了笑说："成康，我就瞎说你就瞎听啊，千万别偏听偏信。"

成康微微笑了笑。

李伦接着说："成康首先人太正！"李伦的话还没有落地，我和肖哲都起哄了："你什么意思，我们人不正啊？"

李伦连忙抱拳说："得罪，得罪，我不是那个意思。我的意思是说，我们哥几个吧，基本上没有那么执著，而且还是做事情比较注重得失，做之前首先看利害。成康好像更加凭兴趣和热情。"

"这也没有什么不好啊！"我说道。

"而且有时候凭感觉就上，做事情没有目的和方向，可能做着做着，最初的那个追求跑不见了，自己稀里糊涂人随事走，走不见了。"李伦说到这里，用余光看了看成康。

成康点了点头，拿起酒杯说："说得有道理，有道理！"

"你这话值得我们大家都参考一下啊！"肖哲说，"其实我们都有这个毛病，贾朝阳也这样，他知道自己喜欢什么吗？我也是这样，学的是炼钢专业，但是对这一行一点兴趣也没有，让我给自己未来找个方向还真是很难。"

"我也有这毛病……"我正想说，李伦打断我说，"行，行了，别成了自我检举揭发的批斗会了。"

正说着，贾朝阳大步走进来，带了一股凉风。大家赶紧给他摆一个位置，让服务员添了餐具。

贾朝阳摘下眼镜抹了抹，露出空洞的眼神说："好久不见啊！"

"哎呀，妈啊，你怎么瘦成这样了？没吸毒吧！"我打趣说。

贾朝阳也不说话，拿起筷子跟饿狼似的挑那最肥的肉片往肚子里连扔了三块。大家都笑起来。李伦说："这家伙，学得三月不知肉味了！"

"天天吃食堂，真受不了了！"贾朝阳说。

"托福考怎么样了？"肖哲问。

"刚知道分数，过了！"贾朝阳又扔进肚子里一片肉说。

"来，祝贺！祝贺！"李伦举起酒杯来，大家一起为贾朝阳干杯。

"朝阳，这美国梦快实现一半了啊，以后兄弟们就没别的追求，一人寄一美元过来给我们当贺年卡，长这么大还没有看见美元呢！"我说道。

"我这就有。"说着，贾朝阳掏出几张美元来，说，"现在换美元，有一点就换一点，攒着。"

"得多少？"

"怎么着也得换5000带着吧。"贾朝阳开始大口挖饭了。

"需要大家帮忙吗？"肖哲说。

"到时候再说吧。"贾朝阳含糊地说。

"嘿，接着刚才那个说吧，性格决定命运！"我提醒到。

"什么性格决定命运？"贾朝阳放下筷子茫然地看着大家说。

"刚才李伦用性格决定命运这个方法论，正在给我们预测未来呢！"肖哲说。

"那好，那好啊，快给我预测一下吧！"贾朝阳说。

"已经预测完了，你还没来就给预测了。"我说道。

"靠，我没听见，再说一遍吧。"贾朝阳失望地说，"预测一下我能不能够去美国！"

"你把我看成算命先生了！"李伦说。

"预测预测呗，不准也不要你钱。"贾朝阳用餐巾纸擦着嘴说。

"你考过了GRE再来找我预测吧。"李伦说道。

"我考过了GRE还要你预测个屁呀！"贾朝阳说。

"哎，接着说成康的吧，成康还没有说完呢。"我提醒。

"所以我觉得吧，成康这样的人适合去大企业打工，因为你聪明，能吃苦，不计较，还相信信念，不会搞人际关系，在大企业不说有什么发展前途，但是总会成为一个资深的干活的人，大企业总得有一批干活特别棒的人吧。"

"成康，我记得当初你发简历的时候就是这么想的啊，怎么后来自己创业了呢？"我说道。

成康一言不发。肖哲说："成康，你有时候磨不开面子，容易相信人，跟人走。"

"是啊，人还得有点坚守的。你看我……算了，不说我那点破事儿了。"李伦收住了。越是这样大家越是催促他接着说。

"你们看吧，啊，是这样，我刚到这个单位吧，实习的时候是厂办，后来有人要调我去冷轧车间。我就跟已经相处了三个月的领导谈，我还是非常喜欢厂办的工作。因为我觉得吧，厂办能够把厂里几个主要管事的人都认清了，处熟了。如果在车间，跟你最近的头儿就是个车间主任，能接触到厂长副厂长吗？后来我就在厂办负责考核各部门的业绩，当然不是我说了算，我只是负责抄抄写写那些领导给的评价，但是好歹我沾这个边了，厂里各头头脑脑就得尊重你了，不会完全忽视你。其实工作上我算个屁，人家都是一干就十几年的，在正儿八经的会上，你是不能随便发言的，但是我平时吧，喜欢跟领导聊天，聊点高深的，老子、孙子的，人家就觉得你思考问题很有一套。后来调到厂党委组织部，管理干部档案，协助领导考核干部，厂里中层干部，负责具体业务的，全得围着你转了。起码，我知道跟各级领导怎么打交道了，分寸火候知道怎么把握了。这不是个干秘书的料嘛，所以我就被送到总公司秘书处了。"

"长见识，长见识！"肖哲举起酒杯说，"你还真是块当官的料。"

"秘书厉害啊，不是厅长完了是副省长，一般都是秘书上来就是副省长啊。"我叹道。

"中央领导据说最有权的就是大秘！"肖哲说。

"私人企业里最有权的都是他妈小秘！"贾朝阳严肃地说着，结果大家都笑了。

"扯大发了，不好意思啊，喝酒喝酒！"李伦举起杯子，大家都跟进。

## 十九　北京，我还会回来的

第二天，成康在宿舍里正在对人生做阶段性总结，奇怪的是他的总结居然是画出的各种树状图。正在他似乎明白了一些玄机的时候，手机响了。成康不紧不慢接起电话来，一个女人大大咧咧的声音："喂，你是成康吗？"

"是我，哪位？"成康感到很奇怪，因为她居然不是黄馨华，在成康的手机里出现过的女人声音只有黄馨华。

"你的朋友肖哲病倒了！"女人急促的声音。

"啊，在哪里？"成康紧张起来。

"在厂东路第8个电线杆的地方。"

"好的，往哪边数第8个？"成康边往楼下走边问。

"往左边。"妇女说着。

"我不分左右，只分东西南北向。"成康说。

"你来吧，急死个人儿，你看见有人躺路边，一个穿红衣服的妇女和一个小伙不就行啦嘛！"妇女非常着急的声音。

"好的！好的！"成康挂了电话，感觉怪怪的。

成康打了车，向厂东路奔去，远远就发现肖哲和红衣服的妇女了。

肖哲还清醒，斜靠电线杆上。"不能喝酒，昨天喝多了，痔疮就发作了。"肖哲有气无力地说。

"你车呢？"成康问。

"早上觉得屁股不适，就没有骑车，想走到厂里去呢，没想到。"肖哲说完，谢了谢大姐，那个红衣妇女上班去了。

"送你去职工医院吧。"成康说，"我接电话，说你跟一个红衣妇女躺大街上，我都蒙了。"

"还开玩笑呢。"肖哲说。

在职工医院做了各项检查，医生给出的建议是不要再做保守治疗了，转到其他医院做痔疮手术。

成康负责把肖哲转到了二龙路肛肠医院，在办理入院手续时，觉得医院环境很熟，仔细打量才发现，以前到这里开发过程序，而且在窗口看见电脑里运行的就是自己当初和侯哥开发的程序。

成康觉得很郁闷，给阿甘打了个电话："阿甘，我们给医院开发的程序怎么他们在用？"

"不会吧！"

"真的！"

"不可能，不可能！"阿甘笑着说道。

见着肖哲，成康把这事说了，肖哲说："指不定阿甘跟这医院怎么签的合同呢，如果他用另外一个公司签的，你怎么知道？"

"靠！"成康说出一个难得的"靠"字，脸上非常难看。

等我们都去看肖哲的时候，已经是第二天晚上。肖哲穿起了条纹病号服，一脸羸弱，但是依然有笑容，说："妈的，这辈子的病都得完了就好了。"

"屁大点儿事，终于把你给难倒了！"李伦说。

"要是不吃饭，这屁股我宁可不要了。"肖哲说。

正说话时，我看见曹慧从走廊走过来，我们俩都很怪地笑了，我连忙说："再叫叔叔我跟你急啊！"

曹慧抿着嘴，什么也不说，拎着水果进去了。


在一个无趣的下午，成康搭乘一辆开往北京郊县房山的小公共汽车。他衣衫不整，双眼微睁，手中拿着一张《北京青年报》，报上有一整版关于"蹦极跳"的内容——一种从欧美流行到中国的极限运动，运动员是普通人，心脏健全就行。方式是将两条腿用一根橡皮筋绑住，从一个高台上鱼跃而下，一开始做自由落体运动，然后在胡克弹性定律原理指导下上下弹动，最后像一条拴在钓鱼线上的鱼被人从鱼钩上解下，运往岸边。

成康到达房山拒马河时，已是正午十分。骄阳灼人，从清澈的拒马河上游送来一股凉风。高高的蹦极跳台像一只巨臂张狂地刺向天空，从对面的河滩往上看，它是一个巨大的黑影。没过多久，运送人到蹦极台的缆车开始运转，人群如蟒蛇逶迤很远。负责蹦极的教练的工作就是将人从50米的悬崖上推下去。

蹦极台上每10分钟就会呼啸落下一个人。在巨大的山崖的映衬下，人就像一团渺小的破布，在一根白色细线上来回抖动，颇像以人为诱饵在山崖上钓河中的巨兽。

每一个人落下时，周围会激起巨大的声波，美丽少女的惊声尖叫使绑在绳端的小伙子的下落多出许多荣耀。每一个跳下的人都有一批观众在为他们鼓劲。蹦极如果没有观众喝彩，整个过程显得很唐突，徒增几分悲壮。

在成康前面跳下的是一个体态肥胖的中年妇女，她是一个缺乏观众的英雄，身着一套咖啡色职业装，表情平静中有几分郁闷，她的每一个动作都非常镇定，有哀大心

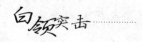

死之态，对高空没有丝毫恐惧。当教练在她腿上绑上蹦极绳后，她主动走上了伸出平台的跳台。一般游客的表现是这样的：在购完票走向平台的时候显得踌躇满志，一副跃跃欲试的神情，向台下欢呼的观众振臂抛吻；等教练给他绑上绳索时，表情变得庄重起来，两眼似看非看平台中央开的一个供勇士往万丈深渊看的小口；等教练让他走向起跳台时，意识让自己往跳台上走，腿却还在原地僵直或者疲软得站不直，表情已经因恐惧而僵硬，最后被教练扶上跳台时，上身往后仰，牙齿露出来；教练数两遍3、2、1，还是不跳，最后教练只好来个推背图，将其推下，人就像一枚炸弹一样笔直往下落，等到了尽头，绳会将人拉一个180度的转弯，这时候从崖下传来一声"啊"的大叫，观众才知道此人还神智清醒；绳在空中弹了五、六个回合，人在绳端倒垂着，一条小船将还在绳上蠕动的人从绳上卸下运到对岸，然后那人就会坐在河岸久久不动，仿佛在回味死亡隧道的滋味。

职业女士是以极其优美的鱼跃式刺向蓝天又落向峡谷的。由于没有一个观众是属于她的，她的表演美丽而沉默，颇像众人在观看一个无力挽救的自杀者。

成康在她跳下后被绑上。不过他没有那位女士那么镇定，他不断给自己打气，要求自己镇定，但是腿肚子根本不听话，开始跟打摆子似的抽搐。他扶着柱子，一步步往伸出的跳台挪，教练想帮他，他认为自己还行，两腿却像戴了脚镣一样，每一步都气定神凝，紧张万分，眼下的50多米深渊看上去透着一股寒气，而且有比地心更大的引力。人在风中开始失去重心，对自己的身体失去了精确的控制能力。

不知道深吸了多少口气，成康终于举起了自己的臂膀，他这时候已经不能靠意志，而是靠想象来指导自己的行为，他想象自己是一只巨大的黑身白头岩鹰，在迎着上升的气流展翅。他认为自己已经做到了，只要自己的身体往前稍稍前倾，就会迎风飞翔。在观众眼里，他其实两只胳膊一高一低，两腿跟八旬老人罗圈腿一样支撑着，他非常滑稽地将脖子往前一抻，整个身体像被人推下的一块废铁，哑然落入空气中。

巨大的风声使他根本听不见观众的呼喊，两耳只有嗖嗖轰鸣，等他睁开眼时，水急速扑面而来，他不禁失声叫道："啊……"


肖哲出院后，接到了一封来自沈阳的信。来信的女孩是他的女朋友，女朋友在男人的世界里不具备任何所属关系。这封信是肖哲和女朋友之间正常的通信之一，他已经用鞋盒装满了两大盒这样的信件。这些信件每一封至少读过两篇，其中许多信是和着泪读完的，那些泪有幸福的、激动的、感动的、痛苦的、深情的、思念的、误解的、和解的，这些信简直是人类腺体试验工具。这里面唯独没有绝望的眼泪，这封信试图弥补这一品种的缺失。

肖哲从来没有像现在这样彷徨。自从获知女朋友没有分配到北京来，他就已经做了最坏的打算，并用最有男人气概的承诺告诉女朋友：如果她分不到北京，自己考虑回去。

他现在保证，幸福是不分等级的，北京的幸福和沈阳的幸福都是优等品。时间和空间不是阻隔爱情的障碍，它们是爱情的合谋者，只会从一堆爱情矿渣里挑出真正的钻石爱情。心与心之间的距离才是最可怕的。

但是肖哲还是收到了一封简短的信，这是"爱情档案编号001"以来最短的一封信，可能这个编号将是绝版。


肖：

　　请你有时间回一趟沈阳，我对未来充满不安，相恋三年以来，我从没有这样绝望过。我经受不了这样无休止的可能和失望。我想我们是要好好为对方考虑一下的时候了。信里不便多说，最好见面再说。

　　祝好！

琼


肖哲将信放在床头，没有立刻回信，整天陷入沉思。

傍晚十分，曹慧到宿舍来看肖哲。肖哲非常勉强地用微笑接待她。

"你怎么样了？"曹慧温和地问肖哲。

"好多了！手术很成功，恢复得很快。"肖哲说。

曹慧像个忧郁的中学生，低着头对肖哲说："那你能走路吗？我有事到外面跟你说。"

"可以！"肖哲望着熟悉而陌生的曹慧，他从来没有觉得这个女孩有这么重的心思。

满大街都在播放一首流行歌曲《心太软》，如果这首歌曲是一种红色的染色剂，大街充溢的空气是海水，那么整个大街一定全部是红色的。

"你总是心太软，心太软！"

曹慧一路上低着头，走在前面，肖哲跟在后面。两个人走到了附近一个摆满各种童趣雕塑的雕塑公园里。

在一面能够挡住人们视线的白色海豚雕塑后面，两人站住了。

曹慧低着头声音细小但是清晰地说："别人给我介绍了一个男朋友。"

肖哲望着曹慧，略有所思地说："好哇！他是干什么的？"

"部队的！"曹慧说。

"部队的稳定，挺好啊！"肖哲说。

曹慧没有说话，突然吧嗒吧嗒掉起眼泪来。

肖哲有些不知所措，双手扶着她的肩说："傻孩子，这是好事情啊。"

"除了好，你没有一点其他的话？"曹慧带着鼻音说。

肖哲沉默着，望了望渐黑的夜色，过了几分钟，慢慢地说："这是好事情！"

"你比谁都残酷！"曹慧突然蹦出来这么一句。

肖哲的脸红一阵白一阵，过了好一阵，稳定了自己的情绪，说道："我现在是个废物，不想麻烦任何人。"

"我没有觉得麻烦！"曹慧脆生生地说。

肖哲继续沉默着，继续望着天空，希望能够看到天上写着答案。他想告诉曹慧自己要回一趟沈阳，解决一些事情，但是忍了几忍，还是没有说出来。他觉得现在无论如何不是介入另外一段感情的时候。他不希望自己的生活影响到任何人，他有一丝丝自由的渴望，他希望自己能够清零，如果有一种手术能够切除自己和过去之间的关系，他巴不得一切了之。

第二天，肖哲乘上北上的火车，回到了关外沈阳。

两人约在了最初认识的学校露天电影院旁边的乒乓球台旁。

当他再次看见初恋的女朋友时，感觉自己有一种手握沙子的感觉，他已经无法把握一切。两个人没有激情，没有争吵，没有挽留，也没有相逢一笑。

你想好了？

嗯。

（沉默。沉默。漫长的沉默。）

有缘无分呗。

嗯。

（沉默。）

你下一步怎么打算？

我去深圳。

为什么不来北京呢？

不喜欢北京。

……

那是一种怎样的残酷啊，肖哲永远也不会忘记那种感觉，两块从爱情熔炉里拿出来的石头，在空气里渐渐降温，谁也没有对与错，谁也没有一点力量去升温，只能眼睁睁看着他们冷却。

　　做好了分手准备而来的他们，并没有做好转身的准备。在转身离开的一刹那，肖哲泪流满面，女朋友掩面痛哭，奔跑而去。

　　肖哲和女朋友分手后，回北京办理了长期病假，回东北老家养病去了。肖哲走时扔下一句话：北京，我肖哲还会回来的！当时我们众兄弟眼热语塞。

# 二十　人有时候就是置死地而后生！

口口声声说大学生活让他非常压抑，工厂生活让他非常压抑，恋爱生活也让他非常压抑的贾朝阳，通过一年的英语自学，托福和GRE都获得非常好的成绩，通过互联网在美国联系到了一个愿意为他提供奖学金的学校。他大学的专业是炼钢炼铁，美国大学同意他学电子专业，这有点出人意料。贾朝阳本身也是一个出人意料的人。

足足在电话旁拨了两个小时，贾朝阳才打通了美国使馆签证处的电话，对方接电话的人像机器一样告诉他面签的时间和预约号牌，他还想问个问题，结果对方啪就挂了。他乐呵呵地记着号码，开始准备面签。

对于许多去美国的人来说，面签官就是他们的命运之神，一旦被拒签，就如同一个人有了犯罪前科，下次再面签通过的几率几乎为零，这是庞大的中国人口基数和赴美热情导致的残酷的游戏规则。

对于面签官来说，他们就坚守一个基本思路：假设你去了美国就不回了，然后在那里揩资本主义油水，这有损美国国家利益，所以他们的职责就是把这样薅资本主义羊毛的人揪出来。

本来两国之间人民往来的正常护照程序，因为中国人和美国人的不同心态，搞成了一场测谎游戏。

贾朝阳早早就排在面签人群里，经过一个长长的蛇形队伍，终于进入到一间不起眼的平房里，这里就是面签大厅。

刚进去贾朝阳就经受了一次刺激，一对70多岁的老夫妇第二次被美国大使馆拒签了，两位两鬓染霜的老人，什么风浪都经过了，人生快到尽头了，却在这样一个大庭广众之下流泪了，那种心酸一般人恐怕无法体会：他们可能无法在有生之年和远在美国的儿子团聚了。贾朝阳见到这一幕简直感到愤怒。"一个年轻人跑到美国为了赚取美元，可能会留在那里打工，两个行将就木的老人，你们刁难人家干什么呢？太不人道了。"贾朝阳自己嘟噜着，摇着头。

过了很久，贾朝阳排到签证官面前也无法平息心中的怒火。给他面签的是一位秃顶的美国大白胖子，他先是用英文问了几句生辰八字之类的问题，准备开始对他的命运开始审判了。贾朝阳对答如流。然后白胖子用蹩脚的中文问贾朝阳："你为什么要去美国？"

"你不是已经看到了吗？是你们美国大学请我去的。"贾朝阳大声大气地说。

"你为什么要去读书呢？"白胖子一边翻着材料，一边用新疆人烤羊肉串似的腔调问。

"因为我优秀，你们美国大学希望我去读书。"

"读完书你是留在美国还是回中国？"

"那要看我当时的心情，你们美国巴不得我这样的优秀人才留在美国，不是吗？"贾朝阳反问道。

白胖子笑了笑说："你有什么财产吗？"

"难道你们美国大学生毕业了就有财产吗？一个大学生刚刚毕业就有了汽车别墅，恐怕不是偷的就是抢的。"贾朝阳激愤地说。不知道为什么，他突然无法控制自己的激动情绪，一切直来直去。

白胖子却更加和蔼了，笑着问："你有女朋友吗？"

"这个重要吗？"贾朝阳不忿地问道。

"不方便说？"白胖子显示出神秘的表情。

"无可奉告！"贾朝阳故意吊他胃口。

"那、你、是、同性恋吗？"白胖子笑着缓慢地问。

"你大爷的！"贾朝阳实在忍不住来了一句。

"你说什么？"白胖子看来没有学过北京俚语，所以没有听懂这一句。贾朝阳被逗乐了，哈哈大笑。

白胖子也摇起头跟着笑起来，一边整理贾朝阳递进去的材料，一边说："不好意思说可以不说。"

说完，白胖子一摊手耸肩说："OK！"

"OK？"贾朝阳探着头问。

"你通过了，到那边窗口等着取签证吧！"白胖子说。

贾朝阳一时有些百感交集，突然觉得白胖子那么可爱，想说谢谢，但是又觉得不足以表达他的心情，蹦出了一句："I love you！"。

白胖子看着贾朝阳红着脖子说："我看你就像同性恋嘛！"

贾朝阳想故意恶搞一下，飞了一个吻说："再见！"

就这样，贾朝阳轻松过关，获得了去美国的pass port。

贾朝阳走之前的一天，肖哲从沈阳赶回来送行。

我们兄弟几个都想办法给他凑钱，换美金，最后总算弄到了3000美元。为了在美国省美元，贾朝阳还带了50双袜子、两套羽绒服、4双皮鞋、两打剃须刀片、10袋洗衣粉、30个内裤、一把菜刀、两个砧板……

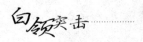

我对贾朝阳开玩笑说："内裤是不是带少了？"

李伦说："要不要带1000个中国制造的避孕套？据说这东西在美国很畅销，自己用不完转手就能挣美元。"

贾朝阳也顺大家的意思自娱自乐："干脆全部换成避孕套到美国卖，什么都不用带了。"

我说："现在全球经济一体化，据说在美国连中国的绣花鞋都能买到，何况橡胶制成的避孕套乎？"

贾朝阳准备离开北京的那段日子，是我们最快乐的一段日子，我们几乎天天在路边的串摊喝啤酒，胡侃。

贾朝阳守了10天守到一张打五折的飞往旧金山的机票，拖着几大包行李就走了。

在北京国际机场，除了一把菜刀被留在中国领土上，其他都让贾朝阳带走了。我们在机场给贾朝阳乘坐的飞机行注目礼，尽管我们无法判断那飞机上是否有他。

北京的大海复归平静，贾朝阳曾经在我们的世界里搅和得风生水起，但是这不是他人生的全部，他还有更加遥远的海域去遨游。人生是多么奇妙，我们相遇，我们欢笑，可是我们终将分别。在贾朝阳没有离开的时候，包括送别的那顿酒，我们都没有喝醉，等送完他回来，我和李伦、肖哲、成康都喝得酩酊大醉，大家都说，贾朝阳是一个多么可爱的浑蛋玩意儿啊。

到旧金山后，贾朝阳直接从机场坐limonsine（机场巴士，贾朝阳在信中不屑跟我们用中文交谈，经常会来点ABC）到San Jose（圣何塞），贾朝阳的学习生涯将在美国西部的著名大学Stanford（斯坦福）完成。Stanford是他心中的拉萨，是他心中的神山圣湖，最要命的是导致美国经济连续8年高烧的信息技术就是在美国西部的硅谷发轫的。硅谷就是旧金山往北，夹在一片山脉中的狭长地带。San Jose、San Clara是点缀在硅谷中的两个中心城市，贾朝阳将在那里完成他的西部淘金梦。

他说据他所知，在美国学完Double E（electronic and electric），就意味着一出学堂就年薪6万美金，硅谷的人不太认MBA，Double E是硬功夫，在硅谷执帅印的多是Double E，在硅谷Double E好像刚刚解放时中国人说自己家是贫农一样吃香。工作几年，再带职学习一个MBA，想干技术就干技术，想干管理就干管理。硅谷的游戏规则他早已烂熟于胸。

虽然贾朝阳把美国说得天花乱坠，但是我们始终相信，贾朝阳是会回来的，这是一种直觉。

贾朝阳说这等于是在咒他，可是五年以后他还是回到了中国，他说我们这些人中，没有一个人比他还爱国。关于贾朝阳的光荣事迹，我会不厌其烦地谈起，因为他走的成功道路对我们来说是天方夜谭。

想不到贾朝阳去美国成为我们人生做出巨大抉择的多米诺骨牌的第一块，从此以后，我们天涯海角，各奔前程，挥手自兹去，萧萧斑马鸣，莫愁前路无知己，天下谁人不识君。

送走了贾朝阳后不久，肖哲宣布他已走出非洲，给厂里递交了辞职报告。结束丁香般愁怨的爱情仅仅几个月，他就带着白里透红的面容和一身瓷肉回来了，笑容灿烂地告诉科长，自己的痔疮痊愈，春天也来了，该是另谋生路的时候了。

在走前的一个夜晚，我们在宿舍里卧谈了一个晚上。

他跟我说：

"为民，人有时候就是置死地而后生！

为民，爱情是最虚伪的一种东西，经不起苦难的考验。如果你还没有条件谈感情，你就忍着，至少不会丧失尊严。如果女人抛弃你了，男人在女人面前什么尊严都没有了。

为民，人倒霉的时候是没有尊严的，连亲情都非常可怕，我在北京上班几年，不但没有给家里寄钱，还亏损了家里9000块。当家里人问我钱是怎么花的，我连死的心都有。没有钱是不行的。

为民，身体是革命的本钱，这几年屁大的一点事把我折磨成这样，你是没有资格谈理想的。

为民，人生是需要战斗的，哪怕是战死疆场，不能这样浑浑噩噩，被别人小瞧。

为民，好兄弟一场，无论我们走到哪里，无论荣华富贵，一定要联系，如果你结婚时不告诉我，我就视同你从地球上消失，见马克思了。

……"

肖哲这几年从未跟任何人倾诉过自己，这个夜晚他像泄洪的闸门打开，我躺在床上听得热泪盈眶。肖哲接着说："为民，你知道我为什么下了决心一定要闯出去吗？"

"不知道！"

"这几年我做'有痔青年'，啥事也干不了，同事们哪个会瞧得起我呢？没有人跟我平等交流，在工厂里唯一可以和我交流的是在会议室窗台上放的一盆草，不知道是什么草，我平时只是把喝不完的水倒进去，这盆草几年来从来没有枯萎过，哪怕是泛一点黄都没有。是这盆草在跟我交流，是这盆草绿得让我不安。"

"曹慧还可以吧！"

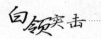

"你认为我是需要同情的人吗？"

"我看她还挺真诚的。"我说道。

"别辜负了人家，一个北京女孩，一切简单而幸福，多好。人生对我们来说，是水深10尺，对她来说是水深3尺，何必把她带到深水区呢。"

几天以后，肖哲告诉我他到了一家最大的计算机专业媒体做记者。我们众人拍案惊奇，再拍案惊奇，但他真的去了，炼钢专业去做记者。

"从第二产业转到第三产业，升了一个档次。"我说道。

肖哲说："我在李伦的性格决定命运前面再加一句话：兴趣是最好的老师。"平时喜欢看书写日记的肖哲，在大学就是学生会舞文弄墨的好手，文才终于有了用武之地。

成康终于找到了一家知名计算机公司——梦想公司，这家公司发源于中关村某著名高校，属于精英办公司，有技术专利，在国产计算机领域排前三甲。

# 二十一　年轻人爱犯的一个错误

　　成康到梦想公司后，3个月没有正儿八经上班，全体新员工发了一身迷彩装，一下子变成了解放军。成康说这是岗前培训，是梦想公司的一贯做法。

　　同成康一起招到梦想公司的有100多人，他们被三辆蒙绿帆布的军车拉到北京郊区顺义的一个财务干部培训中心。

　　每天早上六点就有集合号吹响，一群年轻人连滚带爬跑到潮白河边，然后排着队，面对安静的河水张开喉咙猛喊几声："我们要做中国最优秀的企业，进入世界500强。"

　　这是梦想公司的一个口号，也可以说是梦想公司的一个梦想。

　　早上吊完嗓子，大家在一个从部队请来的散打教练的指导下练习军体操。接下来上午听公司各级领导讲公司发展历史，下午学习公司规章制度，晚上唱军歌。

　　作为公司创始的元老，公司副总裁杨浩在培训的第一天就来到培训基地讲话。杨浩中等身高，剪着方方的平头，长着方方的脸，他语音高亢，但是吐词不清晰，或许是话筒呲音的缘故，成康竖起耳朵也听得不是很清楚，只好垫起脚来听。

　　杨浩扬着头说："同志们好！"

　　大家齐声喊："领导好！"

　　"同志们辛苦了。"

　　"领导辛苦了。"

　　"同志们晒黑了！"

　　"领导更黑！"到大家伙儿喊出这一句时，全体都乐了，杨总自个儿也乐了，他接着说："我就讨厌那个严肃劲，所以先让大家放松一下。我想先问大家一个问题，梦想公司是靠什么起家的？"

　　"卖汉卡！"

　　"卖游泳裤！"

　　"卖大白菜！"

　　"怎么这么嘈杂？我知道大家从不同的地方听说过，梦想公司艰难的时候曾经卖过大白菜和游泳裤，但是那只是个别员工的个人行为，因为那时候发不出工资嘛，就让部分人自己先谋生路。梦想公司真正是靠卖汉卡起家的。大家以后记住了，统一了，梦想公司是个高科技公司，今后的目标是成为一家跨国公司，大家有没有信心？"

　　"有！"大家齐声回答。

　　"那么，第二个问题，还是回到卖大白菜的问题。当时梦想公司因为没有办下电脑销售的牌照下来，只能卖汉卡，这些员工都是从国家单位转移过来的，我们不能辞退一个员工，所以再艰难，宁可让部分人搞三产，也不辞退，梦想公司以人为本。大家记住了，以人为本是梦想公司永远不放弃的文化。"杨总说完，下面爆发出热烈的掌声。

"第三个问题，梦想公司是高科技公司，但是还有自己的餐饮公司，还是回到大白菜这个话题上，梦想公司用人是任人唯贤，举贤不避亲。如果你是我的小舅子，你有本事，你还是能够被重用。如果你没有本事，你是我的小舅子，想留在公司，那就请到餐饮公司去，卖炒熟的大白菜。不是说卖白菜不好，每个人干适合自己的事情嘛。"杨总的第三句话依然获得了热烈的掌声。

"我的话完了。"杨总说完，快步走下了台，进了旁边一辆奔驰S560绝尘而去。成康看着远去的车影，心里还在回味那几句话。

第二天，"人类失去梦想，世界将会怎样"的广告创意人程成来到了培训中心。程成曾经是梦想公司市场部的员工，这次他是作为特约嘉宾来到培训中心的。一年前他刚刚离开了梦想公司，因为他有他的梦想，自己开了一家文化发展公司，为更多公司做企业文化咨询。

梦想公司这次请他来讲课，每45分钟需付费3000元。他的演讲主要集中在两个字上：细节。他说："一个人要成功必须对细节深究，不能放过不懂的细节。许多人不能扛重活，是因为对事情不能亲历亲为。说一件事怎么做，他会滔滔不绝讲大道理，动真格的就傻眼了。细节往往会带来创新的灵感，做事和做人有很相似的地方，几乎就是一回事，你在乎了，深究了，就会产生飞跃，要超越一件事，就是要真正了解它。在中国做一个企业家非常难，要事无巨细，样样精通，如果想做大企业家，必须有一个观察细节的能力。大家都知道美国的航天飞机挑战者号是为什么爆炸的吗？"

下面没有人应声。程成从口袋里拿出一个明晃晃的螺栓，看来这个螺栓经常作为讲课道具。"一颗螺丝钉，价值一美元，却把一个价值几十亿美元的航天飞机给毁了。这就是细节的力量。"

梦想公司的新人对程成的演讲报以热烈的掌声。

程成示意停下来，说："我在公司创始人刘总身边有5年工作经历，接下来我给大家讲一个关于刘总的故事。"刘总的故事对新员工来说是一段光荣和梦想的历史，程成讲梦之初的事，将新员工的胃口吊得高高的。

"梦想公司做电脑贸易时，当时刘总亲自和香港的进口商谈生意，有一次刘总的钱交给了进口商，但是对方拿钱之后就消失了。刘总发狠，跟私人侦探似的，到处打听跟踪，居然找到与他签合同的人的家庭住址，刘总去时包里装了一块板砖，抓住那个人的领口说，你给我钱我就放了你，你不给我钱，我就拍你一砖，我去坐牢。这就是生意场，有时候要豁得出去，爱拼才能赢。"

程成最后做了一个往下切的手势。大家报以热烈掌声。

成康在培训中开始对大企业文化有了很深的感受。故事是企业昨天的事，理论是企业昨天的经验，在其中耳濡目染，影响极深。

学习完成后，成康回到市里，人晒得黑黑的。他到宿舍来取衣服，我们见了一面。

"梦想公司感觉如何？"我问道。

"很充实。你换了烟的牌子了？"成康问我。

"都换半年了！"我说，嗓子慢性咽炎，换个淡一点的。

"嗯，你的眼镜也换了？"成康又问。

"贾朝阳走的时候喝多了，把我的眼镜给踩坏了就换了，你怎么这么磨叽？"我奇怪地说。

"这叫注意细节！"成康笑着说。

"真的？那你欠我的钱什么时候还啊？"我用手摩挲着说。

"快了，我开了工资就还啊！"成康说，"这次回去是拓展训练，听说很好玩儿。"

成康连晚上都没有过就回训练营了。

梦想公司的拓展训练在新华社的一个训练中心进行的。这是一个非常简陋的军营似的建筑，在一片空地边有一个两层结构的砖楼，外表看来很简陋，里面看起来就更简陋，像学生宿舍一样，中间有一走廊，两边全是大通铺房，一个房间里住12个人。没有优待女士，大家都穿着一样的迷彩服，所有的人变成了代号：001，002，003……成康刚好是007。

全体男女分成10个组，每组12个人，推荐一个组长，大家很快抹平了个性，成为听命令行动的符号，像游戏机上的棋子一样。成康对这样的训练兴趣盎然。

大家开展的训练包括两个方面：一是体力，二是团队合作。

天未亮成康就参加集合跑步，每个组从不记个人的表现，只记集体成绩。哪一个团队出现一个成员迟到、早退或不能完成好规定任务，就会扣全体成员的分。

一群人在一片高低不平，到处都是碎石子的地方跑圈，10圈下来之后就是吃早餐。一天三餐就是馒头面条稀饭咸菜，谁也不例外。

刚开始大家谁也不好好吃，因为不爱吃，剩下很多馒头。过了一天，体力消耗大了，食堂开始出现抢馒头的壮烈场面。大家不分男女，都在那里狼吞虎咽，喝稀饭声响成一片。所有的矜持和客气都化为只为温饱的窘态。

接下来的项目有集体搬沙袋，看哪一组能先运完一堆沙。女士装沙，男士扛沙，分秒必争，场面热烈。

还有划船运兵，每组选两个人来划船，每次运一个兵到对岸，看哪一组快。这些项目都能培养大家群策群力，通力合作的精神。

每个项目成康所在小组都玩儿得不错，很快成康所在组贴的小红花就位列前茅了。

有一个项目是"步步高"。这个游戏的玩儿法是这样的：在室内有一面约4米高的墙，比赛的方式是看哪一组所有成员最先从下面爬到4米高的墙上，游戏规则是除了人之外不允许借助任何工具。

比赛开始前给每个小组10分钟时间设计自己的攀爬方案，大家很快就扎堆叽哩呱啦讨论着。

成康所在组最先提出的方案是：由一个高个来将人一个一个从肩上递到墙上，但是组里最高个是一个女士，她从一开始就不断强调她差一点就成了专业模特。大家看着她那风摆柳的样子，谁也舍不得把美女踩在脚底下，她的体力太差了。

女士不行那就换第二高个，第二高个是个溜肩，成康还从来没有见过溜肩溜成这样的男人，整个快成了火箭。其他小组已经蠢蠢欲动，开始攀爬了。这时成康想了一个办法，先递一个人到墙头，然后第二个人抓住第一个人的手，以第二个人做绳子，下面的人就从第二个人身上爬上去。

比赛开始，一个高个将一个臂力大的人送上了高墙，然后成康主动要求做人绳，由高个送上去，抓住在墙头趴着的人，这样成康就整个掉在空中。接下来非常顺利，大家以成康为人绳，下面的人先抓住成康的腿，然后是腰，然后是肩，将成康的身体当一棵树，人们像爬树一样爬了上去。显然，成康这个组的方案比其他组的都快，很快就有五个人上了墙头，成康也浑身被爬得发疼了，只好咬牙切齿在那里坚持着。

就剩组里最矮的一个女孩开始往上爬了，这是事先没有预料的攀爬顺序的失误。女孩身高不够，跳起来也没有抓住成康的腿，她往后退了退，开始助跑，然后起跳，猛冲上去，一把抓住成康，可惜只抓下来一只鞋。

成康光着鞋吊在空中，他扭过头来鼓励女孩。女孩这时后退了三步，深吸一口气，努力助跑了一下，再一次起跳，总算抓到了成康，但只是抓住了成康的裤子，只听哗啦一声响，成康的迷彩裤脱落，只剩下一条白裤衩，顿时春光乍泄。这时别组的成员也发现了这一幕，刹那间一阵混乱，惊呼一片，转眼间所有的女士都"灰飞烟灭"，跑到屋里去了。

接下来的活动中人们直呼成康为007英雄，很快被大家视为明星，好意歹意大家都要亲切慰问他一番，成康在培训中已经成为了大明星。

经过3个月的岗前培训，成康带着一身黝黑的皮肤回到了梦想公司在中关村的总部。看着在总部白楼前悠悠飘荡的旗帜，成康感慨万千。自从离开工厂后，他辗转于中关村，如今进入大公司，心中有一种被招安的感觉。信息技术，变化万千，三十年河西三十年河东，当年叱咤风云的两海两通，如今安在？要扛中国高科技大旗的巨人电脑，在珠海要盖70层巨人大厦，后来改做脑黄金，如今英雄无觅处。短短几年，风流散尽，信息产业不变的真理是不停地变化。

在总部大礼堂，成康第一次见到了传奇人物刘岩枫总裁。

刘总中等身材，发际很高，头发向后整齐地梳理着，露出宽大的额头，两鬓染白，他耳廓宽大，面目和善，宽厚的鼻梁上架着一个黑金属框眼镜，透过眼镜也能够感觉到目光的坚毅。他满面笑容，语调铿锵有力。

"同志们，大家好，欢迎大家加入梦想公司，这里就是你们实现人生理想的地方！"

刘总极具感染力的话让大家振奋，礼堂里响起了经久不息的掌声。

"我还记得15年前，我骑着自行车下班的情形，那一天我已经40岁了，还是一个国家机关的主任科员，我的孩子就要上大学了，但是我不能送给他一部调频的收音机，能够听短波的那种，那时候学英语，用短波能够听到美国之音啊，那样就能够学到正统的美国腔英语了。我们那一代的人听美国之音是里通外国的表现，现在你们多自由啊。"

说完，下面都笑开了。刘总停顿了一下接着说："你们多好啊，年轻是最大的本钱，有精力，有机会，可以干自己想干的事情……"

刘总在上面讲着，成康在台下神游万里，梦想的翅膀飞到很远的地方。

刘岩枫接着说："这几天，你们经历了许多培训，总体来说就是两种培训，一是了解梦想公司的文化，从了解再到理解，这是一个过程。二是团队意识的培训，在一个公司里，如果大家没有团队意识，不是靠组织力量完成任务，那我们开公司干什么呢？去做个体户就行了。我给大家提一个问题：有四种人，一种是能力强，也认同公司的文化；一种是能力强，但是不认同公司的文化；还有一种是能力不强，但是也非常认同公司；最后一种是能力不强，也不认同公司的文化。你们说公司最欣赏什么样的人啊？"

底下的回答很杂乱，像煮粥的声音。刘岩枫等大家的声音下去了，表情严肃地说："最后一种人我见一个开除一个，那是我们招聘的失败。第三种人，我们调一个适合他的岗位，这个人还可以继续用。第一种人不用说了，那是公司的宝贝。最难取舍的是第二种人，能力强，但是有点吊儿郎当，可能还有些操作不规范。这样的人用起来让人胆战心惊，杀伤力非常大，能够让他不带兵就不带兵，要不一颗老鼠屎搞坏一锅羹。"

刘总的话讲完，下面鸦雀无声，过了一会儿才有掌声响起。刘总调整了自己的气息，露出笑容。最后刘总用一段精彩独白，完成了跟新员工的讲话，成为成康几乎能够背诵的知名散文段落：

"我记得我孙子的语文课本上有一首诗：远看山有色，近听水无声，春去花还在，人来鸟不惊。这是一首诗谜，谜底是画。我们做事业就像看画，要到画外看画，这样才不被局部的颜色迷惑了，做高科技要时刻清楚自己今天在做什么，明天要做什么，今天能为明天提供什么，不要做着做着就糊涂了。

"梦想公司今天还不算大，但是梦想公司能够从很小的规模做到今天，从一开始就想得很明白，我们要做事业，而不是挣一点钱就算了。年轻人爱犯的一个错误，就是当取得一点成绩就目空一切了，当受到一点挫折就自暴自弃了，这都是缺乏磨砺的原因。做人做事，心态都要平，不能够七上八下，你七上八下了别人怎么跟你配合，产业怎么跟你配合。要有一颗坚定平和的心做事情，这个事情才能够长久。

"要有敬畏心，如临深渊，如履薄冰，这就是我现在的心态。所以当自己还是一匹马时，不要将自己摆成一副骆驼的模样，骆驼不光是体积大，是要过沙漠要负重的。别人是一只驴（下面大笑），你是一匹马，你说你比别人有多大优势，驴当然不服，叫起来比马声音还大。等你真正成为一只骆驼了，驴不得不仰起头来才能看清你的全貌。"

# 二十二 智商为零，情商真好

拉练回来后，梦想公司给成康提供了住房补助，为了离公司上班更近，成康在公司附近租了房，成康当了几年游击居民才终于搬出了京钢宿舍。

肖哲在宿舍过渡了一个月，报社那边腾出了宿舍，他也搬出去了。

没想到这么快，宿舍里已经空空荡荡，只剩下我一个人。

每个夜晚来临的时候　孤独总在我左右
每个黄昏心跳的等待　是我无限的温柔
每次面对你的时候　不敢看你的双眸
在我温柔的笑容背后　有多少泪水哀愁
……
我想超越这平凡的生活　注定现在暂时漂泊
无法停止我内心的狂热　对未来的执著

田震的这首《执著》几乎成为我坚守孤独，自我安慰的倚靠。

该轮到我离开了，我心里这么想着。

当我开始撰写我的求职信时，看着床头上一摞高高的计算机书籍，我发现我的专业领域一片荒芜。成康写求职信的经验总结依稀还记得，我挖空心思想自己到底能够以什么理由把自己卖出去，突然想到这几年我在厂里组织的几次工会活动很受大家欢迎，按照大家伙的话说，是很有创意。因为出色的组织，我差点儿和厂办的一个漂亮女孩擦出了爱情火花，尽管最终以被她的男朋友打松一颗牙而收场。我日渐稀疏的头发和迟迟不发芽的爱情是我的心病。

就在我已经要离开工厂的头天晚上，为了能够偷偷拷一些我以后用得着的软件，下班后我没有回宿舍，在食堂吃了一碗卤煮火烧，在附近的街上转悠了一下，算是一种留恋的表现。回到公司，我径直向科长办公室走去，我的电脑在科长办公室外间。调度室空无一人，但是桌上的对讲机还在嗤嗤出声。我刚刚用钥匙打开办公室的门，这时候从旁边洗手间冲出了任调度，他脸上紧张地望着我说："小江，你怎么又回来了？"

我说拷点东西，就往办公室里走，任调度赶紧上来拉我，但是说时迟那时快，我的目光还是穿过外间办公室和科长办公室之间的玻璃，看见了科长和白阿姨裸露着白晃晃的身体在班中干私活。

我当时脑袋嗡嗡作响，赶紧出来往外走。

任调度非常紧张地跟在后面，压低声音说："为民，为民，你什么都没有看见吧？什么都没看见，啊！"

"我什么都没有看见。"我机械地重复了一遍，走出了办公楼。

我很快骑上自行车，好像自己做了贼一样。任调度在后面喊："为民，明天我请你喝小二！"

我骑了好一阵子，心跳才恢复平静。这件事情促成我更加坚决地离开工厂，恐怕此地不可久留啊，万一从别人嘴里传出这件事情，我比窦娥死得还惨。

等到我离开宿舍的时候，才发现没有人送我了。这场景很像阿城在小说《棋王》里所说的，等到他插队时发现别人已经都被他送走插队去了。

离开工厂到公司去是这个时代的主题，跟当初知识青年下乡一样，有巨大的诱惑力。有人将中国青年在不同时代的命运总结为下乡、下海、下岗，这话非常精辟。最后人生进入衰老期，像黄瓜一样，就是下架了。

我走的时候为了制造热闹气氛，放的是红星生产社的第一盘磁带，许巍唱的《两天》，"我只有两天，我总没有把握，一天用来出生，一天用来死亡……"那彷徨和悲切之心搅得我软软的。

因为我在简历中用黑体字强调了我的创意天赋，一家公关公司不怀好意地让我去面试，我想这不是让我出洋相吗？但是我觉得还是必须去一趟，我还没有牛到对应聘机会爱搭不理的地步。

以前我只是在电视里看过公关小姐，觉得做PR（public relation）必须要脸蛋，以我这个鸟巢发型，我无论如何不会被看中。

等我到达位于北京黄金地带建国门附近的这家公司办公室前台时，我差点晕了过去。装饰得后现代风格的前台和穿着得后现代风格的前台女孩让我都不好意思前去问话。

还是那个睫毛一寸多长的马眼女孩亲自问我："请问先生，您找谁？"

"我找Scott唐！"

"我们这里有两个Scott唐，请问你找大唐还是小唐？"

我差点又晕了，心想我就找牛皮糖。想了想，我觉得既然能够面试我江某的人，应该是个领导，所以我说："大唐！"

"那好。请您稍等一会儿！请问您要喝水吗？"

"哦，不，不！"我尽管有些口渴，但是还是不想给人家添麻烦。

"那您在旁边的沙发上等一下，唐先生马上就来。"马眼女孩温和地安排我就座，又坐下去，低头在电脑上敲打着什么。我这个电脑专业出身的人决定不再向任何人提我是电脑专业毕业的了。

坐在奶白色的正正方方的牛皮沙发上，我感叹这个公司的实力，连给来访者坐的临时椅子都这么好。

Scott唐出来了，他几乎是个光头，这样我心里稍微自信一点了。他跟我热情地握手，好像我们以前就认识。马眼女孩又给我发了一个不干胶胸贴，亲自贴在我胸前，那是他们公司的来访客人的标签，估计怕我跑进去后，他们把我搞混了，胸贴上写着"VISITOR"。

Scott唐走在前面，我跟在后面，走进了迷宫一样的办公室。一面墙上一幅巨大的英文标志：Ogmy。这大概是这家公司的logo，不知道为什么，我脑海里马上浮现的是"oh, my god"的缩写。

穿过深红色的办公区，如同穿梭在大鲸鱼的肚子里。Scott唐把我带到了一间门上挂着一个木牌的办公室，我看木牌上正反面写着：打烊和营业。我们进去，Scott唐把木牌翻到"打烊"朝外，我们俩就在里面开始"营业"了。

Scott唐一落座，就放进嘴里一颗口香糖，眉头一扬，开门见山就说："我先交代吧，本人留美博士，在Ogmy公司（他发音为'奥秘'）供职6年，现在为创意总监。我现在要找一个活动创意专员。"

我交代什么呢？我想了想，不知道说什么好，自己值得卖的东西在简历上都说了，抠了抠脑袋，我说："我是学计算机的，搞活动创意行吗？"

"以前知道奥秘公司吗？" Scott 唐问。

"不知道，只知道一个洗衣粉叫奥妙。"我说道。

"很直接啊。那好，你认为公关是干什么的？不要想，凭直觉，照直说。"Scott唐劈头就问。

"请客吃饭！"我疑惑地答道。

"真要这么简单就好了！"Scott唐笑了笑说，"请人家吃饭人家都不来怎么办？"

"那看他喜欢什么，只要他有喜欢的，就可以以这个名义请他来。"我答道。

"靠了一点边，有悟性。"Scott唐肯定地说，"那你认为创意是什么呢？还是不要想，凭直觉，照直说。"

"狗咬人不是创意，人咬狗是创意！"我把在宿舍里听肖哲说的一句笑话改了改。

"靠谱。在新闻传播中有一句话是狗咬人不是新闻，人咬狗是新闻。新闻传播也是公关的一种手段，有时候为了传播得更加广泛，就会有人咬狗这样的创意出来。"Scott唐一本正经地说。

我越来越感觉到自己不靠谱了，手心里直出汗。

"为什么在你的简历里说你是个有创意的人？"Scott唐问道。

我知道他不喜欢我想，我直接答道："因为我觉得创意是一种天赋，也不需要成本，灵感一动就上来了，创意是无法检验的，所以我就写了。"

"创意不需要成本吗？"Scott唐盯着我问。

"创意需要成本吗？"我笑道。

"好了，这样就没法聊了！"Scott唐用力咀嚼了一下口香糖说，"你能说说你最有创意的事情吗？"

"我头发不多，显得老成，结果我一个高中的同学在他考中的一个大学犯了事情，老师要他请家长，我刚好去他们学校，装他爸去见老师，装得老师没有认出来。"我说道。

Scott唐不知道为什么乐出了声，摸了摸头说："我这样就可以装爷爷辈了。"

"你觉得企业什么时候需要公关？"Scott唐换了个坐姿问。

"我觉得企业出了危机时需要公关。"我答道。

"算你答对了一半。"Scott唐扬了扬手说："企业任何时候都需要公关。你进来时看见前台了吧，那一组沙发是从瑞典进口的，花了20万。前台小姐每个都受了专门礼仪培训，而且模样要好，为什么这样做吗？"

"能够感到公司的实力！"我答道。

"还有呢？"

"创意能力，我看办公室也很有创意。这样客户来就会觉得公司有人才。"我接着扩大战果。

"你悟得很快。"Scott唐吸了口气说，"抱歉，我觉得你对自己缺乏信心。"

我几乎倒吸了一口凉气。他真是太厉害了，居然看出来我没有信心，我确实没有信心，我一直做技术工作，对于如此花哨的创意工作，信心从何而来呢。

"我不是没有信心，每个人对自己熟悉的事情有信心，对自己不熟悉的事情只有虚心的份。"我觉得已经没有机会了，只好把话说出来好受一点。

"你做技术的感觉是什么？"

"创新一种算法。"

"之前你知道那个算法在哪里吗？"

"不知道。"

"然后你无中生有把它想出来了，是吧。"

"也不能是瞎碰，之前就有感觉。"

"好了，今天就聊到这里，你待在这里，待会儿HR让你做套题日，你就可以走了。" Scott 唐说完起身出去了，我望着他的背影，终于松了口气，把手心上的汗在裤子上蹭了蹭。

我听说过很多公司的招聘程序设计得像一场测谎程序，目的是测试你的简历上写的是否属实。为了应付艰难的面试，我还各方收集资料研究了一番。据说微软公司招人的方式主要是聊天，派七个人来轮流跟你谈爱情、谈人生、谈兴趣、谈技术、谈社会……无所不谈，据说这样招进来的人往往不是最能侃的人。微软之意不在侃，而是从侃中看一个人的智商和情商，这才是一个人根本的东西。

Scott唐跟我侃得到底如何呢？我感觉如入五里云雾。

我还得知IBM公司做的一套题目，能够测试一个人的逻辑思维、形象思维、协调能力、组织能力、抗压能力，据说做完那套题目，经过分析，就能够判断这个人未来是否适合做CEO。

我揣摩着我会做些什么样的题目，一个披肩发女孩进来，递上一份卷子说："这是你的试题，你有一个小时的答题时间，填好你的姓名，做完后就可以走了。"

我首先填好个人信息，等我往下看我要做的题目，顿时傻眼了：

新华字典有多少个字？

开什么车最省油？

为什么关羽比张飞死得早？

什么书必须买两本？

什么动物你打死了它，却流了你的血？

豆腐为什么能打伤人？

……

这个试卷太有创意了，除了"什么动物你打死了它，却流了你的血"我确信是蚊子，其他几个问题我几乎一个都答不出来，而且在"为什么关羽比张飞死得早"这个问题我写的答案是：去问罗贯中。

为了证明我的智商不是零，我把试卷的问题抄在一张小纸条上，想回宿舍给李伦做做看。放好试卷，我灰溜溜地出来了，在前台我把胸贴交给马眼女孩，都不好意思再瞟她一眼，浑身燥热地进了电梯。

公关公司不好玩。"奥秘"公司应了我的一个感觉："Oh, my God!"

这次面试给我造成严重内伤，对我的自信造成毁灭性打击。我躺在宿舍里，有一种无法名状的怒火想发出来，这时候李伦下班回来，找我借新华字典，我拿起字典翻了翻问李伦："你说新华字典有多少个字？"

李伦愣了一下神说："不就四个字吗？"

我一拍脑门，完了，我的思路全不对。

我把带回来的几道题都给李伦看，李伦看了看说："你看，开什么车最省油？自行车呗。那羽都关了，人家张开飞了，当然关羽比张飞死得早啊。什么书必须买两本？那上下册呗。打死动物流自己的血是蚊子。豆腐为什么能打伤人？那还能打死人呢，冻豆腐啊。"

李伦一口气说完，我的汗都快流出来了，肠子也快悔青了，就算李伦说我的智商为零，我也认了。

那么，奥秘公司对我来说已经没有任何悬念了。李伦非常惋惜，说："你的情商真好，如此镇定。这可是全球前三大的公关公司啊，与你失之交臂。"

为了找工作，我还专门给自己做了一些投资，买来一部手机。如果当时做题目时有这部手机，李伦给我提个醒，我就都能做出来啦。

我只好重新梳理自己的简历，掐算我投递的简历还有哪些到了该反馈的时候还没有给我反馈。

正在这个时候，我收到一个呼号，让我速回电话。我从腰间拔出手机，立即体会到手机的好处，故作从容地回了一个电话。

"你好，江先生，你可以在我这里做helper（小时工），奥秘公司是全球最大的公关公司，工作中经常用英语。英语是一个实践能力，有四级英语的基础，你很快就能跟上来。我现在是你的老板，也是你的mentor(师傅)，我完全让你放开来干。每一个部门我让你学习一个月，然后你再告诉我你是留还是走。如果你干得出色，我有权决定在你的薪金上double（翻倍）。"

我非常熟悉，这是Scott唐的快言快语。我一时心跳加快，不知道说什么好，有一种遭人误解后又被平反昭雪的感觉，就这样，我被一家公关公司强行录用了。尽管我只是一个小时工，但是我完全被那个环境征服！

人海茫茫，偶遇Scott唐，使我有知遇之恩要报的感觉，决心在公关领域大干一番。

# 二十三 一只癞蛤蟆的DNA图谱

等我在前台再次见到那个马眼女孩时，她又要给我贴胸贴，我颇有些从容地告诉她："我在这里上班了。"

马眼女孩眨了一下长长的睫毛说："欢迎你！"

"……"我当时陶醉了，不知道说什么好。

到公司后，Scott唐把我叫到他的办公室。My God！他的房间里放了一张吊床，房间布置得跟热带丛林似的。一条塑料巨蟒盘成了他的座椅。

我站在他的房间里有些诚惶诚恐，Scott唐站着靠在一颗塑料树上，双手缓慢搓着，欲言又止的样子说："一个小建议，你把头发理成我这样，显得干练。保证，女士对你的回头率提升50%。"说完，他笑了。

我走出了他的办公室，一直想他这句话是什么意思。

进了这家公司，发现和我原来的工作环境完全不同，仿佛是战争中两个不同国家使用的密电代码完全不一样，奥秘公司说的每一句话中都嵌入英文代码，我就这样开始了我的PR（公关）生涯。

刚开始几天我非常晕公司墙面用红颜色装修，因为红色不利于思考，弄得我食欲不振了。Scott唐告诉我他开始也对红颜色过敏，不过慢慢就习惯了，红颜色是企业色，是无法改变的，公司在全球的办公室都是这种颜色。"关键是，我们在中国有85家客户，每家客户的企业色都不一样，每家客户我们都需要去拜访，如果容易晕色，那整天就东倒西歪了，以客户为中心是做PR的圣训！"Scott唐盯着我强调。我差点冒出一句香港电视剧的台词：Yes Sir。

渐渐地我也习惯了这种红色。虽然它不利于思考，但我发现我很多时候是瞎思考，根本用不着我思考，公司的许多办事程序是非常规范的。比如说要给IBM搞一次press conference(新闻发布会)，IBM会给我们的associate（客户经理）或consultant（高级顾问）brief（简介）一下event（活动）情况，然后给我们一堆中英文资料。我们有一个team(团队)就会完成这一项工作，有的开始reservation（预订）饭店的会议室，有的写新闻稿，写好以后fax给IBM的communication（通联部），通联部confirm(确认)后，提出修改意见，我们再改再让他们TBC（to be confirm），他们TBC后再TBC，直到OK。有时候我们才思枯竭，大家抓耳挠腮也不能策划好一次活动，就会来一次brainstorm(脑力风暴)，听上去很吓人，我觉得这只是对我们工厂里的群策群力或集思广益的一次理论包装。有时brainstorm还真管用，大家伙儿在一个小会议室里东倒西歪坐着，有的喝着可乐有的吃着薯条（据说这样可以使思维更活跃一些），开始你一句我一句，正儿八经也罢，胡言乱语也罢，都可能成为点燃智慧的火花，经常另一个team的人中途进来只是为了抓一把薯条，扔下一句话就解决了困惑大家很久的问题。这也印证了我的创意无规律的观点。有一次负责宝马汽车的team成员冷不丁来一句，居然为我们做一次PC巡展出了一个非常好的主意。

在订会议室和TBC的同时，就已经从media data（媒体数据库）里拉了一个长长的media list（媒体名单），像辛德勒的名单一样，这些都是幸运者，他们将会被我们邀请参加会议。媒体数据库是我们的财富，全国上千种报纸和杂志的记者名单都在里面，但不足的是这个数据库年久失修，有时候数据库里的记者可能几年前就跳槽或出国，但我们给他的邀请函还余韵不绝。媒体和媒体是不同的，他们的价值在不同领域会像股票一样有涨跌。《计算机世界》在IT领域是NO.1，最有价值的媒体，但是如果我们要发布一个轰动社会的新闻，《计算机世界》就成了侏儒，必须找《人民日报》或中央电视台。例如IBM要在清华大学捐赠价值1个亿的超级计算机，就要找中央电视台好好报道一下。

有的活动只针对行业媒体，大众媒体是在做image(形象)宣传活动时最需要了，这时候媒体几乎是多多益善，因为我们的目的是需要voice share（声音份额），需要更多的人们都知道我们client（客户）的voice（声音）。光让别人知道我们的client还是不够，客户经常会在我们面前大声嚷嚷，说需要深度报道，需要mind share（印象份额）和market share（市场份额）。一个比一个难的share摆在我们面前。

活动进入倒计时！新闻稿准备就绪，invitation（邀请函）准备就绪，场地准备就绪。我就开始不断地发传真，打电话，电话没人接就打手机，我不管这些记者同志们在写稿，还是在陪夫人逛商场，还是在搓麻，还是在吃饭，总之我要让他们给我一个说法：是来还是不来？我在干helper的时候成了传真机的一部分，要到公司来找我到传真机那里准能找到。除了传真就是打电话，打电话必须礼貌和说话有条理，久而久之，我见谁都彬彬有礼，客客气气，以至"有痣青年"肖哲骂我有病。我说我真的非常佩服资本主义，它真的能改变我说话和做梦的方式。

肖哲作为媒体记者，他摇身成了我的"上帝"，我经常邀请他参加新闻发布会，这小子也怕丢了饭碗，不可能给我什么特殊待遇，他说他们也是资本主义，说kick（开除）你就kick你，他唯一能帮我的是把稿写好一点。

也就2个多月，关于PR的这点事情我已经游刃有余了。我这个小时工每小时工钱能有30元人民币，比公司擦地的小时工高5倍。一个月下来小5000元，比我原来工资高5倍，敢情我原来的工资就和一个擦地小时工的一样，现在才知道。

我心里还是比较满意，但是总觉得只是干了一些打杂的活儿，难道公关就这点事儿？

我按捺不住疑惑，主动找我的师傅Scott唐，我的师傅整天忙得人影都没有见着，不知道他是怎么当我师傅的。我给Scott唐打了电话，他说在外面开会，晚上请我吃饭。

晚上我们在公司下面的餐吧吃饭，这儿的午餐每天中午要咬掉我一个小时的工钱，着实让我心疼了一阵。

Scott唐没有请我吃商务套餐，点了几道好菜。

"你感觉怎么样？" Scott唐爽快地问我。

"我感觉公关怎么还是请客吃饭，没有技术含量！"我笑道。

"你知道我干公关之前是干什么的吗？" Scott唐问，没等我猜，Scott唐接着说，"生物分子研究，画那个DNA图谱，我们那个小组负责画过一只癞蛤蟆的DNA图谱，癞蛤蟆可是原始物种，比人类顽强。"

"那你怎么想起干公关呢？"

"因为画图谱这种事情没有意思，整天跟仪器打交道，但是我喜欢跟人打交道。"Scott唐说。

"我现在整天跟传真机打交道！"我说道。

"我最成功的一次公关运作是什么你知道吗？" Scott唐继续自问自答，"这得从奥秘公司是怎么来到中国的说起。大约10年前，我在美国华人校友会里是个活跃人物，其中一个女校友的老公是个美国人，他就是奥秘公司的董事长。我们在一次酒会上很谈得来，他说我是个很有创意的人物。一个分子物理的博士，谈何创意啊，我当时想。当时董事长告诉我，他有一个愿望，希望到中国去发展。但是中国在工商处连公关公司这样的分类都没有，他们不知道公关公司是干什么的，就像你说的，以为是请客吃饭的，他们认为这样的公司只会促进中国社会腐败的发展。董事长有些一筹莫展。我当时也没有什么好办法给他建议。一切都是神来之笔，有一天我看《纽约时报》，上面说中国领导人要到美国来访问，而且要促进两国经济合作，接见美国工商界的企业人士。我大脑灵光一闪，好机会。我太了解国内的游戏规则了，中国经济发展速度比政府现有的法律条款要快，许多都是新生事物，没有说不许做的可以做，发现是不好的就会关掉。如果领导人看到一件事情的重要性，这件事情就会快速发展。于是我建议董事长争取加入欢迎人群里，并且在机场打出'奥秘公司欢迎XXX到美国来做客'的巨大中文横幅，制作标准完全根据中国的特色来，红底白色黑体字，不要让华人用美国人拿着。这样中国领导人一定有宾至如归的感觉，而且很可能就记住了奥秘公司这个名字。下一步就是董事长争取参加美国工商界和中国领导人的酒会，争取能够亲自向领导人介绍奥秘公司，到中国来发展业务就轻而易举了。董事长当场连说：Great，great，great brain！按照这个建议执行后，董事长在酒会上终于轮到给中国领导人介绍自己，当他说自己是奥秘公司的董事长时，中国的领导人马上记起机场的横幅，畅快地交谈起来。领导人问奥秘公司的业务，董事长说是负责中美两国公关关系发展的。领导人非常高兴，当场欢迎奥秘公司到中国去发展，中国需要向世界介绍自己。"

Scott唐说到这里，我已经听得肾上腺素加快分泌，对他的崇拜如滔滔江水。

"就这样，一年后，奥秘公司顺利地在中国开展业务了。经过董事长的多次盛情相邀，我决定离开癞蛤蟆DNA的事业，加入奥秘公司。我的职位是在美国的，薪酬都是走美国那条线，目前在中国区，只有两个人有权利雇用helper，我就是其中一个。"

"那您为什么要雇用我这个小时工呢？"我问道。

"一定要回答吗？"Scott唐神秘地笑着。

"嗯！"我笑着望着Scott唐。

"因为你很像我。"

"你是说头发吗？"我笑道。

"哈哈哈！"Scott唐开怀大笑，又马上收住笑说，"天马行空！"

我也跟着笑了。Scott唐接着说："你找我，我也正想找你。helper一般干3个月可以考虑表现转为associate，你意下如何？"

"当然可以！"我高兴得毫无矜持。

Scott唐脸上严肃起来说："请你记住一句话：我们不可改变实事，但是可以改变对实事的表达方式！这就是公关的核心。对于公关人来说，一切都是你创意的素材，包括天空海洋，包括长江长城，包括妇女儿童，包括国家领导人。公关无止境，任何骄傲和麻痹大意，都会让PRer（公关人）死无葬身之地，因为你是客户的外脑，这个脑不允许出任何故障，在这个圈失去了信用，就无法生存！最好的PRer是用脑，而不是用嘴和手。"

Scott唐的每一个字如雷贯耳，让我汗毛倒立。我突然浑身迸发出一种使命感来。

Scott唐接着说："PR的威力胜过原子弹，中国和美国是通过什么建交的？"

"乒乓运动！"我答道。

"这就是公关的妙用，小球推动大球，四两拨千斤。公关是对社会具有强大影响力的沟通学，它上至媒体，下至客户和普通的个人，你去影响整个社会对一件事情的看法，意味着你就影响了时代！"

Scott唐说到这里已经像演说家马丁·路德·金一样头脑放光，油汗闪闪。我如同一个普通的生灵，在佛祖一双大手的超度下，获得了愉悦的超升。我的心中升起一个梦想：做一个杰出PRer。

Scott唐用餐巾纸擦了擦头上的汗，深吸了一口气说："那么，言归正传，有一个活动，需要你去创意执行，这是你做associate的第一件工作！"

我顿时肃坐，洗耳受命。

# 二十四 一战成名

公关公司除了给企业操办各种新闻发布会，有时候要动一番脑筋为记者朋友们搞一些短期的旅游项目，目的是让记者同志们醒醒脑。有时候他们写稿写晕了，笔尖稍一转弯，我的客户就很难受，客户难受了，我们就不会好受。

这样的活动多冠以研讨会的名称，主要是研讨一下饮食和娱乐的发展动态。为了使自己的活动与众不同，操办者经常会想尽办法，使自己的活动能够新奇还有意义。记者不俗，太俗的活动他们一般不参加。经常出现的活动有几种，比如到一条快要干涸的小溪里去漂流，美曰有惊无险京西第一漂，或到坝上草原跑马溜溜，到顺义玩卡丁车，最常见的是打保龄、游泳。

每年年终，各公司也搞一些有点酬谢形式的会议，有的是酬谢客户，有的是酬谢合作伙伴，有的是酬谢记者。厂商之间互为伙伴，相互酬谢。报社广告部也一样要酬谢客户。

把客人请来了，老总先回顾一年来大家相互合作圆满，市场双赢，预祝来年更创辉煌。于是先吃饭，后抽奖，集体游戏接着上，大同小异。

到了年终，北京各音乐厅、剧院、宾馆、度假村到处歌舞升平，庆祝丰收。每个公司希望自己的活动有创意，都想尽了各种办法，这时候花钱要花得漂亮，老总批了钱，而且亲自要参加，活动不热烈能行吗？如果哪个企业的活动搞得有声有色，很快会在业内传为佳话。

转眼到了年末，奥秘公司第三大客户的年终酬宾活动的策划落到了我肩上，这就是Scott唐给我升职后的第一件工作。

当然，这个活动必须非常有创意，而且客户和客户的客户都能接受。好的创意好像是在和人捉迷藏，虽然很少有人见到创意，但是嘴里不能不念叨创意，一个头脑里没有创意的人不能嘴里没有创意，否则他连在这一行里混的机会都没有。

我受命后两个晚上睡不着觉，创意的火花像受了潮的鞭炮引芯，一直没有打闪。我终于觉得创意比黄金还值钱。在第三天，我想到了肖哲。肖哲是著名IT媒体的记者，他见多识广，点子也多，一个现成的智囊在我手边我差点忘了。

赶紧拨通了他的手机，他很少在座位上等电话。

创意评论家肖哲在电话那头不紧不慢地说："喂！您好！哪位？"

"我！"这是我对他回话的方式，一个"我"字他就知道是我了。"我以个人名义请你吃一顿饭。"

"又请我吃饭，烦！当然，你只有以个人名义请我吃饭才请得动，我怕别的名义带来压力，现在压力太大，谁愿意为一顿饭牺牲自己的脑细胞哇？"

"说你胖，你就喘了，航天桥九头鸟！"我指定碰头地点。

"昨天刚去！"肖哲懒洋洋地说。

"那火宫店吧！"

"前天刚去！"肖哲心不在焉地说。

"男豪！"我有些愤懑的语气。

"大前天……"肖哲想说也去过了。

"去了再去，想不到没有多久，你就腐败成这个样子！"我非常武断地嚷了。

"好，好，几点？"肖哲笑着说。


晚上七点我们相聚男豪，湘菜，在北京倍儿火！肖哲只喝酒。从见面到离开，我只能记住他一个动作——开酒瓶。

"你的酒量大增啊！"我说道，"哎，最近有什么有趣的事？"我先打开了好奇的听觉，听记者的一月见闻。

"哪方面的？"

"你都分类了？就业内的。"

"前两天参加一公司搞的笔记本拆装会，请了好多人来将他们代理的笔记本拆了再装上，挺逗的！"

"怎么哪？这主意不错。"我说，"笔记本不是讲究集成度高么，这一拆一装，品质宣传一览无余。挺好！"

"我只讲号外，报内的已经上报纸了，你自己翻去。"肖哲不屑地说。

"怎么回事？"

"有一趣事。在拆装会上，一个胖乎乎的市场经理在大家都将拆开的笔记本电脑装上以后，发表了一通含蓄而明白的讲话，当然是说他们的笔记本好。说着随手从桌上拿起他用来演示的笔记本举起来说：'我这笔记本一次在给客户的演示中被摔到地上了，当时我很紧张，万一这笔记本坏了，我给他讲的品质优良不就成了真实的谎言？当时心里七上八下拿起电脑来，手几乎是颤抖着开机，笔记本却完好无损，当时我真对这个笔记本感激万分。'说到这，你猜这时候底下的观众怎么个坏法？"

"让再摔一次给大家伙看看？"我瞪大眼睛猜道。

"你真聪明！底下的观众起哄了，都嚷嚷着再摔一次。胖经理脸刷一下红了，下不了台呀。好在手下很灵活，马上有人给他打手机，他说先接个手机就溜了。主持人赶紧接过话筒，说这笔记本是胖子的，她无权摔，这事总算过了。"

"有趣，有趣。"我说，"他怎么也没想到观众这么幽他一默。我最近要帮客户筹划一次客户联谊会，不差钱，缺创意，你帮我支支招。"

"高潮是什么？"肖哲一边往杯里倒酒一边问。

"最后有一个抽奖，是IBM的笔记本电脑。"

"够奢侈！获奖者内定了吗？"

"绝对公平！"

"那好，不能让他那么容易得手，你让两个号码都是得奖号码，然后……"肖哲如此这般给我讲了一通，我觉得妙不可言，当场拍板，就按肖哲的主意办。

按常规，请客内容是：吃饭＋卡拉OK＝没人来；吃饭＋保龄球＝车马稀；吃饭＋保龄大奖赛＝来去急；吃饭＋演出＝过得去；吃饭＋抽大奖（笔记本电脑）＝门庭挤。

那天发出的邀请函用括弧注明了最高大奖是笔记本电脑，来的人特别多。本来是二十桌计划，结果临时又加了四桌，人人都是拿邀请函来的，我发出的是二十桌邀请函，不知那些人的邀请函是怎么来的。

开始是一段常规活动：老总先讲话欢迎，然后吃，然后上果盘，然后各方宾朋交流名片，接下来是本晚大戏抽奖。

两名穿大红旗袍的礼仪把抽奖箱捧上台。由三等奖开始，首先由客户方的几个副总裁、总裁抽奖，每抽到一个中奖人的号码，下面就爆发出一阵欢呼声。通过公司安排的抽奖人顺序，完全可以看出一个公司的管理层排位。微波炉、DVD一路抽过去，最后到特等奖时，场上鸦雀无声，气氛跟公审公判宣判结果一样，我在后台心里高兴，这说明大家的胃口已经吊起来了。

最后两鬓斑白的董事长慢悠悠走上了舞台，从主持人手里接过话筒，用山东普通话说了一句："今晚的最大奖，是一台IBM笔记本电脑，价值3万多元，看花落谁家！"

说完，下面爆发了一阵热烈掌声。董事长用一双笨拙的大手像油锅捞钱一样在里面缓慢地搅拌了几下，很快抽出来，两个价值3万元的号码诞生了。

"今天的游戏规则是，这个大奖在这两个号码里面产生，这意味着，一场精彩的角逐开始了！"董事长笑着说完，把号码给了主持人，又慢悠悠走了下去。

这意味着有两个人要争得一台笔记本，观众有些诧异，开始纷纷议论，我在下面感觉有些紧张。这时候，女主持人处变不惊地说："如果说抽中号码就得笔记本，只是运气，如果通过角逐获得了最后的胜利，那么说明仅凭运气是不行的，这样对在座每位都公平。下面有请211号、05号嘉宾上台来角逐笔记本电脑大奖。"

台下沸腾了，大家马上明白一台好戏要上演了，得不了笔记本电脑看个热闹也非常值，没有一个人提前退场。

首先是一名戴眼镜的女孩举起了自己的号码，一脸茫然和兴奋走上了舞台。不一会儿，在另外一个角落里，一名看上去50多岁的秃头大胡子也举着号码走上了舞台。

主持人将他们俩请到舞台中间，侧身问："你们俩是夫妻吗？"

秃子幽默地说："倒是想！"眼镜女孩捂着嘴笑。

主持人对台下观众说："如果是夫妻就作废，重新抽号码。"

台下马上有人说："那是父女呢？"

秃子又幽默地说："没那个福！"眼镜女孩笑弯了腰。

尽管我之前计算过夫妻俩来参会获得大奖的几率是万分之三，但是为了防止万一发生，我提前就规定了是夫妻俩抽中作废，除非两人当场离婚。

"验明了正身啊！"主持人笑着说，"那么我宣布下面这个角逐叫'情深意长'得大奖。游戏规则是：每个人不允许借助任何其他帮助，以自己现在身上的东西为材料接长，谁接得长，谁就是优胜者，IBM笔记本电脑就非他莫属。不过，台下的观众可以给他们出主意，但是不能够借东西给他们。"

主持人刚说完，台下就分为两个阵营，分别给眼镜女孩和秃头出主意，这是我没有预料到的。

首先眼镜姑娘取下了眼镜搁在地上铺的红布上，秃头紧跟着将指甲刀打开也放上去。

俩人像被超市保安抓住怀疑他们偷东西似的，纷纷将兜翻个底朝外，有香烟、打火机、钱包、纸巾、发卡、钥匙链、呼机、手机……经过10来分钟的忙乱，两人接的长度不相上下。这时大胡子摸了一下光头，灵机一动，将香烟一根一根接上，接的长度比眼镜姑娘长出好大一截。眼镜姑娘出了一脸汗，不停用纸巾拭汗。台下一人一招，各种声音混杂，眼镜姑娘一个也没有听清，她急中生出一智，将钱包里的钞票和硬币拿出来一个个接上，很快超出了对方。

大胡子见势不妙，对主持说他也有钱包，但是落到座位上了。

我用解释权制止了这种违规行为，他只好望包兴叹。情急中，啪，他抽出了自己的皮带，得意地接上长龙，很快他又转败为胜。

眼镜姑娘一看急了眼，将已经排上的纸巾一个个展开，手绢也被拧成了麻花，手表链拆开，发卡掰直，如此这般还是比大胡子稍逊风骚。她要把餐巾纸撕成条，我又出面制止了这种行为，尽管台下有人不忿。因为如果允许这样的话，最后成为微分几何物体了，皮带，钞票等等都能够无穷分下去，比赛到结束要到深夜了。

就在这个紧急关头，眼镜姑娘做出了大胆的决定，她将自己身上的毛衣脱下来。我又连忙跳出来解释，要是这样的话最后两人就成了比基尼大赛，后果不堪设想。弄不好公安局会找我这个组织者了。

但是台下支持眼镜姑娘的男士们都起哄了，齐声声援："可以！可以！可以！"眼镜姑娘还向他们挥手致意，热烈互动。我心想：这帮坏小子，你们就巴不得她脱光了。

面对这种僵持局面，我上台解释说："那好，这样把，每人只能脱一件。"

眼镜姑娘把毛衣脱下来，非常从容地开始一点一点拆线。这一招可将大胡子给弄傻了，他摸了摸光头，自己上身穿了一件羊毛衫，没法拆线，但是他很快发现自己穿了一条薄毛线裤，正欲当众脱裤子，我连忙制止了这种不文明行为。他说自己到厕所里脱了再来。我觉得他这么投入，只好派一个人跟他过去脱毛裤。

眼镜姑娘非常老练地找来一把椅子，像延安纺线一样，一点点把拆下的毛线挽到椅子上。有人出招，用两个相同的椅子，往椅背上卷毛线，这样通过计算挽的圈数就可以科学精确地计算出来长短了。

两人在那里埋头大干，台下不时爆发出"加油加油"的喊声。

大家等了一刻钟，两人总算将各自的衣服拆完。主持人将椅背上的毛线匝数各数了两遍，最终的结果是，眼镜姑娘的接物总长比大胡子短50公分，下面有人开始起哄判定大胡子赢。

眼镜姑娘浑身上下摸遍，也没有任何既符合规则，又可供接龙的东西，大胡子开始在那里露出胜利的牙齿。

主持人说："还有5秒钟就要拍停，宣布比赛胜负。"眼镜姑娘以闪电般的速度，从头上拔了两根秀发，发长情更长，两根头发下去，眼镜姑娘比大胡子长出10公分。可怜的秃头先生再聪明，这时也只能拔胡子了。他打量了一下自己的胡子，胡子无论从数量到长度都比不了眼镜姑娘满头乌黑的秀发，他不好意思地低了一下头，然后抬起头看看观众，握了握小姐的手说："祝贺你！"

他决定不拔钢针一样的板寸胡子了，胡子拔起来非常疼。

最后IBM笔记本的主人是眼镜姑娘，她胜利地举起双手，睁着一双迷离的眼睛向观众微笑，因为她的眼镜已经在"情深意长"中给掰直了。我将笔记本电脑送到她手中，希望她能对今天超乎我的想象的绝佳创意谈一谈体会，她拿起话筒，"阿嚏！阿嚏！"打了两个响亮的喷嚏。

就这样，我的大胆创意很快为我在公司赢得了名声。

# 二十五 触电

培训回来，成康分配到了自己的小格子。抬头望去，让人眼晕的格子让成康暗暗吃惊。这偌大一个公司要干出点名堂来还真是不容易。

成康在自己的格子里翻看一张内部刊物，从头到尾看了一遍，足有一个小时，没有人理他，也没有任何人告诉他该干什么，心里感到纳闷。

他如坐针毡，左右看了看，大家都在忙碌，有的接电话，有的在电脑上工作，有的走来走去。成康正想起身跟周围隔间的同事聊一下，了解一些公司的情况，这时桌面的电话突然响了，对别人来说这是很正常的电话，对成康来说有些突如其来。成康不知所措，因为他刚刚到梦想公司上班，不可能有人给他打电话，十有八九是别人打错了。成康接电话时犹豫了几下，直到电话响第四次铃时才拿起来。

"你好，我是梦想公司人力资源部秦芳，抱歉现在给你电话，欢迎你加入梦想公司。有关公司的情况我们到第三会议室见面谈一谈，"一个非常清晰的女声在电话中传来。虽然声音并不是磁铁，但成康还是觉得声音有些完美得不真实，他甚至觉得这是电脑发出的声音，是公司装的一个自动系统，只要新员工来了，在座位上坐了差不多1个小时，看完了内部的刊物，基本上有些心烦时，电脑就会自动给员工打个电话来，而且电脑录的是一位配音演员的声音。

成康接起电话不说话，想试试是否是电脑的声音。

"喂，您在吗？"电话里的小姐说完见没有反应，又问了一句。

"在、在，"成康有些慌乱，"我叫成康，新来的员工，您是找我吗？"

"是的，成康，欢迎您加入梦想公司系统事业部。我刚才有个会议所以耽误了，让您久等了，我想跟您谈一谈公司的情况。就现在，在第三会议室。"

"好、好！"成康忙不迭地说。

"那就这样，待会儿见，拜拜。"磁性女声消失了。

"拜拜！"成康说完拜拜，半天才愣过神来。"是找我吗？"成康嘀咕着，起身去第三会议室，大办公室像迷宫，成康问了几个人才找到。

成康敲了一下会议室的门，里面一个非常清亮的声音说："进来！"

成康慢慢拎了一下门锁，轻轻将门推开，一位年轻但无法猜出年龄的批肩发女士端坐在里面笑脸迎他。女士的头发染成淡栗色，而且只是发梢染过，发梢七长八短但是非常错落有致地搭在肩上，成康注意到皮肤是那种象牙质感的白色。

"你是成康吧，请坐！"女士很大方地请成康坐下。

成康心神不宁地坐下。

"我先自我介绍一下，人力资源部秦芳，就叫我Julia。"

"成康，今天刚来报到。"成康也学着说。

"成康，我看你的简历和员工培训的成绩很不错。你在工作上有什么样的喜好没有？"秦芳很快进入主题。

"没有。"成康说完，觉得自己说错了，连忙更正说："哦，我的意思是指我没有挑工作的习惯，只要有挑战的工作我都喜欢。"

秦小姐喝了一口青花瓷杯里的茶水说："你还是有些特长吧？人力资源部非常尊重你的意见，你一定要清楚这一点。对不起，我不知道这样说恰不恰当，我看过你的简历，以前曾经是在国企做过，还自己创过业。一般来说自己创过业的人比较难以跟他配合，而国企里可能是安排你干什么就干什么，没有过多讨价还价。这里我们希望安排的工作尽量能够是员工喜欢的工作，这里允许你挑工作。如果你挑的工作现在没有空缺，人力资源部会记录你个人的要求，如果有一天有这种需求，我们会考虑调动你的工作。"秦芳温文尔雅，谈吐里透着几分干练，又尖又长的白色衬衣领翻到浅蓝色套装西服的外面。成康觉得空气里充满清香。

"我希望能够学到很多东西，到底喜欢什么我也不知道。任意一项工作试试看，或许能够锻炼我。"成康还是对自己喜欢什么不甚了了。

"例如说，销售、开发、市场、公共关系这四个工作，你喜欢哪一种？"秦小姐又非常认真地举出四种工作来。说完，在椭圆会议桌那头面带适度的微笑看着成康。

"销售、市场、开发"成康举一个否定一个，他经过一段时间的散兵游勇式的折腾，确实对自己没有什么确定的喜好。要说自己喜欢什么工作或者不喜欢什么工作，比喜欢什么女孩难多了。

"那这样吧，你再考虑一下，现在公司正在发展，这四个方面都非常缺人，每个部门经理都在要人。明天你给我一个回复，我先给你一些公司的资料，了解整个公司的情况。"秦芳笑着点了一下头，然后起身，成康也起身。

秦芳说："你先回座位，我一会儿给你送去公司相关资料。"说完和成康握握手告别，成康感觉秦芳的手柔软得若有若无的。

回到座位上，成康还是在想有没有搞错，坐在那里发了一会儿呆，正想拨一个电话给秦芳，但是发现座位上没有整个公司的通讯录。成康起身想问邻座，秦芳过来了，手里拿着一个资料夹。

"成康，你好，这是公司的简介和一些相关资料，你自己熟悉一下公司的情况。"秦芳依然笑容适度地说。

成康觉得她的笑容非常好，但是好到哪里他说不清楚。他站起来接过资料夹。

秦芳说："你从现在开始，有什么需求就找人力资源部，我们可以协助你解决。"

"好。"成康面带笑容，非常礼貌地望着秦芳。

"那就这样，OK，有什么需要给我打电话。"秦芳说完转身走了，步履像模特一样从容和优雅。

成康打开资料夹，里面有一个介绍公司的小册子《梦想》，上面有公司的文化、发展历程和各业务部门的介绍，也有许多公司常遇问题的解答，还有一些规章制度。

成康随便翻看了一下，拿出另一张纸，是一张公司员工通信录，成康在上面急切地找到了秦芳的名字，才心里踏踏实实地认为秦芳是这里的职员，也绝非什么模特或者配音演员。

从表格上看，秦芳是这里的一名人力资源部员工，从她排在人力资源栏目名字的第三位甚至还可以判断，秦芳是一名普通职员，而不是什么经理。成康的名字和秦芳的名字在名单表上相距不过一尺。

"OK，秦芳是普通职员，而且电话向所有人公开，所有人都可以给秦芳打电话。"成康小声在心里念叨了一遍。

成康仔细将所有资料看了一遍，放下后想给秦芳打个电话，但是怎么也想不出打电话的理由。他拿起电话来，很快拨了三个电话，一个是给我的，一个是给肖哲的，另一个是给李伦的。成康给每个人的话一模一样："喂，成康从今天起在梦想公司系统集成部上班，有事打电话来。"

"成康，总算岗前培训结束，今天上班有何感想？"我在电话里问成康。

"上班能够有什么感想。一切还是未知数。不过这里的电脑小姐很特别。"成康说。

"不明白，什么是电脑小姐？"

"电脑小姐，怎么说呢？有个小姐像电脑设计的一样完美。"成康说。

"别想入非非，先摸清情况，孩子他妈了吧。"我说道。

"俗，我只是说有个电脑小姐，别乱想。"成康说完挂了电话，准备开始工作，才发现桌上没有电脑，有一个非常正当的理由给秦芳打电话了。

"嘟——嘟——嘟"成康刚拨通秦芳的电话，里面传来电脑的声音"您好，我是梦想集成人力资源部秦芳，欢迎您打来电话，今天我在办公室，但我暂时不在座位上，请您在嘀声后留言或留下您的电话号码，我会尽快和您联系。Hello, I am Julia, welcome your call, please leave your message, I will contact you as soon as ……"

成康听完电话，等到嘀声后，咽了口唾沫，不知道说什么好，将电话挂了。坐了大约10分钟，成康又拨通秦芳的电话，电话重复一遍："您好，我是梦想集成人力资源部秦芳，欢迎您打来电话，今天我在办公室，我暂时不在座位……"

成康一听又不在，等这段话完了，嘀声响过，成康酝酿了5秒钟，断断续续地说："秦芳，你好，我是成康，我现在没有电脑用，我不知道我找您对不对，如果对就回电话，如果不对也请您回电话告诉我该怎么办。"成康说完快速挂上电话，如释重负。

没过5分钟，电话响了，秦芳来的电话，成康用力拿着话筒。

"成康，你找我，对不起，我忘了跟你说了，你到行政部去领一台电脑，行政部就在人力资源部隔壁。还有什么别的问题吗？"秦芳语气很急，似乎要挂电话。

"没有，对了，我现在没有办公用品，像笔呀、记录本什么的。"成康说。

"都在行政部领。OK，还有什么事吗？"秦芳说。

"废纸篓也在行政部领？"成康问。

"是的。还有什么事吗？"秦芳耐心中也有急切，好像还有事要做。

"没了，没，谢谢啊，谢谢。"成康说。

"不用谢。这样，拜拜！"秦芳说完挂掉电话。

成康感到自己很累，跟做贼似的。他到行政部领了一大摞东西，抱了满满的东西回到了自己的位置。而且领到了一台笔记本电脑，不错，这是自己用的第一台笔记本电脑，在市场上得花两万多才能买到。

成康下了班后，终于按捺不住，给我打了电话："为民，晚上有没有时间？"

"没有啊，客户的一个广告没有处理好跟中国文化之间的关系，结果许多人打电话到电视台投诉，我得解决啊。"

成康叹口气说："万万没有想到，我触电了，快救救我吧。"

"别一塌糊涂的样子，讲清楚，我给你好好分析分析。"我嚼着口香糖说。

"电脑女孩让我触电了。"成康说。

"怎么回事，说清楚，到底是你触电了，还是你们触电了，还是她使你触电而她完好无损？"我问道。

"我触电，她完好无损。"

"你怎么知道她完好无损？"

"她对工作一丝不苟……"

"这很正常嘛。"

"我没说她不正常，是我不正常。"成康说。

"她叫什么呀？"我问。

"不能说。"成康认真地说，"没有的事情，不怕影响我的声誉怕影响别人的声誉啊。"

"那她姓什么应该能够告诉我吧？"我问道。

"不能说，什么都不能说。"成康仿佛觉得自己又失言了。

"那你说说你知道她什么吧？"

"什么都不知道。"成康诚恳地说。

"我都怀疑你是不是真的遇到过这样的电脑小姐。既然这样，我问你答。你看见她戴戒指没有？"

"没注意，戴戒指有什么用？"

"你没注意，告诉你也没用，那你明天注意她戴没有戴，戴在哪个指头上，一定要记住。"我说。

"这很重要？"成康问。

"看样子你真是个情盲，戴在无名指上就表明她结婚了，你不是总会撞上已婚美女吗！"

"结婚了又怎么样，我没说我要怎么样，我只是自己触电一把。"成康死嘴硬地说。

"好样的。既然你认为结婚了也无所谓，那么你喜欢你就去追吧，只要你能够承担一切后果。"我故意很认真地说。

"我看没戏。人家一点感觉都没有，完全是公事公办。"成康叹口气。

"傻瓜，你以为你是谢霆锋。人家凭什么对你成康公事私办？"

"我有自知之明。"成康说。

"有自知之明就好，刚工作第一天就触电，第二天是不是要跳楼？我看你连什么情况都没摸清楚就开始触电，工作还干不干了？没准儿她老公是梦想集成的总经理，你岂不是吃不了兜着走？"我说道。

"唉呀，你真是一言惊醒梦中人，我差点就犯错误了。"成康愕然惊悟。

　

第二天成康早早就去了办公室，用心研读了梦想集成的相关资料，然后给秦芳打了电话，又是电脑在回答："您好，我是梦想集成人力资源部秦芳，欢迎您打来电话……"

成康挂掉了电话，有些坐立不安，去倒了一杯水，回到座位上，又给秦芳打了一个电话，还是电脑回答，成康就觉得时间非常难耐，他起身到人力资源部去找秦芳。敲门进去，有一个40多岁的中年男子在里面，穿着非常整齐，看气质像一个成功男士，显然是人力资源部的头儿。男子见成康进来，问成康找哪位，成康说秦芳，男子说她去总部人力资源部办事去了，估计很快会回来。成康就随便在办公室张望了一下，看是否能够看出来哪个座位是秦芳的，但是每个座位都像冲轧机轧出来的水壶，绝对一模一样，墙上没有贴任何招贴画。

成康回到座位上，心里有几分失落，心想如果秦芳真要是从此消失反倒是一件好事。将电脑打开，查看了新浪网的新闻，最好的消息是中国电信可能将手机改为单向收费，但是这样的好消息已经有几年了，手机仍旧是双向收费。

成康收了一下自己的email，一封是肖哲来的，转发的是印尼华人遭强暴的照片，这小子什么都能够弄到，做记者后消息就是灵通。另一封email是教成康如何网上发财，只要给这个网站提供email地址，可能赚到50美元。依次如何如何，将会赚到5万美元，成康按删除键将其删除。又发现一个主题为：Interview（面试）的email，成康感到奇怪，自己到梦想公司也有3个多月了，谁还会面试自己呢？打开一看，原来是秦芳给自己的：

成康：

　　你好！

　　今天下午2点人力资源部将安排你和销售部经理黄耀面谈，到时候我也在旁边，如果你觉得自己对销售感兴趣，可以多做些准备，把握这次机会。做销售很辛苦，但是回报也很大，你可以考虑。

Best regards,
Julia

成康将邮件读了三遍，每次希望能够读出言外之意，但是除了公事公办就是公事公办。最多从最后一句话似乎能够看出来，秦芳有些鼓励自己做销售的意思，但是也未必，她可能对任何工作的评价都是如此，安排每个员工和部门经理面试最后都可以加这句话，类似任何公司在请领导参观时打出的横幅："热烈欢迎领导莅临指导。"就是一句公式化的商业用语罢了。自己做不做得了销售心里真没底。

成康读了第四遍，总想给秦芳回复一个电子邮件，哪怕是出于礼貌，比如说：谢谢，我收到你的email了。他刚写完马上又删掉，觉得真是一句很无聊和没水平的回复，不如不回。他甚至在email里写过：你的声音真好听！你的名字真好！而且借着冲动的勇气按了发送按钮，但是在邮件开始发送的一刹那他又关掉了电脑，浑身惊出一身冷汗。如此反复，成康度日如年。

这中间，成康给我打过一个电话："娄靡（为民），销售工作怎么样？"

"当然好，所有外企的总裁都是做销售出身，要想成为打工皇帝，成为CEO，最好有一段辉煌的销售经历。只是为赢消得人憔悴，不是所有人都敢揭这个皇榜。"

"我也干过销售。"成康轻松地说。

"卖茶叶蛋老太太也是干销售的，那能一样吗？在梦想这样的大公司，做销售一个单子可能是1000万，卖东西成为一个系统工程，你可以试一试。"

"没问题，我觉得我有销售潜能。"成康说。

"爱拼才能赢，等你的好消息。电脑小姐怎么样了？"我不忘问一句。

"今天还没有见着呢。好，拜拜。"成康挂了电话。

# 二十六  道是有情却无情，道是有趣却无趣

成康中午在楼下食堂取了盒饭，匆匆吃完，就到外面马路上找了个树荫下抽烟。他回头看了看梦想公司大楼，陷入莫名的沉思。他突然问自己：到底来梦想干什么来了？自己在思想上行动上毫无准备，没有准备遇上秦芳，也没有想到在梦想公司干什么，就是想来梦想公司，就来了。

成康深抽一口烟，长长地吁出去，又长长吸一口烟，直觉告诉自己：下午的面试要好好准备。

非常准时，在1点58分的时候，电话铃响了，秦芳的声音："成康，我的email你看到了吗？下午安排你和销售总监面试。"

"我看到了，对不起，没有给你回email。"成康尽量使自己的语气公事公办，一丝不苟。

"没关系，那我们2点准时在第一会议室见面。"秦芳说。

"好，我准时来，就这样，我不需带什么东西吧？"成康说。

"不用，好，待会儿见。"秦芳从容地挂了电话。成康觉得自己不会再想别的东西了，面试销售职位，然后开始卖东西，一切尽在掌握。

面试在第一会议室准时开始。经理黄耀和秦芳坐在里面聊天，秦芳在非常快地说着什么，黄耀平视秦芳，微笑着点头。两人各有一个资料夹摆在面前。

成康进去后，俩人都微笑着看成康，秦芳主动邀成康坐。三个人围着一个很小的圆桌坐下，刚才秦芳和黄耀的谈话有些闲聊气氛，等成康一进来，马上工作就开始了。

黄耀是一个35岁左右的大个子，看上去非常成熟，但是也不失活泼。所有职业经理人都这样：年纪轻轻，西装革履，总是一丝不苟，头发总是刚剪过的，谈吐有度，彬彬有礼，不抽烟，尊重女性，爱和美女聊天。女孩喜欢这样的新好男人。黄耀正是这样新鲜出炉的成功者，衣食无忧，家庭幸福，受年轻女部下尊敬，尽管他们看上去很暧昧，却从不听说他们越轨。大家都很成熟。

Shit!成康从男人的原始心理讨厌这种伪装。

黄耀摊开资料夹，看着成康说："你以前做过销售，对销售有什么看法？"

"销售是个苦差事，经常出差，跟人磨，喝酒成性。"成康慢慢吞吞，想一点说一点。

"成康，我想听听你的一些销售经历，从你的简历看，你很有潜力。"秦芳在一旁慢条斯理，不时看着黄耀，好像不是在给自己说话，而是在表现给黄耀看。

"我的销售经历最早从小学四年级开始，我将自己赢来的玻璃球卖给同学。"成康笑着说。

"哈哈。"黄耀和秦芳都笑起来了，秦芳笑的同时也看看黄耀，为了保持笑的力度的一致性。

成康觉得很失望，反而放得开了："后来在初中的时候，我从老家最好的中学搞来一批试卷，自己做完了，许多人都来要。我放出话说我成绩好，原因是能够搞到内部参考资料，所以试卷非常紧俏。我当时住校，生活很艰苦，吃饭的钱都花到买学习资料上了，既然大家都看中我手头的资料，我不如以资料养资料，将那套试卷给人抄，规定一晚上抄完，第二天还我，5块钱一抄。"成康感觉到讲故事的乐趣了，讲得很流畅，尽管确有其事，但是没想到十来年后，这些陈芝麻烂谷子的事情居然跳出来决定自己的命运。

"有意思，你在中学就有软件版权的概念，微软现在卖软件卖许可证，跟你是一个道理，用一次就花一次的钱。不错，你是个销售天才。"黄耀乐得往后仰。

"你上班后，有销售的经历吗？"黄耀接着问。

"我卖过洗发香波！"

"什么？你再说一遍。"黄耀有些没有听明白。

"洗、发、香、波！"成康一字一顿。

"哈、哈、哈！"黄耀和秦芳都笑起来。

"怎么有这样奇怪的经历呢？"秦芳问。

"时间很短，闲着没事，给一个公司卖了一个星期。"成康说。

"业绩如何？"黄耀问。

"没有卖过一个小学毕业生！"成康很尴尬地说。

"没关系啦，做销售贵在坚持，如果你继续卖，没准儿就会成为一个香波大王。"黄耀笑着说。

"不可能，发廊都是温州人开的，那个女孩是温州来的，她用温州话销售，我根本没法比。"成康说。

"好吧，言归正传，想听听你对梦想公司的系统集成销售有什么理解？"黄耀开始一本正经起来。

"我想是这样，系统集成要做系统销售，销售人员的技术背景要强。你觉得我说得对不对？"成康拿出了一股执拗劲，非常严肃地说着，眼中全然没有秦芳的影子了。

"和我想得一样。你愿不愿意到销售部试一试。我们有一个很好的团队，自己发展的空间也很大。目前的销售不是很景气，销售要发挥创造性，我看你的两次未成年销售都非常成功。"黄耀说完笑容慢慢在脸上漾开。

"能给我一个学习的机会吗？创造性销售我不缺，但是我需要专业销售的知识。现在做什么都需要专业人才，专业精神。我以前都是在小公司摸爬滚打，来梦想就是希望有专业的训练。"成康眼睛一直盯着黄耀。

"好，我带你，就这么定了。"黄耀说，"呆会儿我部门有一个会议，你来参加。"

成康点点头。

离开第一会议室，成康觉得心里非常充实。秦芳的神秘性在心中开始变得稀薄，他相信自己刚才的话让秦芳看见自己的不一般，她一定会认为自己不是一个普通的新员工。同时他也觉得秦芳也是人，普通的人，要在梦想公司工作，要附和高职位的人，人在江湖嘛，秦芳也不例外，当然我成康也是如此，照顾上级情绪，但是有度。

成康参加了由黄耀主持的销售部会议。会议开始成康自我介绍了一番，接着黄耀开始用电脑、投影仪播放本季度的销售目标和策略的幻灯片，会议上只有黄耀发言，大家听。

下班的时候，成康给秦芳拨了电话。秦芳接通了电话，好像比较忙乱。

"喂，你好，人力资源部秦芳，哪位。"秦芳问。

"我，成康！"成康有些不知说什么好。

"哦、哦，成康，你稍等一会儿，我有个电话，你别挂。"秦芳说着，好像接起了另一个电话。

成康抓着电话，随时待命秦芳。电话里仿佛是一个秦芳的熟人，说话的腔调非常随意和亲热，像是女伴间的调侃，又像是情人之间的拌嘴。三分钟左右，秦芳转过来，频道马上换到了公共频道。

"成康，找我？有事吗？"秦芳很耐心地倾听着，一副人力资源部热心周到随时待命为员工解难的语气。

成康本想说没事不能找你吗，但是觉得太随便了，话在嘴边改为："我对销售工作有些想法，不知道你今天下班后有没有空？"

"有，那你下班后到我办公室来，我们可以谈一谈。"秦芳非常认真地说。

"总是要吃晚饭，要不我晚上请你吃饭，边吃边聊。"成康说。

"可以的，你定个地方，我现在还有点事要忙。5点半下班，6点钟我给你打电话，你稍等一会儿，怎么样？"秦芳一边说一边在手头上翻找什么东西。

"好，没问题，我6点给你打电话。"成康说。

"OK。"秦芳说完挂了电话。

漫长的半个小时，成康在想到底和秦芳说什么呢。6点整，成康拨通了秦芳的电话，秦芳正在收拾东西，准备下班，两人约好在前台见。

成康去洗手间好好整理了一下自己，就来到了前台。不一会儿，秦芳肩上挂着一个小坤包来了，步履轻盈，笑容韵味十足。

两人打车来到一家饭馆坐定，成康问秦芳喜欢吃什么，秦芳说随便。成康点了一个珍珠丸子，一个香菇油菜，一盘清蒸草鱼，还有一个莲子汤。秦芳说点多了浪费了，成康就打住了。

上菜的工夫，成康问道："从人力资源的角度来说，我是一个什么人才？"

"人力资源角度，我觉得你是一个可塑之才。"秦芳非常认真地看着成康，还是一副谈工作的样子，对自己说的每一句话都很慎重。

"可不可以随便说说。"成康坐在那里一动不动，双手支着脸，故意使气氛变得轻松一点。

"我对你的了解蛮少，所以很难做出参考分析。"秦芳还是工作中的表情。

"我觉得你工作很累，下班了放松一下。"成康关切地说。

"是的，每天都蛮累，工作排得满满的，所以我没有及时回复你的电话，请不要介意。"秦芳说。

成康给秦芳倒了一杯茶，秦芳用指头在桌上非常明晰地敲了两下说："谢谢！"

成康也给自己沏上茶，然后掏出烟来问道："我抽烟你介意吗？"

"没关系的，我先生也抽烟！"秦芳点头说。

成康听到这句话，心里仿佛一块石头轰然落地，有一种失望却也如释重负的感觉，自己反而放得开了。点上一支烟，成康慢慢吸了起来。

不一会儿菜上来了，成康主动给秦芳盛莲子汤。

"不必客气，好，好，我喝不了很多的，谢谢！"秦芳说。

"秦芳，我觉得你说话有点台湾口音。"成康觉得秦芳的口音很不一般。

"是吗？你真的能听出来？是的，我先生是台湾的。"秦芳说。

"哦，原来如此，近朱者赤。"成康看着秦芳白皙线条优美的面容，越看越觉得非常美妙，与子共餐，其乐无穷，放下了任何芥蒂，反而更加享受了。

秦芳每吃一口都非常完整，几乎没有咽下去之前不会吃第二口，吃饭和工作一样工整。成康也只好放慢自己的速度，想了一句无关紧要的话问道："你是学什么专业的？"

"自动化。"秦芳喝了口水，用餐布拭了拭嘴唇。

"自动化做人力资源，真是厉害。"成康没头没脑地夸了一句。

"为什么这样说呢？"秦芳没有被成康的夸张激起兴奋，只是像在解答一个数学题一样，希望知道成康说这句话的原因。

"这两个专业差距很大，你能够做得那么好。"成康说。

"好吗？"秦芳笑了笑，

"你怎么知道我做得好或者不好？"

"比如说，你非常守时，工作还很主动，还有……"成康停顿了一下。

"还有什么？"秦芳对这句话很感兴趣。

"仪态大方，公事公办。"成康一下吐出了后面一句自己想说的话。

"公事公办有什么不好吗？"秦芳显得有些好奇，成康居然有这样的评价。

"公事公办很好哇，针对不同的人，公事公办是最好的，是职业素养。"成康笑着说。

"这样才能够不偏颇，对每个员工都公平。"秦芳很认真地说。

"对的。"成康说，"我也有点台湾口音了。"

"笑我吧，"秦芳说，"耳濡目染，就成了这个样子。"

成康交叉着手指头想了想说："你有什么爱好没有？"

"有哇，我喜欢剪纸。"秦芳说时脸上现出些快乐得意。

"什么？你喜欢剪子？"成康感到纳闷。

"不是剪刀，是用剪刀剪的画或者字。"秦芳看出成康是个门外汉，仔细给成康讲解。

"我知道了，就是陕北、河北的民间艺术。我知道了。"成康点点头，笑得很开心，好像是跟老外交流似的。

"不只是河北、陕北有剪纸，中国很多地方有，分为几个风格。"秦芳说。

两人边吃边聊，大约有一个钟头，秦芳看了看表，成康知道跟这么工整的女士一定按社交礼仪判断绝对没错，在她的右手无名指上有一个硕大的钻石戒指，一定是大号的结婚钻戒。

秦芳是很好理解的。成康心里想，然后关心地问道："时间不早了，你还有事吧？"

"非常抱歉，我该回去了，家里还有朋友。今天就谢谢你了。以后有什么事情就打电话。"秦芳说。

成康起身结了账，秦芳非常礼貌地站在座位旁等成康，结完账，两人出来，成康说要送秦芳，秦芳非常客气地说："你回家的地方刚好路过公主坟，你就把我带到那里就行了。"

成康打了一辆车，秦芳说："你坐前面，我坐后面，这样我下来方便，也少耽误你赶路。"

成康笑了笑。

车很快到了公主坟，秦芳说："我就到这里了，你放下我就行。"

"还要走多久，这么晚不安全吧，我送你到楼下。"成康执意要送。

"真的不用，只需走3分钟，就在这个楼后。"秦芳执意要下车。

成康见只能如此，就让车停下，秦芳下车后，非常诚恳地说："谢谢你，赶紧回去吧。"说完转身，留下晚风绰约的背影。

成康看着她的背影，心里很不是滋味。出租车司机问成康去哪里，成康说等我打个电话。成康拨通了我的电话，第一句话就说："萎靡，我真的非常萎靡了，赶紧出来救我吧。"

"怎么，又初恋了一次？"我正在看电视，心不在焉地说。

"赶紧出来，民谣酒吧。"成康显得有些脆弱。

"好吧。你先去，我马上就到。"我说。

成康挂了手机对出租车司机说："民谣酒吧。"然后头往后靠，躺在后座上闭目哀叹。

民谣酒吧是一家专唱齐秦歌的酒吧，歌手张棋，眉目清秀，一头极好的披肩发，一如齐秦，嗓音乱似齐秦。我们多次去，已经和张棋成为好朋友了，可以随便点歌，大声喊张棋再来一首。

我去的时候成康已经喝完三扎嘉士伯啤酒，旁边还有肖哲。

"你小子怎么也来了？"我拍了肖哲的脑袋。

"我比成康还来得早。"肖哲说。

"怎么，你也又初恋了？"我笑着说。

"心烦，出来听听音乐。"肖哲说。

肖哲给我叫了一扎啤酒。成康在一旁无话可说了，好像一切已经过去。

"成康，什么情况，给我汇报汇报。"我喝了口酒问。

"算我自作多情。人家从开始到最后都非常成功，完全公事公办。"成康说。

"那你认为要人家主动给你献媚？已婚女人的魅力就在于道是有情却无情，道是有趣却无趣。"我说。

"你打倒一片。"肖哲说，"问题关键不在已婚未婚，而是是否臭味相投。"

"不跟你们说了，仅剩的那点勇气在抽一根烟的工夫给人家说没了，仅剩的那点感觉被你们这帮俗人给损没了。"成康抽口烟，转过头去望了一眼正在台上唱校园民谣的女孩。

"你说台湾人有什么好的？10个台湾男人9个就在岛上有老婆，这边有情人。咱北京女孩也太不自爱了。"肖哲说。

"话可不能这么说，台湾男人会哄女孩，这一点我们可比不上。看了《昨夜星辰》没有，台湾男人再道德败坏也能够来点浪漫，比如一定要送什么牌子的香水，什么牌子的冰淇淋。女人不怕男人道德败坏，就怕男人不够浪漫。"我在旁边说。

"什么呀，你们尽胡说，什么台湾男人北京男人，全是中国人，我看就差不多。人家嫁给台湾男人是人家有魅力。台湾男人的孔孟之道、儒家文化好，能够随时用古文对话，这在北京女孩这里成了学问。北京女孩真洋鬼子、嬉皮士什么都不吝，怕的就是儒家文化，人家一看还觉得那真是过日子的文化，嬉皮士是干什么的，就是在大街上滋事的文化。"成康说。

"那为什么高档的歌厅酒吧被台湾、香港的男人占据了？"肖哲说，"说白了，一个字：钱。听说了吗？上海去年涉外婚姻是2800多起，难怪上次去上海没见到漂亮女孩。"

"国要富，民要强，要不连自己的女孩都女大不中留了。"我说。

"你的爱国动机不纯。"成康说。

"玩儿扑克吧。"肖哲说着，向酒吧侍者要了一副扑克。

"张棋，来一首《爱要怎么说出口》。"成康回头给歌手张棋点歌。

我们开始打扑克，张棋开始唱歌，各司其职："叫我怎么能不难过，你劝我灭了心中的火，你让我怎么说，怎么说都是错……"

# 二十七 年轻有罪

　　黄耀出差时喜欢带着成康，成康认为主要原因是自己还没有成家。自己部门有几个同事都已经结婚，还有新婚燕尔之辈，特能出差当然成为自己的特长。

　　黄耀带成康出差的另一个原因是成康特能喝酒。每逢跟客户谈判之时，往往第一顿酒要喝得天旋地转，成康和黄耀都有任务。喝酒是有级别的，谈判对方来的一般是行政的一把手和技术的一把手，黄耀就对付行政一把手，成康对付技术一把手。大家以喝好不喝倒为目的，初次见面，以酒会友，多谈出老乡关系、同学关系、同学的同学关系，最无关系还能谈出同一专业，或者曾经去某某的故乡一游。大家都喜欢谈共同的爱好和兴趣，谈彼此相似的地方，这是为最后的达成共识做准备。

　　成康的特色是喝酒直率，在长江以南地区很能够占据喝酒主动权。但是到了长江以北他就不行了，北方人比他更加直率，上来就直接用碗。

　　第一顿酒喝完，对方的行政一把手就撤退了，技术一把手全权代行一把手角色，其实还是行政一把手在拍板，这个窍门成康已经摸出来了。

　　第一顿酒对方请客和成康请客都有。如果签单成功，成康这边就得好好请一顿客，客户往往会选本地最豪华的大酒店，吃不了多少也得全面浪费一把。

　　长期与黄耀并肩作战，使成康具备更多额度的请客吃饭金，我们几个人聚在一起，他就埋单。我们夸他好不容易成为我们中间第一个混出吃喝嫖赌都能够报销的人。

　　系统集成业务竞争非常激烈，第三季度梦想集成的业务几乎没有拿到什么大单，黄耀专门开了部门全体会议。

　　"今年的业绩主要靠第三季度拿单子，第四季度每个公司开始财务总结，在支出上有很大的控制。所以我想将我们的销售队伍分成几个更小的团队，加强单兵作战的能力。我想主要分成这样几个组：电力客户组、电信客户组、教育客户组、银行客户组、制造业客户组、零售业客户组。另外我将直接领导一个大客户组，下面宣布大客户组成员名单：马明、李小山、黄奎、成康。"

　　黄耀念完名单，看了看在座各位，眼神在成康脸上停留了5秒钟。然后说："大家看还有什么看法？我洗耳恭听。"

　　"黄总，我们在各省的区域市场上有很多分公司力量，在售后服务上能否利用他们的力量？"

　　"好！"黄耀用笔记本电脑记录着别人的发言。

　　"如果要开拓零售业市场，我们在这个领域的底子太薄。能否参加第三季度的全国零售商论坛会议，扩大我们在零售业解决方案方面的影响？"

"好建议，我会考虑这个做法。"黄耀表情严肃，手指飞快地在电脑上跳动。各方面的负责人都谈了自己的一些想法。

成康会后回到了自己的座位上，心里感到高兴，因为黄耀将其拉入了大客户组，这是一个重要的团队，对锻炼自己非常重要。刚在座位上遐思，电话铃响了，是黄耀的电话："成康，来我办公室一下。"成康去了黄耀的办公室，黄耀在电脑上不断地点击着什么，神情专注，没有抬头看成康进来。成康进去后坐在黄耀办公桌对面的椅子上。

"黄总！"成康叫了一声。

"成康，你稍等一下。今天我还要交一个报告上去，太忙。"黄耀还是在专注地敲电脑键盘。成康翻着黄耀桌面上搁着的报纸。

"啊，成康，建大客户组有什么想法？"黄耀忙完了将转椅往后推，眼睛带笑看着成康。

"我早有想法建大客户组，现在对待大客户销售的方式也不一样了，专门的销售队伍的竞争力会强，"成康很认真地说。

"我正是这样想的。成康，马上就有一个大客户了，是一家超大型楼宇的自动化信息工程，但是你知道，我们以前在这方面的客户经验少。你能否先给做一个方案，两天后给我，在这里有客户的资料。"黄耀从抽屉翻出一个资料夹给成康。

"没问题。"成康接过资料。

"那好，我们分头去做，我还要和客户接触几次，多了解他们的需求。"黄耀起身。成康站起来说："好吧，我现在就去了。"

成康两天两夜没合眼，赶出了一个107页的项目策划书交给了黄耀。三天后黄耀打给成康一个电话，语气比较高昂："成康，项目策划书我看了，不错，现在这些都不是问题，今天晚上去会会客户，少不了喝酒，要有思想准备。"

成康笑了笑说："没问题，摆平他们。"

初秋的夜晚，成康穿了皮夹克，里面穿了一件黑色T恤，脚上是旅游鞋，一切显得很轻松。和客户喝这种非正式的酒，穿着可以比较随便。

黄耀仍是西装革履，其他还有两位是大个子马明和瘦高个李小山。黄耀亲自开奥迪车，目的地是一个大家都不太熟悉的饭店。成康等人费了很大的劲，在偌大的北京穿堂走巷，最后在二环内的一个非常偏僻的胡同找到这家酒店。酒店是客户方选的。

酒店外观是一个大四合院，进到里面，才知道里面繁荣昌盛。庭院里靠边停放了好几辆奔驰560，中间的空地摆着一个巨大的石碾，几颗歪歪斜斜的柿子树上挂着青涩的柿子。整个大院的装潢是东北风格，有门楼的地方全部贴着"一片忠心献给党"、"一腔热血为人民"、"为人民服务"等类似六七十年代的对联。

每个吃饭的房间都是方楞窗棂，纸糊窗，大炕桌。吃饭的屋子分里外两间，里面一间是吃饭厅，墙上贴满了各种文革时期的对联和年画。在大炕的正中央挂着一副中堂，画上是几大元帅和毛主席在一起亲切交谈，中堂前摆着一个神龛，上面放满了各种农作物的塑料模型。室内家具都是木制雕花家具。房间的地面是泥地，坑坑洼洼保持了农家风格。外间是一个饮茶间，面积不大，一张矮腿雕花桌子旁摆着两张矮腿椅子，桌上茶具一应俱全。迎面靠墙有一个关公塑像，红脸怒目，手持青龙偃月刀。关公前面还有一个香炉。负责茶饭招待的小姐都站在外屋，客人在里屋喝酒。

成康等人进得院里，找了一间名叫"五谷丰登"的房间进去。黄耀说这是对方客户指定的房间。

天色已黑，四个人已经喝了两壶水，客户还没来，成康起身去一趟厕所，发现一轮弯月已经高挂柿树枝头，散发出清冷的光。成康不禁想起鲁迅写的一篇文章：在我家门前有两棵树，左边是一棵枣树，右边还是一棵枣树。成康暗自发笑，拍了一下柿树干说道：very good，枣树。生长在南方的成康分不清柿树和枣树。

在厕所门口成康才发现这里的厕所门都是由小姐看守，而且每个小姐都身材匀称，身穿旗袍，旗袍的样式也很独特，上身像东北兜兜，很暴露。

成康出来到院中看见奔驰560，心中暗叹：一个高级的腐败场所。按照成康请客的规矩，一般不会轻易到自己不熟悉的饭店去。但是客户指定的地方请客没得说了，以客户为中心。

大约8点钟，一辆捷豹汽车进了院，里面出来三个人，一个是胖司机，一位是非常年轻干练的小伙子，一位是满面祥和的50多岁圆脸人，大家称他陈总，他就是今天成康要请的客人，某栋大楼的智能化建设负责人。

"陈总好，陈总好！"黄耀带领成康等人在院里迎接陈总，黄耀紧紧握着陈总的双手，脸上洋溢着无比高兴和尊敬的神情。

"该打，该打，我迟到了！"陈总哈哈笑着，不忘承认自己的错误。黄耀在陈总右侧一只手扶着陈总胳膊肘部，另一只手在前面伸着说："请，请，陈总。"

陈总客气着往"五谷丰登"里面走。大家进到里间，陈总说："我喜欢这里的摆设，我老了，有些怀旧，都是当年的气氛。"

"这里非常有文化氛围，我们虽然在文革年代还小，不懂事，但是今天见到这个装潢布局，也感觉到陈总当年那辈人做事的精神。"黄耀说。

说着大家都在里面了。"入乡随俗，陈总您坐在这边吧，那大家就脱鞋上床吧！"黄耀指着炕说。

"不是上床是上炕！"陈总哈哈笑着说，"这个东西我们熟悉，当年在东北插队，让人感到温暖的地方恐怕只有这个大炕了。"陈总脱了鞋坐在靠近门口的位置上。黄耀紧挨陈总坐着。成康等人也纷纷上炕。

这时候陈总扫了一下黄耀带来的人说："你们都年轻有为啊！"

"年轻有罪，年轻有罪！"黄耀笑着说。

"何罪之有，何罪之有！"陈总也笑着说。

成康给服务员吩咐，很快服务小姐就上满了一桌子具有浓厚东北风格的酒食。黄耀问陈总是来XO还是红酒，陈总说："老脾气，还是喝白酒有劲。"

黄耀点了4瓶贵州茅台往桌上一搁，让小姐开了瓶子，倒在一个八钱大小的杯子里，陈总说："还是按东北的规矩，咱们换碗。"俩人换上了碗。

陈总环视了一下说："不要只是我们俩喝，大家每人都换。"于是大家都换成了大碗。

黄耀双手举起碗说："陈总，百忙之中能够和您对饮，真是人生一大快事。"

"大方了，大方了，陈某虽然忙，能够酒逢知己还是不会放过的。"

"来陈总，我先敬您一杯，您随意。"黄耀说完，将半碗足有三两的茅台酒给喝进去了。

"小黄，我就大你10来岁，你别太客气，慢慢喝嘛，月亮还高着。来，大家都来嘛。"陈总说着举碗邀大家。

每人喝了一半，陈总开始说："当年在北大荒，冬天那个冷，不喝酒不行。东北有一种大鸟，叫飞龙，一只就1斤来重，那鸟金贵着，将毛拔了，内脏掏了，用大铁桶，煮一大桶肉汤，从来没那么香的肉，那么鲜的汤，真是人间美味，现在要不就是舌头吃出茧了，怎么吃什么都没有味，没有味还是喜欢吃，这就看酒了，看喝酒的人了。"陈总半眯着眼，抬头看墙上的文革风格的年画，脸上油光闪烁，仿佛是在回味当年的生活。

"是呀，陈总真是吃中真人，对吃喝有这么深的研究。像我们这些做电脑的，除了懂电脑什么都不懂。"黄耀举杯说。

"话不能这么说，电脑是时代趋势，社会进步嘛，我们这些人虽然岁数不大，但是对电脑一窍不通，感到自己落伍了。但是建筑是百年大计，我们不在了，高楼大厦还在，我们不懂电脑，高楼大厦应该有电脑。我们这次开发的这栋楼的目标是达到

5A智能，所以在电脑方面必须找你们这些电脑专家。我们不懂，你们懂，你们要对我们负责呀，哈哈哈！"陈总谈着就转入正题。

"陈总，您看了我给您的项目书了吧，您认为如何？"黄耀一边给陈总斟酒一边说。

"我看了，看了也是白看，谁看得懂？那就看实力吧。"陈总微醉表情，实际上看不出他有任何醉意，只是喝酒的习惯表情而已。

这时一群小姐进来了，每个小姐都穿着东北兜兜，露出非常撩人的肌肤，比歌厅里还要火爆。"请问先生们要不要小姐们陪陪？"其中一个年纪显得较大，满脸笑容妩媚的小姐头对屋里人说。

黄耀对一群人看了看说："有没有好的？"

"大哥，今天留的这几个全是最好的了，包您满意？"领头小姐上来扶着黄耀的肩说。

"今天是贵客，你再去带两个来我看看，钱少不了你的。"黄耀对媚眼小姐说。

没一会儿，领头小姐带了几个身材火辣，双眼带钩的小姐。黄耀说："你们留下吧。"

几个小姐一听满意，个个乐得眉开眼笑，上来就往炕上跑，这对她们来说也是轻车熟路，没什么好顾忌的，只是昨天或前天一幕的重演罢了。她们也很会看事，两个极其活泼妖冶的小姐陪伴在陈总左右并将胳膊搭在陈总肩上。

陈总不改喝酒时的微笑，非常自然，没有任何不适，仿佛旁边搂抱他的不是美女，而是自己家的小孙女一样和谐自然。

其他几个人也是该喝酒喝酒，该吃菜吃菜，成康却觉得非常不适应，坐在那里既不吃喝也不说话了。

小姐们非常聪明，一个个跟客人黏黏糊糊，勾肩搭背，主动给自己服侍的人倒酒。黄耀为了将娱乐带入更深的领域，给自己身边的小姐说："光敬酒没什么意思，给大家讲讲故事吧！"黄耀旁边的小姐就偷偷乐似的，自己在一旁笑个不止了，黄耀说："你瞎乐什么呀，别吊大家胃口了，快讲一个吧。"

小姐就说："好，那我开始了，我怕你们受不了喔。"

"瘦不了就胖，不就是讲讲故事，又不是做运动。"黄耀说完，旁边的小姐哄笑不止。黄耀身边的小姐就将手抱着黄耀的腰说："你真黄！"

成康在内的人都笑起来，陈总也开玩笑说："他就姓黄。"大家笑得更开心了。等笑完，小姐说："我讲了。你必须先喝一口。"小姐将黄耀的酒杯端起，捏起黄耀的鼻子要灌，黄耀说："饶了我，我自己来。"

"还没开始就叫饶。"小姐说,其他小姐和陈总等人都爆笑。黄耀抿了一口,小姐说:"这也叫喝?你没有诚意,那我也不讲了。"

黄耀看了一眼陈总说:"舍命陪美人。"说完仰脖子将酒喝了。小姐也开始讲故事了:

"在尼姑庵有个老师太,一天她心事重重,服侍她的小尼姑说,师傅,您今天怎么了,老是唉声叹气?师太说:我今天身体不太好,怕是有病。小尼姑说:师傅有什么病?师太说:我怕我是怀孕了!小尼姑更加纳闷,说,师傅怎么会怀孕呢?师太说,这样吧,今天你下山去,带我的尿样去化验化验,好让师傅踏实了。小尼姑就带着师傅的尿样下山了。到太阳快落山的时候,小尼姑回来了,带着化验结果。师太迫不及待地拿过化验单来看。小尼姑说,师傅,医生说您没事。老师太长叹了一声说:不是师傅疑心重,这年月,连萝卜都不能相信了。"

小姐讲完,整个房间爆发出哄笑。大家都拍手称好。这时候小姐又要灌黄耀,黄耀说:"拿个杯子来,我们一起喝一点。"

小姐说:"我不喝这个酒。白酒是男人喝的。"

"那你要喝什么酒?"黄耀问。

"威士忌。"小姐撅着嘴在黄耀面前撒娇,发声中带着颤音。

"那就喝吧。"

"我也要喝。"结果其他几位小姐也要喝。

"那就一起来吧。"黄耀说。

服务小姐端来几瓶很小包装的威士忌。小姐们非常熟练地将酒倒在浅浅的方口玻璃杯里,只盖了酒杯底浅浅一层。

"来,喝酒。"讲故事的小姐举起杯子往陈总面前一凑说:"干杯!"

其他小姐都举起杯子,陈总举起茅台酒说:"来,干杯干杯。"大家第一次全体起立,干了一杯。干完,场面气氛平静下来,又进入正题。

"陈总,我们梦想的实力你是比较清楚的,但是我还是想在这里重复一下。"黄耀说完对成康说:"成康,给陈总介绍一下我们在楼宇建设方面的解决方案。"

"人还是有个局限,你看我这么大年纪,对这个歌厅舞厅卡拉OK这些新事物刚开始不接受,慢慢还真习惯了,现在,啊,哈哈,就深陷其中,"陈总用手指着周围的小姐笑得眼睛只剩一条缝,"可是这解决方案这个词,还仅仅是个词,就怎么听怎么觉得别扭,人还是老了,引用老人家的话,就是时间是你们的,也是我们的,归根结底还是你们的。哈哈,哪儿说哪儿了,喝酒喝酒。"陈总笑着举起杯。

黄耀有些干涩地笑着举起杯说:"仅是个说法,说法,跟汉语和英语一样,同一个意思不同说法。"

酒喝完，成康冲陈总点了下头，笑脸对陈总说："梦想集成在1996年就开始进入楼宇智能化的建设。以前是和美国公司合作进行这方面的项目开发，积累了很多年的实际经验……"

成康一溜溜说出很多，陈总不断点头，看着桌面，似乎在边听边想。谈正事的时候，小姐们就不言语了，她们在一旁自斟自饮。

# 二十八 午夜惊魂

　　大约到凌晨1点钟，谈判有了共识，陈总认为一定要好好考虑梦想集成的方案。"我可以保证，如果我们用中国的智能大楼方案，一定要用梦想公司的。"陈总最后拍了胸脯说。

　　"好，非常愉快，今天是个愉快的节日，给我的感觉很爽。"黄耀说着站起来敬最后的酒。

　　陈总哈哈笑着说："直爽，直爽。"

　　小姐们也都站起来，在炕上，她们头要顶着房梁，有点头悬梁的感觉，气氛非常特殊。喝完酒，黄耀招手成康，意思是结账。

　　成康出到外屋对服务小姐说结账。小姐双手像端圣旨一样端上账单，成康一看是2200元，掏出卡来说："你们这里能刷卡吗？"

　　小姐接卡看了一眼说："对不起，先生，我们这里不能刷这个卡。"

　　"那你们这里能够刷什么卡？"

　　"对不起，我们这里不能刷卡。"小姐纠正了刚才的语义不准。

　　成康从兜里掏出钱来数了数，3500元，给小姐2200元。小姐接过钱数了数，说："对不起，先生，你这是2200元，还差2万元。"

　　"什么？"成康的嘴张得跟狮子似的看着小姐，"你有没有搞错？"

　　"没有的，我拿单子给你看。"小姐不紧不慢，又将账单呈给成康。成康接过来看了看，原来小姐们喝的威士忌每一小瓶是1200元，总共是14瓶。成康一下子感到事情非同一般了，他进到屋里在黄耀耳边说了一句。黄耀起身对陈总微笑说："不好意思，我出去一下。"

　　黄耀来到外厅查看了账单说："你们可是狮子张大口，我们可是常来的，玩儿这一套可不灵。"

　　"先生，我们酒单就是这样写的，不信你看一看。"小姐捧着一个硬皮酒单给黄耀。黄耀一挥手说："不用看，叫你们经理来。"

　　小姐去了，成康说："今天我们遇到麻烦了。"

　　黄耀说："没门儿，把我们当外地人了。"

　　不一会儿，一个身材魁梧，表情和蔼的男人手里拿着步话机过来了。小姐说："先生，这是我们的王经理。"

　　"您好，有什么不周到的？"王经理伸出手来和黄耀握手，王经理的手非常用力，几乎将黄耀的手握疼了。

"今天这个酒钱有点太离谱了吧？"黄耀说。

"哪个？"王经理接过酒单来看。黄耀说："那威士忌是金子做的也不会是1200一瓶吧？"

"喔，这个，还真是，我们酒都是进口的，都是这个价，这可没有瞎说。"王经理赔着笑脸说。

"在'天上人间'也没有这个价。你拿我们当老外了。"黄耀非常生气，嗓门拿高了。

"您这样说就生分了，您看，这样好不好，我给您一个优惠价，总价是22000元，您只给20000元吧。"王经理用眼睛看着黄耀，王经理是个笑面虎。

"那跟没优惠有什么区别？"黄耀说。

"20000元，这是9折的优惠。在我们这里已经是例外了。"王经理说。

"半折，这是我能够接受的最低限度，1万块。"黄耀说。

"不行，那我们生意没法做了。"王经理说着转过身去。

"你这是敲诈客户，我在派出所有人，你们也得慎重考虑一下。"黄耀非常生硬地说。

"这样说就伤和气，那好，我等你叫人来。怕这个我不会开酒店。"王经理脸色变得严肃起来，而且有些咄咄逼人。

"我也不想大家闹得不高兴，我给你们8折，18000，再也不能少了。"王经理说完看着黄耀。黄耀想了想，让成康到里屋去。成康进去和每个人合计了一下，总共加起来，所有梦想集成人带来的钱只有8000元，只是一个零头。成康将黄耀叫到里屋商量："黄总，总共只有8000元。你看怎么办？他们也太黑了，要不要报警。"

"千万不能报警，这不是什么光彩事，而且弄不好把客户丢了。今天不要轻举妄动，能够不动声色私了就私了。"黄耀小声说。

"可是我们在这里也没干什么不光彩的事，只是请小姐陪着喝了点酒。"成康说。

"这里不要你动脑筋，人家怎么会认为你只是请小姐陪酒？"黄耀声音低沉但是充满不快。

说完，黄耀进屋去对着桌上的陈总说："陈总，不好意思，你们继续喝吧。"然后对成康说："你要稳住陈总，继续喝酒，不要冷场，保护好今天的谈判成果，我再出去和王经理商量商量，看8000能不能够搞定？"

黄耀去找王经理说："我们只带了8000，你看能不能够就这么结了，对大家都有好处。"王经理脸上阴沉着说："成本价都收不回，你们想想办法吧！"

"都是生意人，你蒙不了我，这点酒水能值1000元了不起了。"黄耀说。

"请你说话注意点，谁在蒙人？"王经理大声嚷道。

"你不要态度这么恶劣好不好！"黄耀也嚷道，"我什么没见过？"

"那好，我让你丫见识见识。"王经理终于露出粗野，转身出去了。王经理这么一嚷，屋里的小姐就一个个快速逃出去了，陈总等人在屋里先是一愣，然后起身下了炕，往外屋看。

黄耀进得屋里，对陈总说："陈总，我们遇到一点小误会，要不你们先走？"

"不行，不行，我们一起走。"陈总说，"我认识他们经理，他们不可能这样。我去找他们经理去。"陈总出去，刚走到房间门口，就退了回来，两个彪形大汉往门口一堵说："都坐下，谁也不能走。"

"我认识你们张经理，叫你们张经理来。"陈总说。

"我们这里只有王经理，没有张经理。"没人理陈总的话，因为张经理已经换成王经理了。

两个大汉走进屋里，很快又进来几个，这些人就将整个屋子围满了。"都上炕去，识相点，要不打掉了牙后果自负。"其中一个大汉说。

黄耀、成康、陈总等人都慢腾腾爬上炕坐下来。黄耀非常抱歉地望着陈总说："非常抱歉，遇到这档子事。我们这样吧，来凑一凑，算我借您的，陈总，今天这事了了，明天我就还钱给你。"

陈总勉强笑了笑，没有说什么，大家开始翻兜。每个人将口袋里的钱翻出来，陈总等人今天不请客，所以也没有带什么钱，总共才凑了1000多元，最后钱也不过1万。黄耀对领头的彪形大汉说："就1万，也不少了，可以了吧。"

"你丫欠揍。统统站起来。"彪形大汉的领头挥了一个要搣黄耀的手势。几个彪形大汉就上来搜每人的口袋。结果可想而知，谁的口袋里也没有钱。

这时候成康说："要不这样，我出去拿钱，待会儿钱清人走。"

"你坐下！"大汉推了一下成康。大家都默默坐下，几个彪形大汉既不放他们走，也不降低价钱，只是逼着他们拿钱出来。

"我们是真没有钱，有钱我们还不给你们？"黄耀说。

"没钱你们来穷快活什么？想讨打？"大汉将黄耀的话给憋了回去。成康举起手来说："我想去一趟厕所？"

"你丫老老实实呆着，动心眼小心我揍你丫。"另一个大汉说。

"我真是要去厕所，要不我就在这里面拉了。"成康说。

"你敢！"一个大个说。

"你们也太不人道了吧，上个厕所也不行。"成康继续说。

"我揍你！"一个大汉将成康拖起来说，"去吧。"

成康出门，那个大汉也跟着。看厕所的小姐没有了，成康进去拉了一泡长长的尿，出来时看见大汉守在门口，转眼望去，发现酒店门口还站着几个彪形大汉，整个院子被他们牢牢看死。而且在其他几个房间，也有类似的争执，看样子今天不只成康他们挨宰。

进了屋，大家都还在僵持。黄耀说："没钱，你总得给我们一个解决方案吧。"

"给我说人话，什么解决方案，今天如果没钱，每个人留一个指头在这。"大汉领头从兜里掏出一把水果刀在手里颠来翻去。屋里气氛异常紧张，大家都不说话。

成康举手，大汉说："你丫真多事，又要去厕所？看我先揍你。"大汉推了成康一把。成康脸憋得通红，慢慢腾腾地说："在我家里还真有1万多块钱，而且我家离这不远，要不你们将他们扣在这里，派我去取钱。"

"少给我玩儿花样！"

"这不是花样，我想跑也跑不了，这么多人还在这里扣着。"成康说。

"我听你丫一回，量你小子也没这个胆跑。"其中一个大汉说："你们俩一起去取钱。"然后指着成康和陈总带来的一个人。

成康说："他不是我们的人，他和我一起去吧。"成康指着马明。

领头大汉说："谁是你们这边的人，都站起来。"

黄耀、成康、李小山、马明站了起来。

"你跟他一起去。"领头大汉凶巴巴地指着李小山说。

李小山酒量不好，喝得差不多了，晃晃悠悠站起来，往外走。成康走在前面，李小山跟在后面，两人来到院子里。他们将成康和李小山分别放在两辆捷达轿车里，每一辆捷达里除司机外坐四个人，前面座位坐一个打手，后面两个打手将成康夹在中间。

车很快就出了院来到大街上。成康无法和李小山沟通，自己也喝得微醉，在车上故意有点夸张地做呕吐状，但是也没有吐出来，两个打手远远地缩在一起，大声嚷道："你小子别在车上吐，我揍你丫。"

"要吐怎么能够挡得住，兄弟谁没喝醉过？"成康还小声地说着，"要不让我坐在门旁边！"

"你想得好，以为我们是傻×，告诉你，不要有任何想跑的念头，否则折你一条腿是现成的。"打手说。

不一会儿，车开到北京电视台旁边，成康晃晃脑袋说："好像是这。"

"到底是不是，看清楚，你丫连家在哪里都不知道？"一个打手说。

"喝高了，对不起。应该是这里。"成康说。

车就停在路旁边，前面的车也停下来，但是他们没出来。成康在三个打手的胁迫下出了车，垂着头在前面一晃三摇地走着，前面一个打手指着路边的楼一个个问是不是，成康勉强扬起头，摇着头说不是不是。

成康酒喝得不少，但是大脑非常清醒，手脚比较灵便，只是心中没有任何主意，因为他住的一间租来的一室一厅里根本没有1万元现金，自己清清楚楚记得买完一个电饭煲后，家里抽屉只放了1000多块钱。所以他觉得这个谎将自己逼上一条连自己都不知道如何收场的路，他心里害怕极了。

成康像发了鸡瘟的火鸡，垂着头将三个打手带着在一片小区溜达了一圈，最后实在是没有办法，成康只好假装醉醺醺地说："对不起大哥们，我认错了，这不是我住的小区。"

一个打手上来给成康一个大嘴巴说："喝多了是吧，让你丫清醒一点。"成康让这个突如其来的嘴巴抽得热泪盈眶，差点跌倒。

"上车，傻×。"一个打手嚷着让成康上车。"接着找，找不着你的脑袋就没有了。"一个打手敲了敲成康的脑袋。

"没错，肯定在这一带，就是记不住哪一栋了。"成康嗫嚅着，心中慢慢有了一个主意，模模糊糊，不知道可不可行。成康看了看表，已经是凌晨2点。

车带着成康继续在大街上转悠，成康又故意认错了一次，又挨了一个嘴巴，打手们对成康既生气又无奈，还是耐心地等成康找自己的房子。

成康在车上看见自己住的那个单元了，他心想能不能在自己家的楼道里碰到熟人，然后给他们暗号，让他们找人帮忙？这种可能性非常小，因为已经是凌晨2点，很少有人还在楼道里走动，但是也不完全排除这种可能。这是成康唯一的希望。成康指着前面一栋楼说："就是那一栋。"

"这回你看清楚了，要是再认错了，一口牙就不保了。"打手说着开了车门，成康在出车门的时候由于抬头太早，后脑勺在车门上撞得一声巨响。成康用手揉着生疼的后脑勺，慢慢腾腾地在前面走着。两个打手一左一右跟在成康后面，离成康大约1.5米。

大家都有些有气无力地走着，成康心里直打鼓，要是将打手带到自己家里，肯定是最愚蠢的做法，他的腿简直迈不动，在通往自己那栋楼的地方迟疑了一下，向另一个方向走去，心里想：这口牙恐怕不保了。

走了一会儿，前面就出现一个很窄的巷子，估计车能够单向在里面开，成康突然产生了灵感，身体往下一沉，拔腿在前面飞跑。成康像运动员一样的起跑速度让两个打手始料不及，他们两个在原地怔了5秒钟才反应过来，大声喊："这小子跑了！"然后开始追。

成康在巷道里像一只被猎人发现的狐狸，跑得非常之快，两个打手也跑得非常快，但是离成康有20米。成康在前面没命地跑着，迎面开进来一辆捷达，成康猛然明白过来，打手开车从前面堵上来了。

成康用双脚急刹住自己，回头看，两个打手也上来了。成康一看没有别的办法，死路前唯一的活路是翻院墙。他一个起跳，将双手抓在院墙顶端，然后用力一收胳膊，一只腿往上一撂，身体就斜着上了院墙。当初刚到梦想公司，成康在训练课上爬墙是出了名的，没想到在生死关头用上了。成康几乎是用5秒钟时间完成了一个漂亮的翻院墙动作，嘭一声落入院墙中，然后继续跑。

院墙里是一个小区，成康跑过了离自己家最近的一栋楼，来到第二栋，没有进离自己家最近的一个门洞，而是进了第二个门洞。两个打手很快也翻进了院墙，他们围着小区楼栋的环形路跑了一圈，在成康爬进来的地方汇合，然后开始思考起来。

成康在第二个门洞里沿着楼梯爬到了第二层，然后发现楼梯里有一个窗户，成康翻过窗户，在窗户外沿的一个可以站住人的地方站着，开始听见自己的心跳剧烈无比。喘了几口气，成康才从屁股口袋里掏出手机，给我打电话。

那天我刚好出差在外，成康拨我电话时因为活动噪音太大没有听见。成康又打肖哲电话，在睡梦中肖哲接到成康的电话，首先骂一句："神经有问题。"

成康喘息未停地说："我被黑社会追杀。"

"做梦梦见了？你小子发高烧了？"肖哲躺在床上慢腾腾地说。

"是真的，需要你帮忙。"成康一急咳嗽起来。肖哲一下子从床上坐起来说："你在哪里？"

"我也不知道？"

"大致方位？"

"北京电视台附近。"

"哪个方向？"

"……"成康听见有人沿楼梯上来，估计是听见咳嗽声了，马上将手机关掉，紧紧贴在墙上，屏声静气。

"咚、咚、咚，"脚步声越来越近，听出来是两个人。打手们也非常聪明，他们没有在第一栋楼里找，而是在第二栋，也没有进第一个门洞，而是进的第二个。他们沿着楼梯慢慢往上爬。

楼总共有5层，两个打手爬到第三层时停顿了一下，成康在第二层能够感觉到他们也发现了楼梯里开着的窗户。

成康紧张得腿肚子开始抽搐，心跳剧烈。时间完全停止。只要打手发现成康，成康就决定从窗户沿往下跳，这是他选第二层的原因。

打手的脚步声慢慢模糊，他们估计爬到了顶层。成康一动不动，他怕打手们只是静静地守在楼梯里。过了几分钟，一直没有动静，成康浑身湿透了，但是仍旧一动不动像壁虎一样爬在墙壁上。打手们终于从上面下来，开始慢慢地往下走，一路上还骂骂咧咧："抓住这小子，非将他打死不可。""这小子真他妈机灵，敢情一直在装孙子，让我们掉以轻心。"

两个打手慢慢悠悠下去。成康估计他们走远了，才敢换了一下站姿，浑身已经没有多少力气。又过了一会儿，成康从窗户爬进楼梯道里，坐在楼道坎上，深呼吸了几次，让自己安静下来，然后又掏出手机给肖哲打电话。手机刚开，肖哲的电话就进来了。

"你怎么关了机，我一直在给你打电话。"

"回头再给你说。"成康显得有气无力。

"你现在在哪里？"肖哲问。

"我也不知道。"成康说。

"我现在和警察在一起，但是不知道你在哪个地方，所以只好原地待命。"

"我估计在魏公村一带，我现在就出去看，你们可以往这边赶。我随时给你们打电话。"成康说完挂了机，从楼梯下来，在昏昏的月光下出了小院。

为了防止被打手觉察，成康还将皮夹克脱了反过来穿，露出花格里衬。小区的门是向小巷相反的街区开着的。成康谨慎地沿小区外的马路走着，发现前面有一辆出租车，慢慢往那边走，没走几步，直觉告诉成康，那辆车有问题，他连忙转身往回走。

出租车启动引擎，呼啸着追上来，打手们在车里喊："看你往哪儿跑。"

成康再怎么跑也跑不过出租车，很快车就超过成康，一个紧急刹车，成康猛一转身，开始往回跑。出租车在不算宽阔的马路上转起弯来非常困难，成康将车落在身后，继续往前跑。没一会儿，出租车又跟上来了，紧紧咬住成康，车里的打手喊："轧死他，轧死他。"

成康在路上以蛇形奋力跑着，发现前面不远有一条非常狭窄的路，成康故意跑过一点，猛回身跑到小街道里，在跑动的过程中成康感觉肺要爆炸了，但他最大的收获是能够准确地定位自己的位置，因为他看见了北京理工大学的牌子。成康拨通肖哲的电话说："肖哲，我在北京理工大学一带，你们马上过来。"

"好。你坚持10分钟，我们马上过去。"

出租车慢慢腾腾进了小街，成康已经转过了一个街，发现路边有一个岗亭，他上去猛敲门，但是没有任何反应，成康用脚踹了几下，里面也毫无声音，成康估计里面没有人住，但是他没有走开，转到岗亭后面，然后坐在地上，继续给肖哲打电话。

"肖哲，我在一个交通岗厅后面等你们。"

"什么交通岗亭？"

"还是在北京理工大学旁边。"

"随时联系，我们马上到。"

估计过了三分钟，出租车的影子在远处出现，凭直觉成康觉得就是打手乘的车。

成康开始紧张起来，是跑还是不跑？这时有隐隐约约的警报声，成康估计是警察来了，心里稍感踏实，但是仍异常紧张，他像夜游神一样紧密注视在街上找人的出租车。

出租车在北京有无数，打手们或许也考虑到了被人发现，换了出租车。很快，警察就从街的另一头出来了，成康从岗亭后站起来，拔腿就往警车跑去，出租车慢慢地转向另一个街道。成康跑过去，正好警车停下来，成康见警车里只有两个警察，对警察说："他们有很多人！"

警察说："你先上来。给我们讲一讲情况。"

"我们喝酒被人坑了，他们要我们2万，我们没有，我说我要回家取钱，就跑出来了。快，刚才过去那辆出租车里就有打手。"

"出租车那么多，你能够肯定里面是打手？"一个胖警察说。

"我敢保证，你们快追。"成康喘着气说。

警察开始分工行动。

很快又来了一辆警车，成康缓过神来说："不追他们了，他们现在在酒馆里还扣着我们的人，我们去那里救人吧！如果他们通了电话，人质要转移了。"成康说。

"没那么邪乎，他们几个小杂毛还敢绑架人！"警察说着拿出了步话机对后面的警察说："158，158，请跟紧前面那辆出租车。完毕。"警察说完回头跟成康说："带我们去酒馆。"

在成康的指引下，警察很快就到了饭馆旁边。成康一下车就对手无寸铁的两个警察说："他们有非常多的人，我们能够对付吗？"成康说着从路边抄起一根棍子。

胖警察说："这样的事我见多了，几个小杂毛还能翻起浪来。"一行5个人冲进院子，成康指着"五谷丰登"房间说："就这里面。"

"给我！"胖警察从成康手里接过木棍，一进门就喊："警察，都不许动，手放在头上。"然后飞快跑到里屋，见人就用木棍猛打，几个彪形大汉跟橡皮糖一样耷拉在地上，双手抱头一动不动。

　　警察用木棍几乎将他们每个人都敲了一下，嘴里骂个不止："你们无法无天了，看怎么收拾你们。"一阵乱揍，局势完全被两个警察控制。一会儿又来了一辆"依维柯"面包车改成的警车，警笛声大振，警察将打手和成康等人都装进车里拉走了。

　　在派出所，警察给成康、黄耀等人每个人都登了记，而且跟每个人都问了详细情况。黄耀和陈总两人脸上跟紫茄子一样，显然打手们打过他们。李小山和外面的打手都被抓住，打手们居然没有动李小山一根毫毛。

　　经过几个小时的折腾，天也亮了，黄耀和陈总每个人都灰头灰脑，大家匆匆道别，没有了昨天晚上的情绪。成康走出来的时候，经过关押那帮打手的地方，他们见到成康大声叫着："哥们，哥们，真服你，别忘了给哥们说句好话。"

　　成康头也不回，径直走了。在离开派出所时，黄耀对每个人说："今天的事就到此为止，你们回公司没有必要过多谈这件事，这是在销售过程中非常正常的一个意外。"

# 二十九　绝对隐私

黄耀回家后，有几天没有上班，成康倒是在这次"喝花酒"风波中毫发无伤，将自己短跑的功夫给练出来了。

这件事在梦想公司引起了小范围的关注，成康又成为大家注意的焦点，但是仅仅是笑料，谁也不可能将成康的这次行动看做英雄行为。

成康在办公室首先遇到的是秦芳。秦芳穿一套乳白色西服套装，里面一件藕荷色尖领衬衣。成康与她擦肩过而，相互点头微笑。成康在走过的一刹那，突然明白了工作的意义似的，他在心里告诫自己：在工作场所一定要谨慎行事，通过这次风波他似乎觉得人在企业里有时候是非常怕被人注意的。

黄耀脸上的瘀伤好了些才来上班，见到成康时表情比较僵硬。

成康尽量像什么都没有发生似的给黄耀打招呼，黄耀只是若无其事地点点头。

过了几天，销售部开了一次会议，黄耀在会上显得闷闷不乐。他说："前不久我们在销售上遇到麻烦，丢了一个很大的客户。这个客户可不可以不丢呢？我看还是可以，我们应该是一个销售的团队，但是这里面有人擅自做主，弄巧成拙，使客户对我们失去了信心。这件事具体的细节是什么并不重要，重要的是我们没有团结为一个团队工作，成康对这件事负有一定责任。"

"黄总，我……"成康听完霍一下站起来了，他觉得黄耀这种对待自己的方式完全出乎意料，简直是非常不公平。但是成康话到嘴边又回折了一下说："我保留我的意见。"为了照顾黄耀的面子，成康站起来简单说了一句就坐下来了。

会后，成康主动去找黄耀说理："黄总，我觉得这样评价不公平。"

黄耀拍了拍成康的肩说："别激动，按照梦想集成的规矩，丢了大单子要打板子。这次也是例行公事，必须处理一个人，你委屈一点，这事就在部门内部处理就完了。"黄耀用很坚定的眼神看着成康点点头，好像是说这事就这么办了。

"我不能接受这个处理。"成康还是尽量克制住自己的情绪。

"都是工作，你不要想得太极端，这不是针对你个人的事，你只是代大家受这个过，怎么样？"黄耀不屑地偏着头，摇晃着椅子说。

成康很倔强地说："凭什么我代大家受过？"说完，成康撞门出去了。

下班后，成康给秦芳打电话，心想这样的事找人力资源部或许能够得到解决。

秦芳没听出是成康："喂，梦想集成人力资源部秦芳，您是哪位？"

"成康。我找你有事，今天下班以后能聊一聊吗？"

"可以的。几点吧？"秦芳的语音显得比较缓慢，没有以前那么干练忙碌的气氛。

"6点。我去你办公室。"成康说。

"好的！"秦芳语气迟疑了一下说。

下班后，成康敲开了秦芳办公室的门。"成康，你来了，你稍等一下，我发一个传真，我们这样吧，到旁边的咖啡室，你到那里等我。"秦芳正在整理手头的打印文件。

"好！"成康退出去，到公司里供员工休息的咖啡屋里坐下，掏出烟来，猛吸了一口，埋头沉思。

不一会儿，秦芳敲门进来，手里拿着一个笔记本。"又让你等了，成康，好久在公司里没有见到你。"

"你注意我吗？"成康勉强笑着问了一句。

"我们做人力资源的对每个员工都注意的。"秦芳依旧很礼貌地说。

"对不起，我火气太旺。今天我有公事要跟你谈。"成康说。

"好的，你说吧。"秦芳摊开笔记本。

"我们做销售丢了一单，销售部将这个失败归到我头上，我气不打一处来，这样太不公平了。"成康呼吸急促起来，非常生气的样子。

"你慢慢说，怎么丢的单子？"秦芳说。

"我们请客户喝酒，结果遇到别人坑我们，闹得客户和我们不欢而散，这件事的最终解决我出了不少力，"成康说，"凭什么让我一个人来承担这个处分？"

"哦，这样的，你可不可以讲得清楚一点，你是怎么解决这件事的？"秦芳一边埋头记录，一边抬头问。

"我报了警。"成康说。

"哦，那你认为是怎么处理不公平呢？"秦芳说。

"这不是明摆着吗？我是解救他们的，这个单子没有签成并不是我成康一个人导致的。"成康用手指头在桌上一边敲一边说。

"好，你的问题我会和你的经理黄耀交流一下，你不要太生气，我们人力资源部一定会协助你处理这件事。你要精神饱满，继续努力工作。"秦芳说，"注意保持身体和情绪健康。"

"估计没什么用。"成康说道。

"不会的，我们人力资源部会努力的。我看你情绪不太好，这样吧，我今天请你吃顿饭。"秦芳说。

"不，不用，我请你。"成康说。

"一样的，我们人力资源部有部分费用是用来沟通的。"秦芳说道。

成康心里马上感到很难受，看样子秦芳请人吃饭也是工作的一部分。

两人在一家上海菜馆吃饭。

秦芳问："成康，到梦想公司快一年了，有什么感受？"

"以前没什么感受，主要是忙。今天这件事让我觉得憋屈。"成康说。

"我会认真协调这件事情的。对了，成康，你对人力资源部的工作有什么看法没有？"

"人力资源部显得有些让人难以亲近。"成康说。

"有吗？看样子我们的工作还需要改进。你认为是什么方面，举个例子。"秦芳说。

"例如今天这顿饭，你可以请我吃，但是没有必要说是工作饭，吃饭也有任务，特别是和你吃饭，就觉得很别扭。"成康说完又忙解释，"对不起，我今天心情槽透了，说话可能不对。"

"喔，我知道了，你说得还是很有道理，让我想一想。"秦芳好像在进入另一种情景，眼睛望着桌面想了想，点头又说："是的，你说得蛮有道理。"

"工作和生活要区别开来，我觉得你除了工作就是工作，最近看你气色不是很好。"成康说。

"是吗？我也感觉到了。我其实非常注意生活的，比如我在闲的时候就剪纸，我先生很喜欢剪纸。"秦芳说完神色黯淡了两秒，如果不是一直看着她，不会注意到她的这一变化。

"你先生做什么工作？"成康问。

"当然也是商业。不过最近他调回台湾总部了。"秦芳说。

"那你为什么没去？"成康问。

"他经常这样，几个月就会回来。"秦芳说，"成康，你带了烟没有？"

"这几天我正在戒烟。"成康说："你要抽烟？"

"有点乏，想抽支烟提提神。"秦芳说完跟饭馆的小姐要了一包圣罗兰香烟。

秦芳侧过脸点燃烟，然后吸了一口，看着成康说："工作挺累人，我真想歇一歇。"

"像你这样的条件应该没有衣食之忧吧？"成康说。

"不是，工作能够使自己充实一点。你知道，我以前上学的时候可不是这样，那时候挺喜欢玩儿，在学校绝对算一个活跃分子。"

"哪个学校？"

"东南大学。"

"和你先生怎么认识的？"

"他去我们学校招聘员工，结果是我没有被他们选中，但是他把我选中了。"

"你先生也是做人力资源的？"

"现在不是了。他现在做大中华区经理。他一直是搞管理的。"

"我看你气色很差，要保重哦。"成康关切地说。

"没关系，调理一下就好。"

两人聊了一个多小时，离开餐馆，成康打车送秦芳回去，秦芳在上次送她回家的地方下车，成康接着坐车，出租车在长安街上向东行驶，两边新起的大楼一个个威风凛凛，成康开始在心里捕捉一个熟悉的声音，但是无论如何也无法清晰起来。

成康拿出电话来，约我和肖哲出来喝酒。

"成康，干吗那么闷？"肖哲说。

我对成康说："对了，贾朝阳昨天给我发email了，他说他现在正在蒙大拿州骑马。这小子去美国几乎没怎么念过书。"

"哎，他有没有打算回国创业？"肖哲说，"现在网站非常有前景，美国那边已经火得一塌糊涂，很快这个余波就会到中国了，在某些方面美国只比我们早半年。美国电影大片和国内同步了。"

"贾朝阳现在还没有说个人前途，他看样子有点美国思维了，过了今天不想明天。"我说，"成康，有什么事吗？老不说话。"

"听你们说。"成康说。

"你肯定有事。"我说。

"不知道为什么，黄耀现在对我有点异样。"成康说。

"可以具体一点吗？"肖哲问。

"最近业务上丢了一单，黄耀处分我一个人。以前他遇到业务上的事总和我交流，听我的看法，经常还约我出来喝酒，现在他很少和我谈业务，而且有出差他基本上找另外一个小伙子。"成康说。

"你在业务中有什么闪失没有，你的脾气是不会拍马屁，任何时候你都别忘了尊重领导。有出风头的机会你退，有吃苦头的机会你上。"肖哲说

"这一点我有同感。成康，这方面有原因吗？"我附和着说。

"我本能上就是这样，不喜欢出风头，喜欢干活充实的感觉。"成康说。

"生活方面，比如女人，漂亮女人在旁边，你要先让给领导。黄耀也就比你大几岁。"肖哲笑着说。

"瞎扯什么呀？我成康在女人面前什么表现你们还不清楚！"成康两眼呆呆地说。

"哎，你在单位追的那个女孩跟黄耀有关系吗？"肖哲问道。

"应该没有。人家已经是有老公的人了。"成康说。

"说不好。你不是说这个女的她老公在台湾吗？现在更时兴经验丰富的捉对厮杀。"肖哲说。

"应该不会，凭直觉也不会。倒是有一件事不知道算不算？"

"说说看。"我说。

"有一次我和黄耀在杭州出差，他说他房间的电源插头有问题，就把手机拿到我房间充电。我们俩聊了一会，他就出去买口香糖去了，他不抽烟，喜欢吃口香糖。他刚出去没多久，有人打他手机，我没理，手机连响四遍，我看是有急事找黄耀，就接了手机。来电的是一位女士，听出来和黄耀还挺熟，她上来就说：'耀哥，款都到位了。'我说黄耀没在，您可不可以留下姓名好联系。女士一听不是黄耀，尴尬地支吾了一阵才说：'对不起，打错了，再联系。'就挂了。等黄耀回来，我将这个事告诉黄耀，他听后有些紧张，赶忙拔了手机充电器回他的房间去了。"

"这可不是一件小事。"肖哲说："你无意中知道了黄耀的隐私，让他感到不安全。"

"这也叫隐私，我什么都不知道，仅仅一个电话能够说明什么？"成康很气愤地说。

"你又幼稚了。"我说，"黄耀知道那女人给你说了什么，而且黄耀可能是一个非常谨慎的人，他不愿意任何人知道这件事。"

"我觉得你们想得太复杂。"成康说。

"不是我们复杂，是世界复杂。如果黄耀是我们，这事就没事。黄耀是你的平级同事，这事也没事。"肖哲说。

成康听后坐在那里一动不动。

第二天，成康在办公室里看见秦芳时，发现秦芳眼圈深黑，显得异常疲惫的样子。成康感到很奇怪，昨天跟秦芳道别的时间并不晚，看来秦芳最近睡眠很差。

一整天成康都心不在焉地在网上收集系统集成会议的信息，秦芳的影子经常冒出来，他不知道她最近到底怎么了，显然秦芳并没有把自己当朋友，昨天一起晚餐时，如果有什么心事愿意说的话，秦芳是有机会说的。

晚上下班时，电话铃想了，成康抓起电话，心想该不是秦芳的吧，果然是秦芳的声音："成康，你到我办公室来一下，我有事跟你说。"

"好的！"成康听出来秦芳的情绪很低落。

成康推门进去，办公室里只有秦芳一个人。

秦芳没有以前那种礼数周到，她让成康坐在她对面的椅子上，慢慢眨了一下眼皮，显得很憔悴的样子说："成康，今天我跟黄耀吵了一架。"

"为什么？"

"这个月你的奖金扣了50%，黄耀的决定，我跟他理论，没理论过他，他说业务上的事情听业务经理的，人力资源部插不了手。"秦芳语重心长的样子说，"成康，我提前跟你说是希望你有心理准备，不要为这个小事跟黄耀过不去，这样影响你的发展。"

"凭什么？我要上诉。"成康大声起的音又低下去了。

"我看到几例这样的事情，走的不是黄耀，是其他的人。"秦芳轻轻地说。

成康安静地望着桌面，又望了望秦芳，心里有些感激，但是不知道说什么好，起身往外走，在门口时转身说："谢谢你！"

秦芳静静地望着成康离开。

第二天刚上班，黄耀就叫成康到他办公室去一趟。成康进了黄耀的办公室，黄耀满面笑容，还给成康倒了杯水，然后仰在大沙发椅上，故作轻松地说："成康，这个月整个部门的业绩都不好，你有什么好建议吗？"

成康笑了笑，什么也没说。黄耀接着说："所以呢，这个月，大家的奖金都很少，提前告诉你一声，免得你误会。"

"是这样吗？"成康觉得黄耀很离谱，完全是在玩儿手腕，正欲发作，想起了秦芳的眼神，努力压住了自己的怒火，起身往外走。

"成康，你不要单向思维，你自己要适应这个环境。"黄耀一脸无所谓地看着成康的背影说。成康转身很平静地说："请不要把别人当傻瓜。"嘭地一声关门出去了。

成康想了几天，觉得无论从职业发展的角度还是工作的愉快程度来说，他都无法在黄耀的手下干了。

三天后的一个中午，成康给秦芳打了电话，要请秦芳吃饭，秦芳感到很奇怪："中午时间太短，你请我吃什么饭？"

"我在公司外面，从中午到晚上，时间还长着呢。我有非常重要的事要和你谈，是工作，你尽管可以理直气壮地来吃饭。"成康说完轻轻笑了一声。

"那好吧，你告诉我在什么地方，我马上就来。"秦芳说。

"在东四十条。"

"好吧。"

秦芳来到东四十条，成康在保利大厦请秦芳吃饭。

秦芳今天穿的是一件桃红色西服上衣，下身是一件米色西服裙，脸上映衬得有几分霞光。成康在保利大厦门口笑脸迎她，将秦芳引进湖南菜馆。

"爱吃湖南菜吧？"成康说。

"没问题，我是南方人。"秦芳显得兴致很高，"你猜我是哪里人？"

"湖南？"成康一边看菜单一边说。

"不对，湖南还往南一点，不是正南方。"秦芳用餐巾擦拭餐具，也给成康擦了一遍。

"那是贵州？"成康说。

"是啦。"秦芳显得很高兴。

"你是少数民族？"成康放下菜单好奇地看着秦芳。

"为什么这样看着我，我是少数民族，有什么不对？"秦芳故意在质问成康似的。

"白族！"成康说。

"你怎么知道的？"秦芳眼睛睁大了说。

"非常像，我看过电影《寻枪》，你的气质非常像他们。"成康说。

"原来如此，你够厉害的，一部电影就能让你看出气质区别来，你可以做人力资源了。"秦芳说完笑了。

"是的！"成康说道。

"你在学我！"秦芳有些抗议的语气。

"我没有学你。"成康说，"一个员工跟你在一起多了，肯定是公司有问题。"

"为什么这么说呢？"秦芳表情严肃，好像从来没听过。

"很简单，总找人力资源部解决问题，肯定是这个员工遇到麻烦了。"成康说。

"这有什么不对？遇到问题当然要找人力资源部，这是每个员工的权力。"秦芳很认真，又像是在宣读人力资源部宣言。

"但是用处还是不大。"成康说，"我还是决定离开梦想公司了。"

"什么？"秦芳眼睛瞪着成康，手里拿的餐巾停在空中。成康平静中有几分无奈地看着秦芳。

"你要慎重考虑，我觉得你还是蛮有前途的。"秦芳停顿了一会儿才说。

"我的老板不容我，我还有什么前途？"成康喝了一口茶水说。

"不是这样的，我跟你的老板谈过了，他跟我说了，你是一个很有思想的人，只是需要更多团队训练，你要更多吸取梦想公司的文化。"秦芳非常认真地说服成康。

"这些我都知道，但是黄耀不是你说的这么简单，他就是不能够容忍我这样的人，我再团队精神也没有用。"成康觉得秦芳无法理解这种关系，显得有些急躁。

"为什么呀，黄耀是你的老板，他应该是按照他的职责做事情，不会和你有个人的恩怨吧？"秦芳说。

"你不能理解，男人之间的斗争。"成康说完望着别处，仿佛有些忧伤。

"没你说的那么严重吧，黄耀也很重用你，将你调入大客户组，在业务上他非常看重你的能力，这次对你或许是个考验。"秦芳说。

"他已经将我调离了大客户组，我现在基本上无事可干，就是这个样子。"成康说。

"哦！"秦芳的嘴有两秒钟没有合拢。

成康说着从书包里取出一张纸，递给秦芳说："对不起，我本应该到公司去交辞职书，但是现在不想去见到黄耀，我也不想跟他交辞职书，所以给你了。"成康将辞职书递过去。秦芳望了成康一眼又看着辞职书，没有接过辞职书。

成康仍旧将辞职书举着，看着秦芳，秦芳慢慢地将手伸过去，接过辞职书，淡淡地笑了笑说："你这个人挺有意思。"

"有意思吗？"成康也笑了笑，"我觉得在梦想公司非常没有意思。"

"你可以再考虑考虑，我拿着这份辞职书，等什么时候你考虑好了，我再交给部门管辞职的人。"秦芳眼睛缓慢地眨动着，仿佛是在说服成康。

"感觉要离开梦想公司了，我觉得唯一想说说话的人就是你。"成康说。

"谢谢夸奖！"秦芳礼貌地说。

成康说："秦芳，我请你看一场话剧吧？"

"有么？今天保利？"秦芳惊诧地说。

"今天上演的是《恋爱的犀牛》，我都查过了。"

"好久没有看过话剧了，以前和我先生每个月都要看一次。"秦芳说。

"你先生回来了吗？"成康问。

秦芳眼神黯淡地说："难讲！"

成康自己抽一支烟，点上，深吸了一口说："为什么？"

"他生病了！"秦芳轻轻地说。

"那你为什么不让他回来，好照顾他啊。"成康说。

"他的医保在台湾，公司可以给他报的，而且他正在那边做一个全面检查。"秦芳低垂着眼神说。

"他是得的什么病？"成康关切地问。

"难讲！"秦芳的眼眶有些湿润，转了一下脸，抑制了一下情绪说，"医生对我说要尽量做好最坏打算。"

　　成康沉默着，避开秦芳的视线，望了望窗外。过了一会儿，成康望着秦芳说："如果你有什么要帮忙的，请尽管告诉我。"

　　秦芳微笑着点点头说："谢谢，我不会客气的！"

　　"你一定要保重身体！"成康注视着秦芳说。

　　秦芳努力让自己显得平静，抿着嘴点点头。

# 三十　你现在还只是一只小尾寒羊

成康虽然递交了辞职报告，但是秦芳并没有给他答复，所以他还是坚持每天到公司，自己提出离职可以拍屁股走人，但是可能会在考勤方面给秦芳难堪。

我看成康很落寞，就请他到"老上海"去吃了一顿上海菜。这一阵北京非常流行上海菜。

两人来了一瓶绍兴黄酒，温好了搁上姜丝，暖暖地来了一大口，开始政治经济文化生活一路侃过去。

我问成康："你为什么不到外企去试一试？"

"你现在不就在外企吗？"成康咀嚼着茴香豆说，"外企是拿钱多，但是也看什么外企，机会比较少，高层经理全是香港台湾人，有的还弄一个老外在最上层坐着，或者香蕉似的华人，外面是黄的，里面全是白人化了。同样的活儿，待遇不一样，也觉得压抑。"

"现在很多公司搞本地化，你看IBM的大中华区总部都设在北京，有些高层经理也开始用大陆人了。"我说道。

"你在外企，你比我更清楚。"成康喝了一大口酒，看着手上缭绕的烟雾，又补充一句，"我个人觉得，以后的大事业还是在国内企业。现在别看大家都往外企跑，有一天外企的人会往内企跑，你信不信？人在弱小的时候可以摧眉折腰，等中国企业的科技含量高了，国际竞争力强了，做内企那感觉就是不一样。人做到了高层次，就有一个精神境界，而不是钱的问题了。你看摩托罗拉的中国总裁赖炳荣，在美国给Intel做了很多年，摩托罗拉老董事长找他谈了多次话，想挖他过来，他都没动心，最后老总裁说了一句话，让他动了心，那句话是怎么说的：你作为一个有中国血统的人，在商务上已经非常成功，家庭也非常幸福，我知道你现在也不是为生活而工作，但是你没有为中国人做一点贡献，或许是一种遗憾。就是这一句话让他接受了摩托罗拉的邀请，出任中国区总裁。北大方正现在从HP挖来一个香港人，是人才往内企回流的征兆。如果国内企业在体制上松绑了，会有很大的诱惑。什么时候都不可否认，血统是天生的诱惑。"

"你挺爱国的！"我笑着说着，给成康斟满一杯酒。"那你现在怎么又想离开梦想公司呢？"

成康沉默了半天说："我没有退路啊！"。

"能有回旋余地吗？"我惋惜地说。

"说心里话，我现在也有些后悔，人和人不能撕破脸皮，否则没有回旋余地了！"成康低着头说。

"现在个人情况怎么样？有女朋友吗？"我不经意问成康。

"外甥打灯笼——照旧（舅）。你呢？"

"我还是那样，有公司送我的音乐会票、电影票什么的，如果是一张，我就去看，两张我就全送给别人。"

"别那样，以后有两张全送给我得了！"成康急了。

"怎么？你已经快浮出水面了？"

"没有，没有，我们俩一起去啊！"

"没意思！"我笑道。

为了让自己的认识更加清晰，成康好好总结了一下自己。他在电脑上给自己做了SWOT分析，将自己的弱点和优点好好列了一个表。离30岁已经不远了，他想起不知道是谁说的一句话来：一个男人在30岁之前，他可以尝试任何东西，但是30岁一到，就得活得像个男人了。孔子所说的三十而立非常有道理，男人在30岁以前，是一个被荷尔蒙和各种诱惑蛊惑着的夜游症患者，是一个好奇心极强的男孩，是一头控制不了自己的激情的怪兽。

成康总结自己的优缺点各有几个：优点——有激情、有责任心、爱思考、执行力强；缺点——不善于处理人际关系、做事不注重结果、不善于团队作战、做事缺乏韧劲。他把这些优缺点打印出来，贴在墙上，鲁迅既然能够在书桌上刻个"早"字，自己也应该能够认真修炼自己。

成康将辞职书交给秦芳后的几天在办公室里没有遇到她，他在等着秦芳给他的最后参考意见。一开始他只是认为人力资源部的女孩无非就是做些后勤工作，对秦芳并不存在任何职业上的交流的期待，不知道为什么，这个时候他非常希望秦芳跟他说两句，他觉得她是理解他的，并不需要从梦想公司获得什么，只要有一个人理解他就足以了。

一天，秦芳给成康打了电话，让他到会议室。成康的心就咚咚跳得欢实，没想到自己被搁置在办公室后，还是非常需要与人交流。

在会议室里，秦芳和另外一位男士已经坐在里面了。成康进去时有些吃惊，男士是他以前没有见过的人。

秦芳见成康进来连忙起身说："成康，我给你介绍一下，这是我们的同事，梦想集团CAD事业部总经理王侠。"

"你好！"王侠起身和成康握手。

"成康，我将你的简历给王侠看了，他说他们正在找CAD方面的人才，他看了你的简历，所以想和你谈一谈。"秦芳说。成康点点头。

"成康，是这样的，你在集成部这边的情况秦芳也跟我说了，可能在和老板沟通上存在一些问题，这些问题不存在绝对的对和错，但是梦想公司还是以组织的执行流程为主，希望你不要对黄总有过多的情绪。我们看了你的销售业绩，发现你的工作还是非常出色，梦想公司不希望放走任何一个优秀人才，如果你对CAD部有兴趣，你可以来试一试。"王侠说。

"如果不给你们添任何麻烦的话，试一试未尝不可。"成康双手交叉着，眼睛低垂望着桌面，把话说得很活。

"成康，员工在集团内部调动是非常正常的事，所以我和王侠商量，这一点你不要有顾虑，主要看你的兴趣。"秦芳眼睛认真地望着成康。

成康说："看在大家这么看重的情分上，我愿意到这里试试。"

几天的辞职冷静期，成康确实想了许多，最终觉得梦想公司舞台很大，自己如果还有机会再试一试，何必意气用事呢，一个人不能和一个企业赌气。所以这个机会成康没有过多犹豫就抓住了。

到下班的时候，成康拨通了秦芳的电话。秦芳听出了是成康，成康说："秦芳，我非常感谢你。"

"我们做人力资源工作就是这样，不放进一个劣质员工，也不放跑一个优秀员工。我看你很有潜力。"秦芳说。

"你怎么知道的？"成康说。

"从第一次面试，你和黄耀谈销售历史我就觉得你非常有潜力。"秦芳说。

"谢谢，我只有一个非常小的要求，我去了CAD之后，我们能够做朋友，经常通电话吗？"成康显得比较动情。

"当然。"秦芳很爽快地说。

"还有一个要求，你能够在和我交谈时不要那么公事公办吗？"成康说。

秦芳停顿了一会儿没有说话，然后慢慢地说："我可能是这样的工作习惯，请你见谅。"

"你现在的话就是公事公办的。"成康说。

"哦，对不起，我慢慢体会才行，我也觉得我成了工作狂了。"秦芳说完笑了一下。

"不过，我这样要求你或许不对。"成康也笑了。

一星期以后，成康要出差了，而且非常急，给我来了电话。刚好是星期六，我被他从被窝里call起来。

"你太腐化了吧，我已经在公司加了半天班，你还在被窝做青蛙王子梦。"成康在电话里大声训斥我。

"一个人睡觉也腐化？没事少来烦我。"我正睡得实实的，经他这么一折腾，心里是气，在被窝里没给他好言语。

"废话少说了，我今天下午3点钟的飞机，乌鲁木齐。你给我当几个小时的秘书。"成康在电话里急不择词。

"那也轮不到我给你服务吧？你算老几，公司总经理我都没给他服务过！"我故意跟他贫。

"养哥们千日，用哥们一时，绝不干违法乱纪之事，你过来就知道了。"成康在电话里显得很急迫，拉长声调哀求我。我看他非常需要我帮忙，只好慢慢从被窝里爬起来。

我急急忙忙赶到成康那里，成康拿出一张写满字的纸来让我去操办。我拿来他的纸条一看，上面拉了一个单子：1.到容鑫洗衣店取西服；2.到工商银行缴上月的手机费；3.买10双袜子、两双鞋垫、牙膏牙刷、面巾若干，放到我出差的箱子里；4.换水龙头（新水龙头已经搁在厨房里）；5.房东两点到家收房租；6.7.8.9.10……我看都看晕了眼，将纸往桌上一扔说："我干不了，这是你老婆干的事。"

成康双眼紧盯着计算机屏，两手不停地敲打，嘴里却说："好人，好人，你就帮帮我吧，你没看见我无法脱身。"

"你该请个女秘书了，这不是帮忙的问题，你不可能忙成这个样子，你还有没有时间拉屎？"

成康说着突然停下来，点着头对我严肃地说："你是帮还是不帮？"

我拿着桌上的单说："谁让我遇上日理万机的国家总理做朋友，算我倒霉。"悻悻地出去了。

梦想公司CAD事业部首先派成康到乌鲁木齐去开拓市场。

为了能够将乌鲁木齐拿下，成康做了非常周密的资料准备，他首先通过肖哲，要到了信息产业部相关部门的电话，然后查到了乌鲁木齐所有装备制造公司的名称和地址、电话，而且还找到了乌鲁木齐市信息管理部门的联系方式。然后，成康在网络上对乌鲁木齐市的工业发展状况做了大量了解，还通过一个同学，搞到了一本《中国信息化发展年鉴》，专门查阅了乌鲁木齐的资料。最后他还到北京图书馆查阅了乌鲁木齐重工业的发展历史，对一些重要企业进行了重点了解。他第一次开始尝试系统思考问题的习惯，并进行系统实施。在他心中张起了一张大网，正向乌鲁木齐可能使用CAD的企业撒过去。

成康在乌鲁木齐住了整整一个月，他的情报工作使得他像个乌鲁木齐的热爱者和专家，而不是一个跑CAD销售的小伙子。当他西服领带出现在乌鲁木齐市主抓工业的负责人面前时，他跟这位负责人聊了一个多小时，两人在企业使用CAD发展方面的看法基本相同。因为之前他在网络上搜索了这方面的情报，看见过这位负责人在一些专业会议上的发言。他专门带去了北京产的上好红星二锅头，晚上俩人二锅头就烤羊肉串，居然知道这位负责人跟自己同是"楚国人"，成康是湖北，那位负责人是湖南支边过去的。后来这位热心的同志带成康去走访了几个重要的企业，基本上把乌鲁木齐有CAD实施潜力的几家企业都摸清了需求，而且还摸清了这些企业的预算费用的下批时间和项目的具体负责人。

成康每天就着肥羊肥腰子，将他的腰吃肥了一圈，而且酒量又提升了一个境界，居然学会了多说话少喝酒。

回来之后，为了报答我，成康第一件事就是找我喝酒。他对新疆回味无穷无尽，我们在北京选了一家叫阿凡提的餐厅，很多老外喜欢到那里吃饭，吃完饭就到桌上跳舞。他们是吃文化，我们是吃羊肉。很肥的lamb（小羊肉）用炭火烤出油来，切成小方块，再来两瓶德国黑啤，生活真是太美好了。

成康喝酒满脸红得像烧鹅，但舌不打卷，腿不打弯，确实长进不少。他一边囫囵吃一边说："Simpleness is best！在乌鲁木齐的生活简单得跟戈壁滩似的。每天拿着一个'黑名单'，都是需要拜访的客户，有机械厂、铸造厂，总之是玩儿铁的工厂都去。首先找技术工程师，了解情况，发现CAD情况很落后，接着谈技改，谈甩图板，谈成本效益，谈外面的世界很精彩，谈市场经济，谈竞争力，谈WTO后企业的生死存亡。谈出好感，谈动了心，到酒馆接着谈。边喝边谈，边谈边喝。有的工程师谈着谈着就开始后悔，开始报怨支边兵团，开始回忆上海或北京的故乡，我认真听故事，受教育。他们将人生、技术、孩子、爱情、酒、女人、窝囊气统统混在一起谈，酒喝得越好，故事混合得越甘醇。故事越好听，酒喝得越好，谈的效果越好，他们越相信我推的CAD真牛……"

"搞销售真不容易！来，为你干杯！"我举起杯为成康自豪。

成康抽出我烟盒的一根烟来，脑袋前倾，有些醉态地说："为民，我有时候觉得自己很堕落，有时候我总觉得我不是做销售的料。因为那些产品我并没有真正用过，我怎么知道像我说的那么好呢？这种情况同和一个不爱的人结婚是一种感觉，总是感觉自己图了一点什么，然后强作欢颜稀里糊涂进洞房。"

我开导说:"阿成,你别把自己当一只驴了,其实你现在还只是一只小尾寒羊,是没有资格像驴一样叫唤的。你知道业内流行的一个比喻是什么吗?做销售的说服客户好比是告诉客户月亮是椭圆的,让他们相信月亮本来不是圆的。做技术支持就是继续支持销售人员的说法,如果客户还是看不出来天上的月亮是椭圆的,技术支持就要教他们如何选角度看,直到他们确实认为月亮是椭圆的为止。"

成康还是很低沉地说:"我感到很别扭,我不是自己给自己搧耳刮子吗?"

"你就得挨搧,要不你不明白商业没有绝对的真理!你知道专家和骗子是什么关系吗?他们根本的区别是,专家说谎骗人的时候,连他自己都不知道。骗子说谎骗人的时候他心里非常清楚。有良知的骗子会经常内疚。你现在的德行充其量是一个有良知的骗子,你在自己骗自己。"我胡乱批评了成康一通,因为我讨厌得好还卖乖的人。

新疆一行斩获不少,公司给成康配了一台笔记本电脑,成康把新本给我看。然后他接着说:"给客户做现场演示非常重要,你只说不练,他们也只说不练,不跟你签协议。"

到了午夜时分,我们离开阿凡提餐厅时,成康非常留恋地看了一眼餐厅,笑着对我说:"乌鲁木齐街头的一大景观就是酒鬼多。经常在马路旁边会有一些不知所往的游荡者,多半是喝高了。有一次我和一个客户到酒馆里喝酒,发现酒馆门前有一个醉鬼在那里既不前进也不后退,只是前后摇。两个钟点后,我们从酒馆出来,发现醉鬼还在那里摇啊摇。"

"摇到外婆桥了,哈哈!"我附和道。

# 三十一　测测你的职业性格

为了感谢秦芳给自己一个机会，成康特意从乌鲁木齐带回来一袋上好的葡萄干，那一颗葡萄快赶上一颗枣大了。

下班后，成康主动给秦芳打了电话，约秦芳吃饭。

秦芳说自己刚好要找成康，两人还在经常去的上海餐厅吃饭，秦芳喜欢这里的环境。

成康一个多月没有见到秦芳，想不到秦芳居然把头发给剪短了，这着实让成康有些吃惊。

"怎么把头发剪短了？"成康看着消瘦的秦芳说。

"这么显得利落些！"秦芳点点头说。

"有个人力资源部的朋友，真是我的福分！"成康笑着说，"来，这个是给你的，看你这么瘦，吃点含糖的吧。"成康把带有新疆民族传统包装的葡萄干送秦芳。

秦芳张着大眼睛，显得很吃惊地接过葡萄干说："这是给我的呀！"

"你帮了我不少忙，我都不知道怎么感谢你呢！"

"嗨，那算什么啊，只是我工作的一部分！"秦芳说。

"我觉得在你的身上学了很多东西！"成康很认真地说。

"为什么这么说？我这个人有很多缺点啊。"秦芳有些冷似的，搓了搓手。

"服务员，倒一杯白开水来！"成康给服务员说。

"谢谢！"秦芳点头说。

"我从你身上领悟到了职业素质，以前我从来无法具体感觉到什么是职业素质。我觉得自己的心对公司负责就行，但是有时候自己的行为是缺乏职业素质的，这是个习惯问题。"成康说道。

"嗯，我其实很多东西是从我先生那里学来的，他做事蛮认真。"秦芳说着，神色黯淡。

"对了，你先生病情怎么样了？"成康关切地问。

"有所好转！"秦芳点头，突然想起来什么似的，"对了，成康，我要告诉你一个好消息，明天刘总要跟公司的8个员工吃饭，这是他一直坚持的，每个星期一定有一天中午跟公司的8个员工吃饭，这8个员工是公司里最普通的员工，有时候是部门推荐，有时候是人力资源部帮忙在各个部门找，我决定推荐你去跟刘总吃饭。"

"刘总为什么这样做？"成康有些紧张。

"没关系的，这是公司的沟通制度的一部分，这个制度还是我们从外企学来的呢，外企也有总经理沟通会，就是员工直接和总经理对话。刘总觉得中国人在吃饭的时候最容易放松，交流最充分，所以他坚持和普通员工午餐。"秦芳说。

"那我合适吗？因为我这个人不善于表现，会不会给刘总留下不好的印象？"成康有些犹豫。

"没关系的，刘总不评价每个人，不会把每个人吃饭时说的内容告诉给这个员工的直接老板，你放心吧。其实他想听听员工在工作生活方方面面的感想，只是为了对公司的民意，包括士气有直接的感受。"秦芳解释道，"有人争着去和刘总吃饭呢，还没有看见你这样的！"

成康笑了笑："我没到那个层次，怕难堪！"

秦芳说："每个人的潜力其实都是很大的。"

"这是我第一次认为潜力是个褒义词！"成康笑道，"以前我那些朋友一提潜能，我就知道他们想瞎折腾！"

"潜力是很科学的，可以测试出来。人力资源部有一套题，我给你做一下，测试一下你的性格倾向和职业前景吧。"秦芳很认真地说。

"你相信这个？"成康说。

"为什么不相信？这是国外心理学研究很久的成果。"秦芳眼睛睁大了说，"我发给你吧。"

成康点头直笑。

第二天中午，根据秦芳给出的时间，成康按时到了职工食堂的一个普通包间里，想不到刘总比大家都早，已经很早就坐在里面了，这是大家感到意外的。一般情况下是群众在会场等着，等会要开始前一分钟，领导及时出现。

刘总比在讲台上的表情要生动，两边的嘴角向下有力地撇着，眼神慈祥但是深邃，成康不敢对视。

见成康进来，刘总主动起身说："来，你叫成康吧，来自CAD部的，坐在这里吧。"刘总居然能够叫出成康的名字，而且还让成康坐在他身边，这让成康有些吃惊。成康紧张起来，一言不发，挠着头坐到刘总旁边，才看见刘总面前的桌面上有几张纸，上面记录着每个人的照片和简历。

不一会儿，参加午餐的八个人都在规定的时间之前到齐。这时候秦芳和人力资源部的总监也出现了。人力资源总监首先给刘总问好，然后说："今天把大家请来跟刘总一起吃饭，首先是公司的一种制度，也是一种沟通的文化，今天是请大家来吃饭，也是请大家为公司的发展献言献策，所以希望大家不要拘谨，把自己平时在工作中的好点子好主意都谈出来。"

刘总这时候站起来，用手势停止了人力资源总监的话，笑容可掬地说："大家不要误会，今天找大家来，不是听大家献计献策，而是想听听大家的真心话，可以是工作的，可以是生活的，关键是大家要畅所欲言，这个是今天交流的精神。"

刘总说完，人力资源总监率先鼓掌，大家也跟着鼓掌，刘总示意大家停下来，大家停下来了。

刘总说："大家可以开始了。"

这时候大家都有些紧张，谁也不说话。刘总看了人力资源总监一眼说："要不你们就回避一下。今天的沟通不需要旁听，也不需要录音。"

人力资源总监尴尬地了笑，和秦芳一起退了出去。

刘总说："大家可以开始了。"这时候成康率先说了："刘总，我建议要不先吃饭？"

刘总笑了，大家也都笑了。

"来来，我今天下午赶飞机，所以有些着急了，只顾说话，来边吃边聊。"刘总自我解嘲说着，举起了杯子。

大家都跟着举起杯子。

"后生可畏！我先敬你们一杯！"刘总说着喝完了，大家都跟着把杯中的啤酒喝完。

"按公司的规定呢，工作餐是不喝酒的，今天是个例外，主要是希望大家酒后吐真言啊，呵呵！"刘总笑着说。

这时候大家还是没有人说话，刘总风趣地说："那这样吧，轮流来吧，这顿饭我不能白请！"

说着，刘总建议："还是从成康开始吧。"

成康没有喝多少酒，脸憋得红红的，但是还是镇定地站起来说："刘总，您觉得梦想公司在众多中关村小公司里脱颖而出的关键是什么？"

"好家伙！本来想你们说，结果你们问我了啊，呵呵。"刘总笑了一下，马上收了笑容说："这是个好问题。梦想公司能够走到今天，基于两点，一是有追求，一开始就希望能够做大，不是做个小公司，赚点钱就行。所以我们前几年赚了钱，但是口袋里总没钱，还找银行贷款，那时候银行还不多贷呢。凡事都有关联的，一个人也好一个公司也好，透支了现在，未来的成长就受限制，现在做了投入，未来就会有大发展。我都快60岁了，明白了一个道理，这世界上撞大运的事情只有不到1%，如果有撞大运的心态，这辈子就跌跌撞撞吧。二是人才，这是推动企业的发动机。梦想公司从一开始就没有把它当某几个创业者的公司，而是不分年龄长幼，先来后到，主要是看能力，看业绩。尤其是看重年轻人，为了给年轻人舞台，我们甚至让一些老同志提前退居二线，给他们待遇但是让他们把舞台让给年轻人。只有这样，才能够跟上形式的发展，老同志的待遇才能够不断提高，而且有保障。"

"那我冒昧再问刘总一个问题：年轻人怎样才能够在梦想公司成功呢？"成康接着问道。

"好问题啊！"刘总拍了拍成康的肩说，"今天成康不问这个问题，我也准备把这个问题的答案在最后告诉大家，好家伙，我现在一开始就说了，把包袱给抖了。年轻人进入一家新公司，首先要问自己的一个问题是：如何能够在这家公司成功？因为一家公司主张什么，反对什么，这是非常重要的，这是价值观，是公司的文化。如果一个年轻人的行为不符合这个公司的文化，就会被边缘化。在梦想公司的年轻人怎样才能成功呢？首先是有职业操守，这是最基本的，如果没有这个，能力越大，对公司的杀伤力越大。

其二，要有点拼命三郎的精神，确立了目标，就去拼。因为在我们这个行业，竞争太激烈了，谁想躺在自己的地盘上睡觉，明天就得卷铺盖走人。

其三，要有点智慧，用脑袋做事。我喜欢一句话：苦干加巧干。只苦干，把自己累死也能够把事情干好，但是干好的时候自己也死了，事情失去了意义和延续。只巧干，滋长了投机取巧的心理，迟早会掉到自己挖的坑里。巧干是方法论，不是目的。

其四，要有点胸怀，人要随着做的事情提升自己的境界，只有这样，才能够不停地跟着事业往前走，要不自己就把自己给淘汰了，梦想公司的中层干部里这样类型的很多。往上上不去了，自己的眼界胸怀在那里，驾驭比自己差的人行，比自己能的人反而不行了。这样的人其实很可悲，上不去下不得，我们看着也干着急。

其五，人际沟通很重要，有很多人以为我能力很强，大家都配合我吧，我是在为公司干事啊！但是这世界上没有谁会去配合一个讨厌的人，一个以自我为中心的人，因为这样的人他只是为自己在考虑，把别人当自己的梯子，大家都看得出来，群众的眼睛是雪亮的。所以跟人沟通，虚心做人，这个非常非常重要。这个世界上能够做美国总统的有1万个人，但不是你有能力就能做的，而是你赢得了别人的心。

其六，我们年轻人要大胆，以公心大胆接受挑战，但不是蛮干，事先就给自己定一个底线和边界，所谓底线就是为了达到目标，什么手段能用，什么是绝对不能用的，那是做人的底线，突破了那个，可能会给自己造成无法挽回的人格破产，那就会被人际关系抛弃了。我觉得人和人之间如果有摩擦，可以，但是一定不要撕破脸皮。边界是什么？就是自己哪些事情该做哪些事情不该做，否则成了搅局的人。有所为有所不为，该忍的时候忍得住，守得住，如果你不知道自己的边界，你可以先了解别人的边界，在一个企业里做事情，最容易起纷争的是边界问题。其实还有几点，但是今天不多说，主要说这几条。"

刘总的一席话，赢得了大家长时间的掌声。接下来，刘总变成答记者问了。尽管大家提了几条食堂、加班、学习机会等几个方面的问题，但是重点都是问刘总问题。刘总尽可能简明扼要地回答大家的提问，最后为了赶飞机，饭没有吃饱就走了，留下大家自己吃。

吃完中饭，回到办公室，成康给秦芳打了一个电话，但是没有人接电话。他对自己中午在刘总面前的表现是否得体毫无把握，想听听秦芳的意见。

成康收了一下邮件，发现秦芳给自己发了一封邮件：

成康：

　　附件里是我给你发的个人职业潜质的MBTI测试题，你认真做一下，看看你属于哪个类型。这是根据荣格心理学理论发展出来的一套测试性格类型的方法，将人分为了32种类型。据说世界上100强企业里有89%都用这个测试来发掘有潜力的领导者，这对于你未来的个人职业生涯规划非常重要。你做完之后发给我吧。

　　这几天我有事情会离开公司一段时间，有什么情况可以给我发邮件，我会收邮件！

　　祝顺利！

秦芳

成康下班后回到宿舍里，像完成家庭作业一样，将秦芳给的题目认认真真做完了，把结果发给了秦芳。他第一次知道人的性格原来是可以测量的，而且性格就像自己用两只手写字一样，都可以写出来，但惯用的那只写出的会比另一只更好。每个人都会沿着自己所属的类型发展出个人行为、技巧和态度，而每一种也都存在着自己的潜能和潜在的盲点。真是大长见识啊。成康做完后发现自己的性格类型属于ISTJ（内向、实感、思维、判断），他觉得非常接近自己的感觉。

# 三十二　习惯成功

成康在CAD销售方面的卓越表现，使得他很快就升为西北区经理，管辖新疆、宁夏、甘肃、陕西、内蒙、青海几个省区的市场。他身先士卒，带领人马大刀阔斧，将在乌鲁木齐的经验复制到各个地区，很快就见到了成效。

成康心里也特别清楚，这是典型的扫盲项目，因为前人的业绩几乎为零，所以特别容易做出成绩。所以他时时告诫自己：那些不断攀升的销售数据对公司非常重要，但是对于自己最重要的是到底获得了哪些能力提升，而且这种提升别人想学也学不来，这就是个人构筑起来的壁垒，是别人无法替代的。而且成康在有意识考察下属，他将几个省份的销售工作放开让下面的人去跑，他只是坐镇，尽量少直接参与订单，如果遇到棘手的问题他才会亲自上阵。

一天，成康接到一个陌生男人的电话，一个声音在电话里语调平和地说："小成，你到我办公室来，我有事要和你谈。"

成康顿时蒙了，想不起来这个声音到底是谁。自己的直接上司是王侠，但是王侠的声音显然不是这样的。黄耀？黄耀已经不是自己的上司了，他们已经很久没有见面了。从口吻上，这个男人应该是梦想公司的高层，成康慢慢将这个声音跟刘岩枫总裁对应上了，以前只是听刘总面对面说话，从来没有听刘总从电话里发出声音，但是那种口吻和停顿的感觉，绝对是刘总的。

成康的脑袋出现一瞬间的空白：刘总找自己干什么呢？从级别上，刘总跟自己至少隔了两级，而且他是公司一把手，一句话就能够生杀予夺的人，他跟自己有什么干系呢？成康百思不得其解，但还是诚惶诚恐地起身，往设在公司大楼最高层的刘总办公室走去。

在进入电梯时，好像许多人的目光都盯着自己，成康感觉浑身不自在。

到了刘总的办公室门口，只见门上面贴着"总裁"的牌子。成康到了门口，轻轻地抬起手，几乎颤抖着手在门上敲了两下，里面没有任何声音。成康举起手，准备用大力气敲时，没想到门居然开了，刘总笑容可掬地一手开门，另一只手做邀请状说："小成，快进来，进来！"

成康谨慎地迈着步子走进去，脚踩在地毯上软绵绵的，没有一点声音，自己仿佛一只紧张的猫，不知所措地跟着刘总走，时不时打量刘总的办公室。

刘总的办公室大概有50平方米，门口的那面墙立着高大的深红色书柜和一个挂衣架，书柜里面摆满了各种装帧风格的书。深红色的大班桌放在房间居中靠墙的位置。

在红木大班桌的对面，是一面白净的大墙，墙上挂了一幅一人多高的"世界信息产业地图"。只见上面标满了PC、R&D（研究和开发）、OEM等等。从这些缩写词，可以看得出在刘总心里装满了世界信息产业的图景。

在大班桌右边，是一面巨大的落地窗户，窗帘打开着。一盆有许多分枝的仙人掌立在窗户的一角，一缕阳光刚好照在仙人掌上。桌上堆满了书籍，只有一件古色古香的唐三彩骆驼立在桌上，骆驼身负重物，昂首啸天，仿佛是在查探沙漠的天气、水源和风向如何。桌面上还摆了一套造型古朴的茶具，红木茶托，紫砂茶壶和茶杯。

刘总座位背后的墙上有一幅巨大的横幅，上面用行草苍劲有力地写着四个大字：诸法无我。

刘总让成康坐在自己对面的老板椅上，一本《执行》摆在红木大班桌上靠近成康的地方。成康发现自己坐的老板椅和刘总的一模一样。

"刘总，您的办公室很书香！"成康为了放松，随意说了一句。

刘总按下烧水壶的开关，说："小成，不看书不行，要保持大脑的激活状态，就是要经常学习新知识，就像计算机一样，有'清零'的效果，如果不经常学习，以前的知识就被清零了，很快就没有用了。"

成康笑着望着刘总。刘总说："小成，你今年多大了？"

"快30了！"成康答道。

"正是好年龄，有一定经验，身体好，思维活跃，关键是输得起啊！"刘总笑着说。

成康听得莫名其妙。

刘总接着问："成家了没有啊？"

"没有。"

"到北京几年了？"

"6年。"

"喜欢北京吗？"

"喜欢！"

"为什么喜欢北京？"刘总沏好了茶，往成康和自己的杯子里倒。

"感觉北京很大，好像无穷无尽。"成康慢慢地说着，怕自己说漏了或者说错了。

"什么方面无穷无尽？"刘总饮了一口茶说，"喝茶，喝茶，这是一个朋友从云南捎过来的普洱。"

成康想了想说："发展机会，还有吃的，玩儿的，因为大吧，很少重复，所以感觉无穷无尽。"

"呵呵，觉得北京是不是像个大海啊！30年前，我大学毕业来北京时，感觉北京什么都没有。我是浙江人，觉得北京可吃的少，可玩儿的少，不像南方，有山有水，有花有草。"

成康听着只是点头，不知道刘总找自己来干什么的，心一直悬着。

"小成，你最近看什么书？"刘总还是笑着，不紧不慢地问。

成康想了半天，想起自己床头一直有一本《牛顿传》，但是看了半年也没有看完，一是工作太忙，总有睡不完的瞌睡，另外也是自己很少看书。

"喜欢科学家！"刘总说。

成康笑了笑，打内心，他始终对科学家充满敬意，因为他觉得科学家的伟大是绝对的，不是相对的，而其他的伟人，则不一定是这样了，例如林肯等等。

"成康，你觉得人活在这个世界上，当皇帝也是穿衣吃饭，做乞丐也是穿衣吃饭，这之间有区别吗？"刘总表情变得平静下来，意味深长地看着成康。

"一个命好，生下来就是皇帝，另外一个命不好，可能生下来父亲就欠一屁股债，把房子抵押给人了吧。"成康勉强说出来，觉得自己的回答很荒唐。

"啊，这是我听到的最有趣的答案。"刘总笑着说。看来刘总经常拿这个问题来问下属。

"你认为皇帝和乞丐是人生的目的吗？"刘总又问道。

"恐怕没有人喜欢当乞丐！"成康说。

"那也不一定。你看乞丐的好处啊，不怕丢了钱，也没有人找他收房租，不怕停电停水，虽然不知道下一顿在哪里，但是顿顿总是有吃的。"刘总说，"无牵无挂，也不是一般人能够达到的境界啊。"

"那他没有尊严。一个人没有尊严，当什么都无所谓了。"成康说。

"嗯，说得好。成康，你看我桌上的东西，茶壶就是茶壶的品质，不怕水烫，不怕碰磕，仙人掌不怕旱，这墙上的字，给人愉悦，启发人思考。什么东西都物尽其用。我称这为品格，一个东西具有一个东西的品格。那你认为一个人应该具备什么样的品格呢？"

"己之不欲，勿施于人！"成康想了想说。

"这是《论语》里的，怎么讲？"刘总说。

"对人对己，应该是一个标准，自己不喜欢的东西，不要强加于别人。"成康说。

"这是表面意思。这句话的精神核心是无我。用同理心去体察这个世界，当你不知道别人对一件事情的喜好时，换位思考一下，看看自己到了那个处境会是什么想法，如果连自己都说服不了的事情，自己就要好好掂量一下，这个事情的出发点是否真诚。当决策权在你手里时，在对待自己和别人，能够达到公平，而不是利益向自己倾斜，一个人要做到这个境界，可以带队伍，当大领导。小领导靠技巧，大领导靠心胸和境界。"

成康听得如痴如醉，这是自己以前从来没有听过的理论。

"成康，我们那时候读书，总要探讨人活着的意义，《钢铁是怎样炼成的》那句名言叫什么来着：既不要碌碌无为，也不要悔恨终身。你觉得人生的意义是什么呢？"

成康想了想，说："稀里糊涂长这么大，从来没有想这个问题。"

刘总目光坚毅地看着成康，意味深长地点了一下头说："其实很多人都没有考虑这个问题，但是这个问题如果考虑得差不多了，这个人的定力就有了。当然每个人的答案都不一样，但是如果持续去思考它，就会获得一个自己的答案。"

"您觉得人生的意义是什么呢？"成康问。

刘总笑着说："完成自己。一个人生下来只是一个生物人，受了教育之后只是一个具备人类积累的知识的智人。这个智人能够干什么呢？能够用这些知识去换饭吃，所以这个人还只是一个工具，因为人要吃饭啊，所以花了16年学习，大学毕业，你看我们获得了什么，只是一个换饭吃的机器。树不需要这么费劲，所以树不需要学习。牛、马也不需要这么复杂。人的完成过程，从生出来父母喂养，到学校教育，你看看我们都是在社会的安排下进行的。参加工作了，父母、学校都不管你了，谁来完成你？自己来完善自己，自己要跟这个社会发生各种联系，这时候你完成任务的能力、沟通能力、生活自理能力、寻找配偶的能力、结婚组建家庭的能力，全是新的，这些都是完成自己的过程，这个过程完不完成得好，大有讲究啊。"

"普通的事情经您这么一说，好像都不普通了。"成康笑着说。

"是的，不普通就在普通中造就的。慢慢的，你就有了社会角色了，你是一个组织的成员、家庭的丈夫、团队的领导，这些角色如何完成好？这学问又上来了。"

"所以要完成好每一个角色！"成康说。

"对的。"刘总说，"你看，完成每一个角色就具体了吧，这就是完成自我的过程。这个过程有什么主产品，什么副产品呢？"

"啊？这个也用产品观点来看？"成康惊讶道。

"这样更加好理解。主产品，对大多数人来说，例如工作，就是挣回了钱养家，所以不停工作，不停往家里拿钱，直到退休。"

"呵呵，有车有房，大概就是这样吧。"成康笑着说。

"副产品是什么？"刘总又问。

成康想了想说："人际关系？或者受人尊重？"

"可以这么理解，但是我觉得还不够。泛泛的人际关系是没有意义的，那不能给你带来安全感，带来亲密的愉悦。所以你看你再怎么跟客户沟通，还是跟家里人的人际关系最重要。受人尊重分两种，一种是位高权重，所以受人尊重。一种是以德服人，影响和提升了别人，别人对此有感恩之心，发自内心尊重。位高权重的，一旦不在那个位置上，就失去尊重了。所以我觉得，还有一个非常重要的副产品，是人生的智慧。"

成康如痴如醉地看着刘岩枫。刘岩枫接着说：

"真正属于人的，其他动物没有的，是人类的智慧。如果我们劳作一生，除了赚了一堆钱，剩下的全是勾心斗角的事情，这辈子老了晒太阳的时候，哪堪回忆呢。"刘总好像自言自语地说，"你的心里有什么，你就看见什么，如果心里的底色是灰色，你就看见灰暗的一面。"

成康深深点了一下头，似乎有所感悟。"那么智慧是什么？"

"谢谢你问我，我到现在也没有关于智慧的标准答案，但是我一直试着在回答：智慧是一个人对普遍的人性的基本痛点的把握，对常识的透悟，对人的局限性的理解，对社会价值取向的领悟和超脱。一个智者不犯常识性错误，不违背规律办事，不为一时的得失迷惑，不枉费人生。这样的人，应该有使命感。"刘总音量提高了说。

"使命感？"成康有些迷惑，说，"拯救人类？"

"人类还不一定要你救呢！"刘总笑着说，"我说的使命感，还是自己对自己负责。当年我从国家机关下海，就觉得自己除了坐机关，喝茶看报，应该还能够做点事情，我到了四十多岁了，不认为人生就是吃饭穿衣，应该能够做点事情，这个事情对大家都有好处。成康，我虽然是在做企业，其实对我来说，做企业是完成自我的过程，这个过程让我明白了人生，哪些事情是需要舍弃的，哪些事情是不能推卸的责任。你看到后面这四个字没有，'诸法无我'。"

成康看了看，其实他心里一直在琢磨这几个字。

"这是从佛教里引出来的：诸法无我，我在这里借用，算是把企业当道场来修行。你说'诸法无我'是什么意思？"刘总问道。

成康笑了笑，没有回答。刘总没有放过，接着问："你可以凭第一感觉说，不假思索地回答。"

"就是做什么事情不要以我为出发点！"成康说。

"好，有慧根，想不到你的回答朴实却很有道理，算是这四个字的一个解。我已经收下了很多个解了，但是你这个质量非常高。"刘总笑着拿出一个本子来，记了记，接着说，"诸法，就是世界万物，无就是不存在，不存在和没有还不是一个意思。你成康现在坐在这里，一会儿走了，在这个椅子上不存在了，但是你成康还在，不是无。'我'，'我'是什么？"

"自己！"成康果断地回答。

"可以算60分吧。'我'包括自己，但是比自己大多了。'我'是事物内在存在的一种固定性质，不完全指人。你看看，一个人身上啊，你仔细想一想，都有我的意识，所以最喜欢的是自我陶醉，自我肯定，为我是尊，以我为中心，如果到了情急之下，还会有我没他。那么这个'我'本身是变化多端的，以这个'我'来衡量所有的事，所有的人，你觉得能够不让人无所适从吗？"刘总点着头。

成康没有话可说，只有听的份了。

"所以，这个世界上以'我'做事，判断是非的标准，是非常靠不住的。"刘总说。

"那，以什么为标准呢？"成康心里暗暗吃惊了，经刘总这么一说，想不到自己活了快30年，竟然对人生是一塌糊涂。

"以原则为中心！"刘总答道。

"原则是什么？"成康糊涂了。

"万有引力是不是原则？"

"是！"成康点头。

"所以，描述物理世界的原则并不难，科学家已经把这个世界从宏观宇宙到微观细胞都描绘得很清楚了。难就难在为人处世的范围里，什么是原则？"刘总呷了一口茶，若有所思地说："我判断是否符合原则就是一种行为在其有限影响力的范围内，能够对大多数人有价值，对少数人没有价值，但是也尽量不勉强或者伤害少数人，就是原则。简单概括就是利他，顺便利己。人只有无私才成其私。这符合人性，自己也是人，所以也包括在人性里。但是当我们在思考和处理一个事物时，潜意识首先把自己放在里面考虑了，所以往往事情看不清楚，也容易跑偏。先把'我'摘出来思考，思考周全了，再把自己放进去，发现系统不会失衡，那么处理一件事情的原则就是站得住的。"

"就是做利人利己的事情！"成康在一旁若有所思地说。

"利人利己这个事情要反复推敲，不是简单地看眼前。这里讲一个故事，鲁国很穷，有很多人跑到齐国去要饭，鲁国国君有一个规定，为了国家的体面，如果谁在齐国见到自己国家的乞丐，把他们带回来，国家赏钱给他。孔子的一个弟子子贡在齐国看见鲁国的乞丐，就把这个人带回来了，但是他非常高风亮节，说不要这个赏钱，自己是自愿的。结果这个规矩给打了折扣，后来的鲁国人在齐国见到鲁国的乞丐就再也不带回来了。所以这里面，你看出公和私，有我和无我来没有？"

"孔子的弟子看似无我，不爱财，自愿，但是有一点是他爱美名，爱德，所以就忘掉了原则，结果反而适得其反了。"成康慢慢说来。

"你很有悟性。既然你做的一件事情是符合原则的，就会有同道人，就会跟别人沟通，达成一致，所以你的原则就是双赢，是大家赢，你就能够团结一批人一起做事情，一个人修不起长城。"

"接下来第三点，人生的过程本身是有时间变量的，上帝给每个人的时间是70年、80年，就这么多，再多也没有意义，你说80岁了我去做销售，人家会笑话。这里面同样有个原则，就是什么年龄做什么事，这是天道，人作为一个社会化的生物，更加要符合这个道。在这个有限的时间里，一个人想要做什么，不要藏着掖着，要积极主动去靠近那个目标，但不是说整天举着旗帜喊我要干什么，而是行动上要积极主动。在有限的时间里，还要学会选择，安排流程，要事在先！这个非常重要。人一辈子不要期望做好很多事情，先做好一件事情，我统计过各种有影响力的人，在一个领域要非常成功，首先在那个领域泡上十年，而且还不是普通的泡，要努力钻研，然后，有人注意你了，你的威信建立起来了，你为建立影响力付出的成本就降低了，会有很多很好的平台给你，在这个平台上，你再要非常精彩地干个十年，大家才真正记住你了，这个影响力就算你倒下去了，也不是一天两天能够消失的。所以人要立志，立志不能早，过早很容易半途放弃，因为30岁以前一个人容易凭感觉选择也凭感觉放弃。一旦你确立了目标，要以终为始，你想象这个事情做成了会是什么样，你会是个什么样？如果说做成了，你掌权了，就是为了报复别人，那你别做，因为做成后的你和没有做的你差异太大，你会发疯。另外这个事情做成后应该是什么样，会有一个标准。这样不至于自己迷失了方向。不管你是经商，当歌星，当职业经理人，还是其他种种，有句话说：欲令其亡，先令其狂，所以没有以原则为中心，情况会非常难以控制。你说钱是不是好东西？钱是。钱既然这么好，那么跟原子弹一样，是不是有能量的？"刘总握着一个拳头说。

"有钱能使鬼推磨嘛！"成康笑着应和。

"完全正确。钱是有能量的，物质世界里有能量的是原子弹，人类关系中有能量的钱是一种，有能量的东西，就会有杀伤力，你同不同意？"刘总继续握着一只拳说。

"同意！"成康点头。

"所以不是每个人都拿着很多钱就是好东西，因为这个人如果没有控制这个能量的能力，那他会拿这个钱去吸毒，去吃喝嫖赌，这都是干什么？伤害自己的性命！控制不了这个能量，导致家庭关系不和、朋友之间反目、自己身体损坏，这样的事情我看得太多太多了，因为我有钱的朋友多。"刘总松开拳头说。

成康微笑着，如浴春风，觉得从读书到现在，今天刘总讲的是最最撞击灵魂的一堂课。那天聊得很晚，或者说成康听课听得很晚。刘总这种不拘一格的交往方式让成康既兴奋又敬畏，因为自己站在刘总面前，既像一个白痴，又像一个没有穿衣服的人，刘总好像把自己看得太透了。

回到家里，成康心里还在反复重放今天的交谈。夜很深了，成康靠在阳台栏杆上，望着夜空，一根根地吸烟。结合着人生往事，对应着人情世故，成康一遍遍在套刘总说的：以原则为中心、以终为始、要事第一、积极主动、双赢。

最后成康的心跑到了秦芳那里，自己想想和秦芳的交流，原则是什么呢？最终的目的是什么？自己一开始和最后都能够保持一种心态吗？那么两人之间什么是要事呢？成康百思不解，或许刘总讲的这些并不适合在感情中应用，有人说感情是属于化学反应，这些原则要失灵。

# 三十三　好一个双赢

就在成康听完刘总课不到一个月后，一个紧急电话让成康陷入两难境地。

"成康，这事儿你得帮我！"肖哲在电话里急急火火地说着，一点儿京城名记的风范都没了。

肖哲天生是做记者的料，在计算机业界干了几年，居然小有名气，以批评、评论文章见长。那天我在报纸上又见到一篇肖哲的长篇报道，文章谈的不仅仅是计算机产业的事，肖哲不知道出于什么心，将梦想公司十来年前的往事来了个兜底掏，文章内容大体是：梦想公司以前是中国科学院办的一个小公司，依靠公司科学院的技术实力在百舸争流中终于脱颖而出，后来梦想公司将这些元老踢出去，企业家刘总对待原来搞研发的总工程师下了驱逐令。

文章标题也很吓唬人："企业是科学家的企业还是企业家的企业？"问题提得很尖锐，我一看到这篇文章首先想到的是肖哲要捅娄子了。

事情果然不出所料，报纸刊登后不到一周，梦想公司马上停了在肖哲报纸上打的全部广告，这个数是1500万元人民币，意味着肖哲所在报纸的10%的广告将在突然间消失。

这对一份报纸来说是一场浩劫，1500万或许就是一年的纯利润。

作为公关人士，我马上想到了危机公关，看能否帮助肖哲把报道影响降低到最小限度。可是我知道这个消息的时候，业界已经都知道了，因为内容很快在互联网上转载，舆论炒得沸沸扬扬。

我随便在一家报摊上数了一下，在一星期内转载这篇文章的报纸有10多家，各自以不同的方式，有的称之为转载，有的干脆节选不署名，有的引用加编辑，改头换面成为另一篇文章。文章标题耸人听闻："中国科学家和资本家谁怕谁？"、"中国报业在企业利诱下是要钱场还是要立场？"

事发之后，我和成康都被肖哲召见了。

"一夜之间你名声大振，是谁给你的胆子？"我问道。

"这是整个报社课题组的事，我只是其中的主笔。"肖哲说。

"如果不是你这篇文章，我还真不知道梦想公司里有这么多秘闻，你倒是给我上了生动的一课。"成康在一旁显得很冷静。

"现在情况是什么样的？"我问道。

"停了我们广告，这是大家都知道的，从这一期就再也没有梦想公司的广告了。"

肖哲说。

"成康，你在梦想公司，你应该知道梦想对这件事的态度，给肖哲透个底。"我问道。

"我这个级别还够不着。这是梦想公司刘总对整个媒体的舆论态度问题。据说刘总在亲自过问这件事。"

"肖哲，现在整个媒体界是一石激起千重浪，不光是你们报纸做了报道，许多媒体也蜂拥而至。"我说道。

"最大的问题也在这里，你想，我们是个专业报纸，再怎么报道也是一个小范围的事。现在《南方周末》这样的大众媒体也卷入，使许多问题失控，大家不再就事论事，而是开始了是非大战。"

"现在媒体讨论的焦点主要是在哪些方面？"成康问。

"媒体对这件事基本上持三种态度，一种认为我写的文章有失公允，有新闻报道失实之感，这是专业媒体对敏感问题缺乏把握能力。一种是我们的竞争对手，最高兴的是他们，他们认为我们的报纸一直在报道上存在问题，不顾及中国企业的生存环境，甚至说我们的报道是逆改革的大潮，上纲上线，含沙射影挑拨我们和梦想公司的关系。第三种是类似《南方周末》这样的大众媒体，他们的主要观点是讨论机制和企业发展的关系，但是有些提法很大胆，否定国家目前许多科研机关的作用，这也很危险，本来是一场关于企业发展问题的讨论，跟国家的许多问题还是离得很远，具体事情具体对待，没有必要上纲上线。"肖哲气愤地说。

"这件事其实涉及的是梦想公司的社会形象，从梦想公司艰难的发展历程看，梦想公司一直是中国高科技企业发展的典范，关于它成长的经历，多是正面和赞扬报道。可以说，梦想公司从来没有被媒体以质疑的眼光报道过。梦想公司在这件事上有它严重的不适应，而且自然有它应该表现的尊严。如果它没有任何表示，会担心媒体的舆论对它有更多不利的报道，梦想是杀一儆百。我觉得梦想公司在这件事情上，还是有很大的回旋余地。"成康对整体形势进行了分析，显得成熟得体，去梦想公司后成康的进步很大。

"现在报社里对这件事的反应是什么？"我问肖哲。

"报社当然非常重视，因为这毕竟涉及1500万元的广告。"肖哲说。

"这样吧，这件事对梦想公司和你们报社双方都是一次危机，对梦想的危机使梦想的社会声誉受到影响，据说现在许多报社对梦想的这种做法有很多微辞，认为梦想公司太小家子气，媒体报道还有个新闻真实性和自由性的问题，梦想公司企图用金钱左右媒体的做法显得这个企业太不成熟，你看那些外企，它们并不太计较那些对他们不利的报道……"我没说完被成康打断。

"毕竟梦想公司这样的企业底子薄，有许多不自信的地方，这也需要时间来积累，中国企业当然比国际企业要脆弱许多。梦想公司这样做也有它合理的地方。"成康说。

"你看，身为梦想人，说话就偏着梦想了。"我笑道。

"不是这样，这篇报道我看过了，从写法上来说，确实不是就事论事，夹杂了许多情感的东西，而且采访对象双方不够平衡，有只听一家之言的嫌疑。"成康说。

"你还看得挺仔细。我要采访梦想公司，结果你们不愿意接受采访嘛。"肖哲说。

"那无可奉告之后记者就不能瞎编。你有采访自由，人家有保持沉默的自由。新闻有其公正性，你不能完全按照自己喜好，跟编故事似的，想怎么写就怎么写吧？"成康跟肖哲争论起来。

"我这点新闻素养还是有，我写文章有自己的角度和观点，而且对文章负责，这是我的权利。"肖哲说得脸红了。

"那梦想停1500万的广告也是它的权利，企业有采取措施的权利。"成康说起话来也不嘴软。

"当然，我肖哲个人完全承担这种责任，如果梦想公司说只要将文章作者开除了，就不撤广告，我肖哲二话不说明天走人。"肖哲站起来说。

成康一看肖哲这么激动，笑了笑说："我们就分析这个事情，没有说你文章写得不好。"

"我个人认为，报社肯定不会开除你，因为这是一个集体决策，如果报社因为广告原因开除一个记者，事情传出去，一个靠公信力生存的媒体受到的打击会更大。我敢肯定报社不会对你怎么样，甚至还会保护你，因为这体现了一个报社的尊严。"我说道。

"我也肯定，梦想公司不会全年停掉在你们报社的广告，因为你们报社举足轻重，除非梦想公司不做生意了。如果刘总停一年在你们报社的广告，我成康敢在刘总面前说今年完不成销售任务主要责任不在我。"成康也显得很硬气。

"我刚才讲了，梦想公司希望能够挽回一些社会声誉。从报社来说，就是如何恢复梦想公司的广告投入，双方虽然都明了，这样僵持只会对彼此构成伤害，但是中间还是需要人来周旋，彼此还有个面子问题。"我说道。

"我们总编已经给刘总打了几次电话，但是刘总所有的通信方式全关闭，能够打通的桌面电话只有秘书接，而且都说刘总不在，看样子刘总是在故意回避。"肖哲说。

"肖哲，这样吧，我以公关公司的身份出面，将这件事给你摆平。"我对肖哲说。

"花钱消灾？"肖哲说。

"危机公关你没有听说过吧。你知道为什么克林顿在美国闹绯闻最后都能不了了之，总统照样做吗？这是一个非常好的危机公关的例子，里面有公关公司的功劳。你想，克林顿要想提高在公众心目中的形象，希望得到老百姓的宽容有几个途径。一是找人来制造舆论，说莱温斯基如何如何坏，将她20多年的陈年旧事翻一遍，找到一件对克林顿有利的事。第二，让社会道德家大谈治国重要还是总统个人生活重要，通过辩论，引导大家认为治国更重要。第三，劝克林顿红着鼻子道歉，公开给老百姓道歉，取得大众的同情和谅解。第四，有必要给伊拉克发颗导弹，转移民众注意力。别看这一切没有关联，其中有公关公司在做危机公关，这不是瞎掰，这对美国老百姓投克林顿一票非常关键。"

"新鲜，我们做媒体的还没有做公关更能够影响大众。"肖哲笑着说。

"那你认为肖哲这事该如何搞危机公关？"成康很好奇地问。

"我有这么个方案。不过这个方案一说出来就值钱，就这么几句话，能够摆平肖哲惹的祸。"

"别绕了，说吧。"成康说。

"第一，现在梦想公司最不希望的是舆论继续拿它说事，所以希望尽快从这个舆论漩涡里逃出来。梦想公司撤贵报广告是处在两难境地，不撤不能表现它的脾气，撤了又会继续扩大舆论，也影响市场销售。所以梦想公司希望舆论尽快停止。第二，梦想公司希望能够体面地和贵报修复关系，因为从商业利益来说，梦想公司需要在贵报打广告。"我说。

"这个现在大家都明白，那你认为采取什么步骤？"肖哲问。

"梦想公司那边，当然近水楼台先得月，成康要亲自出面，里应外合，给刘总做工作。报社这边我觉得要尽快给几个主要媒体打招呼，停止对这件事的炒作，最好梦想公司和报社能够联合召开新闻发布会，澄清一些事实。"我说

"报社不是傻偶，你怎么能够控制他们说话的方式？"成康说。

"最难控制的应该是媒体，要不肖哲不会捅这个娄子。"我说道，"现在先按照这个步骤办吧。"

"我觉得找刘总说这个事情真的挺为难！"成康很勉强地说。

"成康，肖哲有难，你不能见死不救吧！"我表情严肃地说。

成康正了正脖子，很为难地说："那我试试吧，我跟刘总又没有什么交情，没有把握啊！"

"另外，肖哲，我想亲自见你们总编，跟他谈谈我的建议。"我对肖哲说。

肖哲搓着手说："事到如今，好吧！"

报社的吴总编是一个比较儒雅的人，见到我客气地握了握手，他行动的速度比常

人要慢半拍。吴总用烟斗抽烟，喝绿茶，看人总是怔怔的。

"吴总，江为民是我朋友，他对梦想的事有些建议。"肖哲很恭敬地说。

"其实我想到梦想公司会有所反应，但是没想到有这么大的反应。它这样做是得不偿失。"

"您现在对这件事有什么对策？"我问吴总编。

"搞媒体的，怎么能在乎一个公司？就算少了1500多万广告，我们照样能够发展。但是他梦想公司的损失就不仅仅是1500万了。"吴总编说。

"现在您与梦想公司有没有接触？"我问道。

"还没有，双方需要一个冷静的时间。"吴总编说。

"我想有必要安排您和梦想的刘总见一次面，这样大家能够直接进行沟通。情况会好，这件事越早结束越能够让双方受益。"我说。

"刘总拉不下这个面子，我也拉不下这个面子。"吴总说。

"这事我可以帮您来安排。"我说。

"梦想公司会主动来找我，我有这个十足的把握，但是既然为了长远合作，我没有必要有那么多讲究。"吴总编说完，用力将茶杯在桌上放了下去。

成康回到梦想公司，一天之内鼓了十次勇气，最后终于敲开了刘总的门。

"刘总，您好，实不相瞒，写负面报道的记者是我的朋友，今天我是来协调您和报纸的关系的。"成康几乎缩成一团，非常紧张，没法拐弯抹角，照直说着。

"是吗？你这不是给人说情吗？"刘总的脸一下子拉长了，成康以前从来没看过刘总这样的表情，不怒而威的样子让他心跳加速。但是既然进来了，为了朋友，而且对公司也有利，所以他斗胆说道："我这是以原则为中心！"

"哦，好一个以原则为中心，说给我听听。"刘总反倒把眉头松开，平静地看着成康。

"这个原则就是，如果我们两家闹崩了，对双方都是损失，是双输。如果我们尽快和好，舆论上反而会称赞我们有肚量。不打广告会使我们的产品销量受到很大影响，和好就是双赢。"

"好一个双赢，道理是这么个道理，但是凡事都有个程序，你看看，他们没个诚意，我这个台阶怎么下？"刘总一边翻书一边说。

"那您就来个诸法无我嘛，不要以自己为中心，要以原则为中心。"成康低着头说。

"成康啊成康，你是个好学生，但不是一个贴心的学生。呵呵。"刘总自嘲地笑了，说，"我也想好了这事解决的办法。第一、对梦想公司的广告费打8折。第二、开除写这篇文章的记者。第三、在报纸上公开给梦想公司道歉，说他们的报道失实。"刘总一连提出三大条件，而且一个比一个厉害，关键是一个条件直刺成康的心坎：开除肖哲。

成康头上出了汗，但仍像一只斗鸡，想再争取一下，深吸口气说："如果这些条件他们有的不同意，会不会僵在这里？您认为有的条件是不是可以作为可有可无的条件？"

"哪条是可有可无的？"刘总抬起头问道。

"比如，开除记者！"成康说。

"不同意！他吴总编每年从我这拿1500万广告费，竟然办出这样的事，他是什么意思吗？他可不可以解释得通，如果他能够解释得我心服口服，我不追究记者。"刘总语气很急，脸微红。

"但是真将他们的广告停了，对我们的PC经营也不利。"成康语气缓慢地说。

"吴总编出此下策，我需要震慑一下媒体，要不其他媒体会拿梦想当软柿子捏。我刘某表示一下是为了保护梦想公司的声誉。"刘总嗓音提高了说。

"刘总，这件事情我在外面也听到一些其他的声音。"成康站在刘总后面，刘总背对成康看地图。

"说说看！"刘总说。

"现在舆论中有一种非常不利于梦想公司的声音，指责梦想公司店大欺报，如果媒体不是说梦想好话，就会遭广告封杀，这只能说明梦想公司很脆弱，很狭隘。这是否会引起媒体的公愤呢？"成康说。

"这一点我考虑过了，但是人无完人，我不能做到完全理智呀。你想，梦想公司从几个人做到今天几千人，几十亿的营业额，多不容易呀。现在他们随便动动手，耍耍笔杆子，就让梦想臭名昭著，你能允许吗？"刘总变得非常激动。

"不允许。但是我想更好的办法是不是让这件事自然平息，甚至采取措施尽快平息，这样对梦想公司更加有利。"成康说，"您刚才说的三条，我看第一条吴总编会接受，另外两条等于是断了一家媒体的脊椎骨，他们无论如何也不会答应。最后这件事就只能越闹越大。"成康镇定了些，气氛把握得很好。

"成康，这件事我不想直接跟他们谈，我抹不过这个面子，别人打了我的脸，我还和他们谈什么谈，你去代理这件事吧。"刘总目光定定地看着成康说，"这件事要给足梦想公司面子。"

"恐怕不行，刘总，级别不对等，报社以为不尊重他们。"成康说道，"解铃还需系铃人，您得亲自出面。"

"小成，那你来安排吧。"刘总目光深沉地望着成康。

"江为民,我是成康,刘总托我来处理这件事。"成康受命后首先给我打了这个电话。

"那这件事完全落在三兄弟身上了,肖哲惹祸,我来息祸,你来解绳放人。"我笑着说。

"事情没那么简单吧,好歹梦想公司有几千号人看着这件事呢。我现在开始提条件。"成康在电话里显得一本正经。

"你说吧,江为民接旨。"我说道。

"今天晚上刘总想和吴总编见面。"成康说。

"我来安排。"我说。

我将刘总和吴总编的见面地点安排在友谊宾馆。但愿这个宾馆能够带来友谊。吴总非常重视和刘总的第一次亲密接触,因为从事发到现在,梦想已经有三个星期没有在吴总的报纸上打广告了。

双方都穿深色西服,显得很庄重。

吴总编一见刘总就和颜悦色,脸上绽开可掬笑容。

"您好,您好,久仰,久仰!"吴总编先跨出一步和刘总握手,然后和紧随其后的成康握手。

肖哲在一边故意装作和成康不熟的样子,也和成康握了一把手,并用力捏了他一下。会谈在饭桌上开始,仅四个人的饭局,肖哲给他们点了2000多元钱的菜。吴总编一个劲邀刘总吃菜:"刘总,多有得罪啊。"

"但愿是一场误会!"刘总微笑着说。很快谈话进入正题。

"不打不相识啊,刘总,这次我们两家成了焦点了,真有点不习惯。"吴总编说。

"在焦点位置上感觉不好受哇。"刘总说。

"也是,所以我们都想从焦点里出来。今天约刘总来的意思也是希望我们两家能够尽快进入正常合作。"吴总编说。

"我今天来,希望我们能就这件事达成一个初步共识。"刘总说。

"我知道刘总您很生气,我们能够理解,刘总是个要面子的人,我给您足够的面子,只要我们能够将这件事妥善处理就行。"吴总编非常诚恳地说。

"我们希望吴总编在报纸上做报道失实的公开道歉。"刘总显得神高气昂。

吴总编脸上笑容有些勉强。"这个条件我们没有办法承受呀。刘总,你想,报纸是一个严肃的言论阵地,怎么能够说了又道歉呢?这样读者就不会再看这样的报纸呀。"吴总编显得很为难,"刘总,你可以提一些别的条件,我们都可以接受。"

"那好,梦想公司希望将本文作者开除。"刘总说完看了成康一眼,又看看吴总编,吴总编在一旁沉默了几秒,苦笑了一下说,"我们以前还没有这种先例。"

肖哲在一旁瞪着成康，不知道成康葫芦里卖的什么药。

"我想知道，贵报登这篇文章的用意是什么？"成康在一旁插言。

"其实我们完全不是针对梦想公司的，改革嘛，过程中的问题拿出来争议，还是有积极作用的，我们绝对没有针对梦想公司的意图。"吴总编解释道。

"那为什么这篇文章明显有对梦想公司不利的倾向？"成康问。

"年轻记者，写法问题，完全是写法问题，不是态度问题。"吴总编看了看肖哲。肖哲满脸不高兴，从席上离开，去了洗手间。成康也去了洗手间。

"你小子今天怎么完全是梦想的一只狗。"肖哲在洗手间气急败坏地说。

"我看刘总也不想太简单就将这个事了掉，必然对吴总编发难。我猜最后底牌还是和解。"成康对肖哲说。

"我对你真的有意见。我们是多长时间的哥们，今天在饭桌上你帮谁说话啊？不是让我难堪吗？"肖哲说。

"我跟刘总说过，开除是下下策。可能刘总是在试吴总编的底牌，看吴总编对你是否真的很器重。关键时刻如果吴总编将你卖了，你不是猝不及防吗？"成康对刘总的做法大致理解。

肖哲和成康回到桌上，刘总和吴总编都没有说话，吴总编正在给刘总倒茶，到底谈到什么程度肖哲和成康也不知道。不过从吴总编的表情来看，谈判似乎有很大进展。

"梦想公司不是你们想的那种小公司，有自己的做事规范，也有自己的气量，这事就这么办，广告从下个月开始上，一切对梦想的报道恢复正常。"刘总说。

"是，是，我会亲自专程到梦想总部拜访您，这个误会我们会澄清。"吴总编笑得非常灿烂，谈判一切顺利。

谈判结束，成康陪刘总走了。肖哲出来，我在楼下咖啡厅一直等他消息。

一路上，习习凉风吹来，我和肖哲感到松快了许多，在车上谈论着成康。

"成康这小子是比以前能够沉得住气了，有几分风度。"我说。

"风度是有，但是我觉得成康变化挺大的，他对梦想公司存在的那种迷恋和自负非常明显，你没有觉得吗？"肖哲说。

"为什么不这样？中国企业中有多少真正对企业有感情的员工？像成康这种感情非常难得。为了公司的利益，他可以不要许多东西。以前在电视里有厂长经理是这样，但是觉得假。成康不假，从他去梦想公司的第一天，我就发现成康是将梦想公司当成个人的一个理想和寄托，这样的企业确实也太少了。"我无缘无故发了一通感慨。

正当我们说着，肖哲的手机响了。

"你们俩在哪里？"是成康的声音。

"你在哪里，我们正回我的住处。"肖哲说。

"哈，哈，今天真漂亮，肖哲，你从今往后成为吴总编的心腹了。"成康笑得很惬意。

"为什么？"肖哲很纳闷，"你千万不要弄巧成拙。"

"不会，见面聊吧，我把刘总送到车里，刘总回家了，我奔你来了。"成康说完挂了电话。

"我说吧，成康在大事上鬼精，他不会让局势对你不利。"我说。

肖哲没有说话。

很快我们在肖哲的屋里相聚。肖哲屋里完全是一个现代垃圾场，各种品牌的衣服和食品盒到处都是，一个没人管的苦孩子。

但是肖哲屋里的音响是一流的。

"听什么？"

"随便！"

"你是怎么搞定吴总编的？"我问成康。

"你们知道吴总编在肖哲和我离开座位时说什么了吗？"成康笑着说。

我和肖哲各来了一支烟。

"我也来一支。"成康说。

"吴总编到底说什么了？"肖哲问。

"吴总编说，如果开除肖哲，能不能够广告现在就上？"成康坏笑着说。

"看样子吴总编不是没有动过开除我的念头。"肖哲说。

"刘总对吴总编说什么了呢？"我问道。

"刘总说，如果你开除肖哲，梦想公司将永久性地停掉你们的广告，直到报社换总编我们才恢复广告。因为梦想公司不想背黑锅，让舆论说梦想公司逼报社开除记者，这对梦想公司在媒体中的影响极坏，以后梦想公司怎么请记者做宣传？结果将吴总编给吓得脸铁青。吴总编是个软弱的人。"成康说。

"所以吴总编不但不会开除肖哲，还会重用。"我说。

"对！"成康说。

"你小子越来越精了。"肖哲说。

"事先我给刘总推演了开除肖哲的后果，最后发现是一石激起千层浪，对梦想公司没有任何好处，那肖哲呢，大不了再找一个工作就OK了。所以刘总不但不会逼着吴总编开除肖哲，还会主动提出来不允许开除肖哲。"成康得意地说。

"高！"我拍着成康的肩说。

"唉，好久没有贾朝阳的消息了，他现在在美国做什么？"成康突然问。

"现在贾朝阳只和肖哲发email。"我说。

"看样子那一巴掌搧得好，传销精英到了美国还是精英。"肖哲说。

"怎么讲？"成康问。

"他正在美国酝酿回国创业之事，现在正在到处游说，希望能够找到合伙人。"肖哲说，"昨天还收到他的email。"

"那他为什么不找成康谈谈合作？"我说道。

"人家说要搞网站，像成康的事业他认为只是搬箱子，根本谈不上知识经济。"肖哲说。

"嘿嘿。"成康笑了笑。

"看看，他给你发email了没有？"我问道。

"看看吧。"肖哲按下电脑的按钮，很快调出了贾朝阳的email，看见贾朝阳在美国科罗拉多大峡谷举着双手的照片。

"呵，这小子跑到大峡谷去了，真壮观。"肖哲说。

"怎么，发来了照片？"我和成康凑过去。

"是的，骑在马上。"

"下面有一行字：这也是回国创业计划的一部分。"肖哲说道，"不明白，他搞的什么花样？"

# 三十四　你在哪条鲸鱼肚子里呢

梦想公司有一个惯例，每到财年过一半，公司会找一个北京郊区风景秀丽的地方开中层以上干部会议。成康毫无例外也参加了这样的会议。

这一次会议是在密云水库依山傍水的一个度假村进行的。会上首先是做得好的各大业务块主管介绍自己做业务的心得体会。成康也由CAD事业部总经理推荐上台介绍自己的心得体会，在那么多梦想公司精英面前发言还是第一次，成康上去讲完，衬衣都湿透了，整个跟蒸桑拿一样。

大家讲完后，最后由刘总进行总结发言。刘总穿着一件橙色T恤，显得意气风发，他遥望着坐在最后一排的人，好像是遥望梦想公司的未来，朗朗说道："大家有没有蒸桑拿的经历，应该都有吧。蒸桑拿怎样才有效果呢？一般人蒸到浑身开始冒汗，就有些坐不住了，顶多再呆5分钟就跑出来了。浑身开始冒汗要怎么办？要用勺子不断给电气石里加水，让蒸汽来得更加猛烈一些，这时候汗开始跟扎破了的水袋子一样往外冒，有的人这时候又受不了了，因为鼻孔吸进的气都是烫的。那当然，蒸汽是100度以上的。但是这时候要再坚持，用湿毛巾捂在鼻孔上，继续给电气石浇水，这时候感觉心跳开始平缓，汗流得很均匀，有一种静水深流的感觉，浑身通透，吐纳自如，这就是蒸桑拿到达了中国人说的境界，脑子会特别冷静，想事情非常有条理，那真是享受啊。"

蒸桑拿理论让成康浑身发起冷来，因为室内的空调温度开得很低。

刘总讲到这里，大家都开始兴奋起来，这是刘总的讲话艺术，他每次讲话都会有一个跟日常生活相关的小比喻，道理却非常深刻，能够让人记得住。

接着刘总表情平静着说："什么是干部呢？干部就要能够蒸得了桑拿。有时候是别人给你蒸，有时候是自己逼自己蒸，只有蒸到时候了，才能够打通全部脉络，突破自己的瓶颈。今天大家都是公司的骨干，我要再次强调一个问题：大家一定要培养下属，让下属有放开手脚做事的冲动。副总经理要有做总经理的能力，部门经理要有做副经理的能力。要给下属蒸桑拿的机会，不要总是自己蒸。每一个人都应该有一个过渡人物的心态，这样事业才能向前发展。我就是个过渡人物，梦想公司绝不能成为一个离开谁就乱或者离开谁就不转的公司。"

刘总的话赢得了梦想公司100多个中层干部的掌声。刘总讲完话，大家就各自散到房间里去整理一下，接下来就是吃晚饭和娱乐了。第二天上午继续放松，中午饭后就回城里。

晚饭后，成康到各个娱乐地方去寻找自己喜欢的活动，在走廊里刚好遇到了刘总。成康连忙喊道："刘总，您准备参加娱乐项目呢？"

刘总一见是成康，笑着说："哈哈，今天你那个汗流得正是时候，给我一个启发，就产生了蒸桑拿理论。可不是嘛，今天你上去演讲，就属于蒸桑拿，但是这样蒸一蒸，你就不怕了，下次肯定会很自如。"

成康笑着，尴尬得脸红。

"小成，你玩什么去呢？"刘总问。

"还没有想好！"成康说。

"那好，我刚好想找个人下下围棋，你会下吗？"刘总乐着说。这个时候的刘总跟在单位里的刘总完全两个人，整个儿一个慈祥的老头。

"我下得不好！"成康说。成康在大学时围棋下得相当优秀，得过系第一名，但是毕业后从来没有下过。

"没关系，但是我也下得不好！"刘总说着手搭在成康的肩上，成康跟着刘总进了棋牌室。

刘总和成康在一个僻静的单间里，靠近湖边的地方，开始了围棋对弈。

刘总执白，成康执黑。成康下子时，刘总不跟，很快在四个角啪啪按上四颗棋子。刘总的棋下得很散，基本上在不断开拓新地盘，但是每一块棋他都没有完全拿下来，两人在四个角势均力敌。不一会儿，成康占尽了边界的优势，虽然几块棋没有连起来，但是也都有活口，从目数上比刘总多许多。

在中场的争夺中，成康却陷入了四面楚歌的境地，刘总从三个边都有呼应的棋，成康只有一个边角可以接应。但是成康有很好的手筋，在每一块棋的交手中，成康总是屡出奇招，咄咄逼人，虽然棋子没有取势，却获得实利，几次被刘总围困的棋都能化险为夷。

从整个棋局来说，刘总在战略上有优势，所以得来许多无心插柳柳成荫的地盘，显得很轻松。成康得来的每一片棋都不容易，但是他有正面遭遇的奇才，从刘总的大势中硬是抢出一些地盘来。最后，成康执黑以1目半的微弱优势赢了刘总。刘总显得非常高兴，哈哈大笑。

刘总用欣赏的目光看着成康说："现在一切都要年轻人干，计算机的事业是年轻人的事业，对年轻人来说，我只是连接过去和未来的桥梁。从围棋上我看得出来，我的优势是定战略，你的优势是打硬仗。"

成康听到这里笑着说："刘总一定是让我三分。"

刘总拿出一盒Carrtier牌香烟来抽出两支说："抽吗？"成康拿了一支。刘总说：

"我原来抽得厉害，现在不想问题就不抽，但是不想问题的时候少哇，我只好改抽清淡的了。"

点上烟后，刘总语速较快地说："小成，如果我决定让你来做PC业务，你有什么看法？"

成康对刘总的话有些始料不及。梦想公司的主营业务有几大块，PC业务占的比重最大，而且去年PC没有完成既定目标。自己在梦想公司的时间并不长，虽说做CAD有些业绩，但业务的重要性不可与PC同日而语，他从未考虑过PC业务。

成康非常认真地说："刘总，PC业务我恐怕做不了！我认为做CAD更加合适！"

"小成，说明白一点吧，你有什么顾虑？我观察你很久了，从你参加新员工培训的记分卡，到现在人力资源部对你做的绩效考核记录，包括最近你的职业性格测试，我都看了，而且有几次聊天的经历。我认为你做得了！"

成康看刘总是个非常明白的人，就和盘托出了自己的意图："刘总，PC部门是一个很有历史的部门，里面老员工很多，而且有些既成的规矩，让一个完全没有PC背景的人去做，除非给他很大的权力！没有权力，谁也做不好PC！"成康话语很中肯和果断。

"说得好！你接着说，我很想听听你怎么将PC业务做好！"刘总兴趣高涨，他特别喜欢听手下的人指点江山。

成康发现自己话一出口就无法再收回了，只好不管三七二十一，将自己的感觉一篮子拎出来，因为他事先对PC业务并没有非常系统地考虑过。

"刘总，国产品牌PC目前是夹缝里生存，很艰难。前面有IBM、HP这样的国外品牌机给商业用户提供高性能的机器，下有兼容机瓜分家庭用户的市场。国外机器占了品牌的优势，国内兼容机占了价格优势，剩下包括梦想公司在内的国产品牌机没有突出的卖点。目前PC的利润全靠规模经济，如果PC在量上不能上到前两位，国产品牌机没有任何优势。中国的PC用户进一步成熟，开始关注PC的服务，而国外品牌机在本地化方面有不足。现在PC到了生死存亡的关键时刻，必须出奇招！"成康说着显得有些慷慨激昂。

刘总高兴地点着头说："好！所见略同，你认为该出什么奇招？"

成康接着说："什么奇招我现在不能说上来，但是如果要我做PC业务，现在这个样子我无法接手。"

"那你是接受了我的要求？愿意做PC业务？那好，你提条件，我支持你，用你的想法我早就有了，而且也和公司的几个副总裁讨论过，大家都支持这个决定，所以我是征求你的个人意见。既然你的条件都提了，那我不用你用谁？"刘总说完后仰头笑了。

成康也跟着笑了，但仍感觉有压力，谨慎地说："刘总，您让我回去想一想！"

"我尊重你的选择，但是年轻人要敢拼。"刘总送成康一句话。

想不到一次中干会议惹得成康彻夜难眠，他想自己是不是太冒失了，在刘总面前点评PC业务好吗？但是又想到刘总是为了用自己，主动跟自己交流的，心里踏实很多。但是想到自己要做梦想公司最重要的业务的主管时，成康还是有些胆战心惊的感觉，激动恐惧兴奋交织在一起，让成康渴求有一个人跟自己交流，他首先想到的是秦芳，但是夜已经很深了，他只好作罢。

第二天回到城里，成康首先就给秦芳打了电话。秦芳在电话那头声音非常微弱，周围噪音很大。

"成康，你找我有什么事？"秦芳说道。

"你在哪里，我想跟你聊聊。"成康说。

"我在机场！"

"哪个机场？"

"北京机场。"

"那你是准备回来啦？"

"不是，我离开北京！"

"出差吗？"

"不是！我已经离职了！我给你发邮件了，你是不是还没有收？"

"嗯，"成康的心如同失重一样往下坠，追问道，"为什么离职，你？"

沉默了一会儿，秦芳断断续续地说："我先生，他……很难讲，可能……我要去台湾陪他一段时间。工作对我没有意义。"

成康如同被冷冻在那里，不知道再说什么好，突然又说道："你等我，我马上就赶到机场去送你！"

"飞机还有一个小时就要起飞了，你别来了，我们邮件联系吧。"秦芳说。

"不！"成康嚷了一声，"我马上过来。"

成康挂了电话，马上打了一辆出租车，飞快地向机场方向赶去，但是车到三环就堵住了。成康心急如焚，不停地探头望着前面没有止境的车流。等了十分钟，车流没有任何动静，成康跟出租车师傅说："从前面那个路口转出去，我们找任何小路绕过去都行。"

出租车师傅把车打出车流，费了很大周折，终于拐进一条小道，但是又遇到红灯。前面的道路简直让成康绝望，一个红灯接一个红灯，每一个都让成康赶上，他几乎要拿头撞前风挡玻璃。

成康已经不忍心看时间，等他赶到机场时，足足花了一个半小时。好在秦芳的飞机晚点半小时起飞，但是她已经坐到飞往香港转台湾的飞机上了。

成康拿出电话，隔着巨大的玻璃，望着秦芳告诉自己的那个尾巴上有凤凰图案的飞机，发现前面有一群飞机尾巴上都有凤凰。成康的心都碎了，他凝望机群，好像看见一大群白鲸，秦芳在哪条白鲸肚子里呢？他拨通了秦芳的电话："我到了！"

"可惜，我已经在飞机上了！从飞机窗户望出去，候机楼里什么都看不见。"秦芳说。

"我也是，看见了一群飞机都有凤凰图案。"成康忧伤地说。

"嗯。不过，飞机起飞时，我告诉你，你就能够看见了。"秦芳说。

"你真不够朋友，为什么不提前告诉我？"成康淡淡地说。

"对不起，我也不知道为什么，我什么人都不想告诉，我想自己一个人承担。"秦芳柔软地说。

"不好，不好，这样不好，真的，我很伤心，我从来没有这样伤心过。"成康说着，声音哽咽了。

"成康，对不起，其实，怎么说呢，我把你当做我在北京最好的朋友。"秦芳戚戚地说。

"我听了很高兴，真的。有这句话，我很高兴。你一定保重！"成康说道。

"你也保重。"秦芳正说着，乘务员上来让她关了手机，飞机马上要起飞了，秦芳说了声抱歉，对成康说："成康，飞机要起飞了，我只好关掉手机了，你注意看啊，心到就行了。"

"你什么时候回来？"成康问道。这时候手机里一片忙音，成康发现有一条白鲸开始游动，那是秦芳乘坐的飞机。

成康注视着飞机缓缓移动，一秒钟也不愿意错过，他仿佛看见机身上一个小窗格里有一个身影在向他招手。慢慢地，飞机开始加速，然后昂起了头，离开地面，最后整个腾空而起，冲向蔚蓝的天空。

成康直到飞机消失成一个点，完全看不见了，才缓过神来，慢慢走出机场。

回家后，成康发起了高烧，或许蒸会议桑拿给蒸出的毛病。他躺在床上，眼前却出现了自己到公司后秦芳和自己见过的每一面，他甚至在想，跟刘总见面的机缘都是秦芳给自己争取的，当想到这里时，他不禁流出了一滴眼泪。

一个星期后，成康给刘总去了一个电话，开口第一句话是："我想好了，刘总。"

没等成康话说完，刘总就接过话来说："我知道你一定会接这个军令状，从你下围棋的风格我就知道了。你到我办公室来一下。"

成康马上去了刘总办公室。脚刚一踏进去，刘总就扔过来一句话："你准备打硬仗了？"

"我无法说服自己放弃这个挑战！"成康说。

"我也无法放弃试一试你的念头，我们都有风险，但是我们谁也不希望风险成为现实。"刘总一语双关地说，"我希望一年内将PC做到国内第一名，这是我的条件，你提你的条件。"

"我需要两年，因为第一年我要建一支打硬仗的队伍。我的条件是：一、人员由我来重组；二、PC战略要调整；三、我有奖励部下的权力。"成康非常简洁地提出了自己的要求。

刘总非常激动地说："我支持你，你放手干吧。"

成康知道这是箭在弦上，不得不发，成败在此一举，成功了，自己在梦想公司有发展前途，失败了只能离开梦想公司，这是他上任时的心理底线。

"你还有什么条件？"刘总笑中带威地问。

"没有！"成康爽快地答道。

"好，那我送给你12个字，你我有缘，记住，这12个字将贯穿你我的一生！"刘总郑重地说。

成康认真地看着刘总，凝神静气，仿佛在接受武侠大师的耳提面命一样紧张，更像大臣接皇帝的圣旨一样，心中喊着：接旨。

"这12个字是布施、忍辱、持戒、禅定、精进、智慧！"刘总表情严肃地说，"这是做一个杰出的人的方法，也是一个人做成事业的方法。李嘉诚用的就是这样的方法。布施：你会慢慢感受到施比受幸福，给予是企业和人立世的价值所在，能够给予是一种能力。带团队要关注他们能力的成长，他们的能力成长比你个人还重要，这样才能够积聚巨大能量！忍辱：一个人我字为大，何忍之有？如何服务于大众？无我能忍方得我。一个人忍得辱更应忍得荣，这个更加关键。持戒：办企业不是慈善机构，免不了利字当头，应有所为有所不为。赚该赚的钱，花该花的钱。禅定：愿景如果是墙头草，没有定力，房地产挣的钱是要赔到股市的，股市挣的钱是会赔到楼市的。办企业需要定力，决定的目标不能轻易动摇。精进：业不精进，哪有竞争力？人不精进，如何成就事业？智慧：有时候需要一些远观的智慧，当主管烦恼多啊，天天有麻烦事情找你，能在烦恼中获清净心，把握住根本，你就不会犯什么大错。"

刘总说完，看着成康慢慢点头，好像把武林绝学用内功全部传授给了成康，下面就看成康的了。

成康用几近儿子对父亲的敬畏之情看着刘总，不停地咽着唾沫。

很快，成康参加了公司的总裁办公会议，刘总在会议上亲自给成康发了PC事业部总经理的聘任书，成康从刘总手里接受聘书时，发现自己有不辱使命的责任感，一股悲壮和英雄气概直冲头顶。

梦想集团PC事业部成总经理的第一夜睡得很不踏实，他突然发现自己已经到了人生的一个重要时刻！

# 三十五　这个世界真的太小了

　　成康到PC事业部就任的第一件事就是裁员，他按自己的方式制定了一个考核办法，将300人的队伍裁到100多人。

　　裁员的阻力非常大，他的工作重心就是强化销售力量，队伍年轻化，工作作风顽强。成康担心的事还是发生了，几名被PC部裁掉的老员工居然联合到刘总那里去告状，认为成康完全没有管理才能，干事情完全是冒进，他们不希望PC部成为成康的试验场。

　　刘总一向用人不疑，将老员工的上告驳回，安排他们到适合的部门去工作。这股压力被刘总顶回去了。如果刘总在这件事上不给成康支持，成康的打算是辞职走人。

　　成康的第二招是不允许分公司零售梦想PC产品，零售业务全部交到各地的代理商去做。各分公司主要进行物流建设，支持好各地代理商的业务，提高物流速度，削减代理商的压货，也减少自己的库存时间。来自各地分公司的阻力比老员工的阻力大多了，因为他们有各自的利润，将梦想PC的零售业务完全让给代理商，会打击各分公司的积极性。

　　刘总感觉这个动静太大，甚至可能影响到当年PC业务的任务完成。

　　成康给刘总的回答是：必须这样做，靠分公司自己卖货，不如代理遍地开花，很快铺开局面，对代理的支持大，就能培养出自己的代理队伍。为了配合PC业务重组，成康请刘总给各地分公司以资金上的支持。

　　成康建议逐渐取消各地分公司成为利润中心的做法，让分公司的主要精力放在物流建设和渠道管理上。PC没有技术可言，大家拼的是渠道，是物流管理。梦想公司也是靠做渠道做大的，就目前来说，渠道是一切的根本。

　　刘总对成康绝大部分要求说yes，成康在业务重组上愈战愈勇。

　　成康的第三板斧是建立行业方案解决部，并且将当年在CAD部门培养起来的几个有过行业销售经验的下属带过来。这一下子炸了锅，许多在重组中被调整了岗位的老员工跑到刘总那里去告状，说成康是搞小团伙，任人唯亲。

　　成康说：做事情需要得力干将，他们和我磨合的时间长，配合非常默契，而且这个工作刚好跟他们以前的工作非常契合，做事情需要一帮人，这有什么不妥？我还敢打赌，这些从原来CAD调过来的人和我的工资都可以减半，如果完成了任务，年底再给我们补上。

　　这样一来，就没有人再说什么了，相当于成康练的是硬气功，真拿板砖拍自己脑袋，这活儿别人没法比，还有什么好说的呢。

为了提升士气，成康在上任三个月后搞了一个誓师大会，誓师大会专门请刘总参加，刘总奇怪地问成康说："都上任三个月了，你还搞什么誓师大会啊！"

成康笑着说："您一定要去给我打气，您到了就表示对我们重视了，下边的人才有干劲！""成康，你知道用我了啊！"刘总笑着说。

在誓师大会上，成康当众念出几个员工的名字，因为他们的业绩突出，新的绩效考核是工资和业绩挂钩，所以他们都获得了前所未有的季度奖金。

为了使各地分公司和代理商有很好的信任关系，成康开始了一个周游全国的"文化共享"计划，亲自到各地分公司去和当地的代理商开会交谈，成康向代理商承诺：除了给你们提供很好的产品，而且定期给你们进行无偿的培训。对销售业绩好的代理商的销售返点提高一个百分点。

成康通过一番大刀阔斧的行动，使PC部在收益没有明显增加前，投入却增加了近2000万元，一股压力慢慢在成康的心里凝结。

从第一季的销售情况看，PC销量有明显的增长，但是如果按照这样的增幅，第二年成康仍要卷铺盖走人，因为这不足以使梦想公司的PC攀升到第一的位置。

成康坐在刘总对面那个熟悉的沙发上，向刘总汇报工作，心里显得有些不安，因为刘总几乎满足了成康所有的要求，成康却没有完成预期的增长。

刘总在听完成康的汇报后，翻看了一下成康的报告文件，脸上却露出了满意的笑容。刘总说："成康，我没有看错你，以现在的投入和增长速度来看，我们好像没有挣钱，但是，你使我们PC的市场份额增长速度比整个PC市场的增长速度快一倍，这意味着我们比竞争对手的平均速度快一倍。我们保住了这块饼中应该有的那一块，而且还在扩大。我相信，我们的渠道在经过调整后，会渐渐显示出它的威力。第一季代理商增加了100家，而且每一家代理商拿货都很不错。投入不怕，只怕没有产出。"

刘总的话打消了成康心中的哀兵情绪。成康对刘总说："我有一个比较大胆的想法。"

刘总很爽快地说："说来听听。"

成康说："要在市场上占主动，最终恐怕还是市场份额。要想有市场份额，销量必须上去。现在国内PC的战略都是跟国外PC走，价格上也是采取跟踪方案，一般同型号的机器比他们低1000元左右。如果我们率先采取价格战，先挤一部分兼容机的市场，拿下市场份额，虽然对国外厂商PC市场空间影响不大，但是在绝对份额上我们超出，规模成本会下降，整个影响力就上去了，这时候我们再正面打国外品牌PC市场，就会逐步蚕食那批品牌摇摆型用户，最终拿下全国第一。"

刘总一直没有说话，他低垂着眼帘喝了口茶。几分钟以后，才慢慢说："销量上去了，服务跟不上，信誉很快就下来了，下来了再上去就难了，要想当王，必须之前就具备王者的能力。准备打大仗前，后勤工作要准备充分。"

刘总一语中的，让成康心中不禁叹服。可以说他这次来又是跟刘总要钱的，他正准备建立具备梦想公司标准化的PC全国服务体系，准备迎接一场更大的PC战。

成康在PC总部的椭圆形办公室召开了一次重要的会议，午餐是从必胜客买来的快餐，大家匆匆伏在会议桌上囫囵完午餐，又进入紧张的会议。

在会议上成康说得很少，他只发问，挨个问副总经理们：年底PC销量达到全国第一，困难在哪里？

管财务的副总经理、管物流的两个副总经理、三个销售副总经理、全国七个大区的总经理都参加了会议。每个区的总经理都分析了各自区域市场最可能实现的销售量，七个区加起来，总量离去年的全国第一IBM公司销量相差无几，但是每个人都清楚今年IBM的销售量一定有一个增长比例，所以这个量还是比IBM少。

管行业销售的李副总经理一脸慎重，慢条斯理地说："今年世行贷款有一部分是给中国教育，教育要面向世界，其中有近两万台的PC采购量，这个大单很多人都知道，我希望能够得到最大的支持，拿下这份大单。"

成康身体前伏，双眼炯炯看着李副总，一边用手指头在桌上划圈一边说："就这个大单成立专门的教育部，聘请几个教育界的专家来做顾问，一定要知己知彼，全力以赴，拿出最完善的解决方案，教育不仅是PC问题，要与搞教育软件的企业联合，用合力来赢这个大单，我全力支持你。"李副总点点头。

身材干瘦，但干劲实足的倪副总经理认为：梦想PC在质量上与国外品牌的差距并不是很大，但是在PC的品牌积累效应上，还是比国外的品牌差，所以要在品牌的影响力上再做文章。特别是在功能形象上，来一次人有我有，人无我有，用一个事件大做文章，显示出国产品牌在技术上的优势。而且品牌管理要规范化，有持续性，使旧客户对新品牌有亲切感，新客户通过旧客户的延伸，加强对梦想品牌的认知。

杨副总经理认为：树立服务品牌非常重要，国产品牌在服务上成本低，面广，可以快速反应，服务可以赢得老百姓对品牌的信心，服务要及时，还要规范化，标准化，使不同的用户在任何地方享受的服务是一致的，不会因为人为的情绪而使服务参差不同。而且服务要体现"多一些"的概念，成立一个"每天给你多一些"的服务维持体系，让客户经常能体会到做梦想客户的优越感。

成康飞快地做着笔录，他从不请秘书给自己做会议记录。

主管物流的吴副总经理谈了自己的计划：让物流转动得越快，经营成本就越低，所以建立物流规范体系势在必行。首先应加快信息流，对库存，各分公司的销售进度，提货申报情况都要及时反馈，PC总部对每个月的销售情况要在本月最后一天就知道，对库存、资金、机器型号、增长比例情况都要有非常准确的了解，才能制定合适的市场对策，掌握主动权。

各位老总的发言让成康感到千头万绪。今年一仗好像是一场大战役，仅有打赢的信念是不够的。物流、服务跟不上，等仗打起来时，会发现心有余力不足，眼看要拿下的高地最后会失去。管理二字在成康的心中有千钧之重。打不打得了胜仗，就看各方面的力量能不能调整到最佳，而且要有持续打胜仗的可能。

散会后成康到自己的办公室窝在大皮圈沙发里苦苦思索着。物流、服务、销售、品牌宣传……品牌投入、物流投入、服务投入、销售投入，他的脑子里一直重复着这几个词。先从哪下手，先投入什么？如何分头去做？如何应对市场的变换？竞争对手在同等情况下，我们有何种优势能战胜？渐渐地，成康体会了所谓商场如战场的真正含义，一旦战争开始，应对各种错综复杂的情况就像在战壕里指挥部队打仗。

经过几天漫长的思索，成康对许多决策有点举棋不定，终于敲响了刘总的门。

刘总正在观看墙壁上刚刚挂起的一幅骆驼图，见成康表情严峻地进来，知道成康工作上有压力了。

"小成，这是我刚刚从拍卖会上买来的一幅群骆图，不是名家之手，但是很有意境，我就买下来了。"

刘总招呼成康到画面前来。成康抬头望上去，这是一幅现代国画作品，采用了西洋画和中国画的技巧，一群骆驼的整体构图采用西洋典型的透视法，迎面的一只骆驼显得高大舒展，但是骆驼的表情非常平静悠然，昂扬地平视前方，一步步往前迈，而身后的几只骆驼却左顾右盼，但是整个队伍基本上成一条线向前迈进。大漠采用了非常写实的手法，一轮灼人的红日挂在天际，几乎让人嗅得出空气中的温度。

"成康，在众多情况下，只有一只骆驼是非常坚定的，更多的骆驼没有非常强烈的方向感，如果带头的骆驼稍有松懈，这一群骆驼就会散失在沙漠里，一群散失在沙漠里的骆驼没有风景可言，就像这一幅画，如果只有一只骆驼，你根本感觉不到它的力量，甚至有些悲哀，因为这样的骆驼离绝境已经不远了。要有一群骆驼，这是企业家的精神。"

刘总的话让成康有所悟，他明白自己必须要有信心，坚定不移，下面的工作才能做下去，一个人有时候坚持一个方向就像坚持宗教信仰一样，没有功利的解释。

成康主动提出要和刘总下一盘棋，刘总欣然应战。

在刘总的办公室旁有一个小棋房，里面布置着日本风格的家具，桌椅的腿都很短，漆成深红色，平滑而无光泽。在一面落地的窗户旁，摆着吊兰等只长叶不开花的植物，房间里有一股沁人心脾的清香。一面墙边摆着一个红木茶几，两旁是墨绿色的布艺沙发，非常简洁的几何线条。棋盘上放着两只朱砂色的棋缸，里面是磨砂树脂棋子，没有丝毫光泽，但是拿在手里非常有质感。

刘总坐到棋盘的另一端对成康说："这副棋子是在中国棋院弄到的，手感很好！"

成康抓起几粒棋子在手里掂量掂量，确实有一股使人气定神凝的力量。

开局是成康执白，刘总执黑。成康虽然一味要求执黑，以示对刘总的尊重，刘总却说："在棋艺这个方面，我们应该平等，所以不要顾及形式。"

两人坐定，渐入佳境。刘总的棋今天下得精明鬼道，不拘一格，整个棋局都在刘总的牵制下进行。

成康每下一步棋都非常审慎，刘总却一边下棋，一边品着龙井茶，丝毫不乱。在战术上刘总处处设陷阱，成康虽然基本能够识破，但是也得费很长时间，几乎使他对刘总随意的一步都疑神疑鬼。

在收官的过程中，刘总忽视了两块地盘，结果让成康打劫，最后成康在目数上比刘总少一颗子，由于刘总执黑，还是算成康赢。

成康感觉到事实上自己已经输了，不过他心里对PC市场的运作有了很大的感悟：做将，遇隘需勇猛善战；做帅，遇事需洞若明火。心理素质的最高处是精神境界。

万事俱备，只欠东风。梦想PC苦苦寻找着一次制造轰动效应的机会。得知来年初Intel将要发布奔腾处理器，成康认为这是塑造梦想PC技术领先形象的绝好机会。一个宏大的构思在成康脑中形成。

为此，成康主动约请了Intel中国区总经理David陈。为了获得好的谈判效果，成康专门打电话给肖哲，让肖哲介绍北京有品位的会客场所。

会客地点定在仿膳山庄，这是一处位于北京几代王朝的皇家园林北海公园湖心小岛上的高档餐厅。入夜时分，湖面结上厚厚的冰，泛着幽幽的光。一排宫灯挂在长长的走廊沿上，将客人引到一所金碧辉煌的处所。

成康和David陈相互寒暄，然后抛出一句话来："陈总，明年，我们从Intel的芯片采购量要翻一倍。"

David陈顿时眼睛笑得眯成一条缝，说："那真是太好啦，成兄真是我的福星。"

成康说："David，要实现这个目标，我只有一个条件，看你们是否能够满足？"

"成兄，你请讲，请讲！"

"你们马上就要发布奔腾芯片，我希望梦想公司成为国内第一家推出插上奔腾芯片的电脑。我们准备在北京、上海、广州三地举行梦想奔腾电脑同步发布会，三地通过卫星微波网，实时播放梦想第一台使用奔腾芯片的电脑下线的实况。"成康志在必得的表情说。

"这个没有问题，真的没有问题！" David陈喜洋洋地说。

那一天，仿膳饭庄的宫廷秘制菜都上了一遍，这是成康请客花销最大的一次，他想起刘总说的花该花的钱了。

在中国大饭店大都厅金碧辉煌的舞台上，成康亲自按动了第一台奔腾电脑下线的按钮，这一按如同拉开了报纸印刷机的电源开关，一直像海滩上的死鱼一样张着大嘴的媒体，铺天盖地卷起了国产电脑领先世界的报道热潮。中央电视台、《人民日报》、《广州日报》、《新民晚报》等全国有影响的电视和媒体，纷纷以各种抓人眼球的形式报道此事。

各类报刊的大标题有云："中国高科技与世界同步"、"国产电脑时代到来"、"生死时速中国电脑产业领先"、"国产电脑时钟变快"、"梦想电脑实现我们的梦想"等等。

很快梦想PC在国人心目中的影响力扶摇直上，各地打电话来询问梦想PC的电话络绎不绝。

这时候成康召集了一次紧急会议，准备迎接一场大丰收的到来。成康带领队伍颇有些打仗的味道，先是听下面的人反映情况，闭门苦思几日，然后召集大家开马拉松会，所有问题在会上要得出一个结论，最后他将自己的战术方法拿出来，有不同意见当面提。

经梦想公司这么一搅和，大家平平静静赚钱的电脑市场一下子冷风恶雨，谁也不能像以前那样踏踏实实挣钱，都想着应变的招。全国电脑市场像一锅要开的黏粥一样蠢蠢欲动。

成康成立了一个专门的资料小组，收集所有竞争对手同类产品的价格，每天密切关注价格的变化。他发现国外品牌PC时时有降价的行为，但是PC主流机型的价格始终没有大幅降价。奇怪的是，在动荡之机，有一批新品牌的国产PC机器也投入到市场，以类似梦想公司的市场炒作方式来宣传自己的PC，大家认为这是一个群雄割据的PC时代。

成康担心的并不是这些杂牌PC，而是不要砸自己的品牌。

几个月下来，梦想PC在品牌认知上已经有超出国外PC的趋势，国内厂商只能望其项背，现在的问题是抓住时机，让国人突破对洋货盲目崇拜的心理。

为此，成康让梦想PC积极参加各种计算机性能评比的活动，包括国家质量监督部门和《计算机世界》组织的评测。成康对质控部的要求是：参加评比多多益善，越是有国外品牌参评的活动，梦想越是要参加，要来个正面交锋。

第三季度结束的时候，梦想PC在市场上已经获得了成倍增长。

孟夏的一个夜晚，国内某报社编辑们正在忙碌着编校下星期一的报纸。晚上9点钟，国内要闻版三校已过，大样已到总编的案头。年轻的总编正在细细琢磨这一期报纸的要闻，希望不要埋没有价值的新闻，这时电话铃响了，那边传来一个非常熟悉的声音：梦想主流PC全面降价，奔腾133价格9998元……一系列型号和价格的信息都通过电话传递到报社。

几天后，"梦想奔腾价格破万"的醒目标题以独家消息出现在报纸的头版，以梦想PC为首的PC价格大战拉开序幕，这股劲风以摧枯拉朽之势，将许多无名品牌从市场冲刷干净。

众多国产PC厂商遇到了沉重的打击。许多小规模的厂商在国际市场拿的散件价格比梦想公司高，在配件价格上没有优势。梦想公司还有自己的主板，在规模优势下，保证了降价的主动权。等一批厂商在价格战中跟进到了利润底线，梦想公司又开始了新一轮降价，许多厂商无法再赔本跟进，很快从市场上销声匿迹。

国外厂商刚开始在价格战中采取低调路线，他们继续维持原来的价格，只在即将退出市场的产品上进行小幅降价。梦想公司针对这一市场，采取了清库甩卖的做法，目的是将PC产品线向上拉一个档次，让低端产品与兼容机在同一线上竞争。由于服务优势，梦想低端产品很快获得了消费者的喜爱。许多厂商以多媒体产品自居，想在价格上稳住，梦想PC与外设厂商合作，使多媒体功能成为必备功能，给多媒体厂商一次致命的打击。梦想PC在市场上的绝对优势地位很快确立起来，以规模效应来应战PC市场，成为梦想PC胜出的法宝。

商务应用领域，PC曾经是外商的天下，许多商业用户不太考虑价格因素，只希望品质有很好的保障，外商的品牌PC在中国领域有许多优势和历史条件。梦想公司在最高档次的PC上一直保持稳定的价格，与外商保持了一定的价格距离。借助系统集成和行业解决方案部的力量，梦想公司一步步侵占着这块领地。

正是梦想PC如日中天的时候，一天，成康接到一个陌生人的电话，有一家公司的老总要见成康，他希望梦想公司能够收购行将破产的电脑公司，两人约了下午两点在成康的办公室见。

下午两点，成康的办公室门准时被敲响。成康放下手头审看的销售报表，说了声请进，抬起头，不觉愣住了。

尽管经过了几年的磨砺，成康显得成熟许多，但是模样变化不大。对方的模样变化也不大，但是这个人成康无论多久没有见面，只要一见面就一定能够认出来。

"你叫张府！"成康惊讶地叫出声来。

"您怎么认识我？"来者已经忘记了当年在IHW那个穿着整齐的西装面试的小伙子。

"你平时也穿得这么整齐吗？"成康笑了笑。

张府终于想起什么来似的，脸上非常难堪，皮笑肉不笑地说道："这世界真的太小了。"转身就走出了成康的办公室。

成康赶紧起身要叫住张府，但是张府已经把门带上了。

紧张的一年，成康像超人一样在全国飞来飞去。他有一个专门的市场方案小组，针对从库存、销售、市场份额、服务等各个部门反馈的信息，做出最快速的反应。上1000台PC的单子，成康多是亲自出席签约，给顾客很大的信心。

他要求员工在市场行为上一定要灵活，灵活是比外商有优势的地方。打品牌的时候可以投入多一些，做到运营收支平衡就行，甚至允许少量的亏损，但是一定要拿下第一笔单子。要将市场份额拿下，然后再谈利润。一定要真正赢得用户，赢得用户价格是一个方面，做每一个单子当做交一个朋友一样，实现承诺。

成康对员工说："每一个顾客买你的第一台PC时，买卖才刚刚开始，你要让他们只记住你的PC，根本想不起别人的。PC产品更新换代很快，今年买的机器，明年就要升级，我们的利润都在明年实现。这叫超前投入，滞后获利。"

经过一年的奋战，PC部获得了丰厚的市场回报，赚取的资金投入到渠道和管理的建设中去了，队伍得到了很好的锻炼，手下增加了许多高人，市场第一的地位增加了员工的士气和凝聚力。成康在短短的一年中几乎变了一个人，他经常在公众场合高谈阔论，曾经的内向和拘谨已然不见。

# 三十六　竖子不足为谋

正在成康的事业进行得如火如荼的时候，留学美利坚的贾朝阳居然回来了。他应了我们的预言，像所有出国溜达一圈又回来的人一样。

贾朝阳见到我们后说的第一句话是："中国好，做不了世界公民，你跟别人亲如一家别人感到害怕，在中国虽然到哪都嫌人多，但是在自己家里，别人理不理你你可以不在乎。"

贾朝阳到北京以后才告诉我们他已经回来了，这与他几年前的风格大相径庭，那时候他在开窗户之前一定嚷着要揭屋顶的。

贾朝阳回来的消息很快在我们几个患难兄弟之间传遍了，大家都推了手头的事，下决心在最忙的时候也要聚一聚。正在天津谈业务的成康一边开车一边打着手机，不停地跟人说："对不起，今天晚上的约会取消，我家里有急事。"他从天津到北京一路用电话取消了五个商务约会，奥迪在晚上九点到达竹园宾馆。

我们几个陆续到达竹园宾馆，发现竹园宾馆原来是藏在一个小胡同的几间破四合院，里面是什么情况就不知道了。

贾朝阳早已全身美式装备——Nike体恤，锐步鞋，长筒棉袜站在门口等我们。我见贾朝阳上去就朝他胸口一拳说："别他妈假爱国，穿着美国制造的皮在四合院接客，怎么也捏不到一起去呀？"

发胖不少的贾朝阳只是一个劲地笑，和每一个人都不忘来一个"Hi"打招呼，然后拥抱一下，这种礼节虽然热烈，却是非常空洞和夸张的，我无从体会我们之间以前的那种相互骂一句的默契。一个Hi字，将几年阔别带来的距离感展现无余。显然他还在美国文化的惯性里，不像以前那样，整天牢骚满腹，开口闭口骂人。贾朝阳身板也站得直直的，每一句话都体现出对别人的尊重。有时候尊重就是距离，特别是像我们这样在一个宿舍里睡过的，反差让我感到一丝别扭。

成康没有感觉到距离，他和贾朝阳很快就找到了共同话题，嘻嘻哈哈从门口一直聊到院里。当然现在的成康也不是曾经话少自尊心强的成康，他现在话多了，身份也不一样，是梦想公司得力的总经理，前途无可限量，经常和各式各样的人打交道，在表情和语言上都非常职业——总经理的自信和稳重，对人保持一种距离感的谦逊，偶尔会在恰当的地方开两句玩笑，引来大面积的笑声。成康一般穿深蓝色或灰色西服，经常是深色底料浅色花点缀的领带，在欢庆的场合，也来一条大几何图形花纹的领带，用色非常大胆：浅绿、金黄、朱褐，配上亮色的衬衣：白色、天蓝、铁灰，几分倜傥跃上眉宇。成康有那种天生的矜持素质,对人保持的感觉完全符合他现在的位置。他是一个领带收藏者,意大利、法国、瑞典……世界各地的名牌他都能说上一二,你见到他的领带没有重复的时候。老实说,财富使我们之间的感觉有些变味,而这种感觉主要在我们这些还没有富起来的人中最强烈。

心理感受归心理感受,但是跟我们哥几个在一起,成康除了变得成熟一点外,其他的东西完全派不上用场,喝酒、吃饭、讲笑话,偶尔也搓麻,我们绝不会谁看谁脸色,完了到洗浴中心蒸桑拿、冲澡,赤条条一样,我们都脱去了社会的外衣,彼此无比开心。

今天给贾朝阳洗尘接风当然是成康请客了,因为按照我们简单的请客原则,成康是我们几个中先富起来的那一拨,理所当然是他请。成康到底有多富我们并不是很清楚,自从他开了一辆奥迪,我们才知道他确实和以前不一样,我们对与自己无关的富人总是视而不见,可是对成康的致富总是恹恹然,不知道自己哪里不对劲。我们对成康的富有总是高兴和落寞交织着。

酒桌上,成康和贾朝阳俨然成为主角。人事的变化很微妙,酒场有时也像战场,有实力的人很快就能识别对方,然后捉对开侃开喝。以前不爱说话的成康和爱骂人的贾朝阳在酒桌上总是配角,李伦和肖哲总能把持谈话和玩笑的方向,时隔多年,游戏规则开始发生了变化,人情世故非常残酷和现实。

贾朝阳在酒后慢慢放松下来,开始能够结合地方方言讲他的北京人在美国的经历。我是不看见贾朝阳骂人就觉得心里不是滋味,所以念念不忘给贾朝阳劝酒。有时候你听别人骂人才知道他心里想什么,彼此了解了,才会有真正的友谊,所以我希望他能够骂给我听听,哪怕是酒后一骂,如今听实话很困难。

"在美国我花在学习上的时间非常少,更多的是看美国人如何创业。"贾朝阳脸上带着微笑,一字一句,比较认真地谈起自己的经历来,桌上的人也开始认真听。

"美国有许多白手起家的企业,在计算机领域更多了。像比尔·盖茨大家都知道,Netscape、Yahoo,对了,我见过一次Yahoo的总裁杨致远,台湾人,我向他请教过在中国如何能够白手起家,他没有正面回答我,但是他说在互联网上机会多如牛毛。我看到那些在美国创业成功的人士,发现华人非常少,他们一般只能在技术上做得很顶尖,但是创业就不那么有利,因为对整个社会的文化很难适应。我在美国第二年开始有回国创业的愿望,后来见到杨致远,使我更加想回来创业,而且Focus(聚焦)在网络上。"贾朝阳谈起自己的想法来非常认真和严谨,美国理科大学的教育在他身上体现出来。

成康端起一杯啤酒说:"说实在的,当初你走后我也想过去美国,我是觉得我对中国的关系文化不适应，后来在梦想公司我发现中国还是有广阔的地方不太讲关系，讲才能。"说完他带头干了一杯。

我们跟着干。李伦说："不过，我们还是讲关系，来来，我们为我们的特殊关系干杯！"大家都笑着举起了杯。

"我这次回来，可以算是回国创业的开始了。"贾朝阳说，"在一次商务会上，对了，美国有一些同行业的商务会，大家主要是建立关系，拓宽视野，我在那一次会上见到了一个教授，他是一个网络信息提供公司的总经理，自己是一个汉学家，芝加哥大学计算机专业，但是对中国文化很感兴趣。他跟我聊中国文化，但是对中国文化说实话我比他还差，秦汉唐明，我简直连这个次序都弄不确定，只好东扯西拉跟他谈中国文化。后来我告诉他我是湖南人，湖南现在还有许多地方的发音是先秦的发音，保留了古人的发音和古字的用法，他非常感兴趣，和我一聊就是两个多小时。我们从严肃的谈到不严肃的，我尽量将话题变来变去，每一个话题他都能够深入展开谈，我一见自己谈不了什么，就赶紧转移另一个话题，最后我转到我最拿手的话题，我知道中国许多地方最常用的骂人话，这是我在大学学来的，想不到他对此非常感兴趣，他说骂人是最精辟的文化，美俚就是美国的国粹。老教授的脸都讲出了一层油汗，他用餐巾纸抹了抹脸，说要带我到他家里去，要和我通宵达旦谈中国各地常用的骂人话。想不到我用中国所有地方的骂人话来骂了他一遍，居然骂出了一番事业。"

我们被贾朝阳的天方夜谭逗得前仰后合。你想，一个小伙子不停地骂一个外国老头，那老头不但不生气，还一个劲地乐，乐完了还决定给他钱，让他办公司。岂有此理！

贾朝阳用纸巾擦了一把汗又绘声绘色地说："老教授家里书真多，有一个100多平方米的书房，房间四周墙上全摆满书，中国书比外国书多，四书五经、二十四史，许多是繁体字台湾版，要什么有什么，看得我直冒冷汗，觉得他太了解中国了，了解得我觉得自己在他面前光着屁股走路，让他看透了我的灵魂。但是慢慢地我发现他对中国始终停留在了解的水平，离理解中国还非常远。他对中国的感觉无非像一个爱收藏各种各样的玻璃球的小男孩，他并不是真正拥有玩玻璃球的男孩的乐趣，他的乐趣在于收藏的玻璃球越多越好。"

"后来老头就经常约我吃饭，几乎吃遍了硅谷的各种餐馆，有藏在树丛里的法国小餐厅，有现场酿造鲜啤的德国风味餐厅，有日本料理，巴西音乐屋，等等。吃完了都忘不了让我骂他两句，我一骂，老头就乐。比如老头问这顿饭怎么样，我会用四川话来一句：'锤子！'老头就高兴地说锤子锤子，还用手做锤子状，我们俩高兴地起身离开饭馆。"

"随着我对老头的事业的了解，心里有些感觉，想说服老头到中国去投资，于是自己泡在图书馆花一个月时间精心炮制了一个商业计划报告。那一天我拿着商业计划去老头家找老头，看见他正拿着放大镜看一本很破的线装书。老头说他正在写一本关于中国古今名人名骂的书。我可能来得不是时候，等我跟他谈到中国投资办文化网络站点的方案时，老头竟来了一句：竖子不相为谋！他骂得我晕头转向。老头抚着一头灰发用蹩脚的中文说：'文化是赔钱的，在美国投钱搞文化，中国文化更加不赚钱，在中国搞文化网络站点绝对赔钱。你要知道，我们是在搞商务，不是搞文化，我喜欢中国文化，但是从来是花钱，没有想到要赚钱。生意是生意，文化是文化，你的一定要分开。'老头将中国的'搞'字用得非常好，而且连日本式中国话也用上了。"

"我被老头一顿训斥弄得非常尴尬，忘了老头对中国国情非常了解，而且将商业和文化分得很清楚，所以第一次提出的商业方案老头给全盘否决了。老头训斥完后又去埋头看书，我正欲转身告辞，老头叫住我，问我知不知道蒋介石是怎么骂人的。被老头一顿乱骂，而且一个月的辛苦白费，我正没发泄处，就大声扔给老头一句：娘希匹！痛快地往外走。没想到老头乐得前仰后合，那笑声颇像港星周星驰，嘴里还不停地念叨：娘希匹，娘希匹，好！"

"后来老头真的将蒋介石的名骂写到书里，还出版了，书在他的母校芝加哥大学非常走俏，每个读了老教授书的人都说收获颇丰，大家都会以冷不丁骂上一句'岂有此理'为荣。"

更让贾朝阳恼火的是，老头居然将"娘希匹"据为己用，经常在交谈中与贾朝阳的看法相左就来一句"娘希匹"。贾朝阳也不忘回敬一句湖南非常难听的骂人话。俩人骂完后相互仰天长笑，大有魏晋名士风范，只是话语不堪入耳。

如此来往了近两年，贾朝阳和老教授的关系非同一般，两个爱骂人的家伙成了忘年交。经过贾朝阳多次修改自己的商业计划，老头决定到中国来开办公司，由贾朝阳做中国办事处代表，然后逐步发展成为分公司。老头在网络上的业务是专门为纺织行业提供各种新材料新技术的信息，相当于一个纺织业的信息网络，许多会员是世界各地的纺织布匹大王、服装设计大师、服装制造公司。老头的网站每两天就会更新全部内容，而且有实时的专业新闻发布。通过这种非常全面的网络信息服务，赢来了世界各地许多会员网络用户。老头在国外是通过信用卡来收信息使用费，而中国的信用卡不是很普遍，所以没有到中国来发展业务，但是也有到中国来开拓的意思。经贾朝阳一鼓吹，他也觉得贾朝阳是一个有创造力的人，非常信任他，决定到中国来开展业务，由贾朝阳全盘负责。

贾朝阳的一席话让我们听得荡气回肠。"太新鲜，太没谱了！"肖哲用东北口音在一旁说。

我说："没有什么，再离奇的事也有合理的地方，要是老头不是喜欢中国文化，贾朝阳不会骂人，你们也没法建立友谊，没有友谊也就没有后来的一切。"

"存在的就是合理的！来，喝酒！"李伦邀杯，我们都痛快地干了一杯。

贾朝阳接着说："这个竹园饭店也是老头的主意，他说从旅游站点上知道北京有个竹园酒店，康生曾经住过的地方，在康生以前是个太监安德海住过，但据说那人将胡雪岩弄破产了。四合院，很有文化，老头就一定要住这里。"

我们在竹园宾馆聊得很晚，在月色中各自奔自己的窝去了。

一天后，贾朝阳就陪老头及夫人开始了丝绸之旅。

飞机飞到兰州，贾朝阳说先找个宾馆住下，然后再打听去敦煌的道路。老头从和他差不多高的大旅行包里拿出地图用带四川味的普通话说："我已经打听好了，我们乘连夜的公共汽车，明天一早就到了敦煌。"（老头的汉语启蒙老师是一个四川留学生）

贾朝阳点头说Yeah，然后伸出胳膊想帮老头背旅行包，老头说No，坚决不给贾朝阳效力的机会。

转眼再看老头的夫人，她很快就被一群卖夜光杯的小贩给围住了。一些被风沙吹红了脸蛋的妇女围着老妇人说："Look，look，夜光杯，very good！"

夫人只是摇头，费了很大的力气才杀出重围，贾朝阳也上去给夫人解围，颇有汉奸之态。走了大约100米，后面还有红脸妇人在围追堵截，嘴里喊着："Cheap，cheap！"

好不容易上了去敦煌的长途汽车，每个人有一个卧铺。贾朝阳躺到那里，已经累得不行，老头却兴致盎然，说："夜光杯很好，只是太沉了，等我们回来再买。"

贾朝阳懒洋洋地说："到工艺品商店去买，这里全是假的。最好是晚上买吧！"

老头呵呵笑着说："Yes，你很懂夜光杯？"

"No，中学读过一首诗，说葡萄美酒夜光杯。"

"Yes！我知道，中国唐朝伟大诗人李白的诗，葡萄美酒夜光杯，欲饮琵琶马上催，醉卧疆场君莫笑，古来征战几人回。"老头一口气将整首诗背了出来，回头问贾朝阳对不对，贾朝阳已经开始打起了呼噜。老头见贾朝阳没有回答他的话，问道："Are you tired？（你累了吗）"见仍没有反应，就转头入睡了。

车到九泉时停下来上水，已经是月明星稀。老头下车活动了一下筋骨，马上有许多人围上来说："夜光杯，夜光杯，good，really。"

在月光下，这些杯子还真散发出荧荧的光。老头按捺不住，用10美元买了一个。

车一到敦煌，老头的第一件事就是买一瓶长城干红，浅浅倒入夜光杯，仰脖子喝尽说："Very good！葡萄美酒夜光杯。"呛得他脸红红的。贾朝阳在一旁哈哈大笑。

　　当天去看了敦煌莫高窟。老头专门到旅行社找了一个导游讲解。贾朝阳给老头拿录音机,莫高窟关于佛的故事都收录到录音机里了。但是老头没在佛像面前照一张照片,他说这里需要保护。

　　晚上回敦煌城里,老头选择了骆驼做交通工具,要连夜骑骆驼过鸣沙山。贾朝阳心里频频叫苦,但也没辙,只好坐到又臭又脏的骆驼身上,踏着月光的清辉,行进在沙漠里。到午夜时分,沙漠异常寒冷,风嗷嗷地吹起来,贾朝阳冻得只打哆嗦,抬头望天,只见天上的星星都摇摇欲坠。有一种不明的声音从远方传来,又长又悠远,一股地老天荒的情丝打动了贾朝阳从未发觉的神经。他突然非常理解老头的行动,非常理解中国文化,非常理解中国。中国不天长地久下去,谁也不应该天长地久下去;中国不繁荣昌盛下去,谁都不应该繁荣昌盛下去。想着想着,差点从骆驼上掉下去。

# 三十七　我们这算一夜情吗

　　老教授在中国实现了自己的梦想，拥有了一套很标准的北京四合院，还在江西领养了一个中国boy，心中无比地满足，每天在四合院里晒那些从敦煌、大同石窟买来的仿古工艺品，差点将办公司的事给忘了。幸得贾朝阳提醒，他才记起来到中国要办的正事。

　　或许对老教授来说，热爱中国文化就是他的正事，办公司纯是业余。在年轻的时候，他已经将青春、想象力、勇气和尊严都献给了business（事业），通过长达几十年的努力，现在他不缺钱花，也有非常成熟健康的公司交由别人帮他管理，他就攥着企业中最要害的部位——资本，开始了他的中国文化之旅。好在他有一个中国文化的爱好，要不他很难想象自己老了还有什么乐趣。如今贾朝阳跟老头倒过来了，他拥有青春、想象力、勇气，但缺乏企业最要害的部位——资本，所以当他发现老教授时有大获至宝之感，老教授跟别的有钱洋人不一样，因为老教授虽然是地道的美国佬，却有一颗中国心，这一点是贾朝阳说服老教授的突破口。

　　老教授那天自己也像一个老古董一样和一群工艺品在四合院里晒太阳，摇椅一晃一晃，功夫茶冒着清香，贾朝阳从竹园宾馆来找老教授。打心里说，他对竹园宾馆烦透了，他想住一个高一点的地方看一看北京的模样，整天在篁竹丛生的四合院里出出进进，心里有点明末清初的感觉，心坠坠的，影响自己创业的激情。

　　见老教授在摇椅上晃悠，贾朝阳也躺到旁边的竹椅上，将腿往茶几上一搁，说道："阿尔法特，we must begin our business（我们应该开始我们的事业了）。"

　　老教授躺在那里一丝不动地用类似新疆烤羊肉人口音的中国四川话说："Yes！明天我到中国银行看我的汇票，你现在可以去打招聘启事了。要多少人，你应该想好了！"

　　"Yeah！但是现在我们还没有选好办公地址。"贾朝阳提醒一句。

　　"做网站，办公地址不重要，一切是虚拟的，我们可以在美国租一个服务器，用国际域名，比在中国的访问要快许多。"老头说得头头是道。

　　贾朝阳仰起头看着太阳眯缝着眼说："那我们还是需要一个办公室吧，要不就拿你这里一间屋做办公室？"贾朝阳也是满嘴新疆普通话。

　　"No，no，you are wrong！（你错了）"老头这次没有骂贾朝阳"娘希匹"。到国内以后，老头就不再用中文骂人了。"四合院不能当办公室，影响公司形象。我建议租一个环境好的地方。"老教授从椅子上座起来，抽了一口竹筒水烟。

贾朝阳心里骂：娘希匹！我陪一个冒牌中国遗老在这里聊个什么劲，起身出了四合院。

后来老头在顺义的天竺花园弄了一套房，是他的一个美国老乡买的，倒是有258平方米的复式结构，但是一直没人住，房间有一股潮味。就这样，贾朝阳总算在北京有了自己的住处，从竹园宾馆搬出来，打一辆的士到乡下去了。复式结构共有四间房，贾朝阳自己住一间，有两间用来办公，剩下一间在楼上，用来干什么贾朝阳还没有想好。

"他妈的！这老头太精了，一定有犹太血统！"这是贾朝阳成立公司之后和我们聚会时说出的第一句话，他又开始骂人了。贾朝阳经过很长一段时间折腾，将公司的手续办完，正式挂了牌，才从老头那里拿到第一个月的工资。以前老头给他的生活费和住宿费，算是老头请客，因为他的雇佣期应该从公司成立开始！在新世纪饭店里，贾朝阳以他拿第一个月工资的名义，请我们撮了一顿饭。

"都说中国人精，美国人精起来让你没脾气，全是合乎商业规范，你只能忍着。"我在国外的公关公司干了这么久，总结出一句话给贾朝阳听。

贾朝阳皱了皱眉头说："人跟人还是不一样，这老头很精明，但还是挺可爱。我生气归生气，觉得跟他干活可以摆明了谈，一切按规矩办事，不担心他算计你。"

"这大概是美国文化和中国文化的差异！"肖哲来了一句。

"美国文化和中国文化的差异不只是这一点，两种文化都有可取的地方。"贾朝阳在文化比较上最有发言权。

新世纪的晚餐意味着我们都迎来了一个崭新的未来，崭新的机会，特别是贾朝阳，他的回国创业总算开始了。


贾朝阳很快招来一个传媒大学的研究生，她对办事处的信心比贾朝阳还大。贾朝阳见她大老远从城里打的找到乡下来，心里着实吃了一惊。面试时他们是到空港工业区的大马路上进行的。俩人沿着宽阔的马路一边走一边聊，双方都非常开心，最后贾朝阳对戴着黑框眼镜的女研究生说："我们这里不招女性。"

研究生顿时非常诧异，嘴半天没有合拢，脸上有些不悦，但还是压抑着心中的不快说："贾先生，贵公司的招聘启事上并没有注明这一点。"

"是的，但是我现在才发现，我们办事处不具备招女职员的能力。除非你能解决上下班的问题。而且公司是创业之初，加班加点的时候很多。现在办事处有一间空房，如果是一位男士，会更加利于工作。"

研究生突然撤去了自己的矜持，有些嘲讽意味地问道："贾先生，您是出国留学

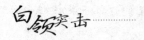

的吗？"

"是的！"

"可我一点也看不出来，美国比中国还封建。"说完，研究生扭头打了一辆的士走了。

贾朝阳满脸通红，站在马路上发愣老半天，那感觉跟女朋友见面不欢而散差不多，心里窝得慌。半天回过味来一想，觉得女研究生说得也对，自己怎么跟封建皇帝似的。

两天后，贾朝阳按研究生的简历，拨打了她留下的手机号，但是没人接听。一支烟功夫还是没人回话，贾朝阳觉得心里空空的，他在一刹那才知道自己毕业六年了，还没有一个真正的红颜知己。

两天后，女研究生给贾朝阳回了电话，语气非常客气："贾先生，您好！我是3天前来面试的边红，有什么事要帮忙吗？"

"你认为这个公司很需要你的话，请你明天来上班。"

"我会考虑！您是我见过的最不像老板的老板。不过对不起，我会尽快给您答复。"边红的话是很正常的公事公办的语气，但是贾朝阳居然感觉到了冰冷，他说不出来那种感觉，换了别人他可能不会觉得冰冷，因为他与许多应聘者聊过，从来没有这种感觉。难道这个女孩与众不同？！他告诫自己脆弱是商人最不需要的素质。

三天后，边红拎着一口旅行箱出现在公司楼下，贾朝阳在接到她要来的电话后在天竺花园门口等候。说不好为什么，贾朝阳对边红注入了很大的期待，公司的工作似乎非她不行。就这样，边红住到了楼上的房间里。贾朝阳感到非常奇怪的是边红那种安之若命的状态实在是太好了，仿佛和这所房子有前世的渊源，住在里面非常踏实和习惯。贾朝阳刚开始对这所房子感到发空，房间大得让他无法和它培养出亲切感来。

边红很自然地布置着从她的卧室到卫生间到厨房的一切，她好像是电影摄制组的道具工作者，按她对家庭面貌的理解，一步一步安排着一场电影的室内拍摄布景。或者她将这所房子真正看成了公司给她的宿舍，虽然所有权不属于她，但是只要她在这个公司工作，她就可以按自己的喜好，安排这个房间的摆设。

贾朝阳对她的安排自然是无可厚非，只管埋着头享受这一切带来的方便。缺什么只要边红说了，他就会去买来。这种配合虽然应该属于夫妻，但是贾朝阳尽量从这种想象里脱离出来，开展公司的工作。早上的煎鸡蛋他是要吃的，午饭和晚饭他经常在外面吃，因为公司初始运作，他需要经常往外面跑。

公司的工作是从一本电话黄页和两部电话开始的。公司的主要工作是和国内的服装外贸部门、服装杂志、服装厂、布匹厂建立联系，然后建立共识，希望他们能够将自己的资料组织上网，发布到美国那边老教授开设的网站上。

公司在美国的网站上开了一个China的目录，内容由国内的网络公司制作上网。贾朝阳在中国组织的服装布匹信息，通过一个经营网上内容的公司，帮他FTP（文件传输）到美国。

贾朝阳和国内的一个ICP（内容提供商）进行了长达一个月的谈判，最后才确定了双方的权益，签订了信息制作合同。ICP按照贾朝阳的制作要求，将服装布匹信息分类制作成英文网页，然后传给老教授在美国的网站。网页信息每星期要刷新一次，按照制作的page（页面）量收费，每页120元，如果网页的制作难度加大，就会收取20%的技术附加费。

信息的组织工作是让狮子都头疼的事，办事处必须和全国各个地方的布匹生产商建立联系，达成共识，让他们提供最新最好的布匹信息。

贾朝阳要说服一些布匹厂商有时候是要费点劲的。首先他们不明白为什么贾朝阳能够不要钱也不要物，白给他们上网。和他谈这个项目的都是厂里的销售人员，他们知道的销售技巧是吃饭、喝酒、玩乐，经常有人白吃白喝也不买东西，从来没有像贾朝阳这样给他们的布匹信息上网，销售到全世界，而且分文不收的情况，所以他们总是用研究员的眼光看着贾朝阳。

贾朝阳当然带着美国的思路，跟他们谈双赢，有时候将自己的商业机密几乎都谈出去了，他告诉他们自己在建立一个全球最大的布匹站点，这个站点收集的布匹信息越多就越出名，越出名就访问的人越多，越多就越赚钱。贾朝阳说美国的许多网站像Yahoo，AOL，给别人提供免费网络空间，提供免费的内容搜索，一开始也还一直赔钱，但去的人多了，一旦访问量上来，马上在股市上就能套现钱。网络有两大特色，一是到处是免费，再一个是网大不中留，该出手的时候就出手。贾朝阳简直成了一个科普教员，经常穿梭在乡镇企业间给人们讲网络常识。

贾朝阳坦白了自己有两个方面营利：首先，如果自己的网站访问人多了，当然就会有人在上面打广告；还有一种方式就是自己可以根据内容编订一本电子杂志，专门给世界上的服装设计大师、服装厂发送，收取一定的信息费，所以绝对不会骗布匹厂家。贾朝阳将最后一块遮羞布都扯了，但是还是有许多厂对贾朝阳的上帝行为不解，他们甚至怀疑他是一个用互联网行骗的高科技骗子，怎么骗他们不知道，但是有一点非常清楚，不能和这种高科技骗子合作。

边红见这样不行，给贾朝阳出了一个主意，采取适当收取费用的方式。贾朝阳心

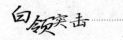

里感到好气又好笑，这些厂商非要他们掏钱才干，那就试一次吧。果然采取收费比免费要好许多，虽然将别人口袋里的钱掏出来并不是容易的事，但是这样增加了办事的可信度，作为他们市场推广费用的一部分，许多厂商愿意出钱，并定期通过邮寄的方式给贾朝阳提供信息。

贾朝阳认为自己应该将公司的情况定期给董事长老教授汇报一下，两个月后到四合院将这种营利的方式告诉了老教授，却不料惹得老教授非常恼火。

老教授说："我不希望公司从这里营利，这不是公司的利润来源，希望你能够按照公司的原则来办事，否则董事会会将你换掉。"其实董事会没别人，就老头说了算。贾朝阳也是一肚子火，他对老头嚷："这是中国国情，我必须这么做，否则很难达到我们的目的。中国的事务我有独立运作的权利，希望董事会不要干涉太多。"

"No！董事会有权监督你的做法。"老头变得非常固执。

"我对我所做的事负全部责任！"贾朝阳感到很上火，扔下老头出了四合院。


晚上贾朝阳在天竺花园内部的一家饭馆请边红吃饭，两人首次这样郑重其事地吃晚餐。

"这老头太固执，我感到很受限制！"贾朝阳说道。

"那你也得听他的！什么时候你自己做老板了你才不受限制。"

边红来了一句很实在的话，边红每时每刻说的话都硬梆梆的但都是真理。贾朝阳刚开始发现她是一个非常好的参谋，办事处事业初创，需要这样的好员工。现在他感到边红也成了自己的压力。这是贾朝阳的不对，他对边红除了工作上的要求外不能有别的要求，因为员工除了工作好外，她不应该承担别的压力，可是贾朝阳总喜欢将一些压力谈给她听，他或许希望从边红那里得到一些安慰。

边红故意回避这种安慰人的角色，她并不喜欢一个经常需要安慰的男人。这种因果无法说清楚，只要贾朝阳显得非常强大和固执，边红就能够表现得细腻，同样是对工作上的事，也能体现出她的关心，而一旦遇到贾朝阳软弱的时候，边红会像牛虻一样用不中听的话来刺他。当初招边红来是看中边红的这种个性，现在两人的配合缺乏默契，贾朝阳发现边红成了一根鸡肋。

两人正吃着，贾朝阳的手机响了。老头来的电话，希望他能承认自己的错误，并承担责任。

"Yes！"贾朝阳回答了一句，将手机关了。

与老教授争吵后几天，贾朝阳才出现在办公室，他见到边红时脸上洋溢着夸张的微笑，兴致很高地告诉边红："我要请你好好吃一顿饭。"

边红抿着嘴，似乎知道贾朝阳为什么请自己吃饭，所以也不问，就欣然答应了。

下班后，贾朝阳驾车带边红到了一家海鲜馆。虽然只有两人，贾朝阳却要了一大桌，鱼虾蟹贝，好不热烈。边红穿着一件蓝底小白花的连衣裙，迈步款款，是以前少有的娴淑态，见贾朝阳上了这么大的阵势，故意皱着眉说："该不是鸿门宴吧？！"

贾朝阳笑着说："最后一顿晚餐，鸿门宴也罢！"

"我的价值也不会就这么一桌贝壳吧。"边红还在故意给贾朝阳绕。

贾朝阳却说："我刚见到你时，觉得你很怪，还有一股犟劲，确实将我给吸引住了，我觉得公司一定要用你才行。"

"那你是什么意思，现在你后悔了？"边红盯着贾朝阳说。

"哪敢。我吃硬不吃软。你知道你让我记得最深的一句话是什么吗？"

"是什么？我可忘了，千万别记仇！"边红笑着说。

"你说我是最不像老板的老板。我现在还在琢磨这句话呢！我特别想你告诉我什么样的老板才像老板。所以我像大海捞针一样把你找回来了。"

"我就一根针的价值呀！"边红佯装不快，在一盘贝壳里挑来挑去。

"你实话实说，什么样的老板才是老板？"贾朝阳有点认真地重复着。

"我就随便说的一句话，你就这么当真，我以后不敢乱说了，怕误了你的前程。"

"哪能，我只是觉得童言无忌，比较真实。"

"你过分！"边红气得拍桌子，贾朝阳哈哈大笑。

两人有说有笑，非常畅快的一顿晚餐。贾朝阳又要了一瓶法国波尔多红酒，用镶金口的小郁金香杯盛上，气氛变得有些豪华了。

吃得差不多了，边红拿着腔说："很少荣幸被你请，是不是有什么事要跟我商量？"

贾朝阳喝了不少酒，口齿还算伶俐，但是脸有些微红，气色反而更好。他用餐巾拭了拭口，整整衣领坐定了说："我在这个公司的使命快结束了，说明白一点，我已经决定辞职了。"

边红用葡萄一样圆的眼睛诧异地看着贾朝阳，激动地说："我不明白你为什么要辞职？难道就是老头批评了你不当的做法吗？"

"当然不是！只是我觉得这个公司前景渺茫。以老头的认识，他还不想在中国大力投资，这就限制了我们的发展，上限看得很清楚了，我为什么不离开？"

边红半晌不再说话，勺在汤碗里碰出叮当声，然后慢慢抬起头，眼圈有些发红："那你想干什么？"

"我现在对中国的互联网络市场有许多经验，而且看好了网上分类搜寻这一块业务，相信我会到国外融到资金，再回来发展。我觉得国内许多机制还是跟不上形式，所以想采取在国外融资，在国内运作公司，然后到NASDAQ上市，获得自己的发展基金。采取风险资金的方式，我可以真正拥有经营的主动权。"

"你认为这样行吗？"边红声音小得勉强可以听见。

"我有周密的商业计划，再加上我在国内办公司的经验，相信能够吸引到风险资金，而且会是很大的一笔资金。"贾朝阳比较自信，说话的时候不断点头。

"那好，祝你好运！"边红举起郁金香杯一饮而尽。

两人都无话可说，出现了一段空白的时间，贾朝阳看了看已经显得冷清的店内，用发干的声音说："边红！我觉得你很有能力，我想向老教授推荐你做现在公司的负责人，你愿意吗？"

边红看了贾朝阳一眼，淡然一笑，然后平静地说："你不是开玩笑吧？何况我希望跟有领导才能的人干活，不想自己带头。"

"你就是一个很好的领导！"贾朝阳非常郑重地望着边红。

边红看了看表说："时间不早了，我们是不是该回去了？"

贾朝阳给边红披上衣服。边红在接衣服的时候手抓着贾朝阳的手说："我来你这就是一个错误，我有这种感觉。"

贾朝阳低下头说："是我开始就错了，这个公司从一开始就很业余。"说着从边红手里慢慢抽出手，笑了笑说："我们走吧！"

到车里，边红拿起一盘CD放入音响中，是一首郑钧的《我的爱赤裸裸》。

那天晚上，贾朝阳抱着赤裸裸的边红，就好像抱着一个青瓷花瓶，他感慨万千地说："时代变了，我大学毕业那会儿真土。"

边红媚笑着说："你现在也土啊！"

贾朝阳捏住边红的鼻子说："我们这算一夜情吧！"

"我知道，出国的留学生一个个饿得跟狼一样，你一夜够吗？"

"……"


三天后，贾朝阳向老头正式提交了辞职书。老头很费解地看了贾朝阳一眼，然后在辞职书上签了字。老头决定给贾朝阳多开三个月的薪水，贾朝阳说谢谢，然后提出了公司可以由边红负责的意思。老头抚了抚头发说："你可以将工作都交接给她，关于谁负责的事，我还不想很快确定。"

贾朝阳花了一个星期将办事处目前的业务情况都做了口头和书面的交代，匆匆离开了办事处。他回到了我们中间，到成康那里小住了一段时间，每天埋头编制他的商业计划。我们对风险投资并不了解，所以对他靠几张纸就能弄来钱的方法表示怀疑，就劝他能够留下来，到大一些的外企去工作，前途还是非常好。

贾朝阳说只对创业有兴趣，打工只是权宜之计，他还是离开了北京，我们在国际机场送他的时候，还看见了边红。

我们问贾朝阳爱情是不是已经发生，贾朝阳说：Not at all！（根本没有）

# 三十八　出来混和瞎闹腾

"情深意长"抽奖活动成为我和肖哲成功合谋的典范之作，真正体现了我们俩左脑魔鬼右脑天使的能量。我们俩成为没事在一起瞎聊的黄金搭档，常去的地方已经开始从三里屯酒吧一条街移师后海酒吧。

一瓶酒下去后，肖哲木着脸说，"今天我请客。"

"不是说好了我来吗？有什么好事么？"我感到纳闷。

"不好不坏一件事，我下个月要到澳大利亚溜一圈。"肖哲一边开瓶子一边说，他从来不用服务小姐开瓶。

"上次你说过，去干什么？"

"采访，也算是中国代表团。"肖哲咧着嘴笑着说。

"代表什么？"

"中国零售业。"

"你怎么又跑到零售业去了，零售业就是卖烟酒副食啊！"

"零售业怎么了？零售业厉害。去年全球500大，美国最大的零售商沃尔玛是1000多亿美元营业额，比微软可多三倍转弯。"

"那零售业跟计算机有什么关系？"我感到不可思议。

"你又狭隘了吧！满大街都是零售业。看见条码扫描仪没有，那就是计算机。当然那只是很小的一部分。连锁店没有计算机无法进行。还有高档的会员制商店，完全是靠计算机对顾客进行跟踪管理，才赢得了顾客的回头率。中国当然是在学习阶段，用得不是很普遍，但是这是大趋势。"

经肖哲这么一说，我心里有些谱了。两星期后，他作为中国代表团的成员，出席澳大利亚艺术之都阿德莱德的零售商会展去了。

肖哲一团由国内贸易部某司长带队，其他媒体记者，国内知名商场西单、赛特、燕莎、华联、武商的老板也去了。

飞机在东京停了4个小时后，在大海上又飞了9个小时。

肖哲戴着眼罩睡得迷迷瞪瞪，没一会儿就听见周围的老外叽叽呱呱说话，心里纳闷外国人精力真充沛，半夜里醒来聊天。等他拿下眼罩，吓了自己一跳，原来天色大亮，大家都在忙着吃早餐，就他一人戴着黑眼罩在做黄粱美梦。

飞机在悉尼上空盘旋一周，很快就要降落。从天空望下去，白色的悉尼歌剧院像小孩遗失在海边的玩具。

机场有一个矮小的外国老头迎接大家，他是当地一个旅行社团的人，老头矮小拘谨，显得猥琐。肖哲在机场的information处拿了一本英、日、中三国文字的悉尼说明书，书上写着大量的雪梨，仔细一看，原来是台湾同胞制作的说明书，将悉尼翻译成雪梨。外国老头说只要有一个大"I"的字母标志，就意味着是问询处，整个雪梨都是这样。

在机场外等了一会儿，来了一个酷似港星"大傻"成奎安的华人，但是一脸温和，跟老头接上了头，老头就将肖哲等人交给了"大傻"。"大傻"拿出手机，拉出天线，跟里面说着糟糕得掉渣的英语，嗯啊了老半天，然后让肖哲等人上车。车后面有一个小拖箱，大家将行李放进去，然后上了车。

"大傻"开车，一行人都默不出声，跟碰上黑社会似的。车将肖哲等人拉到了喜来登酒店，然后见到了邀请方派来接待的人：一个大胡子老外和一位见中国人有些羞怯的女士。"大傻"给肖哲等人留了一个电话，说要出门可以打那个电话。

在大厅里还遇到了同来参加会议的台湾同胞，雪梨就是他们的杰作了。大家彬彬有礼招呼了一番，各自回房间。

一会儿大家说要出去转一转，拨通了"大傻"留的Albert Lay的电话。Albert Lay在电话中用英文说马上就来。过一会儿Albert Lay的车就在门口等着，大家出来一看，Albert Lay是一个地道的广东人，见肖哲等就开始用广东普通话问他们要到哪里去转。有人说到悉尼歌剧院，有人说情人湾，有人说去富人区看一看，有人说哪里有袋鼠，有人说哪里有唐人街，众说纷纭，莫衷一是。Albert Lay说："我们先围着这个城市兜兜风，把我们明天要去的地方大致转一遍。"大家就听了Albert Lay的，先来个走马观花。

一辆小巴将大家拉到大街上，看见悉尼警察都开着车在街上巡逻，一会儿呼啸过去一辆。Albert Lay说悉尼没有步行的警察，肖哲心想北京也没有步行的警察。Albert Lay脖子上挂着一个扩音器，一边开车一边给肖哲等人讲解："在悉尼华人很多，整个澳洲有40万华人，悉尼就有20万。"

Albert Lay说他来悉尼9年了，给几家旅游公司当导游，报酬计件。

走马观花转来转去，到Double Bay富人区，Albert Lay说："Double Bay，double pay，富人区的地价非常贵。"回头发现没有人应声，一看，大家都累得在车上呼呼大睡。肖哲抬起头来应了一句："跟中国人一样，也讲风水，double就是好事成双嘛。"

出了富人区，有人提出要买皮衣，Albert Lay就拉一伙人到一个很偏僻的地方，原来是一个皮衣制造厂，里面的老板是中国上海人，全家都是。卖的东西除了皮衣还有羔羊皮、绵羊油、澳洲宝石。大家看了看，皮衣一般，样式也很土，比不上国内的。

但是鞣制得非常好的雪白的羔羊皮让大家非常来兴致，每人像卷大饼一样卷了几张羔羊皮，塑料袋装上，用抽气机抽成真空的带走。大量的绵羊油、特产，成包成包买了。大家乐颠颠拎着大包小包出来，发现Albert Lay的车没有了，细一看，警察在地上用粉笔写着车已经被拉到什么什么地方去了。Albert Lay很镇定，脸上并无慌张，拿出电话说了一通广东英语，然后陪肖哲等人站在马路边聊天。Albert Lay说这个地方很偏了，也没有合适停车的地方。正说着，"大傻"将车开来了。Albert Lay说这是旅游公司的车，大家都能开，刚才大傻交了罚单就将车开来了。

大家纷纷上车。Albert Lay一边开车，一边开始给我们讲解澳大利亚的历史，他说英国的库克船长发现了这块宝地，后来成为英国人的犯人流放地。这里的历史不长，所以澳洲人非常看重历史。正说着，肖哲看见路边有很破的房子，有的房子只剩下一面墙，四周还打着点支撑。Albert Lay指着废墟说："这就是澳洲人保护的文物，不到200年的老房。"

肖哲笑着说："到江苏或山西，整街整街这样的房，还没有这么破。"

大家转到了情人湾，Albert Lay说带大家到casino（赌场）去看一看，大家兴奋起来。车很快到了一个很普通的楼房前，众人进去看了看，感觉几乎是中国的一个菜市场的感觉，摆满了角子机、轮盘、扑克台。人群熙熙攘攘，里面80%是黄色面孔。大家似乎不喜欢里面的气氛，很快就出来了。

车绕了一个弯儿，大家见到了悉尼歌剧院，发出整齐的赞叹声！哇！很快就有人拿出照相机来咔嚓了几张。Albert Lay说回头会有一个专门进歌剧院的安排，所以大家没有非常急切地爬上歌剧院的台阶。

第二天，一伙人启程到阿德莱德。当天有一个接风酒会，一个澳洲律师给大陆来的每一个华人分发了名片，肖哲接过一看，地道的一个中国人，只是在澳洲边学习边工作。肖哲转身将名片扔到废纸篓，嘴里嘟噜着：犯不着到澳大利亚来打官司！

第8届亚洲零售商会展在阿德莱德会展中心开幕。开幕式甚为壮观，声光电的舞台上，澳大利亚副总理和南澳洲洲长分别做了热情洋溢的致词。大会设置了专门的展览区和专题报告区。来自日本最大的零售组织、韩国商人、澳洲零售商界的资深人物在报告厅做了许多精彩的报告。第一天肖哲将会议议程安排得满满的，从A、B、C、D每个展览馆先走马观花看了一遍，然后扎在人堆里听专题报告，大会用英、日、中、韩四种语言，同声翻译消除了语言障碍，肖哲密密麻麻记了大量笔记。第一天他还将10多公斤资料扛回了宾馆。

当天晚上，南澳洲政府为了答谢参加会展的各位来宾，在阿德莱德的城市剧院招待了大家一顿丰盛的晚餐。肖哲对西餐非常过敏，整个晚餐就是吃烤牛肉，喝可乐。

对付饱了，大家陆陆续续进了一个金碧辉煌的小剧院，舞台上高耸的管风琴可以称得上金碧辉煌。一群人坐在那里，听澳大利亚男高音在那里唱歌剧，听得懂听不懂都听。肖哲强打起精神，怕自己不小心在剧院睡着了。

第二天肖哲的计划是专门看展台。IBM公司和富士通在那里有非常庞大的展区，各种先进的零售机器让人眼花缭乱。以色列商人多是一些很小的零售机器，像收银机、手持扫描器等。IBM这样的大公司谈的东西很深奥，供应链管理、物品识别、网络购物等等，旁边还摆着一个机器人，不停地对经过的人打招呼：welcome! 肖哲对机器人发生了浓厚的兴趣，又是和他握手，又是对话，还拍照留念。另一个记者问一个脑胆的金发女孩，机器人是真的还是假的，女孩说当然是假的。肖哲顿时觉得跟机器人浪费了不少感情，又转到其他台上了。

澳洲的计算机零售技术并不怎么样，但是零售业非常发达，尤其是南澳的葡萄酒和一些土特产品，样样都惹人。一群记者边看边尝，谁要是发现一种好吃的东西，很快就相互传播，争先来尝，澳洲人非常豪爽，怕的是观众不来尝。肖哲对零食毫无兴趣，却迷上了澳洲深红深红的葡萄酒了，刚好又遇到一个展台的卖酒女看上去很美，肖哲就和她聊上了。

女孩慢吞吞地告诉肖哲，这是她家自酿的葡萄酒，她家有大片大片的葡萄园，这使肖哲想起了电影《云中漫步》，兴致更高，一杯再一杯地喝，金发女孩没有丝毫吝啬之态，只是一个劲儿笑着给肖哲斟酒。不知是喝多了还是酒不醉人人自醉，肖哲觉得有些天旋地转，啪地坐在人家的木酒桶上不走了。卖酒女望着双眼发直、满脸通红的肖哲大笑不止，肖哲挤出一些笑，定了定神，跟女孩说了拜拜。

会展结束后，来自亚太区的记者聚集在一起，有一天的游览安排，主要是看澳洲的动物。亚太区的记者来自中国、中国台湾、日本、印度、泰国、马来西亚、新加坡、韩国等地，当然也有澳洲的记者，大家在路上慢慢就聊到一起去了。

一位长得有点像习德一的日本记者主动跟肖哲打招呼：嗨，我是出来混。肖哲没有完全听明白日本人的英语，以为他是像中国人说客套话，自己也非常谦逊地点头说：彼此彼此，我也是出来混。日本人睁大眼镜说：哇！你也是出来混！然后非常恭谦地掏出名片来。

肖哲接过名片，有一面是英文，另一面是日文，但是日文几乎全是中文，上面写着日本《Coopers&Lybrand》记者出来浩。

原来刚才自己误会了日本人的意思，肖哲连忙掏出自己的名片，笑着说："I'm not出来混，just a joke just now！"

日本记者却非常憨地点了一个头，认真地接过肖哲的名片，俩人在路上寻找着熟悉的英语话题。

当天的旅游节目全在动物园。澳洲的动物多温顺古怪，身上长绒毛，肚子或背上长皮口袋，白天睡觉，晚上觅食。

最先到一个依山而建的动物园，干瘦的管理员老太太牵出一只狗来给大家讲了半个小时狗的家谱，肖哲听不太明白，心里感到纳闷：在澳洲狗也成了观赏动物？

在场的人都有些不耐烦，就算是一条天狗也不需大家在大太阳底下观赏半个小时。接着大家来到袋鼠园，人们的兴趣高涨起来，有许多人争相和袋鼠合影。这时一名马来西亚记者突然惊呼起来，不知他是怎么羞辱了袋鼠，袋鼠居然给了他一巴掌。

大家对袋鼠紧张起来，动物管理员连忙解释说：never happened before！以前从没有发生袋鼠给游人搧嘴巴的事情，到底是袋鼠情绪不正常还是游人行为不当，谁也搞不清楚。管理员将这件事记在了她的管理日志上。

大家最大的兴趣是看树袋熊，澳洲特有的动物，又称考拉。考拉一天睡23小时，大白天全在睡觉，游人再怎么骚扰，它们都不睁一下眼皮。

游园一直游到晚上，澳洲动物多是晚上出来活动，所以晚上大家就跟在拿着手电筒的动物园管理员后面，寻宝似的慢慢前进。

一天早中晚三餐全是在动物园吃的，最后一餐在动物园里一个圆顶的大棚里面，整个棚子像一个马戏棚。自助餐，肖哲端着盘子跟在一名澳洲记者后面，队伍在虾面前拥挤起来，澳洲记者就回过头来和肖哲搭讪，她说她叫瞎闹腾，《悉尼先驱报》的记者。肖哲听她说她叫瞎闹腾（Shareton），忍了几忍，还是笑出来了，喘着气连忙补充一句说："Nice to meet you！I'am肖哲，Chinese。"瞎闹腾既活泼又有些敏感的样子，咧着嘴笑了笑。

吃完饭，亚太区所有记者都上到一条游船上。大家吹着墨累河清新的风，坐在白色的沙滩椅上喝酒聊天。一名长相酷似萨达姆的印度记者对台湾的Zulia林女士产生了浓厚的兴趣，上前去给Zulia林脸上一个响吻，搂着她的肩一个劲要和她喝酒。

林女士自然是见过世面的美人，对印度佬的无礼给了一个微笑，但自觉不胜酒力，当然就求助于大陆同胞，肖哲等人对Zulia林怒其不争，哀其不幸，很快就加入到喝酒行列。

灯泡眼睛的印度记者身材魁梧，自诩钢琴弹得不错，人生两大嗜好是美酒和美女，喝酒自然也不甘示弱，但是看见肖哲这么多人，他也有些胆怯，就在游船上转悠了一圈，抓来两个皮肤跟他很相似的马来西亚和泰国的记者，这时候喝酒很快成为肤色和肤色之间的较量。

为了使酒喝得有趣也能比个高低，中国记者发明了一种方法：猜年龄。规则是猜对方酒员的年龄，如果与对方的实际年龄相差一年或刚好，就为胜，由被猜方喝酒；如果与实际年龄差超过一年，那么差几岁就喝几杯。因为大家根本不知道对方的年龄，所以玩的当然是君子游戏。"出来混"和"瞎闹腾"都过来为肖哲助兴。

刚开始肖哲这边的人频频猜错，一瓶葡萄酒有一半都被中方喝掉。为了反戈一击，大家将面相老成的肖哲放在最后出场，这时候与肖哲对阵的正好是印度记者，他见瘦长得跟一根甘蔗似的肖哲，眼里满是必胜的轻狂。肖哲先猜他是35，结果印度记者才33，肖哲连喝两杯。接下来轮到印度记者猜，印度记者用手伸出一个6字，说"Thirty six"，肖哲微微一笑，说："再给你一次机会。"印度记者有些紧张，看了看自己周围的棕色皮肤"同胞"，有的人说34，有的说28，差别非常大，印度记者觉得大家的意见相差太大，自己回过头来定看了肖哲几秒钟，大声说道："Thirty eight！"

"Are you sure？"肖哲问了一句，脸上始终是神秘的微笑。

印度记者非常肯定地说："Yes！"

肖哲说："The lefts belong to you！所有的酒都归你了，相差10岁！"

印度记者眼睛睁得像死鱼，他不相信这一事实，慢吞吞地抱起了酒瓶。

# 三十九　谁制造了黑幕

就在成康在PC市场做得风生水起的时候，一场对梦想公司构成致命威胁的风暴骤然来临。首先是肖哲第一时间在《北京晚报》电脑版看到的，这篇报道刊登在头条位置：《业内人士曝出IT黑幕笔记本电脑偷换了良"芯"》。报道中称一位不愿意透露姓名的业内人士向《北京晚报》记者提供的信息，说一位姓王的先生偶然发现自己的笔记本电脑里面安装的是一张台式PC的芯片，而非笔记本电脑专用芯片。文章由此引发出台式电脑CPU芯片"究竟换不换得"的疑问。关键是报道里提到王先生购买的笔记本电脑正是梦想公司的产品，而这个产品目前尽管在成康的业务范围里销售额不是最大的，却是贡献利润率最丰厚的业务，是未来成长的接力棒业务。

这篇报道的杀伤力太大了，仅一个标题就可以杀死一个几十亿的业务。肖哲心里发紧，马上给几家自己熟悉的媒体打电话，但多是IT领域的专业媒体，而此事首先从消费者阅读的大众媒体开始报出来，肖哲在大众媒体圈里的人脉并不多。打了几个电话，其中有两个媒体把已经上版的报道压下来了。

肖哲告诉这些朋友：事情没有这么简单，这里面肯定是一场商业大战的阴谋，而不是一个简单的技术问题引起的。

几个电话过后，肖哲马上想到赶紧给成康打电话。

成康正在庐山开华东地区经销商大会，马上每年强度最大的PC大战"暑促"——暑期大促销之役就要打响了。成康接到肖哲的电话愣了一下，提高音量说："你马上帮我监控一下网络传播的情况，估计明天还有一拨平面媒体的报道出来，这对梦想公司不是危机，简直是个灾难。"成康说完，把电话挂了。走出会议室，看着庐山的万壑云海，成康不禁深深吸了一口气，拨通了另外一个电话。

"为民，我啊，成康。"我听到了成康急切的声音。我当时正在打理我那已经不多的头发，正是因为盐碱地效应，我对自己的发型就更加讲究了，稍微理得差一点，就非常影响我的心情，所以我的理发是指定理发厅，指定理发师，只在中央电视台对面的一家豪仔温州理发厅理发，而且给我理发的师傅指定为一个矮个的温州小伙子。

我的头发正理到一半，电话铃响了，我犹豫了半天，才接起电话。

"啊，成总，成总！"我故意把声音拉得长长的。

"为民，你怎么这么久才接电话？我有急事找你。"成康快速说道。

"我比你还急，我理发理到一半，成了鬼剃头，你以为我哈韩啊？"我笑道。

"为民，作为危机公关专家，我给你们公司一个活儿，帮我把这次笔记本电脑用台式CPU的危机给渡过去，这事关系到今年整个笔记本电脑的销量。具体情况你直接和肖哲沟通，好不好？"成康委以重任的口吻说。

"好吧。危机公关不是一蹴而就，而且该你出面发言你得出来，任何时候，你都得接我的电话，因为一切动作的反应要快，快得不允许你们这些官僚们开会研究表决，我只向你汇报，你们公司下面的市场部相关人员，我全部可以调用。"我光着半个脑袋郑重其事地说。我的发型终于在坚持了很久之后，和我的公关导师Scott唐一致了。

"好，就这么定，这场危机公关大战，你是总指挥，你是我的领导！"成康不苟言笑地说。

"不敢，我是你的首席顾问！"我笑道。

挂了成康电话，我接着把另外半个头理完，边理边整理思路。理完头，我马上给肖哲打电话。"肖哲，你在哪里？"

"家里，正在网上监控关于梦想的报道。"肖哲说。

"又在家里办公，也算班中干私活啊！"我道，"马上出来，楼下星巴克，30分钟后见。"

"在家里聊一样。"肖哲疲惫地说。

"没气氛。"我说完，挂了电话。

29分钟后，我一身黑色西装，白衬衣，不扎领带，出现在星巴克。身后跟着我的一个助理Jack，一个helper，他们在我电话通知后从不同的地方赶过来了。通过几个危机公关事件，我在奥秘公司已经成为危机公关小组的核心成员，而且算是核心中的核心，我平时不是这些成员的领导，但是一旦有项目启动，我就是他们的team leader，工头。

肖哲穿着一身睡衣一样的花格长衫出来了。

我们坐定，helper去取咖啡，助理拿出本子来记录。

"现在有多少家媒体出来了？"我问道。

"平面媒体只看见《北京晚报》。网站上在IT频道，新浪、搜狐、网易全部都报了。"肖哲答道。

"跟帖说什么？"我皱着眉头问。

"基本上没有正面的，全是骂梦想公司欺诈消费者，黑了良心之类。"

"不明真相的群众啊！Jack，马上跟vendor（合作商）打电话，监控所有论坛，网络传播速度太快了，给所有大网站IT频道打电话，告诉他们事情有出入，马上撤掉相关文章。另外马上组织水手灌水，首先要让不同的声音在论坛里出来，一边倒就完了。肖哲，还有什么情况？"

"专业媒体我打了招呼，现在大众媒体我搞不定。"肖哲说。

"好，Jack，马上通过媒介部给大众媒体发公函，告诉他们这件事情是陷害，请他们稍等事件真相明白了再发。"我快速翻动嘴唇。

"你都成了在马上办公了。"肖哲说，"我估计大众媒体这一块不好控制。"

"嗯！总会有一定效果。事情大概是什么样的？"我问道。

"报道说有一个姓王的用户，买了梦想公司的笔记本电脑，这个用户打开自己的笔记本电脑，发现自己电脑的CPU是台式机的，于是他向媒体反映，他受到了梦想公司的假货欺诈。"肖哲说。

"公关，核心是改变不了事实，但是能够改变大众对事实的看法。如果梦想公司真的欺骗了消费者，我救不了成康！但是现在有三个疑点要弄清楚：一、梦想公司的笔记本电脑是否用了台式CPU，用了之后，是否给用户明示。二、笔记本电脑用台式CPU是梦想公司的个别行为，还是有其他公司也在这么做，是业界的一种普遍行为。三、疑点，你见过谁买了笔记本电脑把它拆开，看看里面的CPU？这个王姓用户我个人猜测是梦想公司的竞争对手安排的，目的是破坏梦想公司的笔记本电脑声誉，混淆视听，最后让竞争对手获利。查一下，国内还有哪几家笔记本电脑厂商没有用台式CPU。"我对肖哲说。

"我马上给成康打电话。"肖哲说着，掏出电话来打。我赶紧去了趟厕所，这是我危机公关落下的毛病，一紧张就爱上厕所。等我出来时，肖哲说："是这样，梦想公司在一种经济型笔记本电脑中用了台式CPU，价格会便宜许多，这是公开的事情，梦想公司没有欺诈谁。"

"那其他几家公司呢？"

"现在是这样的，我查了几家主流的笔记本电脑厂商，现在有梦想、蓝光、方圆、伦伯、Dell公司都推出了这样的经济型笔记本电脑。HP、联想等公司没有这种产品。并不是梦想一家推出这种产品。"

"那么我们排除了梦想公司是唯一一家'欺诈'消费者的公司。这个问题好办了，我认为这是一个消费价值取向的问题，如果你希望少花钱，买一个便宜的笔记本电脑，那么可以选择带台式CPU的笔记本电脑。你认为呢？肖哲！"

"是这样的，我查了一下，CPU生产商Intel公司在586芯片时代，没有在产品中区分台式机CPU和笔记本CPU。到奔腾CPU时代，才开始区分开来。但是也没有标明台式CPU不能够用在笔记本电脑里。"肖哲说。

"一颗台式CPU和笔记本CPU的价格差价多少？"我问道。

"现在国际行价是400美元差价。"肖哲答道。

"显然，Intel是主张分开来用的，因为笔记本电脑的CPU要贵很多。"我说道。

"我刚才还给Intel市场部打电话问他们对此事的评价，他们说不方便发表任何评论。"肖哲说。

"当然，他们不想得罪任何一方，因为任何一方都是它的客户，CPU就它一家独大。"我道，"那么，用台式CPU的笔记本电脑的性能受到影响吗？"

"这也是我关心的。在网上搜了，有一个叫奥克的兼容机公司，说他们在升级中为了满足客户的低价需求，给他们使用台式CPU换到笔记本电脑里，用起来一点问题没有。还有一些论坛，专门介绍攒机心得的，有许多介绍自己怎么给笔记本电脑升级的，也有说用台式CPU性能完全正常的例子。"肖哲说道。

"Jack，马上搜这些帖子到几大网站相关论坛去灌水，这是太好的反证了，舆论不能一边倒。危机公关首先是不能让舆论一边倒。"我说道，"肖哲，这些情报很好，但是我觉得不够权威，没有说服力。你觉得国内有没有这样的评测机构把梦想公司的笔记本电脑拿去评测一下，出一个报告？"

"我也是这么想的，找权威机构来回答这个问题。我已经联系了一家台湾的NTL公司，他们是专门做技术研发前景分析的公司，对这一块很权威，我约的星期五去采访他们。"肖哲说。

"很好！真不愧为京城名记啊！"我说道，"现在我觉得急需一场新闻发布会，越快越好，请成康出来为梦想公司澄清事情真相！"

"我觉得也是！"肖哲答道。

"Jack，通知媒介部，准备一场新闻发布会，这周的几天，肯定是舆论第一波，负面的非常多，好事不出门，坏事传千里，所以新闻发布会躲一躲风头，初定下周一开。"我说道。

"我觉得除了新闻发布会，还应该组织一次专门研讨会，探讨技术创新的趋势，可以请这些用了台式CPU和没有用的厂商都来参加，让他们在一起交锋，争论，把一个是非问题转化为一个技术创新问题。"肖哲说道。

"很好的主意！"我双手举起来说，"Jack，通知媒介部马上准备组织一个笔记本电脑技术发展趋势研讨会，比新闻发布会晚一个星期，请梦想、蓝光、方圆、伦伯、Dell、HP、联想这几家公司的笔记本事业部总经理过来。"

接下来，我和肖哲总算是喘了一口气，大口啜了一下咖啡，两人相视一笑，但是笑得很诡异，因为我们都知道，真正爆炸性的报道还没有开始。我仰头晃了晃脖子说："肖哲，该你出手了，根据你掌握的情况，炮制一篇笔记本电脑用台式CPU只是一种性价比选择的文章出来，我们在这里坐着干等不行。另外，我们会请媒体到梦想公司笔记本电脑事业部采访，让媒体了解真相。"

肖哲点了点头说："中国笔记本电脑的命运就在我们身上了。"说完，我和肖哲起身，开始各自准备去了。

果然不出我们所料，在接下来的一个星期里，尽管我和肖哲动用一切力量进行危机公关，给媒体打招呼，但是媒体还是不愿意错过如此抓眼球的事件。

其中几个主要媒体《北京晨报》报道《国产笔记本电脑——如何读懂你的"芯"》；

《北京青年报》报道《笔记本电脑为何不能用台式"芯"？》。

《南方周末》报道《笔记本电脑：狸猫如何换太子》；

但是我们通过请媒体了解真相，也出来了几篇中立的文章：

《新民晚报》发表文章《低价不等于低级，国内笔记本电脑厂商对传言不禁叫屈——我是真"芯"的》；

《光明日报》报道《其实你不懂我的"芯"》；

新华社发电《笔记本电脑用台式CPU渐成趋势》。

一周后，梦想公司笔记本电脑说明会在香格里拉大酒店如期召开。本来还要陪经销商到华东几个省会看一看的成康，连夜赶回了北京。

梦想公司PC事业部总经理成康亲自出席了新闻发布会，为了使自己显得更加庄重，成康穿了一身藏蓝色西服，打了一条银灰色领带。

跟以往的新产品发布会不同，会议刚一开始，记者就踊跃提问。

"我是《娱乐信报》记者，请问成康先生，梦想公司真的不存在欺骗消费者的行为吗？"

"这是肯定的，我们已经在产品上标注清楚了，产品用什么CPU就标注什么CPU。"

"但是据我所知，你们的产品，如果用笔记本专用CPU，就标注Mobile CPU，如果没有用，就什么也没有标注，这是否也是一种对消费者的误导呢？"

"这是业界的惯用做法，并非梦想一家所为，不存在误导消费者的意图。在这方面，我想我们请来了宏达律师事务所的律师，让他来回答关于消费者维权的问题。"

在新闻发布会上请律师回答问题是超越一般做法的，但是我知道这样做会比成康来回答更加好，所以特意聘请了维权方面的律师。

只见穿着如同法官一样一身黑西服的律师先生坐在主席台一旁说："站在消费者的角度看，社会和舆论应该提倡笔记本电脑厂商按照《消法》的有关规定，如实、详细地标明产品的用途、性能、构成等，当然包括零部件的名称和型号等，但如果站在中立立场看笔记本电脑用台式CPU事件，厂商是不是有法定的义务必须在广告或产品说明中标识笔记本电脑使用了台式CPU？是否有明确的国家标准来规定笔记本电脑必须使用专用的移动式CPU？这些不管是从法律，还是从芯片厂商那里都没有得到明确答案。因此，从我国目前现有的法律来看，说这是一种明显的违法行为，或者欺诈消费者行为是站不住脚的。"

"成总，我是《北京晚报》记者，请问在笔记本电脑里使用台式机CPU在技术上和性能上是否没有影响？"

"对于技术和性能方面的问题，我们请了台湾NTL公司大陆分公司的研发人员来回答这个问题。"说着，成康把话题给了主席台上一个戴眼镜的高个。

瘦高个用台湾普通话说："我们认为，笔记本电脑用台式CPU，涉及这样的几个技术问题，一个是厂商设计。现在厂商在设计制造初期就必须对产品将来所使用的CPU做决定，因为笔记本电脑专用的CPU在电源使用及主板设计上与使用台式CPU的笔记本电脑有着相当大的差别，但是，这种差别从技术上可以解决的，是没有问题的。

"那么，对于笔记本电脑来说，用台式CPU最大的技术难点是散热，因为笔记本电脑的集成度比一般PC要高得多，且空间有限，因为其使用的工作电压较低，且耐热程度要比台式机高，当然前面也提到过相对价格也会较高。而对笔记本电脑散热的处理一直是一个非常重要的问题，所以，如果厂商在设计时就已经将产品定位在使用台式机的CPU时，它对热的处理上也会使用相当高的技术水平才能达到笔记本电脑散热的要求。

"第三个问题是功耗，因为笔记本电脑的用途及取向不同，各家厂商也将功耗列为重点项目，而笔记本电脑在电源管理方面也有与台式机不同的设计，目的就是要延长电池供电时的使用时间，现在技术上基本上没有问题，用台式机CPU的笔记本电脑近来在功耗的表现上已相当接近于使用笔记本电脑专用CPU的笔记本电脑。

"我想告诉大家一个信息是，在台湾，笔记本电脑使用台式CPU已经不是一个秘密，当然大家也认为这是一个过渡产品，以后技术更加成熟了，CPU价格降下来了，可能就不需要在笔记本电脑里装台式CPU了。我这里有一份上个月台湾《电子时报》发了一篇题为'因应成本压力瞄准台式机替代市场，台湾笔记本电脑厂纷纷采用桌上型电脑CPU'的文章，文中披露，宏基、华硕、大众、仁宝、华宇、神基与蓝天等厂商，为达到降低成本与拓展新市场等目的，不约而同开发并量产使用桌上型电脑CPU的笔记本电脑。文章还说：长期以来，将桌上型电脑CPU装配在笔记本电脑中出货的方式，是蓝天等二线业者因没有同等于一线大厂的强大采购力量，所采取的不得已做法。现在，一线大厂看准低价化机种市场、第一次购买市场与桌上型电脑替代市场即将成熟，几乎每一家厂商都开始开发相关产品，甚至准备进入量产。"

眼镜的一番话讲完，下面舆论一片哗然，原来这种做法在台湾已经不是什么秘密。看来最先挑起这场揭黑幕报道事端是别有用心的。

新闻发布会产生了很好的澄清效果，媒体陆陆续续出了一些从技术和性能角度进行分析的报道，舆论开始没有那么煽情了，成康也长长吁了一口气。

几天后的厂商研讨会成康没有参加，只有笔记本电脑事业部经理来了。研讨会除了请来一些厂商，还请来了法律专家和技术专家，还有部分媒体记者。会上对笔记本电脑使用台式CPU的技术因素、消费需求、性价比、售后服务等各方面问题进行了正反两方的激烈交锋，其中联想公司对此的反对最为激烈。

事件正按照我们预先的设定方向前进，消息由爆炸，到波及，到转向正面，到慢慢平复，前后没有超过两个星期，这在我的危机公关处理经历中都是少见，如此好的结果得益于成康对我的充分信任和授权。

我请肖哲在圆明园东门外一间僻静的茶苑喝茶，已经没有那么惶惶不可终日的感觉了。我们气定神闲地品着新茶，我对肖哲说："现在，还有一件事情做完，这个事情就过去了。"

"什么事情？"肖哲诧异地问。

"作为IT第一大报，你觉得你们在整个过程中保持沉默，这是正常的吗？"我笑道。

"当然，如果不是成康的事情，我早就跟踪报道了。媒体宁可转载谣言，也不能在谣言面前落后啊。"

"所以，我觉得最后一件事情，应该是你们出来做一个句号式的报道，给这个事情盖棺定论，作为IT第一大报，你们的结论是权威的，非常有影响力的，你觉得如何呢？"我笑着说。

"你这一提，我马上有灵感了，我把我所经历的整个事件澄清过程结合起来写，算是一篇非常有深度的报道。"肖哲兴奋着说，"我连标题都想好了：是谁制造了IT黑幕？"

"你认为是谁呢？"我点着头说。肖哲笑而不答。

我又说道："据说这篇稿子最先只是一个帖子，是从天虹网发出来的，天虹网记者写的，成康告诉我一个细节，在此事发生之前，这个记者以'中国高科技含金量有多高'为选题，专门电话采访过成康，在采访中，这个记者突然插问一句：听说梦想公司的笔记本电脑用的是台式机CPU。成康回答说：是的，只是个别型号有。之后，这个记者就把采访王姓用户和成康的文章发出来了。"

"你认为这是别有用心的？"

"后来，这个记者把文章传真给成康看。成康看后觉得断章取义，说梦想公司只有个别型号用了台式CPU，这个记者说能够出来谈谈。成康感觉这个记者想敲诈，以前也遇到这样的事情，所以没有理他。"

"于是就发生了后面的事情！"肖哲说。

"记者中也有败类啊。"我说道，"但是事情比这个还复杂，我们查了跟梦想笔记本电脑竞争战打得最厉害的那家公司，结果通过旁人关系打听到这家公司市场总监和该记者是大学同学。"

"成康是遭暗算啊！"肖哲惊道。

几个月后，梦想公司笔记本电脑三季度销量出来，从曲线看，还是受到了巨大冲击，以前在暑促期间都是一根向上的直线，现在却是一根"N"型线。

成康在答谢我和肖哲时说了一句话：这件事情我要反思！

# 四十　有些人生来是创业的

中国电脑产业跟猴似的，连连保持40%以上的上蹿速度，使得国际交流频繁。笔记本电脑事件刚刚处理完毕，肖哲又要出一趟远差，这次是美国，他想利用这次机会在美国见见贾朝阳，通过邮件给贾朝阳发了行程信息。

飞机飞行了16个小时，在肖哲要崩溃的时候，终于在大海的尽头看见了美利坚大陆架。

飞机上无法睡觉，半梦半醒中，肖哲一头扎进了酒店的大床上，马上拨通贾朝阳留的电话。电话里传来贾朝阳非常流利的美国英语："Hi, nice to get your message, thank you for calling, please leave your any contact informafation, I will contact you as soon as I can。Thank you, byebye。"肖哲听完贾朝阳的留言电话，也给贾朝阳来了一段留言："贾朝阳你好，我是肖哲，我现在正在旧金山采访，我住的是Shareton Hotel Room 506，一天后我将离开旧金山去硅谷，住在Marriott酒店，听到留言请和我联系。"

寂静的午后，时差给人带来的绵绵困意和轻微的头痛交织着。肖哲用手指掐了一下太阳穴，拉开迎面的窗帘，眺望远处旧金山著名的高塔，他突然觉得自己非常需要见一见贾朝阳。

贾朝阳，天生一个不本分的家伙，不好好上班，搞传销，被人揍成青面兽杨志，后来发奋来美国读书，然后找一个老教授回国创办网站，因为和美国老头见解不一致，再次来美国，寻找风险资金。贾朝阳的经历就这么简单，也不简单。当肖哲独处异国他乡时，对贾朝阳的认识有了新的变化，他打心眼里觉得贾朝阳是个龙种，是一个偏执的事业狂徒，他像威风凛然的角斗士，根本不将眼前的狮子看成狮子，而是将其看成和自己争夺食物的家伙，或者说贾朝阳已经将自己看成狮子了。肖哲看着窗外一座狮子雕塑浮想联翩。

第二天肖哲乘IBM公司派来的大巴，早上9点出发，驶向硅谷腹地。大巴在101号高速公路上狂奔，不时有巨大的打扮得像新娘一样精致的卡车迎面飞驶过来，开车的卡车司机多为挺着巨大青蛙肚皮的大胖子，美国公路上一道独特的景观就是巨大的不锈钢卡车。在高速路上奔跑的所有汽车都是银光闪闪，全是新车。

肖哲望着湛蓝天空下星星点点坐落在丘陵里各有特色的居家房屋，还有路旁低矮的厂房，陷入内心的回想：这是一个多么奇妙和令人神往的地方，一切都那么舒展，所有一切全是新的，移动或者不移动的。

路旁高大的充满艺术构思的Intel公司的广告牌、Cisco公司的广告牌，好像也成了能够发出能量的放射性物质，冲击着肖哲的神经。

他虽然昨天晚上休息了一晚上，但是在凌晨3点钟就无法入眠，时差产生的作用还没有消失。在大巴里他非常疲倦，但是睡意全无，贪婪地看着窗外快速掠过的一切。他急切地想和贾朝阳联系上，他有太多感触需要和贾朝阳交流。他非常惊叹和赞赏他看到的一切，但是这一切是在美国，这种复杂的感觉让肖哲失去了评价的立场。

在遐思中，车停在了Marriott酒店，一个点缀在硅谷众多工厂和写字楼中的4层酒店，一切非常和谐，酒店和工厂、写字楼都是充满艺术灵气的建筑，它们之间除了功用外在外观上几乎没有太大区别。

巨大的棕榈树长在酒店大堂四周，清新的风吹进大堂，一切显得舒缓起来，但是肖哲心里明白，这是世界上最繁忙的地方，优雅的环境使繁忙感在心中减弱了。

住进酒店，肖哲又迫不及待地给贾朝阳挂了电话，电话里还是贾朝阳非常标准流利的美国英语，如果你不认识他，仅从声音里根本不会想到他是中国人。"Hi, nice to get your message……"贾朝阳在电话留言里一字不落地又将这段话重复了一遍。贾朝阳根本就没有回来，没有听过电话留言，否则他会跟自己联系，肖哲坚定地认为。

肖哲上午和来自欧洲、美洲和亚太的记者团参观IBM在硅谷的Amaden研究中心。此次来的主要任务是报道IBM刚刚推出的企业存储系统"Seascape"——海景方案。

大轿车沿着硅谷里一条平常的丘陵小道蜿蜒到一处山洼，眼前出现了一片空地，一栋墨绿色两层建筑像一只巨蟹一样伏在绿树丛中，建筑物周围都是停车场，世界各地产的车停在那里。这是员工来上班自己驾的车。车的风格千奇百怪，有敞篷跑车，有结构夸张的越野吉普车，有精致的日本房车，有宽大的美国轿车，也有德国的甲壳虫，林林总总，琳琅满目，但是有一点是没有变的：全是新车。

这个被美国人称为挣新钱的地方，一切都是新的，包括高速公路，给人的感觉也是刚刚修成的，路面黑蓝黑蓝的，如同新竣工的路面，没有一处驳杂颜色。研究室建筑得像一件工艺品，地面铺的是低洼不平但是被打磨光滑的墨绿大理石，墙面上有抽象派的油画，在建筑的小空地上有非常简洁抽象的雕塑。

肖哲随同记者参观了老外的实验室，各种已经问世和没有问世的技术，一些新技术在国内从来没有听说过。肖哲看后除了感慨就是感慨。

晚上肖哲回到Marriott酒店，随手翻看一本酒店介绍，古老的酒店是美国两兄弟在30年代开的小客店发展起来的，现在已经连锁遍布全球。"佩服，美国人的精神就是能够将很不起眼的事情用100年时间发展到世界各地。"肖哲自言自语了一下，才发现床头电话上的信息指示灯一直在闪烁不停，他快速抓起电话，里面传来贾朝阳干涩的普通话："肖哲你好，我今天给Shareton酒店打电话，说你到了这家酒店。我今天晚上8点会有时间，我到大堂等你，我们一起吃晚餐。"贾朝阳的话简洁快速，跟硅谷里的汽车一样。

肖哲几乎不相信是贾朝阳的电话，他又听了一遍贾朝阳的留言，才听出他的语气中残存的一点大陆味儿，这一点味儿建立起了肖哲对贾朝阳的亲切会见的冲动。

还有一个小时，肖哲到洗浴间冲了个热水澡，看了一会儿CNN新闻，有些热锅上的蚂蚁似的，迫不及待需要见到贾朝阳，他看了看表，离8点还有半个小时。

肖哲出门到酒店大堂走了走，在门外面，服务生问他需不需要车。肖哲摇了摇头，几天来最大的感慨是没有车在美国就寸步难行。

夜色浓重起来，肖哲又回到房间。他开始怀疑贾朝阳是天外来客，一个电话就将自己定在这里，而且迟迟不现身，肖哲既对这个电话深信不疑，又猜测贾朝阳有急事来不了了。如果他来不了，他应该提前打电话，这是美国人的规矩，见面要预约，失约和迟到要事先打招呼，他相信贾朝阳非常遵守美国的生活习惯。

为了等贾朝阳来，肖哲推掉了IBM安排的冷餐会。

"叮……"正在肖哲以各种猜测分析贾朝阳必来无疑又无可证实时，电话铃猛然响了，肖哲接过电话，贾朝阳的声音："肖哲，我在大堂等你，下来吧。"

"OK！"肖哲说了句英语，马上挂掉电话，同时在电话上看到时间是7:56。不是贾朝阳迟到，而是自己太急切了。

在大堂里，贾朝阳坐在一张沙发上，神情悠然。贾朝阳上去，不敢用在国内用的见面礼——拍肩膀，而是上去走到贾朝阳面前，比较正式地喊了一声："贾朝阳。"

贾朝阳从沙发上一下弹起来，抓住肖哲的手非常激动地说："我今天特别忙，要不早到了，这里住着还行吧？"

"挺好的。"肖哲反而有些不知所措。

"走，我的车在外面。"贾朝阳拍着肖哲的肩膀，两人出了酒店。贾朝阳开的是一辆丰田佳美，看上去非常新。

"系上安全带！"贾朝阳一边倒车一边说。肖哲系上安全带。

"走，喜欢吃什么？是buffet(自助餐)还是中国菜？"贾朝阳问。

"随便。"肖哲说。

"好，我们吃buffet去，这里海鲜不错。"贾朝阳说。

很快，车就上了高速公路，晚间所有公路都星星点灯，成了车的海洋，整个大地好像除了公路就是公路，盘根错节，四通八达，完全让人眩晕。

"真壮观呀，这么多车！"肖哲禁不住发出一声叹息。

"在美国没有车寸步难行。"贾朝阳眼睛直视前方说着。

"你这辆车是买的？"肖哲问。

"买的一辆旧车，八成新，1万2千美元。"贾朝阳说，"在美国就是住房最贵了。贵得要命，现在全美国西部地价最贵，一套带车库的house（独门独院房子）需要四五十万美金。在东部只需要十几万。"贾朝阳显得比较兴奋，一路上说个不停。

"你是不是很少说中文了？"肖哲问。

"不，硅谷很多中国人的。这些高科技企业里甚至30%是中国人。中国人、印度人比较多。但是印度人在公司里的地位比中国人高，印度人做中层管理比较多，中国人做技术的工作。"贾朝阳说。

"为什么呢？"肖哲问。

"印度人的英语好，他们的官方语言就是英语。印度的软件开发要比中国先进。"贾朝阳说。

"看样子中国人聪明是聪明，但是落一个累字。"肖哲说。

"没有办法，在美国是这样的。老美他们比较务虚，也喜欢侃，跟我们瞎侃不一样，侃的是全球战略，是游戏规则。不过中国人也不全是打工仔，杨致远你知道吧？"

"知道，国内报纸对美国硅谷的报道跟得很紧，这边有什么事那边很快知道。"肖哲说。

"杨致远是台湾小伙子，在斯坦福我们还在华人聚会上见过。那时候他还在读书，现在Yahoo你知道吧，上市了，他很快就成了百万富翁，不是百万是亿万富翁。"车在繁密如织的高速公路上转了几次，来到一个小城镇。"在硅谷这种一两万人的小城镇非常多，星罗棋布，每个town（城）都能够找到中国饭馆。我们去那边，一个广东人开的海鲜自助餐馆。"

贾朝阳带着肖哲在一家中英文招牌的餐馆前停下。

俩人进去，里面差不多有一半是亚裔，一半是老外。俩人找了一个地方落坐，一个个不高的广东小伙子过来用英文问他们喝什么饮料，贾朝阳问了肖哲，俩人点了苹果汁。然后自己动手取食物，坐下来边吃边聊。

"他怎么不用中文呢？"肖哲问。

"他不知道你是中国人、日本人或者韩国人嘛。"贾朝阳说。

"在美国中国人和韩国人、日本人就没有什么差距了。"肖哲说。

"是的，在硅谷中国人的素质挺高的。日本人、韩国人很少。硅谷最欢迎的是中国留学生，他们肯吃苦嘛。"贾朝阳说。

"他们过得怎么样？"

"很辛苦。不过只要找到工作，他们就可以买房买车了。"贾朝阳说。

"平时相互走动多不多？"

"不多，就是一个小圈子，大家非常独立。"

"跟老外有没有来往？"

"工作上很紧密，但是在假期、日常聚会，他们很少和中国人一起搞。他们的乐趣跟中国人不太一样，喜欢开车出去，喜欢酒吧。许多美国人听力不好，长年累月在酒吧泡的。"

俩人边吃边聊，几乎全是吃的螃蟹和虾，平均一人才花11美元。肖哲说："这比在国内吃海鲜还便宜。"

"是的。美国海鲜很丰富，特别是在西海岸。等会儿我开车送你回酒店。明天我还有一个和风险投资家的约会。后天是星期六，我带你去斯坦福大学转一转。"

"OK，星期天我就回去了。"肖哲说。

"时间充足可以开车去好莱坞看一看。"贾朝阳建议。

贾朝阳送肖哲回到酒店后已经是晚上12点，他开车走后，肖哲陷入沉思。他感觉自己接触到了一个非常具体的美国，而且像许多美国人一样过了一个非常平常的夜晚。心里没有太多的兴奋，也没有太多的别扭，一切和正午的阳光一样，非常普通地照耀在大地上。他甚至想到了假如他在美国，他会干什么？这是所有大学学历的中国人最关心的问题：来美国干什么？

参观了一天IBM的硬盘生产厂和IBM存储技术发展历史博物馆，时间就在几分新奇和困乏中度过。一个人在美国时差感通常跟感冒一样需要7天时间才能消除。肖哲每到下午2点就被一股无法抵抗的困浪袭击。

星期六，贾朝阳早上6点就驾车来到了酒店。俩人在酒店吃了早点就匆匆上路了。白天的高速公路和晚上景象不一样。星期六道路上的车比平时上班还多。各种形状的怪车也出现了，许多年轻人开着敞篷车，汽车音响开到了最大声音，和曾经在电影里见过的嬉皮士不同的是，他们一个个发式普通，衣着轻松休闲。虽然是仲秋，但是他们穿的还是黑背心和大裤衩。

"为什么星期天还有这么多车？"肖哲问。

"许多人是出去露营郊游的。现在是8点，赶上郊游的高峰时段。"贾朝阳说。

"我发现这里很有生气。"肖哲说。

贾朝阳也将音响开得非常大，大声说："这就是硅谷，一个涌动着无数财富的美国西海岸丘陵地带，卡车里装的是硅片和集成电路板，小车里坐的都是世界级的聪明人。我有好几个同学在美国已经变成了百万富翁。现在美国的大学生刚毕业不喜欢找大公司，他们喜欢到搞技术的小公司去。一般公司要给他们期权，一旦上市他们就发了。"

"大学生在美国刚毕业能够拿多少钱？"肖哲问。

"在硅谷一般一个本科年薪可能拿到四五万美金。研究生是六七万。有多一点的。现在他们都不靠这个挣钱，靠股票。我有一个同学在一家做通信芯片的小公司，才十几个人，他去了不到1年公司就上市了，刚上市时他们的股票是30美元，现在涨到200多美元，才半年时间，估计他有100多万美元了。"

"你现在在干什么呢？"肖哲问。

"我现在在一家商务顾问公司，负责外商在中国投资的顾问工作。你知不知道一家叫中国联通的公司？"贾朝阳说。

"在中国谁不知道联通呀？和中国移动竞争的一家通信公司。"肖哲笑着说。

"怎么样，你觉得？"贾朝阳扭头问。

"当然非常好，垄断经营。那你有没有别的打算？"肖哲问。

"有，我一直在找一笔风险资金，到国内去办网站。"贾朝阳在巨大的音响中说。

"什么时候能够找到？"肖哲问。

"有些眉目，斯坦福大学有一个同学想给我投3万美元。他父亲是个亿万富翁。"贾朝阳说。

"3万元不够吧。"肖哲说。

"不够。所以我现在正在找更多的资金。"贾朝阳说，"对了，我们去Yahoo总部看一看，他们在前面一条路，不远。"

这时肖哲看见了苹果（Apple）电脑公司彩色的苹果标志。

"Apple就在这里？"肖哲惊问。

"是的，这是他们的一个设计中心。要不要转一转？"贾朝阳说。

"看一看吧，反正有的是时间。"肖哲说。

车开进了苹果公司周围的环形路。

"你注意到地上的标志没有？"贾朝阳提示。

"注意到了，有loop（环）。"肖哲说。

"在美国也很讲风水的。这条环绕苹果大楼的路据说是苹果的总裁乔布斯设计的。这条路跟普通的交通线不一样，如果你不按照它的标志走就走不出来。"贾朝阳说。

"有意思。"

"这个环是什么意思呢，据说他们是让钱不断往苹果公司转，但是流不出去，这就是赚钱，哈哈。"贾朝阳说完自己乐了。

"哎，那是台湾的宏基电脑，Sony在这里也有工厂，三星、大宇。"肖哲目不暇接，看到世界上许多知名品牌在硅谷都占有一席之地。

"没见到中国的。"肖哲说。

"据说中国有一个叫Legend的PC公司也在硅谷有实验室。"贾朝阳说。

"哦，联想！"肖哲说。

车转了几条道，上了一条笔直的高速公路。

"你估计什么时候能够找到资金？"肖哲问贾朝阳。

"不能确定，我现在有一个商业计划非常有吸引力，有几个风险投资家都约我谈。昨天我见了一个。"贾朝阳说。

"见风险投资家是不是跟相对象似的？你已经看了好几个吧。"肖哲笑着说。

"昨天见的一个是台湾人，他想到大陆去生产一种电脑上网的设备，问我能不能够和他一起去跟政府沟通。我对做电脑产品不感兴趣，所以就没有和他谈了。"

车穿过一片棕榈树林，来到一片绿茵体育场，贾朝阳说："斯坦福到了。"

肖哲抬头望去，看见红褐色拱门的仿古建筑群，一座非常美丽的校园出现在面前。"这更像个公园。"肖哲说。

"斯坦福没有围墙，这里有世界各地王公贵族的子弟来读书，几乎成了世界贵人的子弟学校了。"贾朝阳说。

俩人开着车，在校园里的几条主要道路上溜了一趟。校园有众多观赏叶的树种，说不上名字，但是绝对从鹅黄到深褐色的树叶都有，层次丰富色彩纯粹，让人流连忘返。俩人转了许多地方，贾朝阳说："到我的住处看一看吧。"

"你住在哪里？"肖哲问。

"就在学校附近的简易公寓里。这里的房子比别处要便宜，许多是租给学生用的。我住在附近非常方便，在大学里能够接触到非常高明的人物，这是我计划的一部分。"贾朝阳说。

"什么计划？"肖哲问。

"当然是融资计划。"贾朝阳说。

俩人来到一间简易公寓里，相当于一室一厅的房子，一个月租金是300美元。里面配有位置固定的冰箱，客厅有沙发，一架集团电话搁在茶几上，房间里也有一部电话，一张书桌上摆着传真机，一台电脑。

肖哲看见了总跟自己说话的电话了。"你没什么家具，全是办公设备，在家里办公？"

"是，经常工作时间和休息时间根本无法区分。"贾朝阳一边开窗一边说。

"这么厚的资料，都是准备融资的？"肖哲问。

"从网上打出来的，别看我整天泡网，但是正儿八经的东西我必须打出来看才心里踏实。"贾朝阳笑着说。

"跟你一天下来，见了不少新鲜，但是总体感觉还是孤独。"肖哲说，"你有何感觉，一个人在美国的生活？"

"我还可以，因为没有时间是让我来体会孤独的，每天都很忙，不停地有想法，然后写出这些想发，去找风险资金。我现在和打工的这家公司已经谈妥了，我只是每星期三分之二的时间，而且是不固定的时间给他们工作，因为我不知道投资商什么时候突然拨通了我的电话，约我面谈。我可以随时去谈判。"贾朝阳笑着说。

"你够可以了，那么喜欢创业！你是美国名牌大学毕业，在硅谷找个年薪7万美元的工作也不错，什么概念？相当于在国内年薪60万，也够可以了。"我说。

"你这叫没有概念。年轻人的精力就是用来创业的。我一是喜欢创业，二是想回国创业。这种刺激相当于你一个人在野地里撒尿时突然发现了金矿，那种兴奋感是什么都比不了的。"贾朝阳一边给肖哲冲咖啡一边说。

"但是你会成功吗？"肖哲说。

"不成功的事例很多，不成功再去打工，这一点也不影响。但是创业的经历是一笔财富。"贾朝阳说。

"还是不能明白。"肖哲说。

"有些人生来就是创业的，就像有些人生来就是阿拉伯王子一样。"贾朝阳提到一种非常奇怪的理论。

"怎么想一定要回国创业？是不是觉得国内的钱好赚？"肖哲又问。

"国内的钱才不好赚，但是国内的机会多，能够做到全国第一的机会非常多。事情要做大，必须到还未开垦的地方。"贾朝阳说。

"你觉得国内还有什么没有被开垦的地方？"

"互联网呀！"贾朝阳眼睛大大地看着肖哲。

"上次你回国创业的经历不是证明这样不成功吗？"贾朝阳说。

"上次是老头没有成功，但是事实上对我是成功的，我有在中国办公司的经历，这是一笔非常大的财富。"贾朝阳得意地说。

大家所说的不是偏执狂就不能生存，在贾朝阳的身上能够找到影子。几天的美国之行，给肖哲的感觉非常平实，在哪里都不是黄金天堂，需要自己去争取，去努力工作。

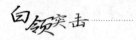
在飞机上，看着下面美国西海岸崎岖的海岸线和绵延的山脊，还有蔚蓝的大海，肖哲陷入沉思：美国和中国的差距到底有多大？

从贾朝阳的身上，无法觉察这种差距，他可以在美国读书，可以工作，可以干得很出色，他也能够在中国生活，工作。每个国家都需要这样的人才，或许真正的差距是美国有大量这样的人才而中国只有很少的一部分。在美国他们很难成功成名，而一到中国他们就引人注目，非常容易成功。

上帝好像有时候不是公平的，他只将好的机会给那些已经很好的人。

# 四十一　你觉得你值多少钱

如果说肖哲的一段思考纯属几天美国生活刺激出来的，没有任何神秘的力量让他这么思考，也没有任何指引未来的神秘价值，那么贾朝阳这次遇到的上帝和贾朝阳所指的上帝不是同一个上帝。贾朝阳在斯坦福大学一次意外的交谈中遇到了愿意给他投钱的人。

就在肖哲离开美国不到一个星期，贾朝阳到大学校园去查资料，想了解一些关于中国互联网的情况。斯坦福大学图书馆的资料非常新，但是关于中国互联网整个发展状况的资料还是非常少，只有一个非常简单的介绍，说中国有四个主要的国际出口，等等。

他查完资料出来的时候遇到一位也刚好在图书馆查资料的大学老师乔治。

乔治是斯坦福的客座教授，其实他是硅谷一名非常成功的企业家，也毕业于斯坦福，现在是一家大公司的董事成员。

乔治在大学里讲的课程给贾朝阳留下非常深刻的印象，因为乔治的知识非常新，几乎是从硅谷这个巨大的企业实验场所刚刚实验出来的，他本人就在经营企业，讲的课是企业发展和管理的事，所以深受同学欢迎。

贾朝阳为了引起乔治注意，经常在课堂上提问，而且每次问的问题总要牵涉这种企业问题在中国会不会有？中国企业现在面临什么问题？

可以说，乔治并不懂中国企业的问题，所以贾朝阳的问题每次都给乔治一些挑战，乔治每次回答贾朝阳的问题时总是说一句："我试着回答。"

贾朝阳富有挑战的问题确实给乔治留下了深刻的印象，乔治是个喜欢回答难题的人。

贾朝阳遇到乔治，彬彬有礼地上前给乔治打招呼："Doctor, how are you？"

乔治虽然有近两年没有看到贾朝阳，但还是很快认出贾朝阳来。开口说的一句话是："我记得你，你还是爱提难题吗？"

"早就不提了，我现在喜欢解决难题！"贾朝阳笑着说。

"喔，进步了。"乔治说。俩人就是打个招呼就说拜拜的过程，贾朝阳知道在美国一般不是非常熟悉的人不会谈得太久，虽然大家都非常熟，也只是这样一种交往就OK了，但是贾朝阳憋在心里的商业计划一直没有找到投资人，而且有许多问题需要和人交流，所以非常冒昧地提出一个请求：

"乔治博士，我可以请你喝一杯吗，就在这里。"贾朝阳指在图书馆的咖啡室里想请乔治喝一杯。

乔治是个爽快的人，点头说："当然。"

两个人在幽静的咖啡室里坐下来。

"你现在在做什么？"乔治问。

"我现在真的在解答难题。"贾朝阳笑着说。

"好极了，可以说来听一听吗？什么难题。"乔治说。

"当然可以，我现在想回中国去创办网站，但是没有人能够给我投资。"贾朝阳说。

"把你的想法说给我听一听！"乔治脸上露出好奇的神情说。

"我想到中国去办一个分类搜索的网站，现在网络上的中文网站虽然不多，但是中文信息非常多，网络上还没有非常好的中文信息搜索网站，我发现这个商机就兴奋不已，但是到现在还是只有兴奋，没有钱来做。"贾朝阳很幽默地说。

乔治听完后看着贾朝阳，表情全无，有一分钟没有说话，好像思维悬在空中，然后慢慢地说："你说的是真的吗？"

"当然，现在中国的网民有2300万，中文网站只有1万个。但是没有一个搜索网站，像美国的Google这样的网站。"贾朝阳非常肯定地说。

"我愿意给你钱，这是我的名片。"乔治非常爽快地掏出自己的名片说，"你明天把你的商业计划拿给我看，这个时间这个地方，记住了，明天。"乔治说完起身，非常从容地说，"今天就谈到这里，这是个简单的问题，不是难题。"

贾朝阳拿着名片呆在那里，看着乔治的背影远去。

一切容易得让贾朝阳觉得是在做梦。他快步走出图书馆，开车飞驰回家，高兴得无法形容自己。将家里所有能够响的东西全开上，高兴地哼着《Sailing》。是的，他最喜欢的美国流行歌曲就是这首比较老的《Sailing》，那种乘风破浪会有时，直挂云帆济沧海的感觉很好。

贾朝阳亲自下厨，好好吃了一顿，然后打开电脑，首先给肖哲发了一封email：已经有人愿意给我投资，我行将回国创业。

然后，他将自己的商业计划从电脑里调出来，好好从头到尾看了一遍，几乎从文法上又润色了一遍。

"OK！"贾朝阳自言自语完毕，在那里闭眼冥想。

到底能不能够得到乔治的投资仍是一个未知数，现在得到的只是一个口头承诺，而且他还没有看商业计划，能否真投，投多少，这还是个未知数。以前贾朝阳遇到过想投资的人，但是都是在正式谈判时退缩了。贾朝阳的兴奋很快减去一半，带着疑惑入了梦。

第二天，贾朝阳准时到达图书馆，乔治已经在那里了，一杯热咖啡在冒着清香。

贾朝阳上去说："Sorry！"

乔治说："你没有迟到，是我等不及了。"然后哈哈大笑。

还没等贾朝阳坐下，乔治就说："把你的商业计划给我看一看。"

贾朝阳从塑料夹里取出装订好的商业计划，共八页，递给乔治。

乔治双眼像扫描仪器一样快速运动起来，眼睛紧紧盯着计划书，第一页和第二页看得非常缓慢，几乎重复看了三遍，后面几页非常快地翻了过去。

贾朝阳心里清楚，最重要的内容是商业模式，其实非常简单，就在前面一页纸就说完了，写两页都是附庸文采。所有互联网的商业计划，就是靠概念值钱，如果没有概念，写成一本书也没有人给你投钱。

乔治是此中老手，他看过的商业计划书成千上万，在大学上学的时候，乔治就经常讲他曾经审阅商业计划的一些感受，而且还教过他们一堂大课——如何写商业计划，那天整个礼堂坐了2000多人，美国人也疯狂啊。

今天的商业计划书可以说贾朝阳正是用了乔治当年所教的精华。

乔治看完计划书抬起头，然后将计划往桌上一搁说："你这写的都是事实？"

"当然，中国的实际情况和未来预测都依靠数据。"贾朝阳心里没底，忐忑不安地看着乔治。

"你认为你这个计划值多少钱？"乔治非常干脆，直入主题，看着贾朝阳等他的回答。

贾朝阳只是想如何说服别人投钱，可是商业计划值多少钱，或者说贾朝阳值多少钱，他心里完全没有底，他有点后悔自己从来没有认真考虑过。

乔治这一问把贾朝阳给问住了。这随口一说不要紧，到时候就是真正的股份比例，是无数财富的原始股。贾朝阳被这个重大问题给难住了，他真不知道说多少才合适。说得太少，可能乔治会觉得自己没有信心，所以才这么低的价钱标的商业计划；如果太高，乔治会觉得贾朝阳是自己对整个问题的认识不足，是漫天要价，显示出自己对商业计划认识的不成熟。所以贾朝阳接到这个问题时，大脑开始飞速动转起来，身上开始冒汗。

"这是个难题。"贾朝阳为了减轻自己的压力，笑着对乔治说。

"Maybe（或许）。"乔治只是说出简短的词，继续看着贾朝阳。贾朝阳为了保证拿到投资，决定看乔治认为他这个计划值多少钱。

"你认为这个商业计划值多少钱？"贾朝阳笑着说。

"我不能说，因为我是投资人，我不能够有欺骗的嫌疑。一个商业计划的价值就是这个计划主人的价值，商业计划写得好没有多大价值，而是看这个人是否具备创业的实力。我觉得你行，其实是在两年前就有的想法，并不是这个商业计划书。你认为你作为一个事业的创始人，能够值多少钱？"乔治说。

贾朝阳第一次遇到给自己估价的问题，是啊，哪怕自己是奴隶在市场上交易，也得给自己标一个价码。但是他以前从来没有认为人是可以标价的，现在突然有人问：贾朝阳，你值多少钱时，贾朝阳有些不知所措。

"请允许我思考几分钟。"贾朝阳很礼貌地说。

"当然。这是重大的决定。"乔治说完又拿起商业计划看。

贾朝阳认为说得太高不可能吸引乔治，说得太低乔治投一点钱也会在其中占太大比例，而且钱少在国内也很难维持太久。

最后贾朝阳给自己标了一个价："200万美元。"贾朝阳说完望着乔治，心里上下打鼓。

"好，200万，我愿意投50万。"乔治反应非常快，很快就说出了自己的数目。

贾朝阳听到这个数非常高兴，这是第一次听到有人愿意出钱给自己的商业计划，而且是50万，意味着400万人民币，而且这只是其中的四分之一。

有人投50万，贾朝阳就开始将这200万美金当真正的200万美金来看待了。但是他不希望有较大的股东，最大的股东不会超过5%，这是贾朝阳给自己的投资人下的限度，因为他认为股东越大，越限制自己的发展，而且不利于下一步融资。当别人知道你的股权已经由几个大股东瓜分，就很少有人愿意再投了，如果原来的风险投资人又不愿意再投，自己很可能就因为资金不足而死掉，这些套路倒是贾朝阳之前想到的，所以贾朝阳想了想说："乔治博士，你可不可以只投10万？"说完贾朝阳看着乔治。

"是我的好学生，可以，就10万吧。不过，我有一个条件，你只有找到另外一个愿意投资的人，我才愿意给你投钱。"乔治说。

"好的，你可不可以给我在计划书后面签个字，说如果有另外一个人愿意投钱，你就可以给我投。否则我无法使人相信，已经有人愿意为我的计划投资。"贾朝阳拿起商业计划书说。

"没问题，现在就给你写。"乔治非常爽快地从口袋里掏出签字笔，在商业计划书后面写上：如果有人愿意给贾朝阳投资，我愿意和他同为贾朝阳的商业计划的风险投资人。

贾朝阳接过商业计划书，非常开心地笑了。

有了乔治这么大名鼎鼎的投资人背书，找第二个恐怕不成问题。贾朝阳这么想着。

回家睡了很香的一觉，贾朝阳醒来时，脑袋里忽然冒出一个人。他记得在大学的中国同学John在硅谷的一家软件公司干得不错，为什么不找他投一些钱呢？哪怕是5万元钱，可以将乔治的10万引进来呀？对，跟John联系一下。

贾朝阳感到事情马上就要成了，他立刻下床翻找John的通信地址。

"Oh，我是James Jia。"贾朝阳拨通了John的电话。

"喔，你好你好，James，好久没有你的消息了，现在在什么地方高就？"John说。

"我回国转了一趟，看看那边有没有机会。"

"那边不行，没有发挥的空间，你干得怎么样？"John很果断地说。

"还可以，但是也遇到一些困难，所以又回来了。"

"先在这边干吧，如果条件好了，到那边去试一试也不迟。"John好心劝道，好像自己曾经沧海。

"你呢？现在公司上市了吧？"贾朝阳若无其事地问。

"上市了，但是涨得慢。"John心不在焉地说。

"上市多久了？"

"三个月。"

"涨了多少？"

"从20元发行价涨到43元。"

"够可以了。资产翻了一番。"

"没有10倍的增长谈不上增长呀。"John叹道。

"还可以。我有事，想约你明天在大学的食堂酒吧谈一谈，你有时间吗？"

"明天？可以，什么时候？"John想了想说。

"晚上7点半。"

"好，这样，拜拜。"

"拜拜。"

第二天晚上，John来了，还带着自己的妻子，一个美国女孩，高John一个头。这种事情还是挺罕见的，一般来说留学生不喜欢找美国白种女孩，白种女孩也不喜欢黄种人。

刚在酒吧坐定，贾朝阳开始了游说工作。

"我去国内走了一趟，半年时间，你知道吧？"

"知道，听同学们说了，出师未捷。"John说。

"什么是出师未捷？"John的胖大个妻子问。

"就是失败了。"贾朝阳说，"惨败，不是我的失败，是给我投资的那位老教授他和我谈不到一起去。"

"在大学的时候你们挺能谈到一起去的，怎么会谈不到一起去？"John摊摊手说。

"是，我们要是谈骂人肯定能够谈到一起去，但是谈创业就非常艰难，他对中国的事情一窍不通，但是不懂装懂。"贾朝阳说。

"回来后现在在干什么呢？"

"现在呀，正想跟你说呢，我现在正在进行一个商业计划，想到国内去办网站，正吸引风险投资，但是这事不能太慢，因为网络发展的速度太快，如果不能够很快就跟进，恐怕这个计划要落空。"贾朝阳认真地说。

"办网站，你觉得怎么样，国内的政策如何？"John反问。

"现在国内的政策变化很大，空间还比较宽松，没问题。"贾朝阳充满自信地说。

"现在融资到了什么阶段？"John吻了胖老婆一下说。

"现在有一个人要投资，就是乔治，你知道吧，上管理课的教授乔治，他想给我投资。但是有个条件，需要找到另外一个投资者。"贾朝阳说，"所以我想到了你。"

"我？"John眼神有些游移，眼皮往上翻了一下说，"我在投资方面非常外行。"

"你可不可以少量投入一点，只要乔治能够投，事情就迈出了一大步。"贾朝阳非常恳切地说。

"但是己所不欲，勿施于人。"John说。

"什么叫己所不欲，勿施于人？"John的老婆用蹩脚的中文说。

"就是自己不想要的就不要给别人。"贾朝阳说。

"那如果你不想要我了也不允许别人要我？"John的外国老婆问John。

"哈哈哈。"贾朝阳在一旁忍不住大笑。

John红着脸说："你怎么这么理解呢？甜心。"说完吻了老婆一下。

"你没有打算投资，没关系，我还有一个忙，看你能不能帮？"贾朝阳说。

"你说，什么忙？"

"我想用自己的钱以你的名义往里面投，这样也可以引乔治往里面投钱。"贾朝阳微笑着说。

"但是，这跟北京卖衣服的托儿一样，我不能帮你这个忙。"John说。

"这怎么叫托儿呢，我不是坑他，我只是需要启动资金，到时候网站发展起来，他的股份在里面一点也不少啊。"贾朝阳激动地说。

"这样做不规范，迟早乔治会知道，我觉得这样做弄不好砸了自己的信誉。"John说。

贾朝阳非常失望地看着John夫妇俩，觉得他们俩真他妈非常美国，非常规范，拉倒。

贾朝阳气急败坏，但也没辙，只好再想别的办法吧。

他借还有别的约会为由，连饭都没有吃，向John夫妇告别，将车疯狂地开出斯坦福大学，飞快行驶在黑夜中。

# 四十二 穷光蛋和富光蛋之间的距离只有一晚

星期天，贾朝阳约了邦德打网球，以运动来缓解心中压力。好不容易找到一个愿意投钱的人，如果不再找一个投资者进来，自己的努力又泡汤了。

邦德是贾朝阳大学时期的校友，学的是Double E，但是毕业后就做房地产商了，在硅谷大片大片地盖房，厂房、住家房，在硅谷什么房都缺。大量高科技人才涌向硅谷，使这个不大的地方变得拥挤起来——当然比起中国来，这地方简直是大量浪费地皮，公共草地非常多。邦德的父亲是科威特的石油巨富，他被他父亲派到斯坦福来学习科技，同时给他一个任务——在美国找到赚钱的方法，怎么样让老爸的钱变钱。

邦德学的是高科技专业，但是天生没高科技意识，因为在他们科威特，一向是以地底下的石油来赚钱的。

他们认为赚钱的方式全在地球表面和里面，哪有用什么大脑里的东西来赚钱的。意识有时候决定了他今后的做事方式。邦德在斯坦福读书期间，主要的学业是打网球和换租房屋，以此来了解房地产，毕业后他就开始了他的地产生涯。但是他仍旧喜欢打网球，贾朝阳和他在大学是旗鼓相当的对手。

在斯坦福绿得发亮的网球场上，贾朝阳正挥手迎击邦德打来的一个有力的近地球。

"Right! Have a rest!"邦德接过贾朝阳击来的球，用球拍停住，接在手里，挥手示意休息。

"OK！"贾朝阳说。

俩人坐在草坪旁的树荫下，用白毛巾擦完汗水，贾朝阳痛饮纯净水一瓶，抬起头说："邦德，你现在忙什么呢？"

"不忙，我的房子都卖出去了，我打算去希腊度假去了。"

"毕业后，你脑袋里是不是完全没有科技含量了？"贾朝阳说。

"哈哈哈，"邦德大笑一阵说，"是的，我在大学就没有科技含量，难道你没有发现？"

"我大脑的科技含量怎么样，你说？"贾朝阳问邦德。

"非常非常高，你的大脑跟机器人一样，成了金属制品了，哈哈哈。"邦德说完又大笑不止。

"那你觉得我能够值多少钱？"贾朝阳问道。

"现在？还是将来？"邦德问。

"Just now！"贾朝阳说就现在。

"现在嘛，跟你毕业时没什么区别，还是个穷光蛋。"邦德开玩笑说。

"是的，在美国穷光蛋和富光蛋之间的距离只有一晚，你没有觉得？"贾朝阳说。

"是的。但是在我们科威特，穷光蛋和富光蛋之间的距离是永远的。"邦德说。

"如果我做一个网站的商业计划，有人愿意给我投钱，你觉得值多少钱？"贾朝阳随意说。

"那要看你做什么网站了。你真有这个想法？"邦德认真地看着贾朝阳。

"是的，已经有人愿意给我投资了，我开价是我值200万美金。"贾朝阳说。

"200万美金，那就是说我能够买一集装箱贾朝阳！"邦德开玩笑说。"你不值这个数，你是个无价之宝。"

"无价是因为没有人买。现在有人买了，多少我也要开个价，我开的是200万。"贾朝阳说。

"那这个人投了没有？"邦德问。

"我坦率地跟你说，这个人就是乔治博士，你知道的。"贾朝阳说，"还没有给我投。"

"乔治是风险投资高手，他怎么给你估的价？"邦德说。

"他没有给我估，是我自己说的一个价。"贾朝阳说。

"那他为什么没有投呢？"邦德说。

"他说如果还有一个人愿意给我投，他就投给我。"贾朝阳脸上显得略有发愁。

"哦，没问题，那我就给你投，需要多少？"邦德跟说笑话似的说了一句。

"什么？你没有开玩笑？"贾朝阳瞪着邦德的脸。

"我没有开玩笑，既然乔治愿意给你投，说明他看好你这个商业计划。我还没有一笔资金花在高科技方面。你不是说我的大脑科技含量不高吗？我想让自己大脑的科技含量高一点，哈哈哈。"邦德笑着说。

"踏破铁鞋无觅处，得来全不费功夫。"贾朝阳站起来，说了一句中文。

"你说什么？"邦德问。

"我们再来打一局。"贾朝阳说。

俩人又下场开始了厮杀。

邦德无意的一投，在贾朝阳泄气的时候给他打了一剂兴奋剂，他兴致勃勃地约了乔治在图书馆见面。他们俩将图书馆作为了面谈的最佳地点。乔治见到贾朝阳满面笑容，心里有几分预感，看来有第二个人投了。

"James，你找到了第二家风险资金了？"乔治脸上洋溢着笑容问。

"你怎么知道的？"贾朝阳问道。

"你的脸上都写着。"

"是的，我找到了另一个人愿意给我投。"贾朝阳非常自如地从口袋里拿出已经签有邦德名字的商业计划书。

"Good，祝你好运。"

"也祝你好运。"贾朝阳说。

"我们是一起的，我们双赢嘛。"乔治笑着说。"你现在资金还不够吧？"

"差不多了。在中国我有一些关系，知道吗？可以省钱的。"贾朝阳额头往上皱了皱说。

"那你该注册公司了，你想回中国注册？"乔治问。

"没有，我不会在中国注册的，先在美国注册就行了。到了中国是完全的外资企业，这些在税收上有优惠。"贾朝阳说。

"你说得很好，我就觉得你是个能够解难题的学生。"乔治用手摸了摸下巴。"好，就这样，你有了公司账户随时告诉我，我给你汇到账上。"

"很快就有了。"贾朝阳说。

贾朝阳找人在开曼群岛注册了一家网络公司，名字叫"汉搜网"。

贾朝阳从乔治和邦德那里弄到了20万美金的口头承诺，打心底说，在美国简直叫要饭钱，这点钱根本没法办网站。贾朝阳希望能够再找到一些资金，他在网络上四处给风险投资商发email,信里对中国的前景描绘得天花乱坠，尽管他在国内办过布匹信息网站，但对中国如何办网站心里完全没有底。贾朝阳的心理素质就是好，跟当年搞传销一样，他相信一些未知的东西。

在贾朝阳即将带回资金回国办网站的时候，全球最大的分类搜索网站美国Uoogle要来中国办网站，作为年轻人偶像的Uoogle总裁艾瑞克亲自到中国演讲，他到了清华、北大、上海复旦和浙江大学。所到之处，学子们群情激昂，他们对艾瑞克的崇拜超过了任何一个影视歌明星。时代的进步就是劳动者不需搞五一劳动奖章，自动成为时代偶像。

这一个巡回演讲只是表明Uoogle开始关注中国，关注中文世界的网络搜索站点。

肖哲一直非常敏锐地观察这一切。但是等Uoogle和北大方正合作，联合进行网络内容开发时，肖哲知道某种合资的雏形已经出现。

肖哲参加了双方在北大的联合签字仪式，第一反应不是发稿，而是给远在美国的贾朝阳发了一个邮件，内容非常简单扼要：

朝阳：

  Uoogle进入中国指日可待，你所说的中文搜索引擎如果不在他们来之前网罗中国的网民，不能够在他们还没有开始就做大，你就没戏了。

肖哲

一石激起千重浪。

贾朝阳已经注册了"汉搜网"，而且注册了一家公司：中国互联网络时代公司。贾朝阳的想法是网络在哪里建都没关系，在美国服务器的速度更快，所以他已经在美国雇用了一个员工，开始进行网站的初步规划建设。等他接到肖哲的email时，马上给肖哲打了一个国际长途。肖哲正是午夜深眠之时，贾朝阳的电话来了。

"Hello，肖哲，我是贾朝阳，美国打过来的。"

"我靠，吓我，跟午夜凶铃似的。这么晚打电话来？"

"什么晚，美国正是大白天。我收到你的email了，请你将Uoogle在中国的活动给我详细讲一遍。"贾朝阳迫不及待地说。

"我不是已经给你email了吗？"肖哲说。

"太简单了，你给我讲清楚一点。Uoogle在方正签约时，有没有投资进去？"贾朝阳说。

"会议上他们没有谈到投资的问题。"肖哲说。

"那记者提问时提没提到投资问题？"贾朝阳问。

"我听完艾瑞克演讲就走了，不知道记者问什么了。"肖哲说。

"你小子做记者真不够资格。Uoogle说他们推出中文站点的事没有？"贾朝阳问。

"没有，他们只是签了一个合作内容的备忘录，一切还刚刚开始。很有可能是北大方正做网站，Uoogle合作在中国推他们的品牌。"肖哲说。

"你没有商业头脑，Uoogle的野心，我看得清清楚楚，不是我怕Uoogle，你不知道老美做事的厉害，他们跟蚕吃桑叶一样，你根本不知道他们最后会变成蛾子。"贾朝阳在电话里跟喊话似的说。

"没那么严重吧，我们中国人是玩声东击西的游击战成功的，还不知道怎么防游击战？现在中国政府不让外资投资进入中国互联网信息服务业，Uoogle想进根本没门。"肖哲说。

"你对互联网还是没感觉。互联网本来就没有门，所以想防哪家网站吸引中国百姓的注意力是白费劲。"贾朝阳非常义正辞严地说，"所以我要尽快回国，最快三个月，我必须回来，否则一切白搭。什么叫互联网速度，互联网速度就是导火索速度，一切引爆之后就无从追赶。美国大公司经常在财富500强排名时七上八下，你什么时候见过Uoogle七上八下了？Uoogle在我心中一直是第一，记住这个。所以我要做就做中国的Uoogle。"贾朝阳在电话里好像是在搞独立宣言。

"那你快点回来吧，没有人不希望你快一点。"肖哲说。

"我要在中国注册一家公司，你帮我办这件事怎么样？"贾朝阳说。

"没问题。"肖哲说。

"成康现在怎么样？"贾朝阳问。

"挺好，继续任梦想PC部总经理。"肖哲说。

"看他能不能够投资，现在要快速发展，资金少了根本没戏。"贾朝阳说，"我回头跟成康通电话，就这样，挂了。"贾朝阳说完就将电话给挂了。

挂了电话，贾朝阳就给成康挂了电话。

"我现在正在开一个会议，你要不等一会儿给我打？"成康在电话里说。

"我是国际长途。"贾朝阳说。

"我知道，但是现在是公司内部的一个重要的高层会议，我现在根本抽不出时间。"

"晚上12点还开会？"

"开到凌晨的都有。"

"那好，估计什么时候你能够回家，我给你家里打电话。"贾朝阳说。

"我给你打吧！"成康说。

# 四十三　我遇到了生与死的问题

贾朝阳想在美国多融一些资金，听肖哲讲了国内情况后，他觉得自己以前的想法需要修改，小米加步枪的慢动作可能给网站造成迅速夭折的下场。

正在贾朝阳准备起身回国的当口，许多投资商的信主动钻到贾朝阳的邮箱里，不知道是否有乔治的功劳。

一个纽约的风险投资商给贾朝阳发来email，说他刚好在旧金山参加一个投资会议，有兴趣和贾朝阳见一面。一位加州农场主也对贾朝阳的商业计划感兴趣，希望能够在他的农庄里和贾朝阳好好谈一谈。还有一家国际知名的电脑企业想和贾朝阳见一见面，看能否有些合作。而且凑巧的是这几个家伙都在同一天约贾朝阳，约会时间中间有交叉，他通过email总算将他们协调到一天的不同时段。

那天，贾朝阳打了一条明黄色的领带，穿着一身亚麻色西服，显得神气十足。汽车上满了油，早早吃了三个煎鸡蛋，喝了一大杯牛奶，还吃了四片抹了黄油的面包片，贾朝阳拎着大大的皮包驱车前往谈判地点。

旧金山的美洲银行把贾朝阳难倒了，贾朝阳根本就不知道那条马路在哪里，因为他去旧金山次数有限，常去的旅游景点和几个有过业务的企业地址他知道，再细的地方他就不知道了。贾朝阳在网上查到了旧金山的地图，专门打印了一份，但是非常粗线条的地图，基本上只能够判断美洲银行在哪个街区。

贾朝阳将CD搁进唱机，开始听那首老歌《Sailing》。

路旁的金黄色银杏树飞快闪向脑后，在车流中，贾朝阳的车更像一辆警察的车，因为他不断地超越别人。他要首先在9点钟赶到美洲银行，他计算过，从硅谷到旧金山这段路他最多需45分钟走完，然后他需要10分钟找到美洲银行，不管藏在旧金山的任何地方，贾朝阳必须最慢在15分钟内找到美洲银行，然后3分钟内在这间大楼找到纽约来客。纽约人是比西部人要古板许多的。

贾朝阳在车上就拿出了打印的旧金山地图，研究如何走最节约时间。

正赶上硅谷的上班高峰，高速公路上车流如潮，几乎所有的道路都被挤得满满的，不像是自然形成，而是某位好莱坞导演安排的场面。但是所幸车在路面上井然有序，还可以开到40迈。

贾朝阳心里一直没底，开车的时候总是右眼皮跳，他记不住是左眼跳财还是右眼跳财，感觉情况不妙。走到离旧金山市区还有10公里的地方，车都停下来了。贾朝阳以为是一次非常正常的转弯处停车，毕竟车太多。但是等了很久，还是没有任何动静，贾朝阳在车里坐不住了，打开车门出来望了望，前面看不见头，车龙僵死在路上。贾朝阳拿出口香糖来扔进嘴里，又回到了车里。

在车里东张西望，毫无主意，过了几分钟，贾朝阳拍了一下方向盘，拿起了电话。

贾朝阳拨的是美国高速公路的求救电话，电话很快接通了，一个嗓门挺大的男人的声音。

"请问阁下遇到什么危险？"

"警察先生，我遇到了生与死的问题，你一定要帮我解决，你有直升机吗？"贾朝阳非常郑重地说。

"请您说明您的困难，我们会尽快帮您解决。"

"我要在10分钟内在旧金山城见到一位风险投资商，如果我见不到他我就要自杀了，请你帮我尽快脱离塞车状态，到达美洲银行！"贾朝阳一丝不苟地说。

"对不起，先生，你这不是生与死的问题，我们无法给你解决，如果你没有见到他，自杀时再打电话给我们，我们来救你。你就好好待在那里，不要乱动。"警察还是一本正经地说。

贾朝阳"啪"挂了手机，骂了一声"Shit！"继续在路上等着。太阳像一盏摄影灯照得贾朝阳心烦意乱，如果有手枪，贾朝阳一定会掏枪向太阳射击，因为太阳每一点移动都折算成了分和秒，真让人心慌！

等了大约10分钟，罕见的10分钟，在美国高速公路上10分钟带来的经济损失折算成美元要以亿为单位计算，所以在美国高速公路上玩生死时速出车祸对美国带来的损失会最大。果然是这样，在前面一个转弯处一辆大卡车撞倒了护桩，爬到另一条方向相反的高速路上去了。

贾朝阳看了一眼大铁家伙，又骂了一句"Shit！"将口香糖吐了出去。

总算进了旧金山市，贾朝阳将地图铺在车驾驶台面前，一边看地图，一边搜索美洲银行。旧金山高高低低的丘陵路非常难看到前方是什么建筑。贾朝阳在旧金山驾车经验太少，搜索速度非常慢，就这样对着地图慢慢往前进，谢天谢地，终于接近美洲银行了。

从地图标示和路牌看，贾朝阳能够肯定，美洲银行就在这条笔直街道的前面，而且有5个街区的路，但是不知道银行周围是否好停车，关键的是这条路上有3个红灯。前方500米处，美洲银行的logo闪闪夺目，但是红灯在他到达路口的同时亮了。

贾朝阳气得捶打方向盘，见路旁有个停车场，一个猛转弯，一踩油门，车冲进了停车场。停车场收费站的人将他拦住，问有没有付费卡，贾朝阳说："有、有，回来就给！"强行将车开进去，停在一个空位上，拎着包，飞快地向美洲银行跑去。

"Stop，这里不能给你停车。"看门的人在贾朝阳后面追着喊，贾朝阳以百米冲刺的速度跑着，根本就不能够停止，看门人摊摊手，摇摇头，说："是个疯子。"

贾朝阳憋足气，跑到了美洲银行，冲进大堂，很快就钻进一个电梯，将上电梯的人撞得东倒西歪。

贾朝阳不停说"sorry"，在电梯里斜靠着，闭着眼大口大口喘气，电梯里的人都离他远远地看着他。

在12楼，贾朝阳找到了纽约来客、风险投资家怀特先生——一个肚子大得贾朝阳无法接近的人。

怀特是那种有银行家风格的人，身高大约2米，体形高大，皮肤是红红的，说话纽约腔十足，他穿着非常讲究，连衬衣的袖口都用非常精致的纽扣扣得严严的，头发打理得跟日本豆腐一样光亮。抽雪茄，毋庸置疑的有钱人。

贾朝阳走进怀特的约见室时，已经浑身开始流汗，脸用纸巾擦过，红红的。一进去就非常热情地握住怀特的手，"I'm sorry, traffic jam."贾朝阳说自己因为交通堵塞迟到。

怀特表情略带微笑地说："还有10分钟我就走了。"

"So I arrived here."贾朝阳不苟言笑地说，"我非常重视和你的见面，所以太阳没升起就起床了，但是高速公路今天出了问题，扭到一起了，如果你约我在月球上见面，我同样会见到您。"

"呵呵，你是个有趣的人。好吧，把你的商业计划给我看。"怀特说。

贾朝阳从包里掏出一份商业计划递过去。怀特掏出眼镜，皱着眉看了3分钟，说："你有人投资吗？我必须知道有没有别人投资。"

"当然有。"贾朝阳说着从包里掏出两个商业计划，一个是乔治签名的，一个是邦德签名的。怀特拿过两张计划书，认真看了看签名，说："我要和这两个人通电话，你有他们的电话吗？"

"为什么？"贾朝阳问。

"我一向是这样。"怀特说。

"他们可能不需要你来影响他们。"贾朝阳说。

"我投的钱一定比他们多，我是大股东，有权知道更多的信息。"怀特非常严肃的表情。

"但是你现在还不是。"贾朝阳笑着说。

"我马上就是，我愿意投25万美金。"怀特显得非常果断。

贾朝阳看了怀特几眼说，"我可以告诉你其中一个人的电子邮件。"

"好的，我相信我这25万会变成2500万。"怀特说。

"远远超过。"贾朝阳说。

"就这样，等我的电话。"怀特说。

贾朝阳一上午的狂奔，只谈了3分钟，怀特起身握手告别。

贾朝阳浑身汗已经干了，慢慢走出美洲银行，大大呼了口气，忽然记起自己的车还扔在停车场，连忙打了一辆的士，冲向停车场，扔给出租车司机10美元。"Keep change，别找了。"

贾朝阳说完，钻出出租车，正见一辆大拖车在拖自己的车，他在远处挥手高呼："Stop！It's mine。"然后飞跑过去。开拖车的家伙仍旧跟没听见似的。

贾朝阳冲上驾驶室说："Help me，我有非常紧急的事。"说完从口袋掏出20美元塞给司机。司机看了贾朝阳一眼说："你再来晚一分钟就见不到我。"

贾朝阳笑着说："你是今天第二个这样对我说的人，还有第三个等着我，OK？"

司机笑了笑说："快上路。"将贾朝阳的车从叉车上卸下来。这时停车场看守过来了，贾朝阳还没等他说话，掏出10美元塞给他说："我们双赢。"

然后贾朝阳钻进自己的车，左挪右倒，很快开出停车场，驶向旧金山城外。他第二个要见面的人是一家电脑公司老板，让他到电脑公司去面谈，公司在硅谷腹地。贾朝阳必须在1小时赶到这家公司。

车很快就出了城，贾朝阳驱车飞快地行驶在101公路上，将音响开得巨大无比，嘴里高声叫着："纽约客，狗屎！25万美金有什么了不起。懂不懂规矩？风险投资没风险谁都干了。哈哈！"虽然对纽约投资商非常讨厌，但是25万美金对贾朝阳还是非常重要，有了这25万美金，加上乔治和邦德的就是45万，可以回国办网站了。贾朝阳将所有车窗打开，在101公路上狂奔。纽约客口头上的25万美金让贾朝阳欣喜若狂。

贾朝阳准时抵达硅谷这家电脑公司，在停车场停好车。门口一块空地上有一群美国小孩在玩曲棍球。贾朝阳给他们吹了声口哨，径直往办公楼进去。在楼下登了记，然后上楼见这家电脑公司的总裁麦戈文先生。

整栋楼里走动的近一半都是黄皮肤的中国人。

"你好！非常高兴见到你。"总裁麦戈文热情地和贾朝阳握手。

"非常高兴见到你。"贾朝阳客气坐下。

"贾先生，我看了你给我email过来的商务计划，很好。"总裁麦戈文说。

"中国市场我非常了解，我在那里有6个月的创业经验。互联网市场将是一个机会无穷的市场，而且增长的空间非常大。"贾朝阳说。

"是的。这个我也很清楚，我今年4月去了中国一趟，他们的速度超过了我的想象。"麦戈文说。

"也超过了我的想象。"贾朝阳笑着说。

"那你什么时候回中国去办网站？"麦戈文靠在椅背上问。

"这要看麦戈文您能不能够支持我的这个计划？"贾朝阳说着从包里掏出一份商业计划书。"现在有三个风险投资人愿意给我投资。在公司还没有壮大的时候投资是最划算的，投很少的钱，但是能够占很大的股份。"

"我已经从电子邮件里看过你的商业计划了，一个充满激情的计划。但是我看到的不是网站，而是网站今后该如何发展，中国的网络交易非常困难，没有信用卡，你应该知道，将来发展电子商务，这是一个很大的问题。"麦戈文说。

"但是先机难得，刚开始肯定是不能营利，但是占据了先机肯定是我们营利。"贾朝阳说。

"我同意你的看法，但是我有我的考虑，我想和你合作。"麦戈文说完用询问的眼神看着贾朝阳。

"合作？什么合作？"贾朝阳心中一顿。

"我想派你到中国去发展我们公司的业务，到中国销售我们的电脑产品，扩大我们在中国的市场占有率，你有很大的发展空间，你可以成为我们公司大中华区总裁。"麦戈文用挑战的眼神看着贾朝阳。

"还有什么发展？"贾朝阳笑着说。

"不够吗？"麦戈文说。

"不够，我要做网络中国第一，我不愿意打工。"贾朝阳说。

"你很有理想。我很欣赏你，我现在还在为我的员工打工。"麦戈文笑着说。

"好吧，你决定怎么样欣赏我，能够给我投多少钱？"贾朝阳说。

"我决定请你做中国区总经理。"麦戈文说。

"没有可能，我不能同时做两件事。"贾朝阳说。

"I see，我明白你的意思了。"麦戈文端起一杯纯净水喝了。

贾朝阳二话不说，起身跟麦戈文说byebye。

从电脑公司出来，太阳已经直射硅谷，贾朝阳从车上拿出墨镜来戴在头上，朝电脑公司挥了挥手，进了自己的车，猛轰了几次油门，开上高速公路。

贾朝阳旋开收音机，播放美国的乡村音乐，车如烟一般消失在一条公路，出现在另一条公路。穿过几条道路，前面有一个不小的直升机俱乐部，有几架非常独特的直升机停在那里，旁边还有一家很小的快餐店。贾朝阳将车开到快餐店旁的停车场，进到快餐店，排队买了一个大汉堡，一个大可乐，一袋大薯条，选了一个靠窗的地方坐下来，好好吃了一顿。

硅谷的阳光非常灿烂，正在秋季，道路两旁的灌木色彩斑斓，空气中有许多花的混合气息。贾朝阳回想上午的杰作，两个投资商，有一个愿意投资，不错的成绩，50%成功率，而且大家都看好中国概念，不管是不是成功，如果有中国的概念，他们就会找你。

贾朝阳吃完汉堡，开车回斯坦福校园的简易公寓，和加州农场主约见的时间在下午3点。贾朝阳回屋的第一件事情就是收email，他经常在无所事事的时候几乎一分钟就要看一下自己的email，email是他和世界联系的虚拟高速公路，所有的快乐和痛苦几乎都可以通过这条高速公路进来。

贾朝阳果然收到了一条信息，是肖哲从国内发过来的。

贾朝阳：

　　Uoogle总裁已经和信息产业部有关人士接触了，看样子他们有意在做政府关系，情况比较紧，不知你那边准备如何？

　　祝好运！

肖哲

肖哲的email说Uoogle和中国信息产业部人士沟通，看样子Uoogle进入中国是指日可待呀，而且中国政府也不会将这只虎拦在国门外，中国领导对互联网的认识非常开放，使得中国在国际上的互联网发展速度比欧洲许多国家快。

贾朝阳看了肖哲的email，心中非常沉重，"看样子时间还要提前，最好是下个月就回去。"贾朝阳自言自语着，"时间又提前了。"

# 四十四　一个世外橘园

　　下午他驱车开出学校时，在公告栏看到一条消息：互联网生存之父尼克罗先生于明天在斯坦福大学做演讲。贾朝阳将这条消息记在自己的记事本上。

　　车开出了硅谷腹地，开始向一片长满橘子林的丘陵开进。正是橘子成熟之时，许多农场在采摘橘子，一片繁忙的美景。这些加州的橘子很可能销往中国啊，贾朝阳赞叹着。

　　车在曲折的山路上行进一段时间，贾朝阳心里感到纳闷：农场主会给网站投资？他觉得自己好笑，这个叫巴可的农场主也够有意思的，得见见他。农场主激起了贾朝阳的兴趣。

　　按照农场主的指示，贾朝阳终于到达了农场主的家。一间乳白色的大房子出现在贾朝阳面前，说这是乡间豪华别墅一点也不为过。房子建在半山腰，周围用很好的松木条钉的栅栏，栅栏漆上白漆，干净整洁。房子有两层，两个尖顶表示房子有两个主体结构，房前有一个很大的凉台，用木板铺成，离地有1尺来高，四周有护栏，几张白色的沙滩椅。

　　贾朝阳将车开到栅栏门口，然后按了一下门铃，从屋里先冲出来一条巨大的德国牧羊犬，然后是一个很年轻的男子出来。

　　狗和人先后到达了护栏门口，年轻人问贾朝阳："你找谁？"

　　"找巴可，威廉·巴可。"贾朝阳说，"是他约我3点钟面谈的。"

　　"你好，我就是威廉·巴可，你是James？"年轻人问。

　　"是的，斯坦福来的。"贾朝阳说。

　　"很高兴见到你，请进。"年轻人打开门。贾朝阳将车开了进去，将车停在门前一块空地上。

　　贾朝阳刚从车里出来，就遭到那只德国牧羊犬的袭击，狗将前腿搭在他的肩上，吓得他把头尽量往后仰着，不敢大声叫，只是说："Help me，巴可。"

　　"你不要害怕，她不会伤害你的，那是她喜欢你。"巴可说着让狗离开，狗摇着尾巴慢慢走开，不时回头看看贾朝阳。

　　"它不是只母狗吧？"贾朝阳惊魂未定，但是不忘开玩笑。

　　"正是，一只漂亮的母狗。"巴可笑着说。

　　两人就在门前的沙滩椅上就座，巴可问贾朝阳喝什么，贾朝阳说扎啤。

　　两人相对坐在别墅门前，贾朝阳掏出了商业计划书。巴可说："不用了，先看看我这里的美景。"

"非常好，你这里按中国典故说是个世外桃源。"

"是的，一个世外橘子园。"巴可说。"我今天请你来主要目的是吃橘子。"

"吃橘子？"贾朝阳惊讶地看着巴可。

"是的，看见我的橘子没有，从路上过来，那些都是。"巴可挺自豪地说。

"看见了，很好的丰收年。"贾朝阳说。

"是的，可这不是风景，不能够随秋风飘落。"巴可依旧笑着。

贾朝阳听着巴可摸不着边际的话，好像在念散文诗，皱着眉头，毫无兴致。

"James，你对这些橘子没有什么感想吗？"巴可问道。

"感想？"贾朝阳愣了半天，"我喜欢吃橘子。我们湖南有个橘子洲，毛泽东还写过一首诗。"

"是的，中国人都爱吃橘子。"巴可说。"但是中国的橘子没有美国的好。"

"何以见得？"贾朝阳心不在焉地听着，心想今天遇到一个恋橘子狂。

"你在路上没看见，我的橘子个大，色泽鲜亮，味道嘛，你可以尝一尝。"说完巴可回房间去取橘子了。

贾朝阳掏出一支烟来，嗅了嗅又放回烟盒。巴可拿了几个橘子和一把水果刀出来，并将一个橘子切成四瓣，"尝试一下。"

"好的。"橘子不错，但是贾朝阳食之无味。"巴可先生，你的橘子大大的好，我非常赞同你的观点，现在我想听听你对我的商业计划的想法"

"哦！"巴可看着贾朝阳，好像要咽一口气咽不下去，停顿了5秒钟才说："我已经改变了主意，而且想你也改变主意。"

"那是不可能的。"贾朝阳说，"我的计划非常有前途，你没有发现吗？"

"没有。我发现你特别适合给我卖橘子，将橘子卖到中国去。"巴可说。

"哈哈哈，好眼力，"贾朝阳笑得脸上绯红，将半瓣橘子往桌上一扔说，"有意思，你真是好眼力，我给美国人卖过保健品，我确实是个销售天才。"

"看得出来，你是我到中国去发展橘子业务的最好人选。"巴可也乐不可支地说。

"但是我自从来美国之后，就不再认为应该去卖东西了，我有很多想法，我现在是卖想法了。"贾朝阳说。

"哦。这个我知道，我也是斯坦福毕业，你知道吗？"巴可撅起下巴对贾朝阳说。

"喔？为什么种上橘子呢？农艺系毕业的？"贾朝阳问。

"No，通信工程，最好的专业，现在网络这么热，我的通信工程是最好的专业。"巴可说。

"但是为什么种橘子了呢？"贾朝阳费解地指着橘子。

"有什么不好吗？你没有发现我这里很美吗？我认为科技发展到一定阶段就应该停止。"巴可说。

"很新鲜，说给我听听。"贾朝阳说。

"科技缺乏趣味，你没有发现吗？科技总是违背人性的。新科技的出现总是要撕裂传统的产业结构，造成人的大量移动，这些移动是很痛苦的，失业、彷徨、没有规范。"巴可说。

"这话从你一个斯坦福学生嘴里说出来，我感到非常不可思议。美国就是靠高科技赚全世界的钱呀？"贾朝阳说。

"对的，高科技是赚钱的手段，对人的作用没有橘子大。"巴可说。

"你很片面，橘子也是高科技，为什么你的橘子一个个都比香瓜还大，因为你用了高科技。"贾朝阳说。

"但是这个是人的需要，人需要美味，需要阳光，需要健康。许多高科技只要人忙起来，没有别的用处。"巴可一本正经地说。

"这是美国先开始的，美国人将全世界带得紧张起来，不跟着跑就落后。"贾朝阳也义正辞严地说。

"是这样吗？决定发不发展是中国的事，美国不会干涉的。"巴可耸了耸肩说。

"但是美国的导弹会干涉。"贾朝阳也耸耸肩说。

"我不能明白，怎么将橘子问题转到导弹问题，James，我觉得你的思维很奇怪。"巴可耸肩摇头。

"没什么，因为美国人吃饱了肚子，开始研究柑橘怎么能够更大更甜。美国人认为别人和他们一样发达。"贾朝阳说。

"我们两个人像国会议员，哈哈，我们还是谈论如何将柑橘卖到中国吧。"巴可说。

"我对此毫无兴趣。如果你没有其他事，我现在告辞。"贾朝阳起身。

"OK，我送你一箱柑橘，你每天饭后吃一只，我相信你最迟吃到最后一只橘子时，就会给我打电话的。"巴可非常自信地指着柑橘说。

"不必，我没有接受你的礼物的理由。"贾朝阳说。

"不必客气，这只是说服你的方式，我愿意。用话说服不了你，但是用橘子能够。"巴可说。

"那好吧，我给你钱。"贾朝阳说。

"你已经给我钱了，你开车到我这里来，就算已经给钱了。"巴可说。

"好吧。就这样。"贾朝阳等巴可给他橘子。巴可从屋里抱出一箱橘子，放到贾朝阳的后备箱里。贾朝阳微笑着，跟巴可握手告别，盖上车盖，启动车，飞快离开了橘子园。

车像一只银鱼在公路上飞飙。贾朝阳将音响开到最大，嘴里咀嚼着一个橘子。等橘子吃完，贾朝阳换了一盘碟，是一个摇滚歌手重新编曲的，唱得声嘶力竭：起来，不愿做奴隶的人们，把我们的血肉筑成我们新的长城……

贾朝阳大声骂着："傻×，浪费我一整个下午，这筐橘子根本无法等值。知道我贾朝阳一个下午值多少钱吗？1000万。"声音在风中变了调。

回到简易公寓，贾朝阳第一个动作还是打开电脑，收发email，刚才肖哲发来的email贾朝阳做的着重号。他再次打开肖哲的email，仔细地读了一遍，然后给肖哲回了个email：


肖哲：
　　请明天晚上哪也别去，呆在家里等我的电话。

贾朝阳


然后，贾朝阳站起来伸了个懒腰，开热水准备洗澡。站在热水下面，贾朝阳一动不动，想象着天空下着暴雨，但是那暴雨都是热的。

洗完澡，贾朝阳到大学校园里看了看，走到早上看的布告栏，认真看了一下内容：

主题：互联网将带人类到哪里去
演说者：美国麻省理工大学多媒体实验室主任　尼克罗
地点：多媒体教室
时间：8月12日晚上8:00

简单的四行字，贾朝阳在布告栏上看了四遍，一直在思考一个与此无关的问题。

第二天上午，贾朝阳拨通了肖哲的电话，肖哲很快就抓起了电话。

"肖哲，你好，我是贾朝阳。"

"知道了，你回的email我收到了。"

"你现在还听到Uoogle在中国的什么行动没有？"贾朝阳问。

"没有，但是Uoogle已经和政府官员有接触。"肖哲说。

"有什么会见的结果报道？"

"没有。估计有些事情并没有报道出来。但是他们签了一个备忘录，大意是

Uoogle愿意推动中国互联网上的信息内容服务，为中国互联网发展提供技术上的帮助。"肖哲说。

"你认为中国政府会接受他们的帮助吗？"贾朝阳问。

"互联网的发展速度太快，中国这个市场已经蓄势待发，Uoogle想从战略高度上占位，这是他们的高明处。现在有许多潜水公司，他们没有露出水面，但是竞争一定开始了，谁抢得了先机，谁就会成功。"肖哲说，"所以你要尽快才行，否则落在后面再想抢到先机花的成本就是10倍20倍甚至更多了。"

贾朝阳只是听着没有说话，表情比较严峻。

"你准备得什么样了？"肖哲问。

"估计现在有45万美金可以进来。"贾朝阳比较缓慢地说。

"可以了，到账户上了吗？有这笔钱现在就能够开始。"肖哲说。

"还只是口头上答应了。"贾朝阳说。

"你应该尽快落实。"

"是的。成康那边我想看能不能够融资。"贾朝阳说。

"没戏，现在梦想公司也在筹划网站，如果他们真的要做，怎么会去扶持竞争对手呢？"肖哲说。

"哦！"贾朝阳皱着眉，"知道了，国内有任何风吹草动，不仅仅是Uoogle，任何一个互联网方面的消息，一定要及时告诉我。看样子我要背水一战，下个月一定回北京。先这样，晚上我还要听一个演讲。"

两人挂了电话。贾朝阳点起一支烟，陷入少有的沉思。

晚上在斯坦福多媒体大厅里人潮如涌，整个大厅里的人都被挤得接踵摩肩，许多矮个的人根本看不见演讲者长得怎样。

贾朝阳个高，重要的是他在会议开始前一个小时就去了，当时学生们正在布置讲台。贾朝阳当晚穿着非常讲究，一身铁灰色西服，打着一条藏青底小白花领带，皮鞋光亮可鉴。见到学生们布置会场，贾朝阳上去和一个学生搭讪，就和他们一起参加会场布置。贾朝阳是个音响迷，对专业音响还是比较了解，所以帮音响师调音响。

演讲开始前播放了一段非常怪异的影片，只有5分钟，不断重复播放，重金属音乐搭配，整个气氛有点像摇滚歌会，但是从整体布置和影片内容，更像一个前卫艺术的聚会。影片开始是一个人在一间幽暗的房间，看见一个上面不断播放影像的光球，悬浮在空中的光球在前面不断跑动，人跟着不断往前走，结果人从一个巨大的飞船舱踩空，跌入无尽黑暗的太空。然后是画面快频闪动，这个人被分成许多个影像光片，然后出现战场，非洲沙漠上空一个巨大的萨达姆人头，跟真人一样，能够说话，画面又开始闪烁。总之画面怪异变幻无穷，一个画面永远是另一个画面的一部分，画面中间不断闪烁一个词："Digital Being"——数字化生存，最后摇滚乐停止，出来一个长满胡子的中年男人，看上去精力非常充沛，智慧从高耸的额头完全可以看得出来，整个身体散发出的力量可以震慑到离他很近的人，贾朝阳站在前面几排中，被男人的气质完全吸引，忘身于外。

"女士们先生们，你们现在看见的我可能只是我的影像，但是你们已经无法区分我是影像还是实体，我现在可能在一个黑房间里对全美国10所著名大学发表我的演说，每个地方的人可能都觉得我是真的，但我是假的，这种技术是真的。全息影像大家都知道了，我所讲的不是全息影像，而是未来，我们的未来，将会被数字化改变，被比特改变，比特将比原子更令我们发狂，我们的一切生活将会变成比特流，假如我们不需要吃饭。"

尼克罗开场一段引人入胜但是完全没有边际的话，让场下的人完全痴迷，人群发出了狂热的欢呼。因为场下的人非常清楚尼克罗在讲什么，这些斯坦福大学的高智商人才，对蓬勃发展的互联网沉醉的人，他们完全知道这个疯子在讲什么。

"我们生活的大部分内容将会被数字化，会被数字表现，数字化将不再只与计算有关，而是与我们的生存有关。数字化的程度将是先进程度的标志……"尼克罗的话经常被热烈的掌声打断。半个小时的精彩演讲，下面的听众如痴如醉。

演讲完毕后，是演讲者和尼克罗的即兴对答。

"请问尼克罗先生，您认为爱因斯坦的相对论和互联网的发明，哪一个更加伟大。"一位戴深度近视眼镜的金发女士问。

"无疑是互联网，爱因斯坦的理论始终掌握在那些国家政治里，它不为大众所了解，也不给大众带来快乐，可能更多的是痛苦。互联网是为每一条电话线诞生的，它是每个人的权力，每个人的生活。"

贾朝阳从一开始就将双手举起来了，但是话筒总是不能够传到贾朝阳的手里。又过了几个人，贾朝阳实在着急了，上去从传话筒人手里抢过话筒，大声说："对不起，我想代表第三世界不发达国家提几个问题。"

全场人都聚焦到贾朝阳，贾朝阳非常振奋，用非常流利的英语说："尊敬的尼克罗先生，我想知道，互联网的世界里，有没有第三世界，互联网会不会让第三世界更加落后？"

"在互联网世界里，没有国家和国家之间的区别，当然不会在网络里重新出现几个世界，互联网只有一个世界。至于互联网会不会使第三世界更加落后，我的观点是互联网将会使第三世界在意识上超前，带动第三世界和第一世界的融合。"

"但是我知道互联网技术全部来自美国，所有建造互联网的产品几乎都是美国制造，美国在互联网世界的利益比任何国家都大，你不认为这是一个美国制定的世界规则吗？"贾朝阳步步紧逼。

"我不想在这里探讨一个政治家的问题，我很乐观地认为，互联网将彻底拆掉柏林墙、三八线，将太平洋的水抽干，纽约和北京之间的距离只有5秒。"底下爆发出雷鸣般的掌声。贾朝阳仍旧不放话筒，继续追问："您觉得第三世界的互联网应该怎么发展？"

"因为在互联网世界里没有第三世界，所以一样发展。"尼克罗目光炯炯地看着贾朝阳。贾朝阳点头微笑着说："谢谢！"

下面也出现几次精彩的对答，然后观众有次序地退场，尼克罗到后台去了。

贾朝阳本来想和他交换名片，但是没有找到机会，退场后，在大屏幕上打出了尼克罗的email地址。

贾朝阳记下了尼克罗的email，但他还是不甘心。到外面，贾朝阳坐进车里等尼克罗出来。大家都已经散场后，尼克罗和几名人员出来，很快就钻进了汽车，汽车消失在夜色中。贾朝阳连忙发动汽车，紧随其后。

在校园的小道上，贾朝阳总是超不过去，只好在后面寻找机会。等车出了校园，向附近的一个小城镇开去，贾朝阳加快车速。尼克罗也喜欢开快车，两人像玩追车似的，贾朝阳和尼克罗开始了追车赛。

在空旷的高速公路上，贾朝阳和尼克罗的车飞驰着，突然前面的车慢下来，远处是红灯，贾朝阳却仍旧不减速，继续快开，并超过尼克罗的车，将车停在他面前，从车里钻出来，向尼克罗的车挥手。尼克罗并没有出来，只是非常疑惑地看着贾朝阳，贾朝阳在车外指着自己说："你还记得我吗？刚才演讲的时候我在。"

尼克罗将车玻璃打开，探出头来问："需要我帮忙吗？"

"是的。"贾朝阳说。

"车出问题了？"

"不是，我想去中国办互联网站，你是怎么看的？"

"很好。现在就办，有什么困难吗？"

"没有足够的资金。"贾朝阳一摊手。

"需要多少？"

"越多越好。"

"我给你投10万，你用email跟我联系吧。"尼克罗说着递给贾朝阳名片。

"谢谢，我有更多的想法，通过email和你交流吧。"贾朝阳笑着说。

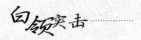

　　"好的。"尼克罗说完关上电动窗户。

　　贾朝阳拿着尼克罗的名片如获至宝，往自己车里走，尼克罗打开窗户说："你下个星期三有时间吗？我在伦敦有一个国际互联网会议，我想请你参加，请你介绍中国的互联网发展现状。"

　　贾朝阳愣了3秒钟说："没问题。"

　　俩人的车各自消失在夜色中。

# 四十五　领头"海龟"

获得尼克罗口头承诺的10万美金的风险资金，贾朝阳觉得时机已经成熟，他请了一位律师，将自己公司的一些程序弄好，然后给乔治、邦德、怀特和尼克罗都发了email，希望他们能够尽快准备好资金。

乔治接到email后最先给贾朝阳回馈，说要专门约了贾朝阳面谈，地点还是在图书馆。

两人在图书馆咖啡室见面，乔治还是神采奕奕的样子。贾朝阳以为是乔治要给他汇钱，先和他见见面。乔治开门见山：

"James，到现在为止有多少人给你投资？"

"四个人了，你、邦德、纽约风险商怀特、和互联网生存之父尼克罗。"

"是吗？但是我不得不告诉你，怀特给我发了email，决定不给你投资了，他认为中国的互联网市场并不成熟，而且发展到具备商机的时间还很长。"

"他……"贾朝阳听后眼睛睁得圆圆的。"他应该最先告诉我，"贾朝阳显得比较激动，"他这样做是不守规矩的。"如果怀特现在在现场，贾朝阳肯定会给他的大肚子上重重打上一拳。

乔治见贾朝阳很激动，笑着等贾朝阳说完才说："但是，我还是要投钱给你，我不受怀特的影响，这是我要说的。"

贾朝阳一下子被这么快的变化弄得转不过弯了，他伸出手握着乔治的手说，"你是斯坦福的精神，怀特不是，他是旧钱，是银行的钱，做不了风险投资。"贾朝阳感动地微笑着慢慢点头，望着乔治说。

"但是怀特的话并不是对我没有一点影响，我现在重新在考虑一个问题。"乔治表情平静着说。

"什么问题？"贾朝阳急切地问。

"你的价值需要重新评估。"乔治说。

"什么意思？"贾朝阳问。

"你现在还能值200万美元吗？"乔治用询问的眼神望着贾朝阳，坚定而且倨傲。

"当然。"贾朝阳说，"这才一个星期，我的商业计划没有受到任何影响。"

"不是，你的计划已经受到影响，到现在你还没有融到更多资金，这本身就说明你的计划没有那么值钱。"乔治语速不快不慢，但是坚定有力。

"……"贾朝阳张着嘴望着乔治，无话可说。他靠在椅子上思忖了1分钟，觉得事

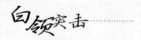

情远远超出了自己的预料，心中溢出一种无法言表的挫折感。他马上调整了一下自己的呼吸，深吸一口气，他觉得自己正坐在谈判桌上，根本不容他懈怠。既然乔治有重新估价的愿望，事已至此，也只好听他的了，但是能够争取估高一点就高一点。

"你认为该估价多少？"贾朝阳问。

"100万。"乔治说。

一星期，事情还没有开始，自己的身价就缩水100万。贾朝阳心里不是滋味，但是他还是压住心中的波动，尽量显得很镇定。他喝了一口咖啡，微笑着说："我能够接受的价值是150万，乔治先生。"贾朝阳的语气非常干净。

乔治看了贾朝阳一眼，心中有了感觉。"好，150万，我的比例还是5%吗？我想仍然保持10万的投资。"

"这个不可以，乔治先生，你和邦德仍旧是5%，一人7.5万。"贾朝阳话说得非常干脆。

乔治见贾朝阳没有余地可说，点点头说："好，7.5万。"

贾朝阳回到公寓，走进洗手间，将头浸在水里，久久不出来，等憋得实在不行了才猛抬起头，大叫一声，对着镜子看自己通红的脸，水缓慢地从头向下流淌，贾朝阳看了10秒钟，用毛巾擦干头，回到自己的卧室，打开电脑，给怀特发了一个电子邮件：

怀特先生：

我谨对你的退出表示深深的遗憾，对你非常专业的投资行为表示惋惜。

James

然后，贾朝阳从桌上找到尼克罗的邮件地址，给尼克罗发了一封email。

尼克罗先生：

您好！

我对您的演讲深感敬佩。我将非常郑重地参加星期三在伦敦召开的国际互联网论坛会议，对中国的互联网现状发表自己的看法。希望我们合作愉快。

最诚挚的问候！

您的James

第二天，贾朝阳给自己的律师打了电话，让他准备好尼克罗、乔治、邦德的风险投资法律文本，然后在网上订了从洛杉矶到伦敦的往返机票。贾朝阳清理了一下桌面，开始上网查找资料，准备中国互联网发展现状的演讲。

等贾朝阳准备好演讲稿，收到送来的机票时，发现自己的护照只有一天就过期了，他一下子成了热锅上的蚂蚁，赶紧驾车到旧金山去延期工作签证。去见尼克罗让他心惊肉跳，他在屋里双手合十，默默念到："上帝保佑，菩萨保佑，成败在此一举。"贾朝阳心里非常清楚，如果尼克罗在伦敦见不到他，他的10万美金风险投资就泡汤了，这本身是个信誉问题。

贾朝阳在硅谷的高速公路上又开始了一场生死时速。上帝保佑，他在路上没有遇到生与死的问题，顺利到达旧金山的护照换签处。贾朝阳拿的是中国学生在美国的工作签证，换护照的工作人员是一位华裔女子，虽然外表还是华人，但是思维方式和语言是完全美国化的，华裔有的还懂中文，有些就完全不懂中文，这位小姐就完全不懂中文，贾朝阳试过不灵。

贾朝阳将护照递上去，这位头发染成金色的女士看了看护照，然后问贾朝阳带了工作证件没有。贾朝阳知道要换工作护照，需要公司继续留用此人的公司证明，但是他已经将那个咨询工作辞掉了，现在是全职的无业游民。他看着漂亮的金发华裔女郎，摇摇头说："I'm sorry。"

"我也很抱歉，我不能给你换，你办好了证件再来换。"女士摇着头说。

"可是，我现在遇到非常急的事情，我已经没有时间了。"贾朝阳用祈求的眼神晃着头说。

女士什么也没有说，只是摊开手摇摇头。

"你给我一分钟，听我讲完我的事情，你再决定，OK。"贾朝阳用孩子一样清澈诚恳的眼睛望着这位女士。贾朝阳虽然心急如焚，但是急躁也没有用，抱着最后一搏的念头，经过漫长的融资路，他已经深刻体会到了谋事在人，成事在天，他唯一可以做到的是不放过一丝希望。

女士被贾朝阳安静从容的态度给感染了，她说："我可以听听你说。"

"我是中国留学生，想回国办网站。我要去伦敦做一个中国互联网现状的演讲，我必须出现在这个会议上，否则这个会议就没有中国的声音，我也无法到中国去办网站。"贾朝阳说完望着这位女士，眼神中甚至流露出一丝温情。

女士伸出手说："给我。"贾朝阳将工作签证给她，心里感慨万千。

飞机准时降落伦敦西斯罗机场。

贾朝阳准时出现在会场上。

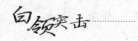

会议上全是国际著名的互联网专家发表演讲，谈的东西都高深莫测，贾朝阳上去就觉得分量不足，但是还是硬着头皮上去了。

贾朝阳在讲台上谈了他在中国见到的互联网，完全是一篇很好的中国互联网游记：

> 我在那里看见青年人通宵达旦地在网络上浏览。他们的中文信息虽然不丰富，但是他们的语言非常丰富，他们在BBS上进行交流，他们的网络聊天室总是人满为患，服务器经常宕机。虽然他们作为网民只有2300万，但是中国的人口是13亿。中国的口号是"科教兴国"。
>
> ……

专家的演讲总有人打瞌睡，是贾朝阳的演讲将他们完全从睡梦中惊醒，他们对贾朝阳的演讲报以热烈的掌声。贾朝阳赢得的掌声成为整个国际论坛上之最。

唯一的遗憾是，尼克罗发表完演讲前天就离开了伦敦，到亚洲去开一个国际互联网安全会议，所以他并没有听到贾朝阳关于中国的演讲。贾朝阳虽然感受到了掌声，但是心中还是非常失落，说实在的，他的这场演讲只是给尼克罗一个人看的，但是他没有看见。

贾朝阳回到斯坦福公寓，心中落落寡欢，但是他已经给自己定下了最后期限，下礼拜回中国，网站开始小投入建设。他想将自己唯一的积蓄5万美元先投进去，他已经顾不了太多，背水一战吧。当年项羽能够有这种气魄，自己为什么不能有。

贾朝阳给肖哲发了一个email：

肖哲：
　　下星期五下午3点我将抵达北京国际机场。

贾朝阳

发完邮件，贾朝阳放起了一首崔建的老歌：《一无所有》。

**"我曾经问个不休，你何时跟我走，可你却总是笑我，一无所有。"**

在离开美国之前，贾朝阳和乔治、邦德签下了投资合同，他们说10天内将美金汇到贾朝阳公司的账户上。

从伦敦回来，没有任何尼克罗的消息，贾朝阳非常失望，他非常重视尼克罗，他觉得和尼克罗具有相同的疯狂性格，这种性格使贾朝阳如同在沙漠里找到水源一样，他觉得自己是对的。

在北京机场我们一起迎接了贾朝阳。本来贾朝阳将这个消息只是告诉了肖哲，但是肖哲向我们传达了贾朝阳回来的消息。

北京的季节比硅谷要早大约1个月，所以是深秋了。我们在深秋枫叶火红的季节迎接了贾朝阳，在出国际机场门口的一刹那，贾朝阳看见了我们，他紧紧抱着肖哲，然后是成康，然后是我。在那个时候，我们都能够觉察到贾朝阳的眼是红的。

在回城里的路上，肖哲问贾朝阳："一切准备得如何？"

贾朝阳叹了口气说，"早知这么艰难，我应该早点回，浪费了不少时间。"

"先打起旗帜来，国内的风险投资商也不少。"肖哲说道。

"两笔美国风险资金现在不知道到账户了没有，但是必须开始了，再晚了就没有先机。"贾朝阳运筹帷幄的样子。

"如果有什么媒体上的宣传，我可以帮你，靠我一个人当然不行，但是在北京这么多年，我也有自己的圈子。"肖哲说。

贾朝阳很快在中国注册了分公司，注册资金50万，然后找人组装了一台功能强大的服务器，招了4个人，进行网站建设。

没有其他重要事情，贾朝阳几乎每天要到银行去查美国的资金过来没有，他知道虽然这两个人的资金不多，但是对他网站先期的发展非常重要。如果有这笔资金支持六个月，自己就可以第二轮融资，到时候融资的数额将是一个巨大的数。为了能够融到大额资金，必须在公司发展的同时，进行大量的市场宣传。

终于在公司运行的一个月后，他收到了尼克罗的7万美金。贾朝阳非常受鼓舞，他几乎对尼克罗失望了，因为尼克罗许久没有给他有任何回复，但是钱却如期而至，唯一奇怪的是7万美金，而不是10万美金。这个老头看来太忙了，比自己还忙，已经忙晕了。

又过了两个星期，乔治和邦德的共计15万美金，除掉律师拿去2万元，13万美金也到了账户。

公司一开始，贾朝阳就已经通过肖哲和我的帮忙，在市场上的宣传做得还不错，但是始终没有大的概念，没有大的轰动。

我鼓动奥秘公司和贾朝阳签订了市场宣传合同，尽管合同额度不大，但是这是一个全新的领域，未来前景非常广阔，对公关公司来说，也是增长型业务。

贾朝阳公司的市场宣传活动很自然全部由我负责。做公关的不怕事大，就怕没有事情可炒作。我得知尼克罗和贾朝阳有这么一段交情，心中有了一个庞大的计划。

有一天，我对贾朝阳提起这件事："贾朝阳，尼克罗一直在全世界布道，你认为尼克罗为什么一直没有到中国来？"

"中国的互联网市场太小。"贾朝阳皱眉头说。

"可是你别忘了，越是小才越要他来布道，大了，发展成熟了，他就没有必要来了。"

"你说得对，接着说。"贾朝阳显得比较兴奋。

"我可以帮你策划一次尼克罗的中国行，造一个媒体注意焦点，而你亲自做尼克罗的翻译，陪同他到处演讲。你始终要站在尼克罗身边，记住，任何时候，让照相机都能够将你和尼克罗照在一张照片里。"我笑道。

"这样行吗？"贾朝阳问。

"我是市场策划专家，这个事儿就这么办了，从此以后你贾朝阳就成了中国互联网的明星，成了尼克罗的真传弟子。"我说道。

"我可以试着邀请他，尼克罗未必会来。"贾朝阳说。

"你在邀请函里要将中国互联网描绘成既茁壮成长，又需要雨水浇灌的样子，恳切激动，你知道他喜欢什么的。"

"我可以试一试。"贾朝阳说。

听了我的建议，贾朝阳马上给尼克罗发了邮件。

尼克罗先生：

您作为公司的投资人，我非常高兴地向您汇报，公司的业务在中国发展迅速。但是，中国的互联网事业正如幼小的禾苗，需要思想的浇灌。您在全球布道数字化生存，但在世界上人口最多的国家里您却一言未发，我认为您基本上还没有向任何人布道，您或许正在错过最大的一群听众，真正的一群听众。

诚挚问候！

您的James

三天后，贾朝阳给我打来电话，非常兴奋地说："为民，尼克罗要来中国，要亲自看我的公司在怎么运作。"

"好，我尽快做出一套尼克罗中国行的方案，待会儿我给肖哲打电话，希望他能够在报纸上预发这条消息。"

"OK。"贾朝阳兴奋地说。

尼克罗的中国之行在我们的策划下如期进行，第一天他就要去看贾朝阳的公司，无论我们如何怕他累了，让他休息好，安排看看风景都没有用。贾朝阳的公司实在让大家感到汗颜，只有几台电脑和一台PC服务器。尼克罗看了贾朝阳的事业，没有说什么，只是非常平静。

晚上尼克罗下榻香格里拉，贾朝阳和我陪着。尼克罗脸色比较低沉地说："你的事业比我想象的要差。"

"是的，现在我正在组织人马开发一套中文搜索软件，后台上已经做成了许多数据库，现在公司还是在后台运作阶段，两个月后我将要做一些资源的兼并，然后将公司对外发布，那时候你看见的就不是这个样子。Yahoo刚开始只有两个人，你是知道的。"贾朝阳轻声解释道，他知道老外不喜欢听解释。

"我知道，中国的互联网市场需要你这样的人，非常需要。"尼克罗拍拍贾朝阳的肩，好像是安慰。

这时候，我把话岔开说："尼克罗先生，天安门广场是世界上最大的广场，今天晚上我们想邀请您去参观这一带，这是所有外宾到中国都不愿错过的。"

尼克罗先生略带怀疑地望了望我，说："我不是来旅游的。"

"这不是旅游，这是理解中国的第一步！"我笑道。

"OK！听你们安排！"尼克罗说。

贾朝阳心里打鼓，他知道尼克罗对自己的工作并不满意，这里面有尼克罗7万美元的投资。问题不仅仅如此，如果尼克罗回去后把自己看到的跟美国人说了，大家会认为他是一个骗子，下一步融资就非常困难了。贾朝阳非常清楚，如果没有下一步投资，公司必死无疑。

车在路上沙沙地开着。尼克罗在车上一句话也不说，贾朝阳心里更加没有底。

不知道是什么日子，那一夜广场上居然有很多人，当尼克罗走出车门的一瞬间，他看见广场上黑压压的人群，不禁叹道："在互联网上，人就是力量，我来对了！"。

在天安门广场，贾朝阳的英语说得结结巴巴，他给尼克罗介绍人民英雄纪念碑、人民大会堂、军事博物馆和天安门城楼。两人并肩走着，走到毛主席纪念堂和前门楼子之间时，尼克罗抬头看着巍峨的前门重檐，贾朝阳站在他后面，也抬头看着前门楼子。突然，尼克罗回头对贾朝阳说："我还欠你钱吧？"

"什么钱？"贾朝阳一下子愣住了。

"我要投资10万，但是现在只给了你7万，还差3万。"尼克罗说。

"哦，哦！"贾朝阳突然明白过来，激动得眼眶有些湿润。贾朝阳马上知道，尼克罗不但没有小瞧他的事业，而且对他充满信心。

接下来，我给尼克罗安排了北大演讲、复旦大学演讲，见中国互联网中心主任，所到之处，尼克罗都受到媒体的热烈追捧，报道中都称他为数字化生存之父。贾朝阳识时务地站在他旁边，俨然他的中国弟子，也受到媒体的连带追捧。

等尼克罗离开中国后，大家没法追捧他了，都一股脑儿来采访贾朝阳。就这样，我又轻松地把贾朝阳当卫星放到了空中，他的公司在中国互联网企业中很快成为"海派"创业的领头羊，贾朝阳也成为了领头海龟。尽管还在北京租房住，但是意气风发的他俨然一个事业成功人士。

没有想到，接下来最困扰贾朝阳的是如何拒绝掉那些追着给他投钱的风险投资商。

# 四十六 已经有点牛哄哄了

6个月后，贾朝阳进行了第二轮融资，融资额300万美金，贾朝阳在几家大的国际投行那里拿了钱，但是所有股份加起来不允许超过40%。此时的贾朝阳感觉自己已经有点牛哄哄了。

成康买了一套350平方米的别墅。我们约好了到成康家里小聚，肖哲开车将我们几个在城里蜗居的朋友拉到京郊一片麦地里，成康的别墅就在麦地环绕的一片住宅区里。

"空气不错！"肖哲歪躺在成康家类似酒店大堂般宽阔的客厅里的米黄色沙发上说。

"要的就是这空气，要不花100多万到郊区来干什么？"李伦颇有点阿Q进了地主大宅子似的得意，似醉似笑地说。

"哎，肖哲，你去过澳大利亚和美国，怎么没有像以前在国内出差那样发表一些重要讲话，就谈谈海外目睹之怪现状吧！"我从一边插话道。

肖哲皱了皱眉，发出几次吭鱼刺的声音，几次欲言又止，最后说出一句非常简单的话："活着吧！"

李伦故意装没听懂他的话，说："谁不知道活着，但是我想知道澳大利亚人怎么活着？"

"用一句话概括吧，我们的环境破坏得太厉害，恐怕有钱都很难买到合适的空气和视野，澳大利亚人叫view（视野）。在澳洲最值钱的是view，靠近海边的房子巨贵，而在北京最值钱的地段是噪声严重和交通拥挤的闹市，这就是区别。一个是形而上，饱眼福；一个是形而下，为生存的方便。"

"深刻！"我在一旁拍手称好。

贾朝阳和成康一直在一旁聊着正事。肖哲给每个人递了一听可乐说："贾朝阳，这300万美金落袋，是不是像成康一样弄一套了？"

贾朝阳笑着说："一分钱都不能瞎用，股东们请了国际会计事务所给我做审计，还专门派了财务总监来管账。"

"敢情这钱还不是你的？"李伦笑着说，"这风险投资，那谁控股，谁是董事长？"

"你是国有企业的思路，你不懂！"肖哲在一旁讥诮李伦。

"国有企业怎么啦？海尔也是国有企业！我烦的是不把国有企业当企业。"李伦开始振振有词，想和肖哲开练。

肖哲拱手让贤似的止住说："我们先谈风险投资，这是个新鲜玩意儿。"

主角贾朝阳在一旁开口了："风险投资，投资和回报不是一个主体，投资给甲，但是要从乙那里将钱挣回来。投资方和受资方好比是婚姻关系，一荣俱荣一损俱损。投资方投的是企业，却在股市上获利。"

"我还是不明白这个企业由谁来管理，谁对谁负责？"李伦一脸诚恳，看样子很想了解这件事。

"你说婚姻关系谁对谁负责？相互负责。"肖哲不懂装懂似的。

"简单说吧，投资方是一个非常有钱的大户人家，而受资方是一个受过良好教育的穷光蛋。这时候大户人家的女儿被穷光蛋滔滔不绝描绘的美好未来所吸引，决定嫁给他。这时候穷光蛋依然穷，而且要走上发达的道路也需要许多方面的投入，大户人家就一味地往里面投钱，直到有一天穷光蛋发迹了，成了暴发户，大户人家的女儿就成了阔太太。如果两个人在婚姻过程中吵吵闹闹，中途不欢而散，这时候赔钱又折兵的肯定是大户人家。大户人家对穷光蛋并不感兴趣，而是对穷光蛋的未来感兴趣。"

贾朝阳说得很形象，我心里有些感觉。游戏规则嘛，就像打扑克，不管玩什么，每个人必须有所图才行。

贾朝阳接着说："大户人家可能有10个女儿都嫁给穷光蛋，最后能成气候的也许就一个。风险投资最难的有两步，第一步是说服风险投资家来投钱，第二步是让股票尽快上市，如果股票上市成功，投资家从股市套现获利，靠风险投资起家的公司也从股市获得了发展资金，风险投资家和受资公司就到了分道扬镳的时候。在风险企业运作的过程中，必须不断拿出美丽的前景来诱惑风险投资家，使他能不断往里面投钱，让企业能够获得非常好的市场前景，给上市做准备。"

"双方谁相信谁？特别是价值的评估和资金的执行需要监督。"我突然觉得不是那么简单。

"投资银行。"贾朝阳说，"所以现在我愁怎么花掉呢，产生效果，融到更多的资金。这不正跟成康探讨嘛。资金上不愁，问题是如何将其做大，切入点是什么？"

微微发胖的成康吸了一口烟问道："在半年之内能让世人皆知的是什么？"

"怀孕！"肖哲在一旁一脸严肃地说。

成康没接肖哲的话，接着说："现在在极短的时间内如果能够让一件事起轰动效应，这个人肯定很了不起。"

"贾朝阳怀孕！"肖哲又来这么一句，我和李伦笑起来。

成康还在那里自言自语似的，"风险投资周期越短风险就越小。"

贾朝阳双手交叉着点点头。

成康接着道："所以我刚才问用什么办法能够很快让企业壮大。"

"买呀！"肖哲拍了一下沙发说道。

"对了！买！这是不错的一种方法。"我接上话茬儿。

贾朝阳从沙发上起来走到肖哲跟前说："以为融到资金就好了，想不到钱成了烫手山芋，必须在规定时间拿这些钱把企业做大。"

"资本总是最聪明的，怎么会成为最傻的呢！"成康说道。

"钱进来的时候看着很傻，但是如果用不好这些钱，就是自己犯傻了。"我说道。

"买是最快的方法了，我已经在考察了。"贾朝阳说。

贾朝阳找到了三个要买的网站。第一个网站名曰东方龙，老总姓吴，成康认识，这家网站是成康给贾朝阳介绍的，在一栋豪华的写字楼里，100多平方米的宽敞办公间，初具规模，在中国小有名气，主要做网络接入服务，这家公司的资方是中国电信，人员是中国电信富余的网络人才，有很好的国际出口，目前接入用户有5000，可以说是一个非常有前景的站点。

大家有意接触一下，第一次会谈约在友谊宾馆。成康带贾朝阳去，三个人在友谊宾馆主楼的一间小厅里漫谈，双方不想很快表明意向，会谈没有涉及实质性问题。贾朝阳问了人员、设备、用户等一些基本情况，心里盘算着需要1000万人民币才能买下这个站点。

在网上找了几天，贾朝阳发现了一个很独特的站点——北京life，这家网站专门做北京生活的方方面面，吃、穿、住、行，内容丰富，每一项详尽到了不能再详尽的地步。例如，吃就包括了全北京川、粤、沪、湘、鄂等菜系，3万家饭馆的资料大全，每家店在什么地方、菜单、特色菜、价格、环境照片都清清楚楚；玩，北京市内市外名胜古迹、现代娱乐、购物、郊区消暑圣地都能尽其详，而且有非常明晰的交通指南和价格；宾馆从五星级到无星级到招待所到地方驻京办一应俱全。目前这个站点非常红火，北京的酒店、饭庄几乎都在这里注册上网，每个用户每月交一定的服务费就可以享受内容的变更维护。重要的是，这个站点通过该服务已经开始营利，有许多商家在这里租用虚拟店铺。

第三家网站在清华园的一间不到20平方米的平房里，两个大学生，一个学国际新闻、一个学信息管理，两个计算机迷搞的一个站点。站点的内容是百科全书型，上面分门别类有古今中外各类知识，而且他们做了非常详细的文档管理，每天上网人数多少，增长的情况如何，都非常清楚，更重要的是，两个人的想法和贾朝阳不谋而合：做中国互联网时代最有价值的站点。目前网站只有两个人，临时还雇一些学生，成本非常小。网站没有自己的服务器，服务器是通过美国同学在美国租用的机器。访问人数在短短的三个月里从0增加到3万。

三家站点就像三只健身球，贾朝阳在心里掂来掂去，就三个站点的商业价值，贾朝阳找成康详聊了一次。

"三个站点各有优势，东方龙做接入服务，有中国电信撑腰，而且初具规模。北京life是一个运营得比较好的站点，他们未必要出手，可能会有个很高的报价，而且生活类站点在品牌知名度方面比较有局限。两个学生搞的站点情况不好说，现在这样的站点很多。"俩人躺在成康别墅巨大的露台上，在满天星光下思索着。

贾朝阳下到屋里找来一包烟，两人都点上。贾朝阳一边思索一边整理思路似的说着："东方龙固然是中国电信的背景，非常好，但是有几个问题需要想清楚。首先东方龙是做接入服务，在中国做接入服务最大的是中国电信，我们做接入服务的市场很有限。将东方龙买过来，还属不属于中国电信？如果依靠中国电信，经营上不自由，可能没等壮大就被人收编。其二，在网络上要做就必须做第一，一般来说，不做第一就很难生存下去，无法谈发展。Yahoo、Amazon、AOL之所以能够成功上市，就是因为在他们的领域里做了第一，网络经济中第一非常关键。北京life网站太专业化，这个站点的概念性很小，而且主要收入来自千家万户的服务费，这种豆腐钱挣起来很难有规模，服务成本太高，而且站点没有什么特色，技术含量低，很容易出现竞争对手。我倒是非常看中清华学生的网站，他们确实在经营一种概念，两个人很有创业的眼光，对网络时代的速度感非常好，如果不能把握网络速度、中国速度，很难驾驭网络时代的经济规律。一个站点可以一夜走红也可以很快消失。我觉得收购清华学生的网站，成本会很小，而且文化容易整合，股东不复杂，目标可以非常准——运作上市。"

"那你是对那两个人的站点有些心动？"成康问道。

"我再和东方龙好好谈一谈，他们确实有很多优势，有些资源我们可以直接用。"贾朝阳又说道。

和吴总的第二次见面是在凯宾斯基饭店。贾朝阳这边有成康、肖哲和我，那边吴总也带了技术副总和财务副总。

吴总出价是3000万人民币。

这个价格离贾朝阳的预想相差太大。"我认为1000万是可以谈的价格。"贾朝阳说道。

"当然！我们也有一个1000万的价格。那么新公司里我们需要一些股份，有些重要的管理人员也需要继续任职。"吴总提出两个条件。

贾朝阳不想要部门以上的管理干部。中国龙是电信下面的企业，这些人是富余出来的，有些有技术，有些只懂得行政管理的一套，对经营很外行，所以接手后至少要对人员进行一次筛选考核。从现状来看，他们有中国电信的好信道，比许多网络公司有优势，但是经营情况可以说很糟糕。贾朝阳想将整个站点买下来，然后招兵买马，改变站点的方向和文化。

贾朝阳当时没有答应吴总的两个条件，谈判没有实质进展。

几天后，吴总单独约见了贾朝阳，两个人在一个小茶馆里。吴总一改以往的矜持，变得非常亲切，不停给贾朝阳倒茶。

"贾总，针对上次的提案，我做了一个调整，提了一个多赢的方案。您这边拿出1500万，整个公司的高层管理者只留下我，其他人用其中的1000万创业金，自行解决就业问题，另外500万上缴电信，但是在新公司里我有20%的股份。"

贾朝阳对这个提案有些心动，但是突然有一点怀疑，他借去洗手间工夫，赶紧给成康打了电话。

"成康，你看这个提案可以吗？"贾朝阳将提案转述完问道。

"我看可以。"

贾朝阳说："给吴总20%股份，是否意味着国有资产流失？"

"你将来需要吴总，这个公司有他的股份不是一件坏事。至于是否流失是两码事，你给吴总的是管理股，不是资产股。"成康认真地说。

"那在合同上走得通吗？吴总代替不了电信，只是法人代表，这份合同在他那边领导那里行吗？"贾朝阳还是没有明白。

"美国几年，你太不懂中国的商业了，合同该怎么签吴总比你清楚。是3000万购买这个站点便宜，还是1500万便宜？给吴总10%的股份，他准能满意，1500万，10%就是150万，如果给他150万现金，将10%股份再购买过来，他就和这个公司没有任何联系。该怎么办，你应该比我清楚。"成康在电话里给贾朝阳小声指点迷津。

"让我想一想！"贾朝阳觉得自己应该没有错，但总觉得合同这么签还是很不习惯。

尽管心存疑惑，但是贾朝阳最后用1500万人民币买下了东方龙，吴总成为新公司的副总，主要分管以前的5000用户。和清华学生网站的谈判结果是，贾朝阳分文不花将整个网站都纳入旗下，网站的两个学生，一个任新公司技术总监，一个成为市场总监。新公司的基本架构已经搭成。

新公司命名为"时代锐动"。贾朝阳对公司进行了重新定位，主要业务在免费网络搜索服务，网站的口号是："做网络社会的大百科全书。"网页由政治、经济、文化、社会、体育、娱乐、文学、新闻、军事、地理等分类搜索内容组成。

这个时候，贾朝阳给肖哲打了一个电话："哥们，该是你出山的时候了，做媒体的人最善于炒作，我这刚融到资，收购整合也做了，需要大力做市场宣传。"

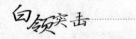

"干嘛？给你去打工？你该不会还记着当年的一巴掌吧！"肖哲笑道。

"谢谢你给了我一巴掌，要不没有我贾朝阳今天！"贾朝阳诚恳地说，"给你股份，你也是这个公司的主人，来吧，兄弟需要你！"

就这样，肖哲被贾朝阳邀请加入新公司，做时代锐动的媒体总监，摇身变为和媒体打交道的人。为了在网络诞生时产生轰动效果，肖哲和我经过一段时间的策划，一个带来硅谷神话的年轻英雄的故事开始在各大小报纸上转载，贾朝阳作为时代锐动公司的精神领袖，在报纸电视上频频曝光。

为了增添公司的国际资本色彩，贾朝阳又让世界芯片之王Intel注入了一笔不多的资金。在一个缺乏英雄的年代，媒体长时间处于疲软状态，都等待着兴奋事件出现，贾朝阳的神话成为所有媒体的兴奋点，一向喜欢封号的媒体给贾朝阳许多封号，有媒体称其为"数字英雄"、"中国网站之父"。

更高的荣耀是贾朝阳被当年年底的美国《时代周刊》评为世界50大最有影响的数字精英。

贾朝阳的窜红在我们的策划之中，在我们的注视之中，这如同是在看一场大片。贾朝阳作为一个"海龟"英雄，在中国互联网领域变得举足轻重。

# 四十七 用心良苦

梦想公司电脑业务在成康的带领下，已经牢牢坐稳了中国市场的头把交椅。成康在梦想公司的地位如日中天。

一天，刘总给成康挂了一个电话，电话中刘总非常和蔼地说："小成，我们很久没有下围棋了，今天好好切磋一下。"

这次下棋的地点不是办公室，而是刘总家中的书房。书房用一些红木家具布置得古色古香，书桌是雕刻花纹的仿明清案几，案上摆着一本已经翻松了的《资治通鉴》。

开棋时刘总执白，成康执黑。两人下得都不是很仔细，都有大意失荆州的时候。下到一半，刘总摁下一颗棋子后说："小康，歇一会儿吧，我们泡一壶茶。"

成康没有说话，跟刘总到旁边的沙发上。

刘总拿起用锃亮的漆盒装的乌龙茶说："这茶是千变万化，采下来都是绿叶子，早上采和晚上采不一样，晴天采和雨天采不一样，春末采和夏初采又不一样，发酵的程度不同也不一样，完全发酵了是红茶，一半发酵是乌龙茶，不发酵是绿茶。"

成康接过刘总的茶叶盒看了看，看不出什么玄妙来。

刘总接着说："我比较喜欢这乌龙茶，它既有绿茶的清香，又有红茶的醇厚。"

一会儿茶已泡好，刘总端起酒盅大的茶杯，闻了一下茶香，将茶慢慢饮尽。成康也将茶喝尽，刘总又邀成康到棋盘旁。

棋刚落了两枚，刘总说："成康，你是梦想公司的核心人才，需要全面培养自己，在领导水平上再上一个层次。自己勤奋是一个方面，跟同事交流，多倾听多交流是另一个方面，也要注重培养手下的能力，多给下面人成长的机会。"

这几句好像随意说的话，却句句击中成康的要害，使成康对刘总有几分敬畏。从周围人传给自己的一些话中，别人对自己的评价也有所耳闻，大致意思也是这样的。如果这些缺点是刘总观察出来的，那说明刘总非常有领导才能，但是如果这几点是周围的人传给刘总的，这里面就有些可怕。

接下来的棋成康下得心不在焉，最后输得非常惨。刘总用关切的眼光看了看成康说："成康，你的棋艺还需深练。"

成康输得心服口服，但是还是觉得刘总的话有弦外之音。

距离这次下棋没有多久，梦想公司提升了两个副总裁，一个是成康，一个是做渠道的魏明。成康被调到了集团总部，主要负责企业的战略发展，PC的业务由系统集成部调过来的总经理黄耀负责。魏明却继续负责渠道的经营，同时辅助刘总进行公司财务制度的改革和人力资源开发工作。

按照梦想公司的一贯做法，中层以上干部两年内轮岗是很普通的事，但是作为公司最重要的PC业务，自己已经做得得心应手，为什么在这个时候反而把自己调离岗位，而且让自己一向看不上的黄耀来担当重任呢？

成康发现情况非常微妙，自己升了集团副总裁，离开了自己熟悉的工作，开始负责一个自己并不熟悉的工作，有如坠云雾之感。

成康一开始并没有把这些情况告诉圈外的人，而是独自闷闷不乐好几天。最后他终于忍耐不住，敲开了隔壁刘总的办公室。自从当上副总裁后，他就搬到了刘总隔壁的副总裁室办公。

刘总见成康进来了，没有诧异，只是很平和地说："成康，坐，坐吧！"

成康坐在刘总面前，沉默地半垂着头，突然不知道话从哪里开头。

刘总先打开沉默局面，依然笑着说："成康，怎么，到新工作岗位还适应吗？"

成康想了想，笑着说："您需要实话实说吗？"

"当然，当然！"刘总又操练起他的茶艺来。

"非常不适应！"成康点着头说。

"哪方面不适应？"

"有力使不出来。整天看一些文件，资料，想一些没有谱的事情，没有任何成就感。"成康平静地说。

"那你还是觉得卖电脑有成就感，看着销售数据蹭蹭往上升，自己的心跳也往上升，确实很好玩啊。"刘总给成康倒了一杯茶，然后给自己倒上。

"是这样，我喜欢这种感觉。"

"那么，你准备在这个位置上干到退休？梦想公司准备卖100年电脑？"刘总品了一口茶说。

成康沉默不语。

"成康，你活到现在，最大的失败是什么？"刘总突然转移话题问题。

成康一时答不上来。他是个乐观派，很少把挫折当做失败看待，只是觉得那是成功过程中必然遇到的障碍而已。

"你才三十三岁，却已经做到了副总裁位置，获得了超出一般人的财富，还有社会的尊敬，当然不能说有失败了。"刘总笑着说，"这个你认为正常吗？"

成康还是不知道说什么好。

"梦想公司有两次起死回生的经历，发展也不是一帆风顺的。作为公司的核心管理层，你有没有觉得你的经历太简单？"

成康觉得刘总的话一语中的，但是刘总的这些话跟自己调离职位有什么关系呢？

"我最不放心的是，把PC业务交给黄耀来做！"成康说道。

"为什么不放心？"刘总放下茶具，突然抬起头望着成康。

"凭直觉！我觉得这个人是那种有能力但是不符合公司文化的类型。"成康慎重说道。

"都是高层领导，说话要负责，不能凭感觉。"刘总神情放松了说。

"外面传，我是明升暗降！"成康终于把自己的那点不服气给说出来了，"我做PC获得了这么大的成绩，为什么是这样的待遇呢？"

"什么叫明升暗降呢？"刘总脸上严峻起来，身体正了正说，"你认为邓小平什么时候是升了？什么时候是降了？"

成康一下子不知道刘总要说什么了。

"一个房子在没有遇到大风时，谁知道哪根柱子最得力？"刘总接着说道，"成康，我本来以为你的悟性脱离了一般人的境界。梦想公司的战略不重要吗？战略是一艘船的舵，我们那时候说大海航行靠舵手。这个事情不重要吗？你以前有战略思维吗？全是战术的。为了让梦想PC做成全国第一，我让公司多少人、多少资源、甚至多少制度，都为你让路，你看到这个没有？凭你成康一个人独勇能够将梦想PC做到全国第一？把梦想公司PC做到全国第一，那是我的战略思维。到你那里，就是战术！"

刘总的声音越来越大，句句是铁砸得成康无地自容。他觉得刘总说得非常在理，自己的心胸和境界真的离做一个舵手有很大的差距。

"多少人整天忙于手头事务，埋头拉车，想抬头看看路的机会都没有。现在有这么好的机会让你思考一下，学会用战略的眼光看问题，你居然积极性不高，觉得无事可做，成康，你辜负我！"

刘总说完，有些失望地看着成康。

成康当时觉得有个地洞钻进去就好了，脸热到了耳根，匆匆从刘总办公室里告退。回到办公室后，成康抽了根烟，觉得心里不安，沉思许久，给刘总写了一个邮件。

刘总：

　　您好！

　　我本来是非常相信公司对我新职位的安排，而且也没有觉得有什么不妥。但是我的定力还是不够，渐渐的被许多鼓噪的声音给干扰了，迷失了自己的

方向。从来到梦想公司，我就没有从职位上去思考问题，一直思考的是能够
做出成绩来，体现自己的价值。到目前这个阶段，我觉得我最大的收获是您
对我的谆谆教导，您每在关键时刻，总能够点化我的迷津，使我甩下包袱，
排除杂念，充满激情地往前走。现在突然一停顿下来，杂念出来了，迷失了
自己。

　　我渐渐明白，在企业里面，不应该有个人的方向，自己的能力和激情都
是为公司的战略方向服务的。想到您选择我来做PC业务所承担的风险，为
了支持我在这个平台上努力干出业绩所排除的压力，我为自己的行为感到羞
愧，恳请您谅解。作为我这个级别，应该有大局观，大眼界，如果没有这次
调整，我可能永远没有机会认识到自己的局限。感谢您的及时棒喝，我有醍
醐灌顶之感，您看我的行动吧。

　　祝安好！

成康

　　成康给刘总发完邮件，觉得心里踏实许多，接着干自己的工作了。

　　几天过去了，刘总却没有回成康的邮件，这让成康有些惴惴不安。他不知道自己
是否真的刺伤了刘总的心。他突然意识到，无论如何，只要刘总愿意跟他交流，那么
一切都是正常的，如果刘总不再愿意跟自己费口舌了，那才是真正的放弃了自己，这
是最可怕的。

　　一个周末，肖哲、贾朝阳和我到成康的别墅去小聚，话题最后转到了成康这里。

　　肖哲说："成康，你可以称之为提前退休了。我给你分析一下，你现在虽是个常
务副总裁，跟一个办公室常务主任有什么区别？搞战略发展是一个很虚的工作。现
在PC部的业务由别人代，你肯定回不去，这叫抒其实权，给其俸禄。另一个副总裁
的工作就跟你不一样，辅助总裁进行财务改组和人力资源开发，这是什么概念，人
事和财务是一个公司的重中之重。所以你要好好考虑，自己在梦想还有没有前
途？"

　　肖哲这么一分析，成康脸上阴沉得很，我们就不能再往深里说了，大家沉默了一
会儿，避开了当前窘局，开始谈一些更长远的话题。

　　贾朝阳说："现在的这些调整可能对你以后担当重任有很大的作用。如果刘总真
想培养你为接班人，恐怕他也不会直接告诉你。他可能对谁都需要更深一步的考察，
不光是能力，还有性格里层的东西。所以这些变化并不能完全说明你在梦想没有前
途。"

成康感到说这个没意思，在一边说："我们换个话题，没想到你们比我还紧张。能上能下才是平常心，我们来点轻松的。"

肖哲将成康家的39寸Sony大彩电打开了，然后说，我们来卡拉OK一下。大家情绪一下振作起来，都要"OK"一下。

肖哲最先来了一首《用心良苦》，唱得上气不接下气，仿佛又回到当年"有痔青年"阶段，几分伤感和落寞。

等肖哲排遣完自己的良苦用心，我接着来了一首《沉默是金》,大家都拍手叫好，让我再来一首，结果我又来一首《偏偏喜欢你》，大家就不耐烦了，说怎么全是老歌。

贾朝阳接上来，唱了一首《Sailing》，这跟他的美国主义很相符。成康是谁唱就跟着谁哼，最后他还是找了半天找了一首《飞扬的梦》，我们从来没有听过的一首齐秦的歌曲。

成康用略带气声的嗓音唱道：记忆里，在记忆的湖里，曾经有绚烂的春天，却在模糊的泪和无数个冲动的日子里，拾起了生活和自己的悲哀。年轻的希望里，从来不曾放纵自己……

歌声一完，大家都仿佛回到青少年时代，变得多愁起来，肖哲甚至抹了抹眼睛。我在一旁说道："时间真快啊，来北京快十年了！"

"想那时候，刚见到你，没几根头发，还留个中分，土死了。"贾朝阳对我说。

"成康，还记得咱一起买自行车吗？你非要买那个小轮的，骑在上面跟山猫似的。"我说道。

成康很木地说："是吗，有这回事吗？"

"你真是贵人多忘事！"我说道。

"最牛的是贾朝阳啦，卖卵磷脂，还杀熟呢！"肖哲说。

"别提，别提了，往事不堪回首！"贾朝阳笑着说。

"来，我们合唱一首《真心英雄》吧。"我见成康依然很沉默，鼓动大家一起唱一首歌。大家都起来，相互肩搭肩唱道：在我心中，曾经有一个梦……

那一晚我们闹得很晚，这是人生最惬意的时刻，这样的时候少之又少，平时都在忙自己的前程，五一、十一的节日才可能聚得齐一些。朋友这几个字，已经在心中沉淀了十年，当人生的本质是孤独的时候，好像没有任何东西能够替代。而过了三十岁以后，人是那么难以结交志同道合的朋友，我时时觉得自己那么幸运，居然在大海一样的北京拥有这么多兄弟一样的朋友。

# 四十八 人战胜的其实是自己

接下来几天，成康出现了莫名其妙的头疼，在高三时他有过这种毛病，但是自从上大学后，他就再也没有犯过这种毛病。

他努力端正自己的认识：因工作需要，自己换一个工作是很正常的，不正常的是周围人的一些看法，职位的变动是升是降，不管你比不比，总有人会这么比，到这个位置上，别人给自己的压力可能比自己给自己的压力都大。要保持一颗平常心！

自己的思想问题解决得差不多，成康想再找刘总谈一谈，或者下下棋也好，于是给刘总挂了一个电话，得知刘总出差到香港去了，估计还需两个星期才回来。

让成康始料不及的是，在梦想公司居然有一种谣言开始流传，说长虹公司挖成康去做常务副总裁，目的是开拓家电向信息产业的发展。从哪种角度来说，成康都认为这种谣言一拆就破，但是谣言的生命力比野草都强，像散播在空气中的花粉，来无踪去无影。

谣言很快也传到了刘总耳朵里，为此他专门从香港飞回来找成康聊了一次，地点在八达岭长城。那是个初秋的季节，风很大，满山遍野的红叶和黄叶，色彩极其斑斓耀眼。

刘总和成康爬的长城南坡，南坡人少。秋天的阳光像绸缎一样看得见颜色和质感。

上到第二个烽火台时，刘总说歇一歇。成康随刘总靠着城墙站着，刘总望着成康说："我们还没有单独合过影，来，成康，我们合个影。"仿佛是最后的合影留念，成康心里掠过一丝不安。

刘总在前，成康在刘总的右侧后方，像许多工作会议后留影一样，成康摆好了架势。刘总笑着说："成康，你站那么远干什么。"一边说一边将成康往前扶了一下。

司机帮他们照了相。刘总向远方望了望，掏出烟来，给了成康一支，慢慢地边划火柴边说："成康，人生就像爬山一样，当爬到半山腰时，总是怀疑这条路能够到达山顶吗？会不会是最艰险的一条路？但是一旦爬到山顶时，才知道自己走的路是捷径还是冤枉路，看得非常清楚，等看得非常清楚的时候，人生也快谢幕了啊。所以如果有个人在山头给半山腰的人喊话，就会好很多啊。"

成康望着刘总笑着，心里觉得如果自己是爬山的人，那么刘总就是那个喊话的人。如果是这样的话，那将是自己的幸运。

"成康，梦想公司是一个大公司，以后会成为更大的公司，非常缺人才，特别是能够把握企业方向的人才。这样的企业领导，几乎不能有什么私心杂念，将这个企业作为终身的理想，才有那么一点点可能将这个企业往高处带，往国际舞台上带。做管理做到了一定的高度，有些人就有点官场的做法了，拉帮结派，换位置跑官，换一个企业就希望升一个职位。从国际大环境上看，这也没有什么错，因为经理人成了职业化，他的使命应该是到哪里就完成自己的使命，没有必要在一棵树上吊死。但我认为那是外国企业，在企业的管理非常成熟的情况下，整个企业的社会环境非常成熟的情况下，出现的现象。而像梦想这样的公司，虽然是中国了不起的企业，但是许多方面没有形成制度，没有完全成熟的现代企业制度，可以说还处在创业的阶段，还有许多人不按游戏规则做事，如果没有人对其有一种殉道的精神，是无法将这个企业带起来的。"

成康听着刘总的话，心里感到有些不安。虽然自己并没有对最近的人事变动做很大的反应，但是自己不能不受影响，至少他的干劲明显不如以前，这种消极感他自己都几乎无法左右，上来了就不知道怎样压下去。

但是成康也听出来，刘总是非常担心自己离开梦想公司。看着刘总恳切的目光，成康说道："刘总，在这个两千多年的城墙上，我有两句话，一，我成康是您刘总一手栽培的，您对我有知遇之恩，这一点无论以后发生什么情况都不会改变。二，如果您不辞退我，我将在梦想公司干到老！"

刘总望着成康，缓慢地伸出手，结结实实地握着成康的手说："成康，我希望我没有看走眼，否则对我是个打击。"

八达岭的交谈让成康心里吃了一颗定心丸，心里感觉好受一点。但是头疼的毛病继续加重，接着是耳鸣，短小的梦一个接着一个。到医院里做了检查，脑波没有问题，血压正常，CT扫描正常，核磁共振正常，大小便正常，一切都非常正常。

面临这样的身体状况，成康打算请一段时间的假休养一下，自己20天的年假还没休，刘总给成康批了一个月的假。

在家里呆了两天，一些症状开始减退，成康给我挂了一个电话，想小聚一下，约好了在丑鸟酒吧。

晚上成康开的车，是一辆陆地巡洋舰吉普车。

我问成康："怎么，借别人的车？"

成康说："哪里，换了一辆，那辆卖了。"

"人家成功了换老婆，你换车，这也是一个比较好的奖励。"

成康拍着我的肩勉强笑了笑，两人进了丑鸟。

小姐推荐我们一定要喝一种德国的黑巴力。

"那就来吧。"成康对小姐点点头。

"怎么啦？比高仓健还深沉。"我往后一仰，吹了一口烟说，"人在江湖，何必那么认真，都是挣口饭吃。"

"有点烦！"成康很认真地来了一句。

"烦也是一种流行病。今天不谈烦的，我们好好享受一下生活。"我说道，"想通了，别老那么给自己别扭着，钱挣不完，够花就行。"

"不是挣钱的问题，可能是忙惯了的人闲不得！"成康说。

"你应该调整一下自己的节奏，不光是工作节奏，而是心里的节奏。"我说道。

"怎么调整？"成康在充裕的时间面前失去了主张。

"到一个没人的地方睡一个月的觉。"我说道。

"你有什么地方可以推荐我去度个假？"成康问道。

"我倒是一直有一个想法，做公关国内国外没少跑，就西部很少去，要不到西藏去转一趟？"我说道。

"好啊，好啊，我们自驾车去，怎么样？"成康的眼里闪过一道闪电，好像整个人被激活了，拍了我一下。我只是笑着，没有接茬儿。成康低头沉默了几分钟，就像谈一个广告创意一样，一五一十说起了西行的想法，好像又回到他做PC的时代。

当天晚上我们聊到深夜两点，各自回家，我就将西藏行抛到九霄云外了。因为我曾经多次跟人约过同去西藏，最后都没有成行。

没想到第二天下午成康打我的手机。"为民，去西藏的事情想好了没有？"

"你真去？"我问道。

"真去！"成康说道，"你要不去，我就千里走单骑了。"

"既然这样，那就上路吧！"我答道。

两天后，成康将他的陆地巡洋舰开到了我家门口。他的车已是全副武装，后背加了一个备用胎，车里还装了一个，而且带了一床被子。他说已经是秋天，如果遇到汽车发动机出了问题，没有空调，人会冻死。

我调侃说："现在还哪里有荒郊野外，到处都是人，你信不信在西藏公路上还交通堵塞？"

"世界之大，无奇不有，所以带被子也是正常的。"成康笑着说。

车出了北京就是山路，以前很少走山路，成康开得很谨慎，花了近6个小时才到张家口。在张家口找一家小饭馆吃了莜面，喝了一些水，然后上路，这时成康喊肚子胀。

我想一定是莜面吃多了，赶紧给他两颗酵母片。见前面有些直的马路，我说："让我也过过巡洋舰的瘾。"

成康停下车，从座驾上下来，让我上了驾驶座。我从来没有坐到这么高的驾驶室里，直觉得视野开阔，一马平川，有一种驰骋疆场的冲动。刚挂上挡，松油门，就把车开得蛙跳起来，我赶紧踩刹车，结果成康脑勺和额头都被重重撞了一下。

"为民，你悠着点！"成康捂着头说。

我笑着说："Sorry，sorry。"再次缓慢启动车，终于掌握了大吉普的开法。

我们的计划是沿109国道，经山西大同、内蒙古东胜、宁夏银川、甘肃兰州，到达青海西宁，然后好好休整一下，目的是向剩下的近2000公里的茫茫西路进军，到那曲可以做大的补给，最后达到圣地拉萨。

车在山西境内的干坼土塬上行驶，道路还算平坦，但不能信马由缰地开，因为经常有丘陵间的山道急弯，而且一侧就是很深的沟壑。我开了近2个小时，觉得眼皮打架，就让成康开，我可以睡一会儿。

我在车后座上躺下，枕上被子，很快就神游西藏了。不知游了多久，我的头撞在前面座椅后背上，觉得天旋地转，等我艰难地爬出来，发现车已经翻过来了，成康在前面的驾驶座上扭成一团，头部殷红的血像一张网罩在他头上，嘴里有混浊的呻吟。

我赶紧在行李包里找出毛巾来，撕成碎片，从座位后爬到前面，用布将成康的头捆住。情况糟透了，手机的信号只有一节，电池显示只有两格。

我脑袋里一片混乱，最先拨的是肖哲的手机，只听见：您拨的用户忙，请随后再拨，您拨的用户忙，请随后再拨。

我又拨了李伦的电话，电话嘟嘟着一直没人接。我只好接着拨贾朝阳的电话，手机嘟了两声就回到了"中国移动"这一屏，我又拨贾朝阳的电话，电话沉默了3秒钟，电脑小姐用非常温柔的声音说：对不起，您拨叫的用户不在服务区内，对不起，您拨叫的用户不在服务区内。

"靠，这时候怎么能够停止服务呢！"我气急败坏地挂了电话，望着远方的群山想了想，清了清脑子，拨打了122，终于和人类联系上了。当地最近的交通警察出动，一辆警车一辆拖车，把我们从偏远的山沟里拖回了现代文明。

成康在大同的医院住了两天，病情稳定了就转到了北京积水潭医院，刘总专程到医院看望成康，见成康已经能够坐起来了，刘总笑着说："看样子这个假我不该给你批！"

"是福不是祸，是祸躲不过！"成康也笑着说。

"嗯，什么时候你开始相信命运了？"刘总说。

"刚来北京那会儿，我们有八个外地来的，都是当年毕业的大学生，这十来年下来，有几个都不知道在哪里了。当时有人说性格决定命运，我现在有点信了。一个人可能刚开始并不知道自己要什么，有的人当然一开始就自己知道要什么，我是比较迟钝的那种，不知道自己要什么。有人说，人活着无非是名利，可是我对这些没有任何感觉。现在我们5个有联系的朋友，情同手足，但是结果明显有差别了。一个非常适合在国企里呆着，现在混成了厂长。一个爱写日记，最后当了记者。另外一个头脑特别灵活，当了公关先生。就我，什么特长爱好都没有，做了经理人。"

"成康，这是你第一次给我讲工作以外的事情。一个人，最后要战胜的是自己，不是别人。战胜自己的欲望，战胜自己的虚荣心，战胜自己的懦弱，战胜自己不好的习惯。我最低谷的一年，发现儿子有脉管炎，这个病非常难治，妻子工作受挫，精神抑郁。梦想公司被人把钱骗走了，如果那钱要不回来，梦想公司破产，我说不清楚就得进监狱。那种感觉，就好像世界末日，我挎着一个布包，包里放一块板砖就去了。什么是一个人的潜力？我一个研究院副院长，相当于副教授，怎么发现自己的潜力是拿板砖跟人拼命了？因为我的命运和梦想公司的命运已经分不开了。成康，视野开阔一些，你这一辈子怎么能说你只会干一件事情呢？命运是什么？命运掌握在你手中。当然也可以说性格使然。但是人是能够学习的动物，三十而立，四十而不惑，等你已经了解了自己，深知自己的性格时，就要让性格成全你的命运，而不是影响你前进的方向。"

成康听了刘总的一番话，感觉自己心中拥塞的一个块垒突然消失了，感觉呼吸畅通，身轻如燕。

成康在医院里躺了一个月后恢复了原样，他回到了工作岗位。此时的成康感觉公司的战略研究非常有意思了，看来人是一个情绪动物啊，想不到自己也是这样的，以前一直认为自己可以什么都不在乎，只要有自己认为值得做的事情，就会扑上去做。

那一天，刘总把成康叫到自己的办公室，跟往常不一样，刘总没有泡茶，也没有跟成康下围棋，而是把成康引到一面墙边，拉开墙上用布幔遮挡的一幅梦想公司战略图，对成康说："梦想公司要进军互联网，有更加重要的使命等着你！"

全书完

# 职业人修炼宝典

华章经管

**准备人生的盛宴**
ISBN 7-111-23797-6
作者： 程良越
定价： 26.80 元

**我是职业人**
ISBN 7-111-22035
作者： 周永亮
定价： 20.00 元

**情商与影响力（修订版）**
ISBN 7-111-13021
作者： 吴维库
定价： 25.00 元

**阳光心态**
ISBN 7-111-18847
作者： 吴维库
定价： 20.00 元

ISBN 7-111-23775
作者： 刘必荣
定价： 25.00 元

ISBN 7-111-22964
作者： 金才兵
定价： 28.00 元

ISBN 7-111-20841
作者： 乔治 吉尔德
定价： 46.00 元

ISBN 7-111-19428
作者： 卢达 科佩金娜
定价： 36.00 元

ISBN 7-111-22111-1
作者： 凯伦 L. 奥塔佐
定价： 25.00 元

ISBN 7-111-23925-3
作者： 本英刚
定价： 20.00 元

SBN 7-111-20382-8
作者： 朗尼 佩斯里
定价： 25.00 元

ISBN 7-111-14191
作者： D.迈克尔 阿伯拉肖夫
定价： 25.00 元

ISBN 7-111-18559
作者： D.迈克尔 阿伯拉肖夫
定价： 35.00 元

ISBN 7-111-17907
作者： 罗斯 杰伊
定价： 48.00 元

ISBN 7-111-17907
作者： 罗斯 杰伊
定价： 48.00 元

ISBN 7-111-20436-0
作者： 凯伦L. 奥塔佐
定价： 25.00 元

ISBN 978-7-111-24603-9
作者：王林
定价：28.00元

ISBN 978-7-111-24443-1
作者：张勤
定价：28.00元

ISBN 978-7-111-24532-2
作者：李澎晔
定价：28.00元

ISBN 978-7-111-23170-7
作者：郑日昌
定价：25.00元

ISBN 978-7-111-23171-4
作者：胡邓
定价：26.00元

ISBN 978-7-111-23490-6
作者：孙健升
定价：26.00元

ISBN 978-7-111-23454-8
作者：任苇
定价：26.00元

ISBN 978-7-111-23284-1
作者：丁宁
定价：48.00元

# 华章书院俱乐部反馈卡

## 写书评 赢大奖

身为读者，你是不是常感到不写不快？
无论是感同身受、热烈倾吐，还是淋漓痛批、指点文章，
我们真诚地邀请您，将您的阅读心得与我们共享。
您的心得，将有机会出现在我们的图书、主流媒体、各大网站上。
同时，您还有机会挑选一本自己喜爱的华章经管好书！

书评发至：hzjg@hzbook.com

欢迎登陆**www.HZbook.com**了解更多信息，
本网站会每月公布获奖信息。

华章经管博客已开通，欢迎留下宝贵意见与建议 http://blog.sina.com.cn/hzbook

## ◎反馈方式◎

**网络登记：**
登陆 www.hzbook.com，在网站上进行反馈卡登记。

**传　真：**
将此表填好后，传真到 010-68311602

**邮　寄：**
将填好的表邮寄到：100037 北京市西城区百万庄南街1号309室　闫　南　董丽华　收

---

## 个人资料（请用正楷完整填写，并附上名片）

姓名:_____ 性别:□男 □女 年龄:____ 联系电话:_____ 手机:_____

E-mail:_____ 邮政编码:_____ 传真:_____

通讯地址:_____ 就职单位及部门:_____

职　务：□董事长/董事　□总裁/总经理　□副总裁/副总经理　□高级秘书/高级助理
　　　　□职员　□政府官员　□专业人员/工程人员　□其他（请注明）

学　历：□高中　□大专　□本科　□研究生　□研究生以上

所购书籍书名:_____

## 现在就填写读者反馈卡，成为华章书院会员，将有机会参加读者俱乐部活动！

**所有以邮寄，传真等方式登记，并意愿加入者均可成为普通会员，并可以享受以下服务。**

- ◆ 每月3次的免费电子邮件通知当月出版新书
- ◆ 共同享有读华章论坛会员交流平台
- ◆ 享受华章书院定期组织的各种活动
  （包括会员联谊活动专家讲座行业精英论坛等）
- ◆ 优先得到读华章书目
- ◆ 俱乐部将从每月新增会员中抽取10名，
  免费赠送当月最新出版书籍1本
- ◆ VIP会员享受全年12本最新出版精品书籍阅读

1. 您通过什么途径了解到本书？
   □朋友介绍 □会议培训 □书店广告 □报刊杂志 □其他_____

2. 您对本书整体评价为？
   □非常满意 □满意 □一般 □其他，原因_____

3. 您的阅读方向？（类别）

   _____

4. 您对以下哪些活动形式最感兴趣？
   □大型联谊会 □专业研讨会 □专家讲座 □沙龙 □其他_____

5. 您希望华章书院俱乐部为会员提供怎样的增值服务？

   _____

6. 您是否愿意支付500元升级为VIP会员，享受全年12本最新出版精品书籍阅读？
   □愿意 □不愿意，原因_____

## 读华章俱乐部反馈卡